BASTEI
LÜBBE
TASCHENBUCH

Weitere Titel der Autorin:

Mord nach Strich und Faden
Eine unerhörte Tat (Kurz-Krimi)

Über die Autorin

Frances Brody ist das Pseudonym einer preisgekrönten britischen Autorin von Theaterstücken, Drehbüchern und Romanen. Nach einem längeren Aufenthalt in den USA kehrte sie nach England zurück, wo sie an verschiedenen Universitäten Englische Literatur, Geschichte und Kreatives Schreiben unterrichtete. Heute lebt sie wieder in Yorkshire, dem Schauplatz ihrer erfolgreichen Reihe um die Detektivin Kate Shackleton.

Weitere Informationen finden Sie auf www.frances-brody.com.

FRANCES BRODY

Mord braucht keine Bühne

Kate Shackleton ermittelt

Aus dem Englischen von
Sabine Schilasky

BASTEI LÜBBE
TASCHENBUCH

BASTEI LÜBBE TASCHENBUCH
Band 17799

Dieser Titel ist auch als E-Book erschienen

MIX
Papier aus verantwortungsvollen Quellen
FSC® C083411
FSC
www.fsc.org

Vollständige Taschenbuchausgabe

Deutsche Erstausgabe

Titel der englischen Originalausgabe: »A Medal for Murder«
Originalverlag: Piatkus, an imprint of Little, Brown Book Group

Lektorat: Judith Mandt
Textredaktion: Anke Pregler, Rösrath
Titelillustration: © Patrick Knowles Design
Umschlaggestaltung: Guter Punkt, München | www.guter-punkt.de
Satz: two-up, Düsseldorf
Gesetzt aus der Arno
Druck und Verarbeitung: CPI books GmbH, Leck – Germany
ISBN 978 3 404 17799 8

1 3 5 4 2

Sie finden uns im Internet unter www.luebbe.de
Bitte beachten Sie auch: www.lesejury.de

Für meine Schwester Patricia

Prolog

Es dauerte beinahe einen ganzen Nachmittag, die Buchstaben auszuschneiden. Und trotz vorsichtigen Eintunkens des Backpinsels in das Glas gelangte Leim an die Fingerspitzen und musste abgezupft werden. Von dem Kleber schmerzte der Kopf, doch die Hoffnung blühte auf.

Beim Trocknen wurde das Blatt steif. Es wäre grotesk, sollte ein Buchstabe abfallen. Am Ende stand dort:

EINTAUSEND PFUND WENN LUCY LEBEND
ZURÜCKKOMMEN SOLL
ANWEISUNGEN FOLGEN
KEINE POLIZEI SONST STIRBT SIE

Und das würde sie. Versagen bedeutete Vorhang, Erfolg Neuanfang.

Erster Akt, erste Szene.

Eins

An einem schwülen Freitagmorgen im August machten wir uns in meinem blauen 1910er Jowett-Cabriolet zu unserem Termin um 9.30 Uhr auf.

Jim Sykes, mein Assistent, ist ein ehemaliger Polizist, der drolligerweise glaubt, er sehe überhaupt nicht wie ein ehemaliger Polizist aus. Er ist rein zufällig drahtig, engstirnig und wachsam wie ein Kater mit ausgeprägtem Revierinstinkt. Während seines zehntägigen Urlaubs mit Frau und Familie in Robin Hood's Bay hatte er Sonnenbräune und ein unbeschwertes Auftreten gewonnen, von dem ich annahm, dass es nicht lange halten würde.

Ich bremste scharf, um eine wirre alte Frau die Woodhouse Lane überqueren zu lassen, die den Verkehr anhielt, indem sie ihren Gehstock in die Luft schwang.

Ein Lumpensammlerkarren, vor den ein geduldiges Zugpferd gespannt war, rollte neben mich. Der Bursche neben dem Fahrer auf dem Bock zeigte auf mich. Er rief Sykes zu: »Hat dir keiner gesagt, dass Frauen nicht fahren können?«

Sykes zog seine Schutzbrille nach oben und strich sich mit einem Finger über die Kehle, wobei er den Jungen streng ansah.

»Lassen Sie es gut sein«, sagte ich und gab Gas. »Sie drohen ihm ja.«

»Drohen? Den erwürge ich.«

Sykes fiel es schwer, Dinge auf sich beruhen zu lassen. An ihm perlte rein gar nichts ab.

Wir hielten wacker durch, während ich uns ins Stadtzentrum von Leeds brachte und vor einem Juwelier mit gleich zwei Schaufenstern in der Lower Briggate parkte. Drei goldene Kugeln über dem Geschäft bedeuteten, dass es zugleich eine Pfandleihe war.

Im Schaufenster sah ich flüchtig mein Spiegelbild. Was trägt eine stilsichere Privatdetektivin in dieser Saison unter ihrem Automobilisten-Mantel? Ein Seidenkreppkleid in Braun und Türkis, eine von einem Coco-Chanel-Modell kopierte Jacke, dazu Topfhut und Handschuhe im Braunton des Kleids. Meine Mutter mag kein Braun, weil es sie angeblich zu sehr an das düstere Khaki der Kriegszeit erinnert, doch es passte zu meinem blassen Teint und dem kastanienbraunen Haar.

In Juweliergeschäften herrscht stets eine gedämpfte Atmosphäre, ähnlich wie in Kirchen oder Banken. In diesem duftete es nach Lavendelpolitur und Fensterleder. Der junge Verkäufer mit dem sorgfältig gekämmten hellen Haar und dem dunklen Anzug hätte ebenso gut in einem Kontor arbeiten können. Konzentriert hielt er den Kopf gesenkt und zeigte einem jungen Paar ein Tablett mit Ringen.

Mr. Moony, ein dünner Mann in einem grauen Anzug und mit einer glänzenden Halbglatze, schenkte uns ein Mona-Lisa-Lächeln. Er sparte sich das Vorstellen fürs kleine Hinterzimmer auf.

»Einen Moment!« Er verschwand im Geschäft und kehrte mit einem Stuhl für mich zurück. Ich bin einen Meter siebenundfünfzig groß, und Mr. Moonys Höflichkeit sorgte dafür, dass er und Sykes mich auf ihren hohen Hockern deutlich überragten. Sykes meisterte den Moment mustergültig und widmete sich ausgiebig der Aufgabe, Notizbuch und Stift hervorzuholen.

Ich bat Mr. Moony, uns von dem Vorfall zu erzählen, der sich am letzten Montag, dem 21. August 1922, ereignet hatte.

Seufzend strich er sich über das Kinn. »In meinen dreißig Jahren hier hatten wir so etwas noch nicht, auch nicht zu Zeiten meines Vaters vor mir.« Während er zu erzählen begann, umklammerte er die Sitzfläche seines Hockers. Seine Fingerknöchel wurden weiß. Er sprach flüssig, da er die Geschichte bereits der Polizei erzählt hatte. »Ungefähr gegen Mittag ging ich zu einem Spaziergang nach draußen und kehrte eine halbe Stunde später zurück. Dann unternahm mein Verkäufer, der junge Mr. Hall, einen Spaziergang. Es ist meine feste Überzeugung, dass es von bekömmlicher Wirkung ist, sich mittags die Beine zu vertreten.« Hier brach er kurz ab, als erwartete er beinahe, dass man seine Theorie infrage stellte.

»Ich halte es ganz genauso, Mr. Moony«, hörte ich mich lügen. »Erst gestern ging ich von Woodhouse Ridge bis Adel Crags.«

Diese kleine Schwindelei lenkte Mr. Moony zurück zu seiner Geschichte.

»Während ich hier allein war, kam dieser Kerl herein. Mein einziger Trost ist, dass ich und nicht der junge Hall das meiste von dem Aufruhr abbekam.«

Bei dem Namen Hall stupste Sykes meinen Knöchel mit dem Fuß an, und ich trat ihn. Als würde ich nicht von selbst daran denken nachzufragen!

»Ist Mr. Hall schon lange bei Ihnen?«

Es folgte eine fünfminütige Lobrede auf den jungen Albert Hall. Ich hoffte, dass Sykes sich alles notierte, solange ich mich bemühte, nicht zu kichern. Welche Mrs. Hall nannte ihren Sohn Albert? Nenn mich Bert, nenn mich Al, nenn mich irgendwie, aber nicht wie den Prinzgemahl und die große Liebe der verstorbenen Königin.

Nachdem er seinen Verkäufer gänzlich und überaus blumig von jedem Verdacht freigesprochen hatte, holte Mr. Moony tief Luft, bevor er mit seiner Geschichte fortfuhr. Seine Augen verengten sich, als er sich an die verstörende Szene erinnerte. »Der Mann war etwa einen Meter siebzig groß, von schmaler, leicht gebeugter Statur und eher jung. Er trug einen dunklen Regenmantel und einen Homburg. Er hätte etwas zu verpfänden, sagte er, zeigte mir eine Uhrkette aus zwanzigkarätigem Gold und verlangte zwölf Shilling. Ich machte die Papiere fertig, nahm die Kette und gab ihm das Geld. Da der Handel abgeschlossen war, steckte ich die Kette in einen Beutel.«

»Können Sie sich sonst noch an etwas erinnern, Mr. Moony?«

»Es war ein warmer Tag. Der Kerl tupfte sich die Stirn mit einem Taschentuch ab. Und da war so ein Geruch, als er das Taschentuch hervorholte …« Er runzelte die Stirn.

»Was für ein Geruch?«

»Solch einer, der einem zu Kopfe steigt.«

»Haarlotion?«

»Nein. Wie Politur und Rosen. Die Polizei hat das gar nicht bemerkt. Der Officer, der hier war, hatte überhaupt keinen Geruchssinn und sagte, es könnte die Politur meiner Auslagen gewesen sein. Er behauptete, dass die Sinne auf übertriebene Weise geschärft seien, wenn etwas Ungewöhnliches oder Schlimmes geschieht.«

»Also haben Sie den Handel abgeschlossen?«, hakte ich nach.

»Ja, ich zählte die zwölf Shilling auf den Tisch, steckte die Uhrkette in den Beutel …«

»Und dann?«

»Wir wünschten einander einen guten Tag. Er wandte sich schon halb zum Gehen. Als er es tat, drehte ich mich weg, um den Beutel in den Tresor zu legen. Die Ladenglocke läutete nicht gleich. Ich wandte mich um und sah, dass doch noch ein Artikel in der Auslage seine Aufmerksamkeit erregt hatte. Das geschieht manchmal, wissen Sie?«

Mr. Moony verstummte, als widerstrebte es ihm, sich das Ereignis ins Gedächtnis zu rufen. Seine Augenlider zuckten, und es dauerte einige Sekunden, bis er es unter Kontrolle hatte.

Ich sagte: »Die Polizei muss erfreut gewesen sein, einen solch guten Bericht zu bekommen. Was geschah danach?«

Mr. Moony schluckte. Ein tiefer Seufzer entfuhr ihm, ehe er weitererzählte. »Er war gar nicht an der Tür, sondern plötzlich hinter mir. Bevor ich Gelegenheit hatte, den Safe zu schließen, hatte er die Hände um meinen Hals gelegt. Er holte sich die Uhrkette zurück, schleuderte mich zu Boden und griff sich alles aus dem Tresor, was er konnte. Bis ich wieder bei mir war, war er fort. Ich rief die Polizei. Binnen Minuten war ein Constable hier. Aber sie konnten weder den Mann noch die fehlenden Gegenstände finden. Natürlich hatte der Mann eine falsche Adresse angegeben, in der Headingley Lane. Die Polizei überprüfte sie. Mir fiel auf, dass Sie in Headingley wohnen, Mrs. Shackleton. Ich weiß, dass es absurd erscheint, aber meine Frau nahm es als gutes Omen.«

»Hoffen wir es.«

Sykes blickte von seinem Notizbuch auf. »Mr. Moony, können Sie uns sonst noch etwas erzählen? Was den Teint, die Gesichtszüge, das Auftreten des Mannes oder seine Art zu sprechen angeht?«

Mr. Moony zuckte mit den Schultern. »Ich habe so sehr versucht, mich an ihn zu erinnern, dass ich mir inzwischen gut gewisse Dinge einbilden könnte. Aber er hatte etwas Feines an sich. Ich kann es nicht benennen. Etwas so Vornehmes, dass ich vollkommen überrascht war, als er sich auf mich stürzte. Es mag lächerlich klingen, das zu sagen, und ich kann es auch nicht recht erklären. Er hatte etwas von einem Kontoristen an sich. Vielleicht war es die gebeugte Haltung, die mich zu diesem Eindruck verleitete. Ich bin mir nicht sicher.«

»Hiesiger Akzent?«, fragte Sykes.

»Sehr artikuliert, auf neutrale Art. Nicht von hier, würde ich sagen.«

»Und die Polizei hat nach Fingerabdrücken gesucht?«, fragte ich.

»Ja, aber sie fanden keine. Um ehrlich zu sein, bin ich nicht sehr zuversichtlich, dass sie ihn oder die Pfandobjekte finden werden, die er mitnahm. Und das ist das Furchtbare. Hätte er meine Auslage eingeschlagen und neue Ware mitgenommen, wäre es nicht allzu schlimm gewesen. Dies ist schlimmer. Es geht um Vertrauen, verstehen Sie? Meine Kunden kommen zurück und möchten ihre Pfandstücke auslösen. Was soll ich ihnen denn sagen?«

Sykes und ich wechselten einen Blick. Es war ein etwas ungewöhnlicher Auftrag, sollten wir gefordert sein, dem Juwelier eine wohlformulierte Ausrede für seine enttäuschten Kunden zu bieten. »Sind wir deshalb hier, Mr. Moony?«, fragte ich.

»Nun, es wäre wunderbar, wenn Sie den Schurken finden könnten.«

Sehr viel zuversichtlicher, als ich mich fühlte, sagte ich: »Mr. Sykes und ich werden unser Bestes tun, das Diebesgut aufzuspüren.«

»Je mehr Tage vergehen, desto unwahrscheinlicher wird es.« Mr. Moony zog eine Aktenmappe unter einer Juwelierzange hervor, die auf seiner Werkbank lag. »Dies ist eine Abschrift dessen, was ich der Polizei gab. Eine Liste der gestohlenen Gegenstände: ein Paar goldene Manschettenknöpfe und eine Krawattennadel, drei Uhrketten, zwei Taschenuhren, vier Ringe und ein Armband. Neben jedem der Gegenstände finden Sie eine detaillierte Beschreibung. Es ist furchtbar, wenn man als Pfandleiher Dinge verliert. Manche dieser Stücke sind von großem sentimentalem Wert. Wenn ich sie verloren habe, muss ich die Besitzer informieren und für Entschädigung sorgen. Was wiederum nach Diskretion verlangt. Zwei der betroffenen Personen sind verzweifelte Damen aus den besseren Kreisen, die vollstes Vertrauen zu mir haben. Ich dachte, wenn Sie, Mrs. Shackleton, mit dem größtmöglichen Takt … also … die Situation … erklären …«

Ich verstand, warum alte Damen auf Mr. Moony vertrauten – das sanfte Auftreten, die altmodische Höflichkeit, das Verständnisvolle.

Und ich verbarg meine Überraschung ob der Bitte, ich möge Mr. Moonys Kunden Nachricht bringen. Das war nicht unbedingt, was man von einer Detektivin erwartete. »Und Mr. Sykes würde mit den Herren sprechen? Ist das Ihr Wunsch?«

Mr. Moony sah erleichtert aus. »Richtig. Und wenn die Damen und Herren am Fälligkeitstag hierherkommen, kann ich eine Entschädigung arrangieren.«

Ich blickte auf die Liste mit den Namen und Adressen. »Es sind nicht nur Leute von hier.«

Mr. Moony lächelte. »Ich bin der beste Pfandleiher in Bahnhofsnähe. Die Damen und Herren der feinen Gesellschaft finden es bisweilen peinlich, ein Etablissement an ihrem Wohnort aufzusuchen.«

»Dann können wir gleich anfangen, Mr. Moony.« Ich sah zu Sykes, ob er mir zustimmte.

Er nickte. »Natürlich.«

»Danke. Was sollte Ihrer Meinung nach am besten gesagt werden?«

Ich versuchte mir vorzustellen, wie ich an Türen klopfte und die Situation erklärte. »Die Wahrheit über den Raub, ohne irrelevante Einzelheiten, und dass alle, die mit ihrem Pfandschein am Fälligkeitstag zu Ihnen kommen, auf eine Entschädigung oder Ersatz zählen können. Wäre das die angemessene Herangehensweise?«

»Ja. Ich denke schon.« Er erlaubte sich etwas Zuversicht. »Selbstverständlich wäre es das Beste, wenn Sie oder die Polizei die gestohlenen Gegenstände wiederbeschaffen könnten.«

»Hat sich die Polizei bei Ihnen gemeldet?«, fragte Sykes.

Mr. Moonys tiefer Seufzer schien zu Boden zu fallen und von dort abzuprallen. »Nur um mir zu sagen, dass es keine Neuigkeiten gibt.« Er senkte den Kopf, gleichsam überwältigt von der beschämenden, unangenehmen Situation. Als er wieder aufsah, nahm ich einen verzweifelten Ausdruck an ihm wahr. Er benetzte seine schmalen Lippen. »Dies sind die schlimmsten, die traurigsten Tage meines Lebens. Ich kann nicht glauben, dass ich so nachlässig war, dies geschehen zu lassen.«

»Ich sehe mich mal im Geschäft um, wenn ich darf.« Sykes ging schnell hinaus, sodass mir die Aufgabe zufiel, Mr. Moony zu beruhigen und davon zu überzeugen, dass ihn keine Schuld traf.

»Ist Ihnen an der Uhrkette, die der Dieb verpfänden wollte, irgendetwas aufgefallen?«

»Hatte ich das nicht erwähnt? An ihr hing eine Goldmünze. Das ist nicht besonders ungewöhnlich, aber es handelte sich um eine südafrikanische Münze, einen goldenen Rand.«

»Da hätten wir einen Anhaltspunkt«, sagte ich bemüht zuversichtlich.

Lediglich mehrere hunderttausend britische Männer hatten in Südafrika gedient oder gearbeitet. Das grenzte den Kreis ein.

Wir besprachen die Konditionen. Mr. Moony hatte bereits einen großzügigen Scheck als Vorschuss ausgestellt. Ich steckte ihn in meine Handtasche und versicherte ihm, dass wir unser Bestes tun würden.

Als die Tür hinter uns geschlossen wurde, erinnerte ich mich wieder an meinen letzten Besuch beim Juwelier Moony. Ich war dort gewesen, um ein Geschenk für meinen Mann Gerald zu kaufen, bevor er zu seiner Militärausbildung abreiste. Er war Chirurg und hatte sich gleich zu Beginn des Großen Kriegs voller Patriotismus und Courage zur Army gemeldet. Sein Verschwinden war ein Rätsel, das ich bisher nicht gelöst hatte. Er könnte noch immer irgendwo am Leben sein, krank oder unter Gedächtnisverlust leidend. Da er mich gut versorgt zurückließ, kann ich es mir leisten, andere Rätsel aufzuklären, die mir kaum zu Herzen gehen. Ich kaufte Gerald seinerzeit eine silberne Taschenflasche. Seine alte trage ich in meiner Handtasche bei mir.

Sykes unterbrach meine Gedanken. »Soll ich fahren?«, fragte er.

»Nein, sollen Sie nicht. Ignorieren Sie die komischen Blicke und schlauen Bemerkungen. Es wird Ihrem Charakter guttun, einen Eindruck davon zu gewinnen, was wir Frauen auszuhalten haben.«

Zwei

Sykes las die Straßenkarte und dirigierte mich aus dem Stadtzentrum auf die Beckett Street und die Harehills Road entlang. Dorset Mount war eine Straße mit gepflegten Reihenhäusern aus rotem Backstein hinter einer Ladenzeile. Ich parkte bei den Geschäften und empfand einen starken Widerwillen, eine arme Frau auf eine sehr private Transaktion ansprechen zu müssen.

Sykes blieb im Wagen. Ich war ein klein wenig zu gut gekleidet für diese Gegend und wurde unsicher, als meine neuen braunen Schuhe auf dem Gehwegpflaster klackerten. Die Hintertür schien mir die diskrete Wahl. Das Glück war mir hold, denn eine rundliche, freundlich wirkende Frau fegte gerade den Hinterhof.

»Mrs. Simons?«

Sie hielt sich eine Hand aufs Herz. »Es ist Solly«, sagte sie. »Es ist etwas passiert.«

»Nein, nichts ist passiert. Niemand ist verletzt.«

Sie ließ den Besen los und kam zur hinteren Mauer. »Was ist dann?«

»Darf ich für einen Moment hereinkommen?«

Sie öffnete die Pforte. An der Tür ihres Kohlenschuppens teilte ich ihr die groben Fakten zum Raubüberfall auf Moonys Pfandleihe mit. Sie nahm die Nachricht besser auf, als ich gedacht hätte.

»Der arme Mr. Moony. Wenn er mich entschädigt, reicht das vollkommen. Es gibt Schlimmeres.«

»Nicht alle werden es so gut aufnehmen, Mrs. Shackleton«, sagte Sykes finster, als wir wieder in meinem Esszimmer waren, das auch als Büro fungierte. Er betrachtete den neuen Aktenschrank aus Rosenholz.

»Er ist für unsere Fallakten«, erklärte ich.

»Tja, ich hoffe, Sie fordern das Schicksal nicht heraus und werden mehr Fälle haben.«

»Mr. Sykes, müssen Sie solch ein Hiobströster sein?«

Die Wahrheit war, dass der Auftrag des Pfandleihers erst mein zweiter richtiger Fall war. Davor hatte ich nach dem Krieg nach Vermissten gesucht, was allerdings aus reiner Freundlichkeit geschah, denn ich wollte den Frauen helfen, die, wie ich, nach Kriegsende mit offenen Fragen zurückgeblieben waren.

Wir legten Mr. Moonys Liste der gestohlenen Pfandstücke zwischen uns auf den Tisch. Mr. Sykes runzelte die Stirn, als er die Namen und Adressen der männlichen Besitzer abschrieb, zusammen mit den Daten, an denen man die Gegenstände wieder hätte auslösen können.

Ich hielt es mit den Namen der Damen genauso, hakte Mrs. Simons von heute ab und machte eine Notiz, was sie gesagt hatte. Auf meiner Liste waren nun noch vier Leute übrig, auf Sykes' waren es sechs. Verpfänden war eindeutig eine demokratische Angelegenheit mit beinahe ausgeglichener Geschlechterverteilung.

»Was halten Sie davon, dass der Dieb eine falsche Adresse in Headingley angab, Mr. Sykes? Ich frage mich, ob er die Gegend kennt.«

Sykes stieß einen zweifelnden Laut aus. Er hatte ein breites Repertoire nonverbaler Laute, mit denen er eine Menge auszudrücken vermochte. Dieses besondere Ausatmen schien zu bedeuten, dass er nicht glaubte, der Dieb würde in Headingley wohnen. »Schwer zu sagen. Wahrscheinlich lebt er ganz woanders und sagte Headingley, um Mr. Moony auf die falsche Fährte zu locken.«

In diesem Moment kam meine Haushälterin, Mrs. Sugden, mit einem Tablett herein. Darauf befand sich ein frühes Mittagessen, bestehend aus Schweinepastete, Tomaten und Gurke und einer Kanne Tee. »Essen Sie lieber, ehe Sie nach Harrogate fahren, Mrs. Shackleton.«

Durch die Brille auf ihrer Nasenspitze schaute sie zu meinem Notizbuch. Mrs. Sugden war die Diskretion in Person, ausgenommen sie musste Dinge über mich an meine Mutter weitergeben. »Davon habe ich gar nichts gehört«, sagte sie überrascht. »Ich wusste nicht, dass der alte Moony ausgeraubt wurde.«

Sykes' Miene verfinsterte sich. So zu arbeiten war er von der Polizei nicht gewohnt.

»Es wäre nicht gut für sein Geschäft, sollte es bekannt werden, Mrs. Sugden«, antwortete ich und reichte Sykes einen Teller.

Als Mrs. Sugden gegangen war, sagte Sykes: »Es könnte sich lohnen, mal mit einem Freund von mir auf der Millgarth-Wache zu reden. Er arbeitet dort am Tresen vorn. Wir sind zusammen zur Schule gegangen. Er wird mir verraten, falls es Spuren zu unserem vornehmen Juwelendieb gibt oder irgendwelches Diebesgut zum Verkauf angeboten wurde.«

»Was ist mit dem Verkäufer, Mr. Hall?«

»Ich erkundige mich. Und danach mache ich mich auf den Weg nach Chapel Allerton zu diesem Mr. Bing, der damit rechnet, nächsten Donnerstag seine Uhrkette auszulösen.«

»Ich werde als Nächstes nach Harrogate zu Mrs. deVries fahren.«

Mr. Moony hatte sie als eine feine Dame beschrieben, die jedes Jahr im Sommer den Ring ihrer Mutter verpfändete. Ihr die Nachricht von seinem Verlust zu überbringen würde nicht erfreulich sein. Aber da sie ihn spätestens am kommenden Montag wieder auslösen sollte, ging es nicht anders. Zum Glück wollte ich ohnedies nach Harrogate, sodass ich das Geschäftliche mit dem Vergnügen verbinden konnte. Ich biss in die Schweinefleischpastete, die sehr gut war.

»Ach ja«, sagte Sykes. »Sie wollten ins Theater.« Und dann ergänzte er bemüht beiläufig: »Fahren Sie mit dem Automobil?«

»Nein, das gehört heute ganz Ihnen. Falls es Ihnen nichts ausmacht, eine halbe Stunde zu warten, während ich meine Schuhe wechsle und eine Tasche packe, können Sie mich zum Bahnhof mitnehmen. Um kurz nach eins geht ein Zug.«

Sykes sah froh aus, den Wagen zu haben. »Es macht mir nichts aus zu warten.« Er spießte eine eingelegte Zwiebel auf. »Harrogate, was? Ein Jammer, dass die werte Dame ihren Ring nicht irgendwo in ihrer Nähe verpfändet hat. In Harrogate gibt es nie Verbrechen.«

Drei

Als der Zugführer pfiff, damit der Zug den Bahnhof von Leeds verließ, nahm ich mein Buch hervor. Die Abteiltür flog auf. Eine Rauchwolke vom Bahnsteig vermengte sich mit Veilchenduft. Erleichtert murmelnd, dass sie den Zug noch erwischt hatte, stellte eine schlanke, vertraute Gestalt von ungefähr vierzig Jahren einen cremeweißen Sonnenschirm ab. Sie öffnete den obersten Knopf ihrer grünen Satinjacke. »So heiß, so furchtbar heiß heute.« Sie sprach atemlos mit sich selbst, stellte ihre Tasche und ihr Gepäck ab und breitete sich auf den Sitzen mir gegenüber aus.

Mit einem tiefen Seufzer nahm sie Platz, zog einen Fächer aus Elfenbein und Seide aus ihrer Tasche, klappte ihn auf und wedelte sich damit Luft zu. Der Zug stieß eine Dampfwolke aus.

Natürlich! Dieses vollkommene Profil, das elegant hochgesteckte Haar und diese zierlichen Schuhe. Die Belgierin war eine der Darstellerinnen in der Laienproduktion, die ich mir am Abend ansehen würde. Die Regisseurin, eine schillernde Frau, die ich auf einer Party kennengelernt hatte, hatte mich überredet, ihre Schauspieler zu fotografieren. Es war ein vergnügliches Unterfangen gewesen. Die Kamera verliebte sich in sie alle.

Diese Belgierin und ihr Ehemann spielten einen englischen Ratsherrn und dessen Gemahlin. Sie polsterte sich für die Rolle auf, um wie eine beleibte Matrone aus der Töpferindustrie auszusehen. Meriel, meine Regie-Bekanntschaft, sagte, sie hätte intensiv mit den beiden trainiert, und manchmal wäre ihr Akzent hervorragend.

Die Frau spürte meinen Blick, als ich mich an ihren Namen zu erinnern versuchte, und erkannte mich. »Ah, die Fotografin, Mrs. …«

»Shackleton. Und Sie sind die Gattin des Ratsherrn in dem Stück, aber im wahren Leben …«

»Ach, das wahre Leben, das wahre Leben. Davon gibt es viel zu viel. Aber, ja, ich bin Madame Geerts. Olivia Geerts. Bitte, nehmen Sie doch ein Parma Violet.«

Ich zog Birnendrops vor, doch man sollte Harrogate unbedingt mit wohlriechendem Atem erreichen. »Vielen Dank.« Wäre es unhöflich, sie zu ignorieren und mein Buch zu lesen? Sie lächelte und beantwortete die Frage für mich.

»Sie lesen das Buch zum Stück, wie ich sehe. *Anna of the Five Towns.*«

»Ja, mir fehlt nur noch ein Kapitel. Und ich bin gespannt, wie Meriel diese Geschichte für die Bühne adaptiert hat. Es war gewiss nicht leicht, würde ich meinen.«

Sie wedelte mit ihrem Fächer. »Dann will ich Sie nicht stören. Lesen Sie nur. Ich schaue aus dem Fenster.«

Als wir uns Harrogate näherten, schlug ich das Buch zu. »Wie schrecklich! Es ist das falsche Ende. Schlimm genug, dass sich eine der Figuren erhängt.«

»Die Szene ist gestrichen. Wir sehen nicht mehr, wie dieser Mann von seinem Sohn abgeschnitten wird.« Madame Geerts seufzte. »Ein vom Unglück Verfolgter. Aber diese Heldin der Geschichte, was für ein lästiges Mädchen. Ich möchte sie schütteln. Ihr sagen, rede! Setz dich durch!«

Sie brachte mich zum Lachen. Ich wusste genau, was sie meinte.

Anna of the Five Towns ist eine Aschenputtel-Geschichte ohne gute Fee. Anna ist die Tochter eines Geizhalses. An ihrem einundzwanzigsten Geburtstag erbt sie ein Vermögen. Aber der

Geizhals hat Macht über sie. Sie wagt kaum, auch nur einen Sixpence auszugeben. Anna macht eine gute Partie und heiratet den aufstrebenden Geschäftsmann der Stadt. Zu spät entdeckt sie, dass ihr Herz dem jungen Willie Price gehört, dem Sohn ihres bankrotten Pächters. Der ältere Mr. Price erhängt sich aus Verzweiflung. Meine kurze Zusammenfassung lässt die Geschichte melodramatisch klingen. Sie pulsiert wie das wahre Leben. Annas Königreich ist ihre blitzblanke Küche. Ihre Gefühle sind schön und empfindsam, und sie hat eine natürliche Abneigung gegen Heuchelei. Sie kann ihre Gedanken indes nicht in Worte fassen, nicht einmal sich selbst gegenüber. Kein besonders vielversprechender Stoff für ein Theaterstück.

Madame Geerts steckte ihren Fächer ein und knöpfte ihre Jacke wieder zu. Ruckelnd kam der Zug zum Stehen. Sie beugte sich vor und ergriff meine Hände. Zuerst dachte ich, sie wollte ihr Mitgefühl ob des tragischen Romanendes ausdrücken.

Sie blickte mich eindringlich an. »Bitte, erzählen Sie keiner Menschenseele, dass ich in diesem Zug war.« Obwohl wir allein im Abteil waren, senkte sie die Stimme zu einem Flüstern. »Als verheiratete Dame werden Sie wissen, dass medizinische Angelegenheiten von Frauen am besten geheim bleiben. Mein Ehemann, Monsieur Geerts, wenn er erfährt, dass ich im Zug aus Leeds war, wird er außer sich sein. Er ist ein eifersüchtiger Mann. Immer heißt es: Wo warst du? Wen hast du gesehen? Was hast du getan? Ahhh! Sie können es sich nicht vorstellen.«

Ich lächelte. »Ich würde nicht im Traum daran denken zu erwähnen, dass ich Sie gesehen habe. Ich werde kein Wort darüber verlieren.«

Sie lehnte sich vertraulich näher. »Sie sind eine Frau von Welt. Ihnen kann …«

Gnädigerweise öffnete ein Zugbegleiter in diesem Moment die Abteiltür und rettete mich vor medizinischen Einzelheiten.

»Werden wir Sie heute Abend sehen?«, fragte sie, als wir uns an der Schranke trennten. »Kommen Sie zu unserer letzten Vorstellung?«

»Die würde ich um keinen Preis versäumen.«

Ich gab meine kleine Reisetasche bei der Gepäckaufbewahrung ab. Vor der Haustür der armen Mrs. deVries zu erscheinen und ihr mitzuteilen, dass der Ring ihrer Mutter aus der Pfandleihe gestohlen wurde, würde schlimm genug sein. Sie sollte nicht noch den Eindruck gewinnen, ich wolle bei ihr einziehen.

Durch das Gedränge der Reisenden machte ich mich auf den Weg zur Bahnhofsbuchhandlung. Zwischen Fremdenführern über das Heilbad fand ich einen Stadtplan von Harrogate. Zufällig wohnte Mrs. deVries in derselben Straße wie meine Regie-Bekanntschaft, die angeboten hatte, dass ich bei ihr übernachten dürfte.

Der Karte nach schätzte ich, dass die St. Clement's Road ungefähr eine Meile vom Bahnhof entfernt war. Die Karte täuschte mich. In der Nachmittagshitze und bei strahlender Sonne am wolkenlosen Himmel fühlte ich, wie ich dahinwelkte, als ich die West Park hinaufging. Seidenkrepp ist nicht die klügste Wahl für einen heißen Nachmittag. Ich hatte meine braunen Riemchensandalen gegen schwarze Schuhe mit Keilabsatz ausgetauscht, die sich für den abendlichen Theaterbesuch eher eigneten. Nun behinderten sie mich. Du bist nicht hier, um im Schatten eines Baums im The Stray zu sitzen, ermahnte ich mich. Doch der Gedanke war verlockend. Der Park, der Duft von Gras und die winzigen Gänseblümchen weckten Erinnerungen. Meine Mutter und ich hatten Harrogate besucht, bevor sie die Zwillinge, meine Brüder, bekam. Mein Vater war bei einer Polizeikonferenz gewesen, und meine Mutter und ich waren zum Vergnügen mitgereist. Mein Vater musste damals für eine Stunde entkommen sein. Ich erinnerte mich, wie wir drei zusammen im Gras gesessen hatten. Ich hatte mich einen riesigen Hügel hinuntergekullert und es abenteuerlich gefunden, Himmel und Erde immer wieder die Plätze tauschen zu sehen, während mich das Gras an Armen und Beinen kitzelte. Nun sah ich keinen gewaltigen Hügel mehr, sondern nur einen sanften Abhang.

Bis ich die St. Clement's Road erreichte, fühlten sich meine Füße doppelt so groß an, wie sie waren. Ich achtete nicht auf den Schmerz und stellte mir stattdessen vor, wie ich in wenigen Momenten an die Tür von Nummer 92 klopfen würde. Selbst mit Mr. Moonys Visitenkarte, die ich Mrs. deVries unter die Nase halten konnte, könnte sich das Gespräch unangenehm gestalten. Im Idealfall war die Frau allein und bat mich hinein, sodass ich mich kurz erholen könnte, während ich ihr taktvoll erklärte, dass ihr verpfändeter Ring leider gestohlen worden war.

Wie es das Pech wollte, befand ich mich an dem Straßenende mit der Hausnummer eins. Erst als ich die gesamte Straße abgewandert war, wurde mir klar, dass es keine Nummer 92 gab.

Ich blieb an Meriel Jamiesons Gartenmauer stehen. Dahinter befand sich ein viergeschossiges Doppelhaus aus rotem Backstein, wahrscheinlich Mitte des letzten Jahrhunderts erbaut. Manche Häuser in der Straße waren sehr gepflegt, hatten glänzend lackierte Türen und Fensterrahmen, elegante Vorhänge in den Fenstern, Schalen mit Geranien und Petunien auf den Fenstersimsen und makellose kleine Vorgärten.

An Meriels Fassade blätterte die Farbe ab. Eine der Stufen zur Haustür war gesprungen. Nesseln und Disteln wuchsen im Garten, wo zwei vernachlässigte Rosenbüsche um Platz kämpften.

In der Hoffnung, dass Meriel noch zu Hause war und ich meine Füße ausruhen könnte, stieg ich die sieben Stufen zur Haustür hinauf. Dort gab es zwei Klingeln und zwei Namensschilder: *Capt. Wolfendale* und *Miss Fell.* Keine Miss Jamieson.

Aus dem Erkerfenster glotzte mich eine Rüstung an. Indem ich zwei Stufen wieder hinabstieg, konnte ich ins Zimmer spähen, ohne gesehen zu werden. Zwei Männer saßen an einem niedrigen Tisch vorm Kamin, die Köpfe über etwas gebeugt, was ein Brettspiel sein mochte. Das musste der Captain Wolfendale vom Namensschild sein. Ihn und seinen Mitspieler störte ich lieber nicht. Meriel wohnte noch nicht lange in Harrogate. Vielleicht hatte sie kein Namensschild.

Plötzlich ging die Tür auf. Ein Pekinese streckte seinen kleinen Kopf heraus. Als sich die Tür weiter öffnete, sah ich, dass er an der Leine war und von einer älteren Dame mit einem runden, freundlichen Gesicht geführt wurde. Sie schlug die linke Hand vor ihre Brust. »Du meine Güte! Sie haben mich erschreckt.« Sie schloss die Tür hinter sich.

»Verzeihung, das wollte ich nicht. Ich bin auf der Suche nach Miss Jamieson.«

»Miss Jamieson wohnt im Souterrain.« Ihre Stimme klang kultiviert, sogar ein wenig affektiert. »Sie ist nicht zu Hause. Ich sah sie vorhin weggehen.«

So viel zu meinem Traum, meine geschundenen Füße auszuruhen. »Oh, nun, nicht so wichtig.« Der Pekinese schnüffelte an meinen Schuhen, als wüsste er, dass sie zu eng waren. »Ich treffe sie später. Ich bin hier, um mir das Stück anzuschauen.«

»Ah, dann werden wir uns vielleicht auch wiedersehen, denn ich gehe ebenfalls hin. Da erwartet Sie etwas Nettes, Miss …«

»Mrs. Shackleton. Ich habe die Fotografien gemacht.«

»Ja richtig! Ich habe viel von Ihnen gehört.« Nun klang sie sehr viel freundlicher.

Wir stiegen zusammen die Stufen hinunter und standen für einen Moment auf dem Gehweg.

»Dann gehe ich lieber zurück in die Stadt, um Miss Jamieson dort zu treffen.« Ich bückte mich und streichelte den seidigen

Pekinesenkopf. Auf diese Weise machte ich mich bei seiner Halterin beliebt und sie offener für meine Frage. »Miss Fell, bevor Sie gehen …« Der Hund zog an der Leine. »Eine Freundin meiner Mutter wohnt irgendwo hier in der Nähe, nur habe ich ihre Adresse nicht. Ihr Name ist Mrs. deVries.«

Miss Fell starrte mich an, unfähig, ihre Überraschung zu verbergen. Oder war es Schock? Sie kannte Mrs. deVries, dessen war ich mir sicher. Der Hund zerrte wieder. Miss Fell ließ sich eilig von ihm über die Straße ziehen und rief mir zu: »Bedaure! Nie von ihr gehört.«

Sie log. Aber warum? Dann kam mir ein seltsamer Gedanke. Dies war die Hausnummer 29 St. Clement's Road. Mrs. deVries wohnte in der nicht vorhandenen Nummer 92. Ich zog meinen Rock enger an mich, damit er sich nicht in einer riesigen Distel verfing, und beschloss, einen Blick auf die Souterrainwohnung zu werfen, in der ich die Nacht verbringen sollte. Ich ging einen schmalen Pfad entlang und drei Stufen zu einer Tür hinunter. Auch hier hing ein Namensschild: *Root – Uhrenreparateur*.

Dies war der auffallend gut aussehende junge Mann, der zur Besetzung von *Anna of the Five Towns* gehörte. Indem sie ihn aus seinem schattigen Souterrain auf die Bühne holte, hatte Meriel der weiblichen Bevölkerung von Harrogate einen großen Gefallen getan. Ich ging an seiner Wohnungstür vorbei. Weiter hinten hatte Meriel ihren eigenen Eingang, aber kein Namensschild. Ich schaute durchs Fenster und sah einen schwach beleuchteten Kellerraum mit einem schmalen Bett und einer Chaiselongue. Miss Fell hatte recht. Meriel war bereits fort.

Als ich zurückging, bemerkte ich Dan Root. Er saß mit dem Rücken zu mir vor dem Kamin, wie ein Junge, der wartete, dass der Weihnachtsmann durch den Schornstein kam. Er war eine breitschultrige, einsame Gestalt in einem weißen Hemd, dunkler Hose und Weste.

Ich erinnerte ihn als außerordentlich charmant und sehr fotogen. Sein gutes Aussehen wäre auf einer Londoner Bühne oder in einem Lichtspieltheater durchaus passend, auch wenn die Helden dort ausnahmslos dunkelhaarig waren. Dieser Adonis war blond, aber mit einem honigfarbenen Teint und einem Lächeln, das Herzen zum Rasen brachte.

Auf einmal drehte er sich um, als hätte er meinen Blick gespürt. Wie peinlich, dabei ertappt zu werden, wie ich durch sein Fenster starrte! Er kam so zur Tür, wie er war, noch mit seiner Schürze um.

»Entschuldigen Sie mein Starren. Ich dachte, ich könnte Meriel entdecken. Wir hatten verabredet, uns in Valley Gardens zu treffen, aber ich wollte sie zu Hause erwischen, bevor sie geht.«

Wenigstens erinnerte er sich an mich. »Mrs. Shackleton, dann sind Sie nicht hier, um noch eine Fotografie zu machen?« Er zog eine Uhr aus seiner Westentasche. »Sie ist vor einer halben Stunde gegangen und sagte, dass sie vor der Aufführung noch mal zum Theater wolle.«

Die Goldkette an seiner Uhr fiel mir auf, doch er bewegte sich zu schnell, als dass ich sie richtig sehen konnte. Ich konnte ihn wohl kaum fragen: Ist das ein südafrikanischer Rand, und haben Sie diese Woche einen Pfandleiher ausgeraubt?

Er lächelte mich charmant an. »Tut mir leid. Ich würde Sie hereinbitten oder Ihnen anbieten, Sie zu begleiten, aber ich habe noch eine Menge Arbeit zu erledigen.«

»Ist schon gut.«

»Dann auf Wiedersehen«, sagte er recht abrupt.

»Auf Wiedersehen.«

Nun fühlte ich mich wie eine Idiotin. Gewiss rannten ihm immerfort irgendwelche Frauen die Tür ein. *»Diese Uhr geht seit zehn Minuten um drei Stunden nach. Sicher können Sie sie für mich reparieren, schöner Mr. Root.«*

Verärgert ob meines Mangels an Erfolg humpelte ich zurück in die Stadt und fand nach einigem Suchen Crispin's Boot Company in der Cambridge Street. Widerwillig erstand ich ein Paar flache Schnürschuhe, auf die jede alte Dame stolz gewesen wäre. Die Verkäuferin, eine junge Frau etwa in meinem Alter, sah müde aus und schien froh, etwas verkauft zu haben. Als ich sie fragte, wo es zur Post ginge, begleitete sie mich zur Tür. »Sie sind praktisch da, Madame. Sie ist gleich um die Ecke dort.«

Sie hatte meine Schuhe eingepackt, und ich wanderte deutlich uneleganter zur Post.

Im Straßenverzeichnis fand sich keine Mrs. deVries in der St. Clement's Road oder benachbarten Straßen. Ebenso wenig war sie im Verzeichnis der Telefoninhaber zu finden. Was mich nicht verwunderte. Nicht jeder leistete sich den Luxus eines Telefons, zumal wenn die wirtschaftlichen Umstände ihn oder sie dazu zwangen, kostbare Besitztümer zum Pfandleiher zu bringen.

Ich nahm ein Telegrammformular auf und entwarf meine Nachricht an Sykes. *Kein Glück in St. Clement's Road STOP Korrekte Adresse bestätigen.*

Am Schalter bezahlte ich meine neun Wörter und gab Meriels Anschrift für die Antwort an.

Nahe Valley Gardens lief ich Meriel über den Weg. Sie begrüßte mich mit einer exaltierten Umarmung. Ihr großes ovales Gesicht und die ausdrucksvollen Augen strahlten vor Entzücken. Ich trug mein Haar zu einem Bob geschnitten. Ihres war lang, lose aufgesteckt und mit Kämmen fixiert. Ihr weiter Rock, die voluminöse Bluse und die bestickte lila Seidenweste sorgten für einen exotischen Zigeuner-Look.

Für den Moment ließ ich alle Gedanken an die Arbeit sausen, während wir den Weg entlang und vorbei an einem Orchester schlenderten, das einen Marsch spielte. Ein kleines Mädchen schlug Rad im Gras. Ein Kinderreifen rollte vor uns über den Weg. »Den nehmen wir als Glücksreifen«, sagte Meriel. »Wenigstens ist das Wetter besser geworden. Die Landwirtschaftsschau letzte Woche war ein Reinfall, und der Golfplatz wurde überschwemmt – etwas mit einem geplatzten Rohr.«

»Das dürfte enttäuschend für die Touristen gewesen sein.«

»Ach, die trinken einfach weiter das Heilwasser und baden. Und nichts davon hat meinem Stück geschadet. Hervorragende Kartenverkäufe.«

Wir erreichten ein Café und setzten uns. Meriel drehte ihr Gesicht zur Sonne, und der Kellner räumte ab, ehe er uns die Speisekarten gab. Sie schloss die Augen. »Dies erinnert mich an die herrlichen Tage, als meine Mutter in der Scala sang. Da war ich die Nachmittage über draußen, solange sie ausruhte.«

Dann blickte sie mich über ihre Karte hinweg an. »Du bist so schlank«, sagte sie vorwurfsvoll. »Du könntest jeden dieser köstlichen Eisbecher essen. Letzte Woche probierte ich Pistazie, und sie haben hier eine fantastische Auswahl an Kuchen und Eclairs.«

Das Orchester stimmte einen Wiener Walzer an. Noch bevor die Melodie verklungen war, hatte der Kellner unsere Bestellungen gebracht.

»Es ist reizend hier, Meriel.« Ich fühlte mich entspannt und froh, am Leben zu sein.

»Die Musiker sind ausgezeichnet. Harrogates Stadtväter glauben, Musik würde die Sorgen vertreiben und für eine heitere Gesinnung sorgen. Und ich fühle mich tatsächlich heiter. Sieh dir das an.« Sie hielt mir eine Zeitung vor die Nase. Es war also genau wie zu Hause, wo Mrs. Sugden die Geschichten von Torheit und Verbrechen verschlang. Aber dies hier war Harrogate. Und der Beitrag im *Herald* von Mittwoch war eine Namensliste – die Heilbadbesucher der Woche, geordnet nach den Hotels, in denen sie wohnten. Meriel zeigte auf einen Namen. »Siehst du! Da ist er.«

»Burrington Wheatley?«

»Ebender.« Sie blickte sich um, als wolle sie sich vergewissern, dass selbiger Mann nicht in Hörweite war. »Ein komischer Klops von einem Mann mit einem permanent rot glühenden Gesicht, schlohweißem Haar, weißem Schnauzbart und sehr buschigen schwarzen Augenbrauen. Du kannst ihn nicht verwechseln.« Während sie sprach, malte sie sich Schnauzbart und extreme Augenbrauen mit den Fingerspitzen ins Gesicht, um ihre Beschreibung zu illustrieren.

Mir kam ein Verdacht. »Warum soll ich ihn nicht verwechseln wollen?«

Der Kellner kam mit unseren Salaten. Meriel wartete. »Weil du, meine liebe Kate, mich heute Abend über den grünen Klee loben sollst, wenn du neben ihm sitzt. Er ist der berühmte Impresario aus Manchester.«

»Was tut ein Impresario?«

Sie sah mich an, als wäre ich sträflich unbedarft. »Er produziert natürlich Stücke, plant Gastspiele an den besten Adressen im ganzen Land. Falls ihm meine Arbeit gefällt … Nun, sagen wir, es könnte mein Durchbruch sein. Klatsche, bis dir die Hände wehtun. Ein Hurra oder zwei wären auch nicht verkehrt.«

Ich wurde skeptisch. »Mir war nicht bewusst, dass ich deine Bannerträgerin sein soll.«

Sie schloss die Augen, reckte den Hals und zog die Schultern nach hinten. »Mein Leben wird sich verändern. Das fühle ich in den Zehenspitzen.«

Beim Essen unterhielten wir uns über Neuigkeiten von unserer gemeinsamen Freundin, bei deren Kostümparty zu Silvester letzten Jahres wir uns kennengelernt hatten.

Meriel bestellte mehr Brot und ließ etwas davon, zusammen mit einer Tomate, verstohlen in ihrer Tasche verschwinden. »Harrogate hat mir Glück gebracht. Wer hätte gedacht, dass ich mitten in der Hochsaison mit einer Laienproduktion ins Opera House darf? Es ist zu schön, um wahr zu sein. Ich hatte versucht, in London einen Fuß in die Tür zu bekommen, aber da tat sich einfach nichts. Ich war die Assistentin der Assistentin der Gewandmeisterin. Jede Minute dort war eine Pein – und eine Vergeudung meines Talents.«

Ich lauschte ihren Ausführungen über Kostümschneiderei, bis uns der junge Kellner unsere Kuchen und das Eis brachte. Die Eiscreme schmolz bereits in der Nachmittagshitze.

Meriel fragte den Kellner nach seinem Namen und sagte dann: »Nun, Malcolm, können Sie mir sagen, was diese Woche im Opera House läuft?«

»Ja, es ist die Bühnenfassung eines Romans von Arnold Bennett, Madame. *Anna of the Five Towns.*«

»Was haben Sie darüber gehört?«, fragte sie.

Er wurde rot und blickte sich nach einem Fluchtweg um.

»Nun?«

»Bei dem Stück bin ich mir nicht sicher«, gestand er. »Aber mir wurde erzählt, dass das bestaussehende Mädchen von Harrogate darin mitspielt.«

»Danke. Das ist eine ausgezeichnete Empfehlung.« Seine Antwort schien sie zufriedenzustellen. »Es spielt keine Rolle, was sie sagen, Kate, solange sie reden.« Sie blätterte die Zeitung um. »Lies mal diese Kritik.«

Ich überflog den Artikel. Ihre Inszenierung hatte wirklich eine hymnische Besprechung bekommen.

Meriel tupfte sich einen Eisklecks vom Kinn. »Weißt du, warum ich diese Geschichte ausgesucht habe, *Anna of the Five Towns*?«

»Sie scheint eine schwierige Wahl. Ich selbst hätte wohl eher ein bekannteres Theaterstück gewählt.« Ich schnitt mit der Gabel in mein Eclair.

»Ich wählte das Stück aus, weil es Heuchelei, Gemeinheit, Unterdrückung und Tyrannei anprangert.« Sie schwenkte ihren Löffel, sodass etwas Eiscreme auf dem Hut der Dame am Nebentisch landete. Bedachte man den Schmelzgrad, war es ein beeindruckender Treffer. Als Meriel über das Stück sprach, lockte sie einiges an Aufmerksamkeit auf unseren Tisch.

Im Café war es voll, und auch wenn man die Gäste nicht direkt zur Eile trieb, wurde uns bedeutet, nicht allzu sehr zu trödeln. Der Kellner brachte die Rechnung. Meriel entriss sie mir. »Ich lade dich ein.«

Sie öffnete ihre geräumige Handtasche und begann zu suchen. »Oh nein, ich habe meine verfluchte Geldbörse im Theater vergessen. Wie ärgerlich!«

Ich nahm ihr die Rechnung ab.

»Aber, wie ich eben sagte, Kate, was *Anna of the Five Towns* angeht, haben wir da eine Heldin, die sich nicht wehren kann, weil sie immer unter Tyrannei gelebt hat und es ihr an der Sprache oder der Fähigkeit fehlt, für sich zu kämpfen oder zu sagen, was sie will. Und in Lucy Wolfendale habe ich die perfekte Anna.«

»Hast du jemanden gewählt, der ihr im Charakter ähnlich ist?«

»Um Himmels willen nein! Die beiden könnten nicht gegensätzlicher sein.«

Beim Theater ging ich direkt an die Abendkasse, während sich Meriel mit dem Pförtner unterhielt.

Die weißhaarige Frau mit der Brille reichte mir meine Karte für den Abend. Ich dankte ihr und fragte: »Wissen Sie, ob eine

Mrs. deVries eine Karte reserviert hat? Ich bin ohne ihre Adresse aus Leeds hergekommen und habe gehofft, dass sie heute Abend hier sein wird.« Es war ein guter Versuch, aber vergebens.

Die Frau schüttelte den Kopf. »Halb Harrogate hat das Stück gesehen, aber der Name sagt mir nichts.« Sie runzelte die Stirn. »DeVries? Klingt belgisch. Die Belgier bleiben eher in ihrer Clique, wenn Sie mich fragen.«

Vier

Der letzte Vorhang von *Anna of the Five Towns* fiel. Die Besetzung hatte sich immer wieder zu tosendem Applaus verneigt.

Bravorufe hallten der jungen Hauptdarstellerin entgegen, als sie vortrat, an jeder Seite einen jungen Mann: den, der ihre Hand gewinnen konnte, und den, der tragisch ums Leben kam. *Anna* verneigte sich allein.

Mr. Burrington Wheatley, Meriels samtgewandeter Impresario, saß rechts von mir und applaudierte laut.

In der Pause waren er und ich von der ersten Reihe in eine der hinteren umgezogen, um einem abscheulichen Sitznachbarn zu entfliehen, der zu spät gekommen war, Zigarrenqualm nach oben zur Bühne blies und mir laufend Kommentare zuraunte, während er laut mit einer Tüte Pfefferminzbonbons knisterte.

Als der Applaus verklang, drängten Mr. Wheatley und ich aus dem Saal und blieben unten an der Treppe der Eingangshalle stehen, wo es zum ersten Rang und der Bar ging. Mr. Wheatley drehte sich zu mir. »Das Mädchen, das die Anna gespielt hat …«

»Lucy Wolfendale.« Ich erinnerte mich von den Aufnahmen an sie.

»Sie wird eine Schneise von gebrochenen Herzen und leeren Brieftaschen hinter sich zurücklassen, verlassen Sie sich darauf. Solch eine Schauspielerin gibt es in jeder Generation nur einmal. Sie ist ein Naturtalent.«

Hinter mir war ein Knurren zu vernehmen. Es kam von dem Pfefferminz schmatzenden Zigarrenraucher, vor dem wir hatten fliehen können. Recht erbost brummelte er: »Ein solch exquisites Geschöpf wie Miss Lucy Wolfendale sieht man nicht einmal in jeder Generation, sondern nur einmal im Leben.«

Mr. Wheatley zwinkerte mir amüsiert zu. »Ich bezog mich ausschließlich auf ihr schauspielerisches Können, Sir. Ich plane und leite Theaterproduktionen, die durch die Provinz reisen. Miss Wolfendale würde ich gleich morgen für mein Ensemble anwerben wollen.«

Der Zigarrenraucher rümpfte angewidert die Nase und blieb uns auf den Fersen, als wir die breite Treppe hinaufgingen. »Miss Wolfendale wird für niemanden auf die Bühne gehen. Ihre Zukunft ist hier.«

Mr. Wheatley zog eine Augenbraue hoch. »Sind Sie ihr Vater?«

»Ihr Vater?« Der Zigarrenraucher blieb abrupt stehen. Für einen Moment dachte ich, er würde Mr. Wheatley schlagen. Er biss auf seine Zigarre und sagte frostig aus dem Mundwinkel: »Ich bin Lawrence Milner, ein enger Freund der Familie. Miss Wolfendale ist ein ehrbares Mädchen. Ein wenig Laientheater mit Freunden mag hinnehmbar sein. Doch das professionelle Theater kommt nicht infrage.«

Um die Stimmung aufzulockern, warf ich ein: »Die jungen Männer waren ebenfalls sehr gut.«

»Einer von ihnen ist mein Sohn Rodney«, sagte Lawrence Milner. »Und er wird keine Zeit mehr für solche Dinge haben.«

Das hatte er bereits während der Aufführung angemerkt, und die Ähnlichkeit war nicht zu leugnen. Der junge Milner und der alte hatten das gleiche rotblonde Haar.

Ich beschloss, ihn zu ignorieren. »Fanden Sie nicht auch, Mr. Wheatley, dass Dylan Ashton den Willie hervorragend gespielt hat? Er schien wirklich sehr verliebt in Anna.«

»Das war nicht gespielt«, murmelte Mr. Wheatley freundlich.

Mr. Milner schob sich an uns vorbei und drängelte sich zur Bar durch.

Mr. Wheatley nahm meinen Arm. »Miss Jamiesons Talent als Regisseurin besteht darin zu wissen, was zu schneiden und was zu spielen ist.«

»Oh, und was hat sie herausgeschnitten?«

Meriel und ich verließen das Theater als Letzte. Sie musste sich vergewissern, dass nichts in den Garderoben zurückgelassen wurde. Dann dankte sie dem Pförtner überschwänglich, als wir ihm zum Bühneneingang folgten, und beteuerte, dass sie seine Freundlichkeit nie vergessen würde.

»Ein Trinkgeld wäre angebracht«, flüsterte sie mir zu. »Bei all dem Kram in dieser Tasche kann ich meine Geldbörse nicht finden.«

In dem Augenblick, in dem wir aus dem Theater und in die kleine Seitengasse traten, verwandelten sich die dicken warmen Regentropfen in einen beachtlichen Sommerguss. Ich eilte zum nächsten Hauseingang und wühlte in meiner sehr vollen Tasche. »Irgendwo hier habe ich einen Regenschirm.«

Meriel zog sich ihre Kapuze über. »Den müsstest du mich halten lassen. Ich bin größer.«

Meine Ferse berührte etwas. Ich blickte nach unten und trat mit einem erschrockenen Laut einen Schritt zurück, weil ich fürchtete, versehentlich auf einen schlafenden Landstreicher getreten zu sein.

»Ist er betrunken?« Meriel nahm mir den Regenschirm ab und öffnete ihn schwungvoll.

Ich bückte mich und berührte die warme Wange des Mannes. Er hatte seinen Hut verloren. Schütteres rotblondes Haar fiel ihm in die Stirn. Sein Jackett war offen, und ein Knopf fehlte. Später wunderte ich mich, dass ich auf solch kleine Details achten konnte. Vielleicht sträubte sich etwas in mir, zum Heft des Dolchs zu sehen, das aus seiner Brust ragte. Im Schein der Gaslaterne bemerkte ich einen blutigen Streifen auf dem gestärkten weißen Hemd.

Ich schaute entsetzt hin und fragte mich, ob es ein geschmackloser Schmerz mit einem harmlosen Theaterdolch sein könnte. Ob der Mann gleich aufspringen und loslachen würde. Was er nicht tat. Im schwachen Licht wurden die Gesichtszüge klarer. Das vorgeschobene Kinn, die breite Nase. Es war ein ansehnliches Gesicht, erstarrt in einem Ausdruck wütender Überraschung, als hätten seine Lippen nicht erwartet, so bald ihrer Zigarre beraubt zu werden.

»Das ist dieser Mann … der neben mir saß. Er ist tot.«

Meriel kreischte. »Nicht mein Mr. Wheatley!«

Ich drückte ihr meine Tasche in die Arme und fühlte am Hals des Mannes nach einem Puls, obwohl ich wusste, dass es sinnlos war.

Meriel wich zurück und sagte ängstlich: »Das ist Lawrence Milner.« Ich richtete mich wieder auf, und als ich mich zu ihr drehte, sah ich das Entsetzen in ihren Augen. »Das ist sein Automobil, gleich da auf der Straße.« Hastig eilte sie hin, als könnte das, was wir in dem Hauseingang sahen, eine Täuschung sein und der wahre Mr. Milner lebendig hinterm Steuer sitzen.

»Jemand hat die Reifen aufgeschlitzt!«, rief sie.

Das dürfte Mr. Milner nicht mehr kümmern.

Ich wartete, dass sie wieder zurückkam. »Furchtbar, furchtbar«, war alles, was sie über die Lippen brachte. Der Tote lag hinter mir, und Meriel versperrte mir den Weg. Ich fühlte mich wie gelähmt.

Eine von uns musste etwas tun. Meriel schien wie von Sinnen.

»Bleib hier, Meriel. Ich sage dem Pförtner, dass er die Polizei rufen soll.«

Hierauf wandte sie sich um, rannte zurück zum Bühneneingang und rief: »Ich sage es ihm.«

Sie hatte meinen Schirm mitgenommen, sodass ich vor der Wahl stand, entweder mit dem Rücken zum Fenster im Regenguss stehen zu bleiben oder mich zu dem Toten in den Hauseingang zu stellen. Ich entschied mich für den Regen.

Fünf

Lucy Wolfendale hatte in der Rolle der Anna Tellwright brilliert. Der Applaus gab ihr das Gefühl zu schweben. Sie fühlte, wie ihr Geist, befeuert vom Klatschen, das gesamte Theater einnahm und jeden erreichte. Anschließend wollte sie Champagner trinken und in einem prächtigen Ballsaal tanzen. Stattdessen musste sie sich mit einem Glas Sherry an der Theaterbar zufriedengeben, wobei sie die widerlichen Annäherungsversuche von Rodney Milners ekligem alten Bock von Vater abwimmelte. Igitt.

Wären ihre guten Freunde nicht gewesen, es hätte sie rasend gemacht.

Nun war es kurz vor Mitternacht, und sie saß auf dem Gepäckträger eines Fahrrads. Regentropfen fielen ihr in den Nacken und rannen ihren Rücken hinab.

»Ich hätte nicht gedacht, dass es bei meinem großen Abenteuer wie aus Eimern gießen würde.« Lucy lehnte sich an Dylans Rücken. »Ich kann es nicht leiden, bei Regen auf dem Fahrrad zu sein.«

Dylan antwortete nicht gleich. Er trat kräftig in die Pedale und hetzte über die unebene Straße, als wäre der Teufel hinter ihnen her.

An der Abbiegung zur Stonehook Road verlangsamte er. »Es wird nicht aufhören. Willst du umkehren?«

»Nein!«

Schweigend fuhren sie weiter die sich schlängelnde Straße entlang. Der Regen hörte so plötzlich auf, wie er begonnen hatte. Schließlich ragte der Turm in dem dunklen Feld auf, vom Mond beschienen. Ihn bei Nacht zu sehen erschreckte Lucy. Er wirkte so anders. Bedrohlich.

Dylan wurde erneut langsamer und brachte das Fahrrad am Straßenrand zum Stehen.

Lucy stieg ab und schüttelte Regentropfen von ihrer Kleidung. Sie hüpfte von einem Fuß auf den anderen. »Nur einen … Lass mich …« Sie stützte sich auf seine Schulter und schüttelte ihr Bein. »Oh, oh, oh! Das kribbelt!«

Ihr Rocksaum war durchnässt vom Wasser, das der Reifen hochgespritzt hatte.

Dylan lehnte das Rad an die Weißdornhecke. Er zog die Lampe vom Lenker. »Noch kannst du es dir anders überlegen.«

»Sei nicht solch ein Baby.« Sie nahm ihm die Lampe ab und begann, nach einer Lücke in der Hecke zu suchen. »Mein Entschluss steht fest.«

Er folgte ihr, wollte sie zurückhalten. »Musst du denn? Warum kannst du nicht morgen früh zu Hause sein, wenn die Post kommt? Die Nachricht abfangen, ehe dein Großvater sie sieht?«

»Dylan! Dann wäre ich erbärmlich.« Sie riss sich von ihm los. Sollte er ruhig feige sein, wenn er wollte. Das passende Aussehen dafür hatte er bereits. Er war nur wenig größer als sie, hager und hatte immer noch etwas Kindliches. »Ich finde die Lücke nicht!«, rief sie. »Wir müssen über die Pforte klettern.« Mit der Lampe in einer Hand, stellte sie einen Fuß auf die zweite Querstrebe der Pforte. »Jetzt mach dich mal nützlich! Du hast gesagt, dass du mir hilfst.«

»Das war an einem sonnigen Tag«, entgegnete er hilflos. »Da schien es eine gute Idee.«

Sie war auf der einen Seite der Pforte, er auf der anderen und rührte sich nicht. Sie legte ihre Hand auf seine. »Ich muss das tun. Ich will nur, was mir gehört.«

Es war an jenem Sonntagnachmittag im Juni gewesen, als sie zusammen Text gelernt hatten. Sie hatte ihn zum Schweigen verpflichtet. Als sie ihm erzählte, dass sie Schauspielerin werden wolle und sich bei der Royal Academy of Dramatic Art beworben hatte, wagte sie kaum zu hoffen, dass etwas dabei herauskommen würde. Als man ihr ein Vorsprechen anbot, fürchtete sie, ihr würde kein glaubwürdiger Vorwand für ihre zweitägige Abwesenheit einfallen oder sie bekäme das Fahrgeld nach London nicht zusammen. Ihr Großvater war ein solcher Geizkragen wie der Geizhals in dem Stück. Doch Lucy wäre nicht Lucy, hätte sie das Geld nicht aufgetrieben. Und sie wäre ebenso wenig Lucy, hätte man ihr nicht einen Platz an der RADA angeboten, den sie auch anzunehmen beabsichtigte.

An ihrem einundzwanzigsten Geburtstag hatte sie ihren Großvater auf den Kopf zu nach dem Erbe gefragt, von dem sie wusste, dass es ihres war. Er verweigerte es.

Die Idee mit dem Erpresserbrief hatte Lucy aus einem von Miss Fells Büchereiromanen. Eintausend Pfund würden für die Gebühren an der RADA und eine Unterkunft in London ausreichen.

Nun war sie in dieser nassen Augustnacht hier, kämpfte für ihren Traum und hatte nur Dylan als Hilfe. Der erwies sich leider als Waschlappen, als ein feiger Hasenfuß.

»Was ist, wenn dein Großvater dahinterkommt, dass du den Brief geschickt hast?«

»Na, soll er ruhig. Dann weiß er, dass ich es ernst meine.« Sie begann, über das Feld zu stapfen.

Dylan kletterte hinter ihr her und lief, um sie einzuholen. »Er wird die Polizei rufen.«

Sie drehte sich um. Der Mond leuchtete ihnen den Weg. Lucy sah, dass Dylan auf den Boden blickte, damit er möglichst keine Butterblumen und Gänseblümchen zertrat. »Mein

Großvater wird die Polizei nicht rufen. Er wird bezahlen, weil er Angst hat.«

»Wovor?«, fragte Dylan.

Sie waren sich so nahe, dass Lucy sie zwei auf einmal als ein Paar begossener Vogelscheuchen in einem Feld vor sich sah. Sie würden zusammenhalten gegen alle Raubvögel der Welt. Allerdings müsste sie das Beschützen übernehmen. Dylan besaß keinen Funken Courage oder Tatendrang.

»Ich weiß nicht genau, wovor er Angst hat. Einem Skandal, vermute ich.«

Schon als kleines Mädchen hatte sie gespürt, dass ihr Großvater keine Aufmerksamkeit auf sich lenken wollte. Ihre flachen Absätze sanken in dem weichen Boden ein. Feuchte Grashalme kitzelten ihre Knöchel durch die Strümpfe.

Lucy leuchtete auf das Schloss an der alten Eichentür. Dylan steckte den schweren Eisenschlüssel hinein und drehte ihn. Mit einem lauten Knarzen öffnete sich die Tür. Sie standen erstarrt da. Lucy fröstelte. »Hier drinnen ist es stockfinster.«

»Das sage ich doch. Es wird dir nicht gefallen. Und nachts ist es unheimlich …«

Sie ging hinein. Der Lampenstrahl brachte rissige Dielenbretter zum Vorschein, darunter nichts als düstere Leere. »Halt! Die Dielen geben nach. Unter denen geht es über drei Meter ins Nichts«, warnte Dylan.

Sie zupfte an seinem Ärmel. »Dann gehen wir die Treppe hinauf. Schau nicht nach unten.«

Dylan schnupperte. »Dieser Gestank! Unten müssen sie irgendwas Verrottendes gelagert haben. Deshalb sind die Dielen auch morsch.«

Eine gerade Treppe mit zwei fehlenden Stufen führte ins obere Stockwerk.

»Vorsichtig, Lucy!«

»Stell dich nicht so an.«

Ein Stabwerkfenster, dessen Glas gesprungen war, ließ ein klein wenig Mondlicht herein.

Als sich ihre Augen an die Dunkelheit gewöhnt hatten, sah Lucy, dass alles an seinem Platz war, genau wie sie es hinterlassen hatte: Decken, eine Wasserflasche, eine Keksdose mit Essen, Kerzen und Streichhölzer. Sie zündete eine Kerze an.

Dylan rang erschrocken nach Luft. »Hier brennt alles wie Zunder. Hätte ich doch nur nie …«

»Alles in Ordnung.« Sie entzündete eine zweite Kerze, ließ etwas Wachs auf den Boden tropfen und fixierte sie darauf.

»Es ist Irrsinn«, jammerte Dylan.

»Manchmal ist Irrsinn das Beste. Und du wirst das nicht mehr sagen, wenn alles vorbei ist. Ich verlange nur, was mir zusteht. Eintausend Pfund mögen viel klingen – aber mein Gott, wenn eine fiktive Figur wie Anna Tellwright in dem Stück zu fünfzigtausend Pfund kommen kann … Und es wird auch etwas für dich abfallen, weil du mir hilfst.«

»Ich will kein Geld.«

»Es wird nichts Schlimmes passieren. Und überhaupt kann ich ja jederzeit raus, also hör auf, dir Sorgen zu machen.« Sie streckte ihm die Hand hin. »Lass uns den Mond ansehen. Lass uns die Sterne zählen. Lass uns auf dem Wehrgang tanzen. Heißt der nicht so?« Sie ging voraus zu einer schmalen Wendeltreppe. »Komm mit nach oben. Ich habe einen Kompass dabei und kann dir sagen, wo was ist.«

Widerstrebend folgte er ihr. »Ich weiß, wo was ist, und mir ist nicht nach Tanzen.«

»Siehst du, diese Treppe ist recht stabil.«

Sie erreichten die Turmspitze.

»Ist das nicht herrlich?« Sie breitete die Arme weit aus. »Man kann meilenweit sehen.«

Der Mond beschien die umliegenden Wiesen. Sterne wetteiferten funkelnd um Aufmerksamkeit. Auf einem fernen Feld war Heu gemacht worden, und der Duft hing noch in der Luft. Dylan sagte: »Wer diesen Turm gebaut hat, kam hier rauf, um die Sterne anzusehen.«

»Oder mit seiner wahren Liebe zu tanzen.« Sie streckte die Arme aus und begann zu singen: »*If you were the only boy in the world, and I were the only girl, nothing else would matter in the world today …* Komm schon! Tanz mit mir!«

»Ich träume«, sagte er, trat vor und legte einen Arm um ihre Taille, den anderen an ihre Schulter. »Ich werde bald aufwachen.«

»Träum ruhig weiter, aber sing.«

»*If you were the only girl in the world …* «

Sie tanzten um die Turmspitze herum.

»Wenn ich erst Schauspielerin bin, musst du an jeden Bühneneingang der Welt kommen und nach mir fragen. Ich werde meinen Freund in der Not nie vergessen, Dylan. Mir ist, als würde ich dich lieben, so wie Anna Willie liebte. Wahrhaft und für immer.«

»Dann … «

»Schhh.« Sie legte einen Finger an seine Lippen. »Ich werde mich immer an dich erinnern, ganz gleich, wohin mich das Leben führt.« Sie lachte. »Wir haben den alten Milner schön abgeschüttelt. Er wollte mich unbedingt fahren … «

»Das war nicht alles, was er wollte«, fiel Dylan ihr ins Wort.

»Und dein Gesicht!«

»Rede nicht von ihm.«

»Er ist abscheulich. Wäre ich ein Mann und Charakterdarsteller, würde ich ihn studieren. Aber so … « Sie imitierte ein Würgegeräusch. »Kannst du dir vorstellen, dass er und mein Großvater tatsächlich dachten, ich würde ihn heiraten?«

»Ja, kann ich mir vorstellen.«

»In welchem Jahrhundert, in welchem Land glauben sie zu leben?«

»Niemand kann dich zur Heirat zwingen. Man darf ebenso sehr ›Ich will nicht‹ sagen, wie man ›Ich will‹ sagen darf. Jedenfalls denk nicht mehr daran. Das beschert dir nur Albträume.«

»Du solltest jetzt gehen, Dylan.«

»Lass mich hierbleiben und auf dich aufpassen. Ich kann dich bewachen, während du schläfst.«

»Du hast schon genug getan. Und du musst morgen ausgeschlafen und frisch für die Arbeit sein. Die Mädchen werden in Scharen zum Fenster von Croker & Company kommen, um einen Blick auf dich zu erhaschen.«

»Das bezweifle ich.« Dennoch klappte er seinen Kragen hoch.

Sie ging hinter ihm her die Treppe hinunter.

Er wollte die Fahrradlampe nicht zurücknehmen. »Der Mond wird sich gleich wieder blicken lassen. Gute Nacht, Lucy.«

»Gute Nacht.« Sie drehte den Schlüssel im Schloss, stieg zurück die Treppen hinauf und beobachtete ihn, als er die Wiese überquerte. An der Pforte schaute er sich um und winkte.

Für einen Augenblick dachte sie, er würde kehrtmachen und zu ihr zurückeilen.

Gestern hatte Lucy die Unterlegplane und die khakifarbenen Decken aus der Army-Zeit ihres Großvaters stibitzt. Sie hatte sich ein Fahrrad geliehen und alles, was sie brauchte, zum Turm gebracht. Als Schlafplatz wählte sie eine Stelle an der Wand im Geschoss unter dem Wehrgang. Ihre Umhängetasche aus dickem Webstoff diente ihr als Kissen.

Es war ein großes Wagnis, dessen war sie sich bewusst. Was wäre, wenn ihr Großvater den Erpresserbrief öffnete, einen lebenslangen Grundsatz verwarf und zur Polizei ging? Nun, die würden sie nicht finden. Das würde keiner. Dieser Ort war seit Jahren verlassen.

Natürlich war morgen Samstag, und er könnte nicht zur Bank gehen. Aber das hatte sie bedacht. Sollte er ruhig schwitzen. Sollte er den ganzen Samstag und den ganzen Sonntag vor Grübeln vergehen. Sollte er den Verstand verlieren. Er würde gleich am Montagmorgen an die Banktür klopfen.

Sie runzelte die Stirn. Fraglos bestand die Möglichkeit, dass er ihr Erbe wirklich nicht hatte, dass er es verspielt hatte oder ausgegeben, dass er sie über Jahre an der Nase herumgeführt hatte, als er sagte, in der fernen Zukunft würde sie Beträchtliches erwarten. Doch die ferne Zukunft war mit Anbruch des 6. Augusts dieses Jahres da gewesen, mit ihrem einundzwanzigsten Geburtstag.

In dem Fall sollte er lieber wissen, wie er zu etwas Geld kam, denn sie wollte es haben. Sie wollte ihr Leben leben, fernab von ihm und seinen Waffen, Uniformen, Medaillen und uraltem Unsinn.

Etwas berührte in der Dunkelheit ihr Gesicht. Etwas huschte an ihrem Haar vorbei, eine trippelnd schleichende kleine Kreatur. Lucy lag sehr still da. Der Turm bewegte sich und atmete. Die Nischen und Winkel bewahrten den Geruch von längst vergangenen Ernten. Sie konnte Staub und Heumachen hinten in ihrer Kehle schmecken. Die grauen Steinmauern stanken nach Ewigkeit, der Holzboden nach Jammer und Ruin.

»Wegen mangelnder Nutzung dem Verfall überlassen«, hatte Dylan gesagt. So würde er es formulieren, sollte der Turm seinen Weg in die Akten von Croker & Company finden, dem Hausmakler, bei dem er arbeitete.

Sie hatte den Turm als Versteck gewählt, nachdem sie alle anderen Möglichkeiten verworfen hatte. Dylan würde seine Stellung riskieren, sollte er sie in seinen Zimmern über dem

Büro verstecken. Und Lucys Freundinnen würden weder ihre Entschlossenheit noch ihr Drängen auf Verschwiegenheit verstehen. Noch dazu hatten sie Mütter, die es nicht verheimlichen würden.

Es gab noch einen anderen Grund, der nichts mit Logik oder Vernunft zu tun hatte. Ihre gesamte Kindheit über hatte Lucy Märchen geliebt. Sie fühlte, wie deren Botschaft eine Saite in ihrer Seele anschlug. In den Märchen fanden die Mädchen, seien sie Müllerstöchter oder Prinzessinnen, irgendwie zu ihrem wahren Ich, und ihnen wurde ihr Herzenswunsch erfüllt. Doch vorher galt es, eine Prüfung zu bestehen, einen einsamen Kampf ohne Erfolgsversprechen.

Auch wenn sie es nicht in Worte fassen konnte, wusste Lucy, dass ihr ihre Zukunft, sollte sie drei Nächte in diesem Turm aushalten, quasi in den Schoß fallen würde. Heute, Freitagnacht, würde ihr Großvater noch tief und fest schlafen, nichtsahnend. Am Samstagmorgen, wenn der Brief auf die Fußmatte fiel, würde er zu kochen anfangen. Den ganzen Samstag würde er planen, wie er das Geld beschaffte, die tausend Pfund. Er würde seine Kontobücher hervorholen und rechnen. Der Gedanke, sich auch bloß von der kleinsten Summe zu trennen, bescherte ihm verlässlich Durchfall. Kam eine Rechnung ins Haus, ging die Toilettenspülung so oft, dass davon das Haus bebte. Wie froh sie war, dass sie dort raus war, raus aus dem Mausoleum, und bald schon für immer. Die ganze Samstagnacht läge ihr Großvater wach. Am Sonntag würde er im Zimmer auf und ab laufen. Der einzige Mensch, dem er sich eventuell anvertraute, wäre Mr. Milner, sein Partner bei Brettspielen wie bei dem Plan, Lucys Leben zu zerstören. Falls es so war, sollten sie doch gemeinsam das Geld aufbringen. Am Montagmorgen ginge Großvater zur Bank. Und Montagmittag käme ihre Erlösung.

Armer alter Großvater. Ein Teil von ihr konnte nicht umhin,

Mitleid mit ihm zu empfinden. Aber er hätte nicht so knauserig sein sollen. Er hatte sein Leben gelebt. Jetzt musste sie ihres leben.

Sie zog die Decke fester um sich und wollte sich zum Einschlafen bringen, indem sie all die Märchentürme im Geiste heraufbeschwor, die es je gegeben hatte.

Sie träumte von Spinnweben. Sie träumte von seidenem Haar, das in den Himmel floss und sich mit Sternen verwob. Sie träumte von einem Zwergengroßvater, der sich in Stücke riss. Sie träumte davon, Anna aus dem Stück zu sein, die ein Vermögen erbte und doch nicht wusste, wie man lebte. Nun bestieg sie einen Zug.

Das Pfeifen ihrer Traumlokomotive wurde zu einem Heulen. Wie gelähmt wachte sie auf.

Jemand stand da, füllte den Raum zur Treppe aus. Lucy wollte etwas sagen, sich bewegen, aufstehen und zu wissen verlangen, wer das war. Doch es wollte kein Laut aus ihrer Kehle kommen. Und sie konnte nicht mal einen Finger rühren.

Als sie wieder aufwachte, war die Gestalt fort. Sie fragte sich, ob es einer von diesen Träumen gewesen war, in denen man sicher war, wach zu sein und jemanden zu spüren, obwohl man schlafen musste, denn sonst könnte man sich ja bewegen. Sonst könnte man ja sprechen.

Sie setzte sich auf.

»Ist da jemand? Dylan!«

Keine Antwort.

Sie schlüpfte in ihre Schuhe und rief aufs Neue: »Ist da jemand?« Halb erwartete sie, dass ein Zwerg sie mit einer Seidenschlinge einfing oder eine Hexe sie mit gekeckerten Flüchen belegte.

Sie stieg die wacklige Wendeltreppe zur Turmspitze hinauf und trat hinaus auf den Wehrgang. Unter dem mürrischen

Mond war in der Ferne ein Heuhaufen auszumachen, der die Form eines Hexenhauses hatte. Ein Kleeduft aus einer anderen Zeit, einem längst vergangenen Jahrhundert, wehte herbei. Drüben beim Wäldchen bewegte sich etwas. Vielleicht ein Fuchs, der sich auf die Jagd schlich, oder ein Reh, das sich in der Stunde vor Sonnenaufgang sicher wähnte.

Sechs

Was für ein schreckliches Lebensende: in einer regnerischen Nacht in einem Hauseingang. Eine sich endlos anfühlende Zeit lang wartete ich, dass Meriel wiederkam und sagte, die Polizei sei unterwegs.

Ich wanderte von der Seitengasse zur Straße, wo Mr. Milners Wagen parkte. Ein Paar ging auf der anderen Straßenseite vorbei, und die Frau lachte über einen Witz, den der Mann gemacht hatte. Er blickte herüber, murmelte ihr etwas zu. Sie sah zu mir, einer unbegleiteten Frau, die dort herumstand. Die beiden gingen hastig weiter. Es war offensichtlich, was sie dachten.

Der Abend war kühl geworden. Ich kehrte in die Seitengasse zurück, hielt jedoch Abstand zu dem Hauseingang. Künftige Kunden und Ladenangestellte würden vielleicht manchmal einen Kälteschauer spüren, wenn sie die Schwelle überquerten, auf der die Leiche gelegen hatte. Der Hauseingang könnte das Echo einer grausamen Tat bewahren, wie auch das von Mr. Milners letzten Momenten.

Es war zwecklos. Ich musste mir den leblosen Mann noch einmal ansehen. Er schien sich zu bewegen. Ich zwang mich, abermals nach einem Puls zu fühlen. Keine Regung von Leben, nicht mal ein Hauch von Atem. Alles, was blieb, war eine gut gekleidete Hülle.

Der Dolch hatte das Herz durchbohrt. Er war so tief eingedrungen, dass nur noch das Heft herausragte. Der dunkle Blutfleck bildete ein beinahe symmetrisches Muster. Ich wandte mich ab und ging zurück zur Straße. Warum kam niemand?

Mr. Milners Zylinder lag im Rinnstein, neben seinem Wagen. Die Schnitte in den Reifen schienen mir unsinnig. Reichte es nicht, den Mann zu ermorden, ohne das Gummi seiner Automobilreifen zu attackieren? Mir kam es wie ein Racheakt vor. Oder Wahnsinn.

Ich fing an zu zittern und schaute mich um. Der Mörder könnte immer noch hier sein, in einem anderen Hauseingang, außer Sichtweite. Ich hätte das vorbeieilende Paar zu Hilfe herbeiwinken sollen. Dann kam mir ein seltsamer Gedanke. Der Mörder könnte in dem Automobil gewesen sein, dort kauernd und wartend, bereit, jederzeit anzugreifen. Ein leiser Schrei erschreckte mich. Mir wurde klar, dass ich ihn von mir gegeben hatte. *Komme doch jemand. Komme doch jemand bald!* Ich hatte Männer im Hospital sterben gesehen, an Wunden, an Fieber, aber nicht auf diese Weise. Nicht in einem friedlichen Kurort, in einem Ladeneingang.

Ich wagte einen Blick in den Wagen, suchte nach dem lauernden Mörder. Da war keiner. Im Rinnstein, nahe dem hinteren Reifen, lag etwas Glitzerndes. Ich beugte mich hinunter. Es war ein Manschettenknopf. Beweismittel. Was für ein Wunderwerk unser Verstand ist, dass er uns gleichzeitig auf so vielfältige Weise empfinden und denken lässt! Die Welt drohte, sich von mir zu entfernen. Ich ging zurück in die Gasse. Meine Tasche und Meriels lagen immer noch, wo wir sie fallen gelassen hatten. Ich setzte mich auf meine.

Ich werde nicht ohnmächtig. Kopf zwischen die Knie. Was ist, wenn er hinter mir ist? Ich werde nicht ohnmächtig. Ich werde nicht ohnmächtig.

Nach einer Weile, die sich wie eine Ewigkeit anfühlte, erschien Meriel mit dem Pförtner. Ich rief ihnen zu: »Geht nicht zu nahe an den Hauseingang. Die Polizei wird alles untersuchen wollen.«

Der Pförtner betrachtete Milners Leiche. Dann gingen wir drei an die Straße und warteten.

Zuerst kamen ein uniformierter Sergeant und ein Police Constable, die wie zwei Kreaturen aus der Unterwelt auftauchten, vollständig in Schwarz gekleidet, einschließlich der Nachtknöpfe ihrer Jacken. Der Constable war der Jüngere von beiden, blass, glattrasiert und schlaksig. Der ältere Mann hatte einen gepflegten schmalen Schnauzbart und richtete beim Gehen die Fußspitzen nach außen. Der Sergeant ging in die Gasse. Während wir dem Constable unsere Namen und Adressen nannten, hörte ich Hufgetrappel. Ein Ponywagen erschien und hielt an. Ihm entstieg eine stattliche Gestalt in Frack und Zylinder.

»Guten Abend, Doktor.« Der Constable holte eine Taschenlampe hervor und führte den Arzt in die Seitengasse. Plötzlich überkam mich Panik. Was wäre, wenn Milner gar nicht tot war? Vielleicht hatte ich mich geirrt, hätte ihn sofortiges Handeln retten können.

Doch die beiden kehrten mit gemessenen, keinerlei Eile andeutenden Schritten zurück.

Der Mediziner roch nach Whisky. Er nahm ein winziges Notizbuch und einen Bleistift aus seiner Innentasche. »Können Sie mir sagen, wann Sie den Verstorbenen fanden, Madame?«

Ich kam mir dumm vor, weil ich nicht auf meine Uhr geschaut hatte. »Wir blieben stehen, weil ich meinen Schirm aus der Tasche holen wollte«, antwortete ich hilflos.

»Es war ungefähr halb zwölf«, sagte Meriel. »Mr. Milner war noch warm. Das hast du doch gesagt, nicht wahr, Kate? Mrs. Shackleton war Krankenschwester. Sie fühlte nach einem Puls.«

Der Arzt notierte die Zeit.

Meriel schüttelte sich und stöhnte. »Ich ertrage das nicht. Der arme Mann. Vermutlich ist der einzige Trost, dass er vor seinem Tod noch ein gutes Theaterstück gesehen hat.«

»Glauben Sie, sie steht unter Schock?«, fragte mich der Arzt leise.

Ich war froh, dass er mein neuerliches Zittern anscheinend nicht bemerkte. So ruhig, wie ich irgend konnte, antwortete ich: »Wahrscheinlich.«

Der Sergeant übernahm den Ponywagen und ließ den Constable zurück, um den Tatort zu bewachen.

»Bringen Sie uns nach Hause?«, fragte Meriel, als er uns in die Kutsche half.

Der Sergeant sagte zum Kutscher: »Raglan Street!«

»Ich wohne in der St. Clement's Road …«, begann Meriel.

»Wenn es den Damen recht ist«, sagte der Sergeant sanft, »würde ich Sie gern erst mal mit auf die Wache nehmen, damit Sie eine Tasse Tee bekommen.«

Sieben

»Ein furchtbarer Schock für die Damen.« Der ältere Sergeant führte uns in einen kargen Raum im hinteren Bereich der Wache. Wir setzten uns auf Bänke an einen Tisch voller Brandflecken von Zigaretten und Teerändern.

»Sie frieren.« Er legte mir eine alte Army-Decke um die Schultern.

Meriel drückte meine Hand. »Kate ist die Tapfere von uns. Sie blieb bei dem Toten.«

In diesem Moment beneidete ich Meriel. Sie schien sich bereits von dem distanziert zu haben, was geschehen war, als wäre der Fund einer Leiche zu einer ausgedachten Szene geworden, einem Epilog zu ihrer Produktion.

Der Constable verschwand und kam mit zwei klobigen Tassen starkem, gesüßtem Tee zurück. Zitternd suchte ich in meiner Tasche nach Geralds altem Flachmann. Wie sehr wünschte ich mir, Gerald könnte jetzt hier sein.

Ich schraubte die Flasche auf. Es war noch hinreichend Brandy darin, um eine anständige Portion in unsere Tassen zu geben. *Auf dich, Gerald, wo du auch sein magst. Verloren in dieser Welt oder der nächsten. Wäre es nicht wundervoll, könntest du eines Tages einfach wieder zurück in mein Leben treten?*

Der Constable blieb bei uns im Raum und sagte freundlich: »Achten Sie nicht auf mich.«

»Wir sind doch nicht verhaftet, oder?«, fragte Meriel.

»Oh nein, Miss. Wir brauchen nur Ihre Aussagen.«

Wir tranken, warteten und lauschten dem lauten Ticken der

großen runden Wanduhr. Unendlich langsam bewegten sich die Zeiger auf Mitternacht zu. War das alles? Es schien unanständig, hier rauszuwollen. Aber was könnten wir denn schon »aussagen«? Wir würden den Schrecken, einen Toten zu finden, nach nur einer Nacht Schlaf – oder Wachen – wohl kaum vergessen.

Meriel beugte sich zu mir und zupfte an einem Faden ihres Capes. »Das ist entsetzlich. Es ist wie in einem dieser deutschen Filme, wo alles ... Ach, du weißt schon.«

Dieser Schimmer von Furcht auf ihrem Gesicht, der mir vorhin aufgefallen war, kehrte zurück. Furcht vielleicht, weil sie dem Toten so nahe gewesen war. Doch sofort begann sie, tief durchzuatmen. Nach einem Moment sagte sie mehr zu sich selbst als zu mir: »Ich habe einen guten Eindruck auf Mr. Wheatley gemacht.«

»Das hast du.«

»Er sagte, ich soll ihn BW nennen. Denkst du, ich habe wirklich einen guten Eindruck gemacht?«

»Meriel, um Himmels willen!« Ich schloss kurz die Augen, weil mir die Kraft fehlte, die richtigen Worte zu finden, und ich nicht entscheiden konnte, ob ich es mit mangelnder Sensibilität oder Unsicherheit zu tun hatte. Wenigstens lenkte es mich von meiner eigenen Reaktion ab. Sie flieht ins Theater, sagte ich mir, so wie ein Trinker sich zur Flasche flüchtet.

»Dein Gesicht, Kate! Ich versuche doch nur, Konversation zu machen, uns auf andere Gedanken zu bringen. Hatte ich dir erzählt, dass er mich für morgen zum Mittagessen eingeladen hat?«

Hatte sie. »Ja.«

»Er plant einen Ibsen und fragte mich, welchen. Was hältst du davon?«

Mir wurde die Antwort erspart, denn vom Korridor waren Schritte und Stimmen zu hören.

Unser Sergeant sprang auf, als die Tür geöffnet wurde. »Meine Damen.« Der Mann trug einen guten dunklen Anzug, ein makelloses Hemd und eine dunkelgrüne Krawatte. Er hatte etwas Vertrautes an sich, was an den braunen Augen mit den grünen Sprenkeln liegen musste. Sein helles Haar war seitlich gescheitelt und kurzgeschnitten. Ein nächtlicher Bartschatten verdunkelte sein Kinn, und er sah ein wenig müde aus.

»Ich bin Inspector Charles von Scotland Yard.« Er trat vor und schüttelte uns die Hände, als wir uns vorstellten.

Alles fühlte sich unwirklich an, als könnte es sich jeden Augenblick auflösen und als so flüchtig erweisen wie das Theaterstück, das erst vor Stunden aufgeführt worden war.

Meriel hielt seine Hand fest. »Meine Güte, Sie müssen von der Mordkommission sein. Sie können doch nicht schon aus London hergekommen sein.«

Er stockte kurz, bevor er antwortete, als müsse er entscheiden, wie viel er sagen wollte. »Eigentlich sollte ich jetzt im Nachtzug nach London sitzen. Es kommt nicht oft vor, dass ich in den Norden gerufen werde, doch dies wird schon meine dritte Ermittlung in Yorkshire in jüngster Zeit sein. Ich hoffe, das wird nicht zur Gewohnheit.«

Er sah mich an, während er das sagte, und mir wurde klar, dass derselbe Mann in Bridgestead gewesen war, als ich im Auftrag von Tabitha Braithwaite arbeitete. Es war mein erster echter Fall gewesen und erst wenige Monate her. Ich sollte dort das mysteriöse Verschwinden von Joshua Braithwaite untersuchen, einem reichen Webereibesitzer und Tabithas geliebtem Vater.

Wie ich mich erinnerte, wollte Inspector Charles mich aus dem Weg haben. Hinterher fragte ich mich, ob er mich dafür verantwortlich machte, dass der örtliche Bobby bei der Tatortsicherung recht wenig sorgfältig vorgegangen war.

Der Inspector nickte dem Sergeant zu, der hinter ihm stand.

»Sergeant, nehmen Sie bitte Miss Jamiesons Aussage auf. Halten Sie es kurz.« Dann wandte er sich an mich. »Mrs. Shackleton?«

»Ja.«

»Wenn Sie bitte mit mir kommen wollen.«

Ich folgte ihm auf den Korridor und in ein Zimmer, in dem ein Kaminfeuer angemacht worden war. Er zog zwei Stühle ans Feuer. »Tut mir leid, dass Sie warten mussten.«

Ich war zu benommen, um zu reagieren. Wenn es so weiterging, hätte der junge blasse Constable, der am Tisch an der Wand mit einem Notizbuch bereitsaß, wenig zu schreiben.

»Ich weiß zu schätzen, dass Sie den Tatort freigehalten haben, nachdem Sie die Leiche fanden. Und danke, dass Sie den Manschettenknopf bemerkten. Ich hatte vor einigen Wochen einen Fall, bei dem ein Narr von einem Dorfpolizisten und irgendeine Fotografin im gesamten Haus herumgetrampelt waren. Es war ein Wunder, dass noch Beweise gefunden werden konnten.«

Oh, er erinnerte sich an mich. Meine Nackenhaare sträubten sich. »Falls Sie sich auf Bridgestead beziehen ...«, sagte ich, um ihn auf ein oder zwei Punkte hinzuweisen.

»Aber das war damals, und dies ist heute«, fiel er mir rasch ins Wort.

Unweigerlich fragte ich mich, ob er mich provoziert hatte, um mich aus meiner Halbstarre zu rütteln.

Er nahm eine kleine Beweismitteltüte auf und kippte den Manschettenknopf auf ein Blatt Papier. Er war rund anderthalb Zentimeter im Durchmesser mit Goldrand und einem Bandachat in Weiß, Schwarz und Braun in der Mitte. »In gutem Zustand, keine Kratzer, aber leichte Abnutzung auf der Rückseite.«

»Er ist recht auffällig gemustert«, sagte ich. »Glauben Sie, er gehört dem Mörder?« Der Manschettenknopf war nicht teuer genug, um Mr. Milners zu sein. Es war die Sorte, die man bei jedem Herrenausstatter oder billigerem Juwelier kaufen konnte.

»Es ist möglich, und er könnte auf ein Handgemenge hinweisen«, antwortete der Inspector. »Erkennen Sie ihn?«

Ich schüttelte den Kopf. Gleichzeitig kam mir der Gedanke, dass man Manschettenknöpfe nur bemerkte, wenn sie besonders auffällig waren oder man in ihren Träger verliebt war.

»Haben Sie Mr. Milner vor heute Abend gekannt?«

»Nein. Er saß während des ersten Akts neben mir. Danach habe ich mich in eine Reihe weiter hinten gesetzt.«

Er zog eine Augenbraue hoch. »Warum?«

»Ich sitze nicht gern in der ersten Reihe, und er war nicht der ideale Theaterbesucher. Sein Sohn hat in dem Stück mitgespielt, und Mr. Milner machte immerfort Anmerkungen.«

»Was für Anmerkungen?«

Wenn jemand langweilig ist und seine Bemerkungen unerwünscht sind, kann man verblüffend viel ausblenden. Doch einige von Milners Worten konnte ich im Geiste noch hören.

»Er sah die Schauspielerei seines Sohns kritisch. Und er sagte, dass er in Rodneys Alter in Südafrika gedient hätte.«

»Sonst noch etwas?«

»Heute Abend war die letzte Vorstellung, und Mr. Milner hatte das Stück mehrmals gesehen. Ich fürchte, dass er mich verärgerte, also war ich nicht sehr verständnisvoll dem armen Mann gegenüber. Er sagte, dass er hoffte, Rodney würde nicht so bald wieder auf eine Bühne gehen. Dass er besser dran wäre, Automobile zu verkaufen.«

Der junge Constable schrieb es eifrig auf. Er war noch nicht erfahren genug, um mangelndes Interesse vorzutäuschen.

Ich zog das Programm aus meiner Tasche und öffnete die Seite mit Mr. Milners Werbeanzeige.

MILNER & SON'S MOTOR WORKS
(gegr. 1903)
Summerfield Avenue
Harrogate

Vertragshändler für
Austin De Dion Ford Wolseley
Alle Marken
Offizielle Werkstatt des Royal Automobile Club, etc.,
A.A. Händler
Reifen – Benzin – Zubehör
Telegramm »Motor« Telefon 417

Der Inspector nahm das Programm. »Dürfte ich das behalten?«

»Ich bitte darum.«

Inspector Charles blätterte zur Besetzungsliste. »Dies muss sein Sohn sein, Rodney Milner spielt Henry Mynor.«

»Ja. Rodney spielte den aufstrebenden Geschäftsmann, der das Mädchen bekommt.«

Der Inspector hatte eine beruhigende Wirkung auf mich. Nachdenklich und ohne jede Eile betrachtete er die Namen.

»Verdächtigen Sie einen der Schauspieler oder einen Theatermäzen?«, fragte ich.

Er streckte seine Beine aus. »Dafür ist es noch viel zu früh«, antwortete er sanft, als hätte ich keine dumme Frage gestellt. »Man muss sich für alles offenhalten. Es war jedenfalls kein Raub. Seine Brieftasche wurde nicht entwendet.«

»Oh«, sagte ich ziemlich dümmlich. Mr. Milner kam mir wie ein Mann vor, der ein dickes Geldbündel bei sich trug.

Der Inspector legte die Fingerspitzen aneinander. »Mrs. Shackleton, falls Mr. Milner nicht wegen der wenig schillernden Darstellung seines Sohnes im Theater war, warum dann?«

Eine Stimme in meinem Kopf ermahnte mich, nicht schlecht über die Toten zu sprechen. »Um hinterher an der Bar Automobile zu verkaufen? Ich bin mir nicht sicher.« Es schien heimtückisch, Milner als Lüstling und zugleich als die schlimmste Sorte Theaterbesucher zu beschreiben. »Er bewunderte Lucy Wolfendale, die junge Hauptdarstellerin. Er bot an, sie nach Hause zu begleiten, aber sie schloss sich ihren Freunden an.«

Kratz-kratz machte der Stift des Constables.

»Fahren Sie fort.«

»Mr. Milner kam mir wie ein beharrlicher Mann vor. Mir tat Lucy leid, weshalb ich ihn ins Gespräch verwickelte. Ich war froh, als sich Madame Geerts zu uns gesellte.«

Der Inspector unterbrach mich. »Madame Geerts?«

Auch der Constable, der mit seinen Notizen beschäftigt war, merkte auf. Er sah mich erwartungsvoll an. Ich weiß, dass die Polizei Informationen vertraulich behandeln muss, aber dieser Bursche sah mir ein wenig zu interessiert aus. Etwas veranlasste mich, für mich zu behalten, dass Madame Geerts Milners Arm mit der Finesse eines ausgehungerten Hais ergriffen und ihn weggezogen hatte.

»Sie und ihr Ehemann spielten in dem Stück mit«, sagte ich in einem Tonfall, der mich übertrieben affektiert klingen ließ. »Ich verließ Mr. Milner und Madame Geerts, und das war das letzte Mal, dass ich ihn gesprochen habe.«

Der Inspector nahm meine Wortwahl zur Kenntnis. Es war das letzte Mal gewesen, dass ich Mr. Milner gesprochen hatte, aber nicht das letzte Mal, dass ich ihn sah.

Er wandte sich zum Constable, der seine Mitschrift unterbrochen hatte. »Das wäre dann alles. Rufen Sie bitte eine Droschke.«

»Wird gemacht, Sir!«

Als der Constable draußen war, sah mich der Inspector an. »Mrs. Shackleton, Sie sind eine aufmerksame Frau, und Ihre

Eindrücke werden von großem Wert sein. Es wäre unfair, Sie nach diesem Erlebnis noch länger hierzubehalten. Aber wären Sie bereit, mir morgen eine schriftliche Aussage zu geben, was die Ereignisse nach der Vorstellung betrifft?«

»Natürlich. Nur möchte ich niemanden in Verlegenheit bringen …«

»Wie Madame Geerts?«

»Ja.« Dem Mann entging nichts. Bei ihm musste man vorsichtig sein.

Er seufzte und sagte behutsam: »Wenn etwas nicht relevant ist, glauben Sie mir, werde ich keine kostbare Zeit daran verschwenden. Bitte erzählen Sie es mir jetzt.«

Erleichtert, dass der Constable nicht mehr im Raum war, holte ich Luft und begann. »Sie gingen zusammen weg, Mr. Milner und Madame Geerts. Sie zuerst, er folgte wenig später.« Ich spürte, dass ich rot wurde, weil er womöglich vermutete, dass ich ihnen nachgeschlichen war, was ich nicht getan hatte. »Hinterher ging ich zu einer der Garderoben, um meine Reisetasche zu holen, die von der Gepäckaufbewahrung gebracht worden war. Hinter der Bühne ist es ein bisschen unübersichtlich. Ich öffnete die falsche Tür und sah Mr. Milner und Madame Geerts. Glücklicherweise sahen sie mich nicht. Sie waren zu beschäftigt.«

»Erzählen Sie weiter.«

»Ich denke, der Fachausdruck wäre *in flagranti*.«

Hiermit war ich zufrieden – es war so viel besser, als zu sagen, sie hätten es miteinander getrieben.

Er beugte sich vor. »Hätte jemand anders sie ertappen können?«

In diesem Moment öffnete der Constable die Tür. »Die Droschke ist da, Sir.«

Der Inspector begleitete mich nach draußen, wo der Ponywagen wartete. Meriel saß bereits drinnen, und unsere Taschen waren eingeladen.

»Sie erlauben, Mrs. Shackleton?« Sehr sanft ergriff Inspector Charles meinen Arm und half mir in den Wagen.

Ein Constable stieg mit uns ein. Vielleicht galten wir als wichtige Zeuginnen, die Polizeischutz benötigten.

Acht

Ein einzelnes Licht brannte in der Erdgeschosswohnung von Nummer 29 St. Clement's Road.

»In Polizeibegleitung nach Hause kommen«, murmelte Meriel. »Mein Plagegeist von Vermieter wird es lieben, sollte er aus dem Fenster schauen.«

»Hier wären wir, meine Damen. Ich warte, bis Sie im Haus sind.« Der Constable sprang aus der Droschke und nahm unsere Taschen, ehe er uns nach unten half.

Plötzlich fiel mir ein, dass ich eine Nachricht überbringen sollte.

»Meriel, Lucy Wolfendale bat mich, ihrem Großvater auszurichten, sie bliebe die Nacht bei … den Namen habe ich vergessen. Eine der anderen Schauspielerinnen.«

»Alison?«

»Ja, die war es. Ich bin sicher, es wäre besser, wenn du es ihm ausrichtest.«

»Und ich bin sicher, dass es das nicht wäre«, erwiderte Meriel energisch.

»Ich bin dem Mann nie begegnet.« Ich war erschöpft und wollte nichts lieber als ins Bett fallen.

Im Erdgeschoss flog ein Fenster auf und flutete den Vorgarten mit Licht. Ein Gesicht erschien, darüber eine altmodische Nachtmütze.

Meriel stöhnte und eilte in den Garten, außer Sicht, während sie mir sagte: »Richte dem alten Knaben lieber Lucys Nachricht aus. Ich lasse die Tür angelehnt.«

Sie ging bereits seitlich am Haus nach hinten.

»Meriel!«, flehte ich.

Sie blieb stehen und schüttelte den Kopf. »Lucy bat dich, es ihm zu sagen, weil sie weiß, wie er bei mir ist. Er ist ziemlich pingelig geworden wegen der Miete. Ich habe ihm gesagt, dass ich noch zahle. Doch er muss mich nur sehen, dann leuchten schon Pfund-, Shilling- und Pence-Zeichen in seinen Augen auf.«

Das Gesicht im Fenster bekam eine Stimme, und die rief: »Lucy? Bist du das?«

Mein Kopf war wie leergefegt. »Ich habe seinen Namen vergessen.«

»Es ist derselbe wie Lucys. Wolfendale. Nenn ihn Captain, salutiere, und er frisst dir aus der Hand.«

Der alte Mann beobachtete mich, als ich die Stufen zur Haustür hinaufstieg. Ohne auf mein Klopfen zu warten, öffnete er die Tür. Im selben Moment rief der Kutscher: »Hü!«, und das Pony trottete von dannen. Das rhythmische Hufklappern durchbrach die nächtliche Stille.

Es brannte kein Licht in der Diele, doch aus der Wohnung drang ein schwacher Schein. Der alte Gentleman, der mich ansah, hatte seine Nachtmütze abgenommen. Er trug einen schäbigen Army-Mantel über einem gestreiften Pyjama und uralte braune Pantoffeln. Er war in den Siebzigern, von kleiner, bulliger Statur, aber aufrecht und militärisch in seiner Haltung und mit einem gezwirbelten Schnauzbart. Er strich mit einer Hand über seinen vollständig kahlen Kopf.

Munterer, als mir zumute war, sagte ich: »Bitte die Störung zu entschuldigen, Captain Wolfendale. Meldung von der Front an Hauptquartier. Lucy biwakiert heute bei ihrer Freundin Alison. Ich versprach, es Ihnen auszurichten.«

»Es ist ein Uhr morgens! Warum schickt sie mir um diese Zeit eine Nachricht?«

Bei der Polizei hatte man uns gebeten, nichts von dem Mord zu sagen. Ich überlegte, was ich sagen könnte. »Ich entschuldige mich für die späte Stunde. Ich war heute Abend in dem Stück und blieb länger, um zu helfen. Morgen kommt eine Gastspieltruppe an. Man verliert die Zeit aus dem Blick, wenn man das Lager abbaut.«

Ich wollte mir gern einbilden, dass ihn der Militärjargon beeindruckte. Er neigte den Kopf zur Seite. »Und Sie sind, Madame?«

Dass ich weder Rang noch Nummer hatte, war zweifellos von Nachteil. »Ich bin Mrs. Shackleton.«

»Lucy bat Sie herzukommen?«

»Ich bin unten bei Miss Jamieson zu Besuch, nur für diese Nacht.«

»Shackleton, sagten Sie?«

»Ja.«

»Dann habe ich etwas für Sie. Bitte, treten Sie ein.«

Was könnte er für mich haben, fragte ich mich. Als ich die Wohnung eher zögerlich betrat, fing der Pekinese im Stockwerk darüber zu bellen an.

Der Captain blickte sich einen Moment um, als wüsste er nicht mehr genau, wo er das Etwas hingelegt hatte, das er mir geben wollte. Dann nahm er einen Umschlag von der Anrichte. »Wurde vor Stunden gebracht. Telegramm. Hätte den Jungen fast weggeschickt. Erkannte den Namen nicht.«

»Vielen Dank.«

Es musste Sykes' Antwort sein. *Bitte lass mich keinen Fehler gemacht haben, als ich die Adresse der armen Mrs. deVries abschrieb.* Sykes würde sich für ungemein schlau halten, sollte er mich korrigieren müssen. »Macht es Ihnen etwas aus, wenn ich es gleich lese?«

»Möchten Sie sich setzen?«, fragte er höflich. »Nehmen Sie

unter der Lampe Platz.« Er war rücksichtsvoll. Für so viele Menschen gingen Telegramme und schlechte Nachrichten Hand in Hand.

»Ich danke Ihnen.«

Er ging einige Schritte auf Abstand, um dort zu warten, als könnte ich plötzlich vor Schreck zusammenbrechen und wiederbelebt werden müssen. Sykes' Nachricht war knapp: *Adresse korrekt.*

Folglich hatte die mitleiderregende Dame, die den Diamantring ihrer Mutter verpfändete, eine falsche Adresse angegeben. Vielleicht auch einen falschen Namen. Warum?

»Keine schlechten Neuigkeiten, hoffe ich?« Er sprach ein wenig heiser, als würde er sich von einer Halsentzündung erholen.

»Nein, danke, Captain. Ich lasse Sie dann mal in Ruhe.«

Er öffnete eine Schublade der Anrichte und sagte: »Sie sollten nicht im Dunkeln zu Miss Jamiesons Wohnungstür stolpern. Hier, nehmen Sie die Taschenlampe. Ich bringe Sie zur hinteren Treppe, die zu ihrer Bleibe führt.« Es gelang ihm, Meriels Wohnung liederlich klingen zu lassen. Das würde ihr gefallen.

Er leuchtete uns den Weg durch die Diele. »Ich muss den Gasstrumpf hier in der Diele wechseln.«

»Die halten dieser Tage keine zwei Minuten mehr«, stimmte ich ihm zu.

Er leuchtete mir den Weg. »Dann sind Sie nicht vom Theater?«

»Nein. Ich hatte Fotografien für das Stück aufgenommen.«

»Ah, natürlich haben Sie das! Ich erinnere mich, dass Lucy von Ihnen erzählte. Mächtig gute Fotografien. Ich schlich mich am Mittwochabend hinten ins Theater. Lucy hat es gut gemacht, aber das haben sie alle.« Er senkte die Stimme. »Dennoch werde ich nicht noch mal unten an Theaterleute vermieten. Ist nichts Persönliches, müssen Sie wissen, aber jeder nach seiner Fasson, wie es so schön heißt.« Er öffnete die Tür am Ende des Korridors. »Diese Treppe führt zu Miss Jamiesons Räumen. Ich warte hier, bis Sie drinnen sind, für den Fall, dass sie Sie ausgesperrt hat.«

Mit der Tasche in der Hand trat ich auf die oberste Stufe. Er hatte mir nicht angeboten, die Taschenlampe zu nehmen, doch er richtete den Strahl auf meinen Weg.

Ich drehte mich um. »Captain Wolfendale, waren Sie im Großen Krieg?«

Warum musste ich das immer tun? Er war ein Captain, deshalb. Derselbe Rang wie Gerald. Vielleicht waren sie sich begegnet.

Warum rechnete ich mit dem Zufall, jemandem zu begegnen, der sagte: Ah ja, Captain Gerald Shackleton, feiner Bursche, kannte ihn gut.

»Leider nicht«, sagte Captain Wolfendale. »Südafrika war meine letzte Vorstellung, und was für eine das war.«

»Damit sind Sie heute Abend schon der Zweite, mit dem ich spreche, der dort gewesen ist.«

»Ach ja?«, fragte er in einem Ton, der zu keinen weiteren Bemerkungen einlud.

Trotzdem erklärte ich: »Ich saß im Theater neben Mr. Milner.«

Etwas in meinem müden Verstand fügte sich zusammen. Als ich nachmittags durch Wolfendales Fenster gesehen hatte, war der Captain in ein Brettspiel vertieft gewesen. Sein Gegner hatte rotblondes Haar gehabt, genau wie Lawrence Milner.

»Sie werden ihn kennen«, beharrte ich.

»Ah, Milner«, sagte der Captain, »der Automobilhändler. Ja, er war in Südafrika. Natürlich ist es heute ein alter Krieg. Die Leute haben ihn schon vergessen.«

»Nein, niemand hat das«, widersprach ich und dachte an den

alten Colonel, mit dem meine Tante befreundet war und der von wenig anderem sprach.

»Wir mussten da reingehen. Die verweigerten Engländern das Wahlrecht, müssen Sie wissen. Wir mussten Südafrika im Empire haben, und zwar nach dem Gesetz. Andernfalls hätte Anarchie geherrscht. Die Buren, und verstehen Sie mich nicht falsch, da gibt es gute und schlechte, aber das sind bibelschwingende Bauern. Man durfte nicht auf sie vertrauen, was die Verwaltung der Goldminen und Diamanten betraf.«

Es war viel zu spät, um sich auf einer Hintertreppe zu unterhalten, aber mich reizte, dass er nichts zu Milner sagte, nur allgemein zu dem Krieg – einem Krieg, der ganz und gar nicht in Vergessenheit geraten war.

»Haben Sie und Mr. Milner zusammen gedient?«, fragte ich.

»Ich war überall dort. '99 ging es los, sollte Kimberley befreien, doch das dauerte länger, als irgendeiner von uns gedacht hatte. Der Bure war ein unberechenbarer Feind. Wie ein ungezogener Bengel, könnte man sagen. Hisste die weiße Flagge und kam man näher, peng!«

»Dann gute Nacht, Captain.« Ich stieg die dämmrige schmale Treppe hinunter. Vielleicht war es nicht Milner gewesen, den ich bei Captain Wolfendale gesehen hatte. Doch wenn ich nicht irrte und sie alte Kameraden waren, würde Milners Tod ein großer Schock für den alten Mann sein.

Neun

Südafrika, November 1899

Corporal Lawrence Milner reckte den Kopf aus dem Waggonfenster. Er war diese verfluchte Hitze leid und hatte es satt, wie eine Ölsardine eingequetscht zu sein. Die Doncaster-Idioten spielten Karten um Farthings. Das Klappergestell aus Skipton drückte den letzten Wassertropfen aus seiner Feldflasche. Alle Fenster waren geöffnet, um ein wenig Luftzug zu bringen. Eine Zugladung von heißen, verschwitzten Kerlen, die zu atmen versuchten.

In was für einen elenden, vermaledeiten Krieg sie sich hatten ziehen lassen. Kämpfen, um Kruger eine Lektion zu erteilen. Kämpfen, damit die Engländer im Transvaal wählen konnten. So ein Dreck! Milner hatte in seinem ganzen Leben nie gewählt und sein Vater auch nicht. Keiner hatte je zu Milner gesagt: Hier kannst du wählen, Junge. Hätten sie es, er hätte ihnen erzählt, was sie ihn könnten. Es war doch sonnenklar, worum es eigentlich ging. Die Ehre des britischen Empires? Wohl eher die Ehre der Diamantenminen. Die Ehre der Goldminen. Es war zum Lachen, wenn man nicht bedachte, dass auf der nächsten Kugel der eigene Name stehen könnte.

Wenigstens war Milner im Zug, nicht wie die armen Schlucker auf dem Marsch von Belmont and Graspan nach Kimberley.

November. In England wäre nun Nebel, Nieselregen, grauer Himmel. Hier sollte angeblich Frühling sein. Alles auf den Kopf gestellt in diesem Land. Staubwolken stiegen von Ebenen auf.

Dann verfluchte Berge und noch mehr verfluchte Berge. Es war das Schicksal des weißen Mannes, für die Ehre des Empires im Kessel zu simmern. Burenschweine warteten nur darauf zuzuschlagen, und die hohen Tiere waren zu dämlich, um es zu begreifen. Die Buren kämpften schmutzig. Schossen und verschwanden. So viel zu Diamanten; so viel zu Gold. Nicht mal ein Atemzug war zu haben. Alles, was Milner für seine Anstrengung bekam, war Staub im Maul und eine Zunge so dick wie die eines Ochsen. Je schneller sie die Buren erledigt hatten, desto eher könnte er ein bisschen Geld machen.

Der Zug wurde langsamer. Milner drehte sich eine Zigarette. Kreischend blieben die Waggons stehen. Das Zigarettenpapier klebte an seinen trockenen Lippen. Nun konnte er den Captain und seinen arschkriecherischen Offiziersburschen im Nachbarabteil reden hören. Milner lehnte sich weiter nach draußen, um zu lauschen. Es hieß, dass die Buren die Eisenbahnbrücke über den Modder River gesprengt hatten. Milner hörte die affektierte Stimme von Captain Wolfendale, der zu seinem Sergeant sagte: »Was sehen Sie da draußen?«

Milner musste lachen. Der faule Sack von Captain konnte nicht mal selbst aus dem Fenster gucken. Oh nein, das sollte sein Offiziersbursche für ihn tun, wenn er damit fertig war, ihm den Arsch zu lecken.

Sergeant Lampton flötete los und tippte sich praktisch bei jedem Wort an die Mütze. »Nicht viel jenseits der Siedlung. Freies Land, Buschland, wie sie es nennen. Staubig ...«

Milner tippte, dass der Captain begonnen hatte, seinen Gin-getränkten Kadaver zu bewegen.

»Kein Begrüßungskomitee?«

»Noch nicht, Sir.«

»Die müssen doch den verfluchten Zug gehört haben.«

»Ich habe Ihre Gala-Uniformjacke hier, Sir.«

Warum kniest du dich nicht hin, dachte Milner. Streichelst seinen Schwanz für ihn.

»Und hier sind Ihr Gürtel, die Mütze und die Gamaschen.«

»Gott, ist das heiß.«

»Ein feuchter Waschlappen, Sir.«

Wenige Minuten später beobachtete Milner, wie die beiden aus dem Zug stiegen. Der Sergeant stieg als Erster aus und hielt natürlich die Tür offen. Milner konnte sich nichts Schlimmeres vorstellen, als vor einem Offizier zu buckeln. Captain Wolfendale und Sergeant Lampton waren einige Schritte entfernt. Instinktiv zog Milner sich zurück, um weiter zu lauschen, ohne auf sich aufmerksam zu machen. Es wurmte ihn, dass die beiden nun mehr sehen konnten als er.

Ein zahmer Strauß richtete sich aus einem Akazienbusch auf und trat vor, als wolle er die Neuankömmlinge begrüßen. »Komm ein bisschen näher, und ich habe dich heute Abend auf dem Teller«, murmelte Milner. Die Kreatur drehte den Kopf von einer Seite zur anderen, begutachtete mit Knopfaugen die Situation, wie ein Pub-Wirt, der prüfte, ob sich Ärger zusammenbraute.

Im ganzen Zug blickten Soldaten aus den Fenstern. Es war das Warten, das einen wahnsinnig machte.

Der Captain wandte sich um und rief in dieser betont jovialen Stimme, die Milner nicht täuschen konnte: »Bedaure, Männer. Der Krieg sollte mit einem komfortablen Wartezimmer ausgestattet sein, aber das ist er nie.«

Die Nullen lachten brav über seinen kleinen Scherz. Milner nicht.

Er horchte angestrengt. »Ich befehle ihnen auszusteigen, Sir«, sagte Sergeant Lampton leise.

Auch der Captain senkte die Stimme. »Lass die Bengel warten. Die wirbeln noch früh genug Staub auf.«

So viel dazu, wer von ihnen der größere Drecksack ist, dachte Milner. Er erkannte, warum Wolfy sie noch in dem Zug haben wollte. Eine kleine Willkommenstruppe eilte über die Brücke, angeführt von einem Major.

Der Major salutierte energisch. »Captain Wolfendale?«

»Ebender.«

»Erfreut, Sie hierzuhaben, Sir.«

Als der Captain gegangen war, drehte Lampton sich zurück zum Zug und erteilte Befehl zum Aussteigen.

Bis zum Einbruch der Nacht waren reihenweise Zelte aufgebaut. Männer standen für ihre Rationen an Büchsenfleisch, harten Keksen und heißem, gesüßtem Tee an. Ein Gewitter hieß sie willkommen, indem es die Zelte mit lauwarmem Regen peitschte.

Der Sergeant reckte sein staubiges Gesicht gen afrikanischen Himmel und fuhr mit der Zunge über seine Lippen, um Regentropfen einzufangen.

In seinem Zelt schrieb der Captain in seinem Tagebuch. *Männer erpicht, die Vorstellung in Gang zu bringen.* Durch die Zeltwände drangen die körperlosen Stimmen der Männer, die sich als Erste für das Essen angestellt und nun freie Zeit hatten. Sie sangen schmutzige Lieder oder stritten sich bei Würfelspielen. Etwas blauer Rauch vom Lagerfeuer wehte durch die Zeltklappe herein. Sie verbrannten Akazienbüsche und Eukalyptus.

Ein lauter Streit war ausgebrochen, wie immer wegen nichts. Ein Private aus Blackburn wollte den Strauß mit einem Lasso einfangen und als Maskottchen mitnehmen. Sein Kumpel war dagegen. Der Strauß wäre eindeutig ein Burenspion, sagte er.

Sergeant Lampton lugte ins Zelt. »Alles in Ordnung, Sir?«

»Die sollen ruhig sein«, befahl der Captain. »Statuieren Sie ein Exempel.«

Der Sergeant zögerte.

»Tun Sie es. Und dann kümmern Sie sich um das, worum ich Sie bat.«

»Ja, Captain.«

Der Sergeant holte tief Luft und ließ die Zeltplane hinter sich zufallen. Er brachte den Private mit einem Kinnhaken zum Schweigen, seinen Kameraden mit einem Hieb in die Rippen. »Ihr stört den Captain.«

Die Männer verstummten.

Ein dünner junger Afrikaner näherte sich nervös und mit weit aufgerissenen Augen dem Sergeant. »Nachricht für Sergeant Lam.«

Der Sergeant zog ihn zur Seite, außer Hörweite der Männer. »Wie lautet die Nachricht?«

»Für Captain Wolf, ein Zimmer.«

Als sich der Junge nicht rührte, gab Sergeant Lampton ihm eine Münze. »Geh!«

»Danke, Baas.«

Sergeant Lampton ging zurück zum Captain. »Es ist arrangiert, Sir.«

Der Captain nickte. Er zog seine Jacke an.

Sergeant Lampton blickte ihm nach, als er auf das zuging, was hier als Hotel fungierte und wo eine Kaffernfrau auf ihn warten würde. Es war immer dasselbe. Gin. Das bequemste Zimmer. Eine Frau. In dieser Reihenfolge.

Eselskarren sollten Mannschaftszelte, Decken, schweres Geschütz und Kochgeschirr transportieren. Jeder afrikanische Eseltreiber hatte eine Ziehharmonika bei sich. Sergeant Lampton hörte ihnen abends zu, wenn sie spielten und sangen. Er spielte ihre Melodien auf seiner Mundharmonika nach. Es brachte ihn auf die seltsame Idee, die Esel hätten ein Ohr für Musik und würden so williger gehorchen.

An einem trüben, nebligen Morgen um vier Uhr war Marschbefehl erteilt, und die Männer schürten das Feuer mit Akazienzweigen. Rauch würde die feindlichen Späher zu der Annahme verleiten, dass das Lager noch blieb. Ein Spähtrupp meldete, dass die Luft rein war. Die Männer würden mit Waffen, Munition und Essen ausgestattet an der Bahnlinie entlangwandern. Der Zug sollte mit Verstärkung zurückkommen, mit schwerem Geschütz und Technikern, die entlang der Linie die Bahnverbindung wiederherstellten und die gesprengte Brücke reparierten.

Lange bevor Lord Methuen seine Durchhalteparole ausgab – britischer Mut, britisches Überraschungsmoment, britisches Empire –, hatte sich herumgesprochen, dass sie auf dem Weg nach Kimberley waren.

Der General erzählte es dem Lieutenant. Der Lieutenant erzählte es Captain Wolfendale. Captain Wolfendale erzählte es Sergeant Lampton. Sergeant Lampton erzählte es Corporal Milner.

»Wusste ich es doch«, sagte Milner.

Kimberley hatte die tiefste Diamantenmine der Welt. Die Besitzer verschlangen Marmeladentoast von Goldtellern und tranken ihr Ale aus Goldhumpen. Aber die Buren belagerten Kimberley.

Captain Wolfendale war bereit zum Aufbruch.

Der Bahnhofsvorsteher sagte, dass sich einige Buren im Flussschlamm versteckten wie Wasserratten. Die hätte man schnell verscheucht. *Ein Späher sagt sechstausend? Wohl eher sechshundert.*

Sergeant Lampton verzweifelte an seinem Captain. »Sie wären ein leichtes Ziel, Captain, in all diesem Glitzer. Lassen Sie mich …«

Der Sergeant schöpfte Schlamm aus dem Fluss auf, um die schimmernden Uniformknöpfe des Captains, die Sternabzeichen und die Schnallen zu trüben. Der Captain runzelte die Stirn. Er hatte es gern funkelnd.

Bald war nur noch das monotone Trampeln von tausenden Stiefelpaaren zu hören, die sich durch stoppeliges Gras und über kleines Geröll bewegten. Der sture Vogel, der mit ihnen losgezogen war, hatte *husch, husch* die Flucht ergriffen.

Es musste ein Märchen sein, dass sich der Feind im Schlamm versteckte. Welcher Idiot würde in einem schlammigen Schützengraben lauern? Wenn die Buren irgendwo waren, wäre es in den Bergen. Die Späher waren vorausgegangen und würden Signal geben, wenn die Sonne aufging und die Spiegeltechnik funktionierte.

Captain Wolfendale war inzwischen einer Prahlerei erlegen, die sich allzu leicht von der Tatsache befeuern ließ, dass er Pappeln zur einen Seite, den Fluss zur anderen vor sich hatte. Das machte es leicht, den Landadeligen beim Ausritt zu geben. Und nun brauchte sein Pferd eine Verschnaufpause im Schatten einer englischen Eiche. Es herrschten über zweiunddreißig Grad im Schatten. In Ermangelung einer englischen Eiche hielt der Captain die Kolonne am Fuß einiger hoher Granitfelsen, Kopjes genannt, an. Der Sergeant legte die Bodenplanen aus. Der Captain setzte sich, nahm einen Schluck Wasser und zog ein sauberes Taschentuch aus seiner Tasche.

In dem Moment, in dem die Reiter ihre Pferde zum Wasser führten, ging der Beschuss los. Zuerst war nicht zu erkennen, von wo geschossen wurde. Ein Kugelhagel zerriss die Luft. Der Captain sprang auf. Eine Kugel ließ ihn torkeln. Der Sergeant stürmte zu ihm, warf ihn zu Boden und schirmte ihn mit seinem Körper ab.

Ein dunkler Fleck färbte das Hosenbein des Captains und einer die Schulter seiner Jacke. Der Sergeant sah beide. Und zumindest einer musste Blut sein. »Bleiben Sie unten!« Nun gab der Sergeant die Befehle. »Liegen bleiben.« Der Sergeant drückte sich selbst auf den Boden, das Gewehr bereit, und suchte nach einem Ziel.

Ein irischer Corporal stürmte plötzlich direkt auf den Fluss zu, benutzte sein Pferd als Deckung. Sowohl das Pferd als auch der Mann fielen. Die versteckten Buren in den Bergen, bewaffnet mit Mauser-Gewehren, konnten nicht nur auf eine Meile treffen, sondern sie waren auch vom Flussufer aus noch unsichtbar.

Ohne Felsen, Sandsäcke oder Waggons als Deckung waren die Soldaten belebte, allzu leichte Übungsziele. Sie kauerten flach auf dem Boden, versteckt unter Wolldecken.

Mit dem Knauf seines Gewehrs, seinen Händen und Fingernägeln grub der Sergeant eine Vertiefung. Hier war der Boden sandig. Wenn sie irgendwie bis Einbruch der Dunkelheit überleben wollten … Er drängte den Captain in die Vertiefung, half ihm, sodass es für einen Moment aussah, als würden zwei Jungen am Strand spielen. Die Deckung war erbärmlich, aber wenn der Captain stillhielt, sagte der Sergeant ihm, könnte er einer weiteren, dann wohl tödlichen Kugel entgehen.

Dann kroch der Sergeant bäuchlings weg vom Fluss. Er passierte den schlauen Corporal Milner, der sich zwischen einem toten Pferd und einem gefallenen Kameraden verbarg.

Kugeln prallten vom Boden ab wie Hagelkörner. Eine streifte Lamptons Haar, als er zu einer Vertiefung im Gelände schlich. Rauch und Staub raubten ihm die Sicht. Seine Kehle brannte. Er blinzelte und zuckte zusammen – zum letzten Mal, wie er befürchtete. So sollte es nicht enden. Er hätte es bis zum Unteroffizier bringen, ein bisschen mehr verdienen, sich Respekt verschaffen sollen, anstatt dreißig Stunden am Tag den Captain zu bedienen. Ein verbogenes Schienenstück flog durch die Luft und landete neben ihm. Der unsichtbare Bure war im Norden, Süden und Osten, doch vom Westen her war es ruhig.

Der Sergeant berührte das verdrehte Schienenmetall, auf dass es ihm Glück brachte.

Ich hätte den Captain nicht verlassen dürfen. Muss zurück zum Captain.

Vor ihm tauchte ein junges Gesicht aus einem getarnten Schützengraben auf. Für einen Moment starrten der junge Bure und der Sergeant einander erschrocken an. Für Sekundenbruchteile, nicht Minuten, wie es sich anfühlte.

Das Lee-Metford des Sergeants hatte ein Zehn-Schuss-Magazin, doch die britische Army hatte in ihrer Weisheit eine zusätzliche Sicherung eingebaut, damit die Soldaten nicht durchdrehten und das ganze Magazin auf einmal verfeuerten. Sergeant Lampton konnte immer nur eine Kugel abschießen. War der Lauf geladen oder nicht? Er erinnerte sich nicht. Der Sergeant streichelte sein Gewehr und drückte den Abzug. Einen Augenblick später stürzte er sich neben dem toten Buren in den Graben.

Im Schutz der Dunkelheit wagte er sich wieder hervor. Wie durch ein Wunder ließ sich ein verschrecktes Pferd von ihm einfangen. Die Mondsichel war so freundlich, nicht heller als ein Kerzenlicht am Himmel zu sein.

Dann tat sie Lampton den Gefallen, sich ganz zu verstecken. Geduckt suchte der Sergeant nach seinem Captain und fand ihn. Es riss in seinen Schultern, und seine Arme drohten zu brechen, als er Wolfendale zum Pferd trug und ihm hinaufhalf.

Westen. Das Gefecht vorhin und die plötzliche Stille machten ihm Hoffnung, dass die Burenlinie dort durchlässig war. Sie waren bis in den frühen Morgen unterwegs, bis ihm der Geruch einer Feuerstelle sagte, dass ein Lager in der Nähe sein musste. Buren oder Briten? Wer konnte das wissen? »Ruhen Sie hier aus«, sagte er.

Doch der Captain war wieder munterer. »Weiter geht's.«

Der Sergeant gehorchte. Der Captain hatte einen Riecher für Bequemlichkeit, der ihn nicht trog. Dort am Horizont war ein Farmhaus.

Der Tommy am Tor sagte: »Wir haben die Frontlinie durchbrochen. Bruder Bure ist mal wieder verschwunden.« Er half dem Sergeant, den Captain ins Haus zu bringen. Sergeant Lampton zwang sich, auf den Beinen zu bleiben. »Wer ist Ihr zuständiger Offizier?«, fragte er.

»Den Major hat's erwischt, Sarge.«

Also war der Captain der ranghöchste Offizier. Zwei Highlander hoben den Captain auf den Tisch. Ihre Beine waren hinten von hässlichen Blasen bedeckt, weil sie bäuchlings in der sengenden Sonne gelegen hatten. Sie hielten den Captain fest, während Sergeant Lampton die Kugel aus dem Oberschenkel holte.

Als der General eintraf, schüttelte er dem Captain die Hand. »Tapferer Mann, dass Sie sich durchgekämpft haben. Das wird eine löbliche Erwähnung geben.«

Der Captain lächelte. »Ich sah die Schwachstelle in der Flanke des Feindes, Sir. Führte den Sturm an und scheuchte den Buren in alle Winde.«

»Stehen Sie hier nicht rum, Sergeant«, befahl der General barsch. »Machen Sie sich nützlich. Treiben Sie Essen auf.«

Der Sergeant zögerte, erwartete halb eine kleine Anerkennung von seinem Captain. Es kam keine.

Zehn

Ich lag auf Meriels schmalem Bett, zu müde, um zu schlafen. Die dünne Matratze war bis zu den Federn durchgelegen. Es erinnerte mich an meine Zeit im Voluntary Aid Detachment, kurz VAD, als wir uns zumeist mit sehr unbequemen Nachtlagern arrangierten.

Auf der anderen Seite des Zimmers schlief Meriel tief und fest auf einer Chaiselongue. Sie schnarchte leise.

Eine Schwäche von mir ist, dass mich Menschen faszinieren; ganz besonders solche, die eine Geschichte zu erzählen haben. Meriel war einer von ihnen. Wir lernten uns bei der Kostümparty einer gemeinsamen Freundin kennen. Unsere Gastgeberin hatte die Figuren vorgegeben, als die wir uns verkleiden sollten, und bei der Ankunft wurde uns aufgetragen, unser jeweiliges Gegenstück zu finden. Ich war Pierrot, der Clown, trug eine recht langweilige weiße Tunika mit einer Halskrause und eine Kreissäge auf dem Kopf. Es dauerte nicht lange, die Pierrette zu finden, die liebenswerte französische Pantomimengestalt. Meriel war elegant gekleidet in Ballettrock, bunter Bauernweste und mit schiefem Hut. Wir tranken ein bisschen zu viel von irgendeinem selbstgemachten Mixgetränk, und Meriel bannte mich mit ihren Geschichten, als wir auf der Treppe hockten.

Sie war in Konzertsälen und Theatern aufgewachsen, stets auf Reisen mit ihrer Mutter, einer Opernsängerin. Sie hatte mehrere Sprachen gelernt und sich von diversen Orchestermitgliedern beibringen lassen, Geige und noch andere Instrumente zu spielen. Die Violine indes war ihre große Liebe und, wie sie glaubte, auch das Instrument, das sie am besten beherrschte. Ihre Mutter gab das Singen auf, als sie kurz vor dem Krieg in der Schweiz neu heiratete. Meriels Stiefvater war leider der irrigen Annahme gewesen, dass er mit der Ehe auch einen Besitzanspruch auf Meriel sicher hätte. Sie verbrachte immer weniger Zeit in der elterlichen Wohnung und immer mehr mit einer Theatergruppe von russischen Emigranten. Sie übernahm Botengänge für die Theaterleute, fungierte als Statistin oder als Leiche auf der Bühne. Und sie machte sich mit den Eigenheiten von Schauspielern und Regisseuren vertraut. Da sie keine Anstellung in einem Orchester finden konnte, blieb sie beim Theater, schneiderte Kostüme, trieb Requisiten auf, sprang als Souffleuse oder Zweitbesetzung ein, schrieb Probenpläne und verkaufte Karten. Mit anderen Worten: Sie schlug sich mit dem durch, was sie bekam.

Ihre Geschichte beeindruckte mich, implizierte sie doch große Entbehrung und Not. Ich glaubte zu verstehen, warum Meriel zum Theater geflüchtet war und es dem wahren Leben vorzog. Als sie mich fragte, ob ich für ihre geplante Produktion Fotografien machen würde, sagte ich sofort zu. Wir stießen darauf an, und ich gab ihr meine Adresse. Das sollte mich lehren, keine unidentifzierbaren Spirituosen in großen Mengen zu mir zu nehmen.

Jedenfalls verdankte ich einer Kostümparty, dass ich nun erschöpft hier lag und immer noch Mr. Milners Gesicht sah, sobald ich die Augen schloss. Zu Hause wäre ich aufgestanden und nach unten gegangen. Meriels Zimmer hingegen lag bereits so weit unten, dass darunter nur noch die Kanalisation käme – oder der Hades. Zumindest bis zum Morgengrauen konnte ich nirgendwo anders hin.

Ich vermutete, dass es gegen drei Uhr früh sein musste. Samstag. Bald würde die Welt aufwachen.

Wenigstens war ich nicht die Einzige, die nicht schlafen konnte. Vom Stockwerk über mir hörte ich Schritte, den Captain auf dem Marsch.

Nun, wenn sich kein Schlaf einstellen wollte, gab es etwas anderes, was ich tun konnte. Inspector Charles hatte mich um eine Aussage gebeten. Die sollte er haben. Falls ich, ohne zu viel Lärm zu machen, die Kerze auf dem Kaminsims anzünden, auf den Tisch stellen und mein Schreibset aus der Tasche holen könnte, konnte ich damit beginnen.

Tu es jetzt, sagte ich mir. Gib die Aussage morgen auf dem Weg zum Bahnhof bei der Wache ab, und fahr rechtzeitig heim, um noch ein paar Besuche für Mr. Moony zu erledigen. Der arme Mann hatte mir bereits seinen Scheck gegeben und verdiente, vorrangig behandelt zu werden.

Durch die Vorhänge fiel hinreichend Licht herein, dass ich die Kerze und die Streichhölzer sehen konnte. Zum Glück lag Meriel mit dem Rücken zu mir. Sie schlief immer noch fest, als ich meine Schreibmappe hervorholte. Meriels Theaterprogramm lag auf dem Tisch. Ich benutzte es als Gedächtnisstütze, um die Namen der Besetzung nicht zu verwechseln.

Mrs. Kate Shackleton, Aussage, Samstag, 26. August 1922
Ich lernte Miss Jamieson im letzten Dezember durch eine gemeinsame Freundin kennen. Vor ungefähr drei Monaten fragte sie, ob ich ihr den Gefallen täte, Fotografien der Besetzung von Anna of the Five Towns *zu fertigen. Dann lud sie mich ein, das Stück zu sehen.*
Bei der gestrigen Vorstellung saß ich in der ersten Reihe neben Mr. Burrington Wheatley, einem Theaterproduzenten aus Manchester. Mr. Milner traf etwa zehn Minuten nach Beginn des Stückes ein. Er setzte sich auf den freien Platz links von mir. Nach der Pause wechselte ich in eine der hinteren Reihen; Mr. Wheatley

ebenfalls. Mr. Milner war während des ersten Akts recht gesprächig gewesen.
Während und nach der Vorstellung drückte Mr. Milner seine Bewunderung für die Hauptdarstellerin, Lucy Wolfendale, aus.
An der Theaterbar unterhielt sich Mr. Wheatley mit Miss Jamieson. Dann verabschiedete er sich, um zu seinem Hotel, The Grand, zu fahren. Miss Jamieson war sehr beschäftigt, da jeder sie beglückwünschen wollte, und ging von Gruppe zu Gruppe.
Da sie wusste, dass ich bei Miss Jamieson übernachten würde, bat mich Lucy Wolfendale, ihren Großvater (Miss Jamiesons Vermieter, Captain Wolfendale) daran zu erinnern, dass sie die Nacht bei ihrer Freundin verbringen würde, Alison Hart. (Alison spielte die Beatrice Sutton in dem Stück.) Als wir uns unterhielten, kam Mr. Milner auf uns zu und insistierte ziemlich nachdrücklich, er würde Miss Wolfendale nach Hause fahren. Sie entgegnete, dass sie noch nicht heimwolle. Ihr Verhalten ließ keinen Zweifel daran, dass ihr seine Aufmerksamkeit unangenehm war. Sie ging zurück zu ihren jungen Freunden: Rodney Milner, Alison Hart und Dylan Ashton. Die jungen Leute schirmten sie beschützend ab und blieben, soweit ich es bezeugen konnte, zusammen. Zu ihnen gesellte sich noch ein anderer junger Mann, dessen Name mir nicht bekannt ist.
Aus Mitgefühl für Lucy und weil ich fand, dass sich Mr. Milner ihr gegenüber unmöglich betragen hatte, verwickelte ich ihn in eine Unterhaltung. Mein Eindruck war, dass er ein eitler Mensch war und gern mit seinem Erfolg prahlte. Mr. Milner erzählte mir, dass er als junger Mann zur Polizei in Südafrika gegangen war und sich dort bei Ausbruch des Burenkrieges zur Army meldete. Er stieg zum Corporal auf. Nach dem Krieg wurde er aus der Army entlassen und kehrte zurück nach England, nach London. Anfangs litt er einige Not, bis ihm ein alter Kamerad (den Namen nannte er nicht) half. Er kam nach Harrogate, wo er sein Geschäft gründete.

Wir unterhielten uns, bis ihn Madame Geerts (sie spielte die Frau des Ratsherrn) fortzog.
Unterdes gingen immer wieder Darsteller ihre Sachen aus den Garderoben holen, die bis zum nächsten Tag geräumt sein mussten. Auch ich ging zu einer Garderobe, wo ich meine kleine Reisetasche abgestellt hatte.
Da mir der Bereich hinter der Bühne nicht vertraut war, öffnete ich die falsche Tür und sah Madame Geerts und Mr. Milner in einer kompromittierenden und intimen Situation. Unbemerkt schloss ich die Tür wieder. Monsieur Geerts kam den Korridor entlang. Er tat mir leid, und ich bemühte mich, ihn abzulenken, indem ich ihn um Hilfe bat, meine Tasche zu finden. Das tat er, ging jedoch nicht mit mir zurück in die Bar. Es ist sehr wahrscheinlich, dass Monsieur Geerts seine Frau und Mr. Milner ertappte.
Miss Jamieson und ich waren meines Wissens die letzten Gäste, die das Theater verließen. Es muss gegen halb zwölf gewesen sein, als wir durch den Bühneneingang hinausgingen.

Ich machte eine Pause. Was könnte ich noch schreiben? *Den Rest kennen Sie.* Das schien unangebracht. Falls der Inspector auf einen Bericht wartete, wer wann das Theater verlassen hatte, würde er enttäuscht.

Es begann zu regnen, als wir aus dem Theater kamen. In der Gasse vom Bühneneingang zur Straße trat ich in einen Hauseingang, und dort sah ich Mr. Milner, dem ein Messer in der Brust steckte. Obwohl ich erkennen konnte, dass er tot war, fühlte ich an seinem Hals nach einem Puls. Miss Jamieson ging zurück zum Theater, um Hilfe zu holen. Mr. Milners Automobil parkte am Ende der Gasse an der Straße. Die Reifen waren aufgeschlitzt. Ich bemerkte einen Manschettenknopf im Rinnstein.
Kate Shackleton

Als ich fertig war, war die Sonne aufgegangen. Meine Absicht war, mich anzukleiden und nach Hause zu eilen. Doch Müdigkeit übermannte mich. Ich sank zurück auf das Bett wie ein Stein, der in einen Brunnen fiel. Beim Einschlafen sah ich Gesichter vor mir: Mr. Milners und Captain Wolfendales. Beide Männer waren jünger und trugen Militärmützen.

Elf

Abrupt wachte ich auf und hatte keine Ahnung, wo ich war. Ein dumpfes, bleiernes Geräusch vibrierte in meinem Schädel. Dann fiel es mir wieder ein. Ich war in Meriel Jamiesons Wohnung in der St. Clement's Road in Harrogate. Licht mogelte sich durch das tiefe Kellerfenster. Und das Pochen von Schritten im Zimmer über mir, die sich hin und her bewegten, war zu hören.

War Harrogate zu der Nachricht erwacht, dass im vornehmen Stadtzentrum ein Mord begangen worden war? Armer Rodney Milner. Sein Vater mochte ein tyrannischer Rüpel gewesen sein, ein Wüstling und Prahlhans, aber es war ein fürchterliches Ende – mit einem Messer im Herzen in einem Ladeneingang gefunden zu werden.

Draußen rollte ein Straßenhändler seinen Karren über das Kopfsteinpflaster und pries seine Waren in einem Durcheinander von Konsonanten an, das ich nicht entwirren konnte. Federn quietschten, als ich mich bewegte. Die dünnen karierten Vorhänge waren noch geschlossen, trotzdem konnte ich recht gut sehen. Auf dem Fensterbrett stand ein kobaltblauer Krug mit welkenden Ringelblumen. Meriel hatte sich Mühe gegeben, diesen traurigen Raum mit seinen Wasserflecken in eine heitere Zuflucht zu verwandeln. Die Kokosmatten formten Trittflächen von der Tür zu einem Stuhl am Herd. Eine Häkeldecke verhüllte nun die Chaiselongue.

Das Feuer im Herd war geschürt. In einem verbeulten Kessel sammelte sich langsam Dampf. Teller standen zum Wärmen auf dem Herd.

Als ich mich aus dem Bett schwang, bremste die Erinnerung an die nächtlichen Ereignisse meine Bewegungen. Ich schüttelte die Gedanken ab. Bald würde ich zurück nach Leeds fahren und die nächste Person auf Mr. Moonys Liste besuchen, eine Mrs. Taylor in Roundhay, die eine Uhrkette verpfändet hatte.

Auf dem Tisch lag eine Nachricht.

Bin Eier kaufen – M.

Ein Stück Sunlight-Seife lag auf dem Abtropfbrett, zusammen mit Meriels klammem, durchgewetztem Handtuch. Sie musste sich sehr leise gewaschen und angezogen haben. Das flache Waschbecken mit dem einzelnen Kaltwasserhahn war angeschlagen und pockennarbig, aber blitzsauber. Ich wusch mich rasch und nutzte die trockenen Zipfel des Handtuchs.

Letzte Nacht hatte ich nicht mehr ausgepackt. Mein beigefarbener Leinenrock war knittrig, müsste es jedoch tun. Wenigstens knitterte die cremeweiße Bluse nicht so leicht, und sollte es heute so warm werden wie gestern, würde ich die Kostümjacke nicht brauchen.

Ich kämmte mir das Haar, linste in den gesprungenen Spiegel auf dem Fensterbrett und zwackte mir in die Wangen, die blasser als gewöhnlich waren. Neben der Kommode stand eine Teekiste, deren Deckel halb offen war, gehäuft voll mit Röcken und Blusen. Sie bewahrte ihre Kleidung also in einer Teekiste auf. Das erklärte ihren schwachen Duft nach Darjeeling. Noch ein Gedanke formte sich in meinem Kopf, wurde indes von lautem Klopfen vertrieben.

Zuerst wusste ich nicht, woher das plötzliche Wummern kam. Dann verdunkelte ein Schatten das Fenster. Ich schlüpfte in meine Schuhe, ohne sie zu schnüren, schlurfte zur Tür und drehte den Knauf.

Ein kräftiger Polizist beäugte mich mürrisch. »Miss Jamieson?«

Mein Herz pochte. Polizisten hämmerten nicht samstagmorgens um acht Uhr an die Tür, um einem Erquickliches mitzuteilen. Hatte es eine Verhaftung gegeben?

»Nein, Constable, Miss Jamieson ist nicht hier.«

»Und Sie sind?«, fragte der Constable, wobei er die Augen misstrauisch verengte.

»Mrs. Shackleton.«

Stand Meriel unter Verdacht? Sie, wie auch jeder andere aus der Produktion, war am Ende des Abends für eine Weile verschwunden, um persönliche Sachen zu holen. Könnte Meriel die Mörderin sein? Nein. Sie hätte kein Motiv. Und sie hätte mich von der Gasse ferngehalten, damit ich die Leiche nicht sah. Oder nicht?

Der Constable wurde noch strenger. »Waren Sie vor einer halben Stunde in dem kleinen Park?«

Sein Verhalten machte mir Angst. »Nein.«

Der Constable musterte mich prüfend. »Von der Gemeinde gepflanzte Blumen sind zur Erbauung aller Bürger von Harrogate gedacht, nicht zur privaten Nutzung. Sie dürfen nicht gepflückt werden. Richten Sie Miss Jamieson bitte aus, dass sie sich auf der Wache zu melden hat.«

Ich hatte meine liebe Not, nicht in Gelächter auszubrechen, wahrscheinlich vor Erleichterung, dass sein Besuch nichts mit dem Mord zu tun hatte. Das Leben in Harrogate musste auf seinem ruhigen Kurs bleiben, ganz gleich welche Störungen sich ereignen mochten. War jemand so verwegen, sich an den Blumen zu vergreifen, würde ihn natürlich die volle Wucht des Gesetzes treffen.

Und dieser Polizist war nicht die Crème de la Crème der Gendarmerie, die man zur Unterstützung einer heiklen Mordermittlung auswählte.

Plötzlich sah ich Meriel im Geiste vor mir, wie sie Blumen

pflückte. Wie ein verrückter Verteidiger holte ich die Vase mit den welkenden Ringelblumen. »Diese hier wurden gewiss nicht in der letzten halben Stunde gepflückt.«

Vielleicht war er doch nicht so einfältig. Blitzschnell erwiderte er: »Nein, die wurden schon früher gestohlen. Es ist nicht das erste Mal, dass man sie beobachtet hat.«

Arme Meriel. Nach all ihrer harten Arbeit an dem Stück hätte ihr jemand einen Blumenstrauß überreichen sollen. Ich wollte mich ohrfeigen, dass ich nicht daran gedacht hatte.

»Ich bin sicher, dass es ein Missverständnis sein muss.«

»Ah«, sagte er gedehnt, als hätte er mich ertappt. »Und wo ist Miss Jamieson dann?«

Jetzt wurde es schwierig. Sie ist hinter Ihnen, hätte ich sagen können, denn in diesem Moment erschien sie oben an der Treppe, die zum Souterrain führte. Sie hatte einen Einkaufskorb bei sich, dessen Inhalt mit einem kleinen weißen Leinentuch abgedeckt war, und auf dem Leinentuch wiederum lag ein Strauß Blumen, deren grüne Stiele und blaue Blüten sich auf dem weißen Tuch sehr auffallend ausnahmen.

»Miss Jamieson ist …«

Meriel schaltete schnell. Ich vermutete, das musste man, um Theaterstücke auf die Bühne zu bringen, Schauspieler zu dirigieren und zauberhafte Dramen zu produzieren, während man aus einer Teekiste lebte.

»Im Badezimmer«, sagte sie stumm und bedeutete mir mit gerecktem Daumen, dass sie durch die Vordertür ins Haus käme. Lautlos verschwand sie.

»Sie ist im Badezimmer.«

»Im Badezimmer?«, wiederholte der Constable ungläubig. Er blickte an mir vorbei in das armselige Zimmer, und seine Miene verriet, dass er bezweifelte, die Bewohnerin eines solch kargen Kellerzimmers könne über ein Bad verfügen.

»Bitte kommen Sie doch herein, Constable. Ich hole sie.«

Vorsichtig betrat er das Zimmer, als erwartete er eine Falle, nahm seinen Helm ab und hielt ihn einem Schild gleich vor seine Brust. Ich nahm Meriels Nachricht vom Tisch und schob sie in meine Tasche.

Was mir abermals einen misstrauischen Blick eintrug. »Constable, wenn Sie zur Wache zurückgehen, wären Sie dann so freundlich, dort diesen Umschlag für Inspector Charles von Scotland Yard abzugeben?«

Ich reichte ihm meine Aussage.

Schlagartig wandelte sich sein Auftreten von beinahe rüpelhaft in unterwürfig. »Nun, ja, Madame, selbstverständlich.«

Während er die Aussage in seine Uniformjacke steckte, schnappte ich mir das feuchte Handtuch vom Waschbecken. Damit eilte ich durch die Innentür und die dunkle Treppe hinauf ins Erdgeschoss. Dort stand Meriel, die anscheinend unentschlossen war, ob sie bleiben sollte, wo sie war, oder ein Stockwerk höher ins Bad verschwinden. Sie stellte ihren Korb ab.

Ich gab ihr das Handtuch und sagte: »Wickle dir das um den Kopf.«

»Ah, gut gemacht!« Sie griff das Handtuch und wand es um ihr Haar.

Dann streifte sie ihre Schuhe ab und flüsterte: »Hat jemand gesehen, wie ich die Milch nahm?«

»Nicht die Milch.«

»Dann die Eier.«

»Nicht die Eier.«

»Aber was denn dann, um Himmels willen?«

»Du wurdest gesehen, wie du Blumen gepflückt hast.«

»Wie entsetzlich kleinlich. Ehrlich, man sollte meinen, sie hätten Besseres zu tun. Die Blumen sterben so oder so. Da darf ich mich ebenso gut noch ein wenig an ihnen erfreuen.« Sie ging voraus die Treppe hinunter und murmelte: »Ich habe keine Zeit, durch Parks zu schlendern, zu schnuppern und die Flora zu bewundern. Ich bin eine vielbeschäftigte Frau. Wenn ich überhaupt mal etwas Freude auf Kosten der Steuerzahler haben darf …«

»Schhh, er ist nicht taub!«, zischte ich. Mich erstaunte, dass sie als Theaterfrau kein besseres Gespür für Bühnengeflüster hatte.

Lauter sagte sie: »Darf sich ein Mädchen heutzutage nicht einmal mehr das Haar waschen?«

Dann betrat sie das Zimmer und strahlte den Constable an. »Guten Morgen, Officer.«

Er sprang von der Teekiste zurück, als hätte er sich die Finger verbrannt. »Guten Morgen, Miss.« Erneut verengten sich seine Augen misstrauisch.

Meriel rubbelte sich das Haar.

Für einen Moment dachte ich, er würde ihr das Handtuch herunterreißen und ihr Haar befühlen. Seine Gedanken rasten so sehr, dass seine Augenlider zuckten. Überlegte er, dass die Damen seiner Bekanntschaft ihr Haar gewöhnlich freitagabends wuschen?

»Ich bin Meriel Jamieson. Dies ist eine alte Freundin, Mrs. Shackleton, die so freundlich war, gestern hierherzukommen, um die letzte Aufführung meines Stückes zu sehen, *Anna of the Five Towns*. Hatten Sie Gelegenheit, es sich anzusehen, Officer?«

»Das Stück habe ich nicht gesehen, aber die Plakate.« Der Nebel des Misstrauens auf seinem breiten Gesicht lichtete sich. Bei einer Frau vom Theater durfte man nicht dieselbe Planung für die Haarwäsche unterstellen wie bei anderen. »Eine Dame meldete, ein Individuum, auf das Ihre Beschreibung passt, gesehen zu haben, wie es heute Morgen im Westerly Park Blumen stahl.«

Meriel seufzte und rieb sich wieder das Haar unter dem Handtuch. »Leider bin ich nicht sehr bemerkenswert. Sie muss mich mit jemandem verwechselt haben.«

Der Kessel begann zu fauchen, und der Constable dachte über Meriels Angebot nach, eine Tasse Tee mit uns zu trinken.

Ich stand der Hintertreppe am nächsten und nahm ein Geräusch hinter der Innentür wahr. Jemand lauschte.

»Das Wasser kocht gleich«, sagte Meriel.

Gleich war ihm anscheinend nicht schnell genug. Der Constable nahm seinen Helm auf und ging.

Erst als sich die Außentür hinter ihm geschlossen hatte, war ein leises Klopfen von der Innentür zu hören. Im Dämmerlicht des Dienstbotenaufgangs stand der Captain. Er schien kleiner als am Abend zuvor. »Ist alles in Ordnung, die Damen?«

Meriel wand sich das Handtuch vom Kopf. »Kommen Sie rein, Captain.«

»Was wollte der Constable? Ich konnte nicht verstehen, was er sagte. Meine Ohren sind nicht mehr, was sie mal waren, müssen Sie wissen.«

Meriel strich sich mit den Fingern durchs Haar. »Er wollte wissen, ob ich jemanden Blumen stehlen gesehen habe.«

»Krumen stehlen?«

»Nein, Blumen. Die Dinger, die wachsen.«

»Und haben Sie?«

»Sicher nicht, sonst hätte ich es sofort gemeldet.« Meriel griff nach einem Kamm.

Der Captain schüttelte den Kopf. Merklich angestrengt sagte er: »Blumen! Unsinniges Aufsehen um Blumen. Hat die Gendarmerie nichts Besseres zu tun? Ich dachte, dass etwas mit Lucy passiert wäre.«

Meriel hielt im Kämmen inne. »Stimmt etwas nicht, Captain?«

»Nein, nein, alles bestens.«

Er wandte sich zum Gehen. Auf der untersten Stufe schien er zu stolpern, fing sich aber wieder.

Meriel riss die Augen weit auf und zeigte die Treppe hinauf. »Der Korb«, sagte sie stumm. »Ich habe ihn in der Diele gelassen.«

Ich bedeutete ihr, dass ich ihn holen würde, und folgte dem Captain die steile Treppe hinauf. Er war quälend langsam und stützte sich mit einer Hand an der Wand ab. Oben trat er in die Diele, schien indes keine Eile zu haben, in seine Wohnung zurückzukehren. Er drehte sich um und sah mich an. Fragte er sich, warum ich ihm nach oben gefolgt war? Ich nahm den Korb auf und klappte das Leinentuch über die Blumen.

Er hob eine zittrige Hand, als wolle er nach mir greifen, und sagte: »Bevor Sie gehen, Mrs. Shackleton, wären Sie so gut, auf ein vertrauliches Wort bei mir hereinzuschauen?«

Ich zögerte, denn ich war unsicher, was es sein könnte, worüber er mit mir reden wollte.

»Nur unter uns. Es hat nichts mit Miss Jamieson zu tun …« Er nickte nach unten zu Meriels Zimmer. »Private Angelegenheit, wenn es Ihnen nichts ausmacht.«

Ich schob den Henkel über meinen Unterarm, wobei ich behutsam vorging, da im Korb gestohlene Eier, Milch und Blumen waren. »Ja, Captain. Ich werde nach dem Frühstück kommen.« Dann hob ich die Schuhe auf, die Meriel hier zurückgelassen hatte.

Und unweigerlich kreisten meine Gedanken dabei um die Frage, was der Captain mir Vertrauliches mitzuteilen haben könnte. Irgendwelche Neuigkeiten über Gerald. Obwohl ich wusste, dass es lächerlich war.

Er ging langsam wieder durch seine Tür, ähnlich einem Mann, der bis zum Tagesende noch einen weiten Weg vor sich hatte.

Ich trug den Korb und die Schuhe nach unten, wobei ich mich gleichfalls langsam bewegte, als hätte mich das mühsame Schleichen des Captains angesteckt.

Meriel stand über eine gusseiserne Pfanne gebeugt, in der Fett spritzte. Ich stellte den Korb auf einen Stuhl und reichte ihr die Enteneier.

Sie schlug das erste direkt in die Pfanne. »Ist es nicht riesig? Wollen wir es uns teilen?«

»Ja. Verrührst du es?«

»Werde ich. Ein Tropfen Milch, denke ich. Schüttest du welche rein?«

Ich holte die Milch und gab ein wenig in die Pfanne. Dann lauschte ich dem Brutzeln, während Meriel rührte.

»Danke, dass du dich um unseren hiesigen Bobby gekümmert hast, Kate. Es wäre unglücklich gewesen, mich vor dem Richter erklären zu müssen, wo ich gerade meine große Chance bei Mr. Wheatley habe. Du bist meine Retterin in der Not.«

»Es war unnötig, auszugehen und Sachen zu stehlen, Meriel! Wir hätten zum Frühstück ausgehen können, und ich hätte dir einen Blumenstrauß gekauft.«

»Viel zu bourgeois«, erwiderte Meriel und winkte ab. »Du bist mein Gast und musst ein gutes Frühstück bekommen. Ich bin grundsätzlich sehr ehrlich, aber die Produktion hat mein ganzes Geld verschlungen. Das Theater ist ein Vielfraß, Kate. Eines Tages wird es noch mein Herz verschlingen.«

Ich deckte den Tisch. Die welken Ringelblumen ließen ihre Köpfe hängen. Ich wechselte das Wasser in der Vase und ersetzte die Ringelblumen durch die leuchtenden frischen Blumen – eine freundliche Gabe der Gemeinde Harrogate.

»Weißt du, dass BW mich heute zum Mittagessen eingeladen hat?« Hochkonzentriert teilte Meriel das verrührte Entenei zwischen unseren beiden Tellern auf.

»Du erwähntest es gestern Abend. Zweimal.«

Meriel zog eine Grimasse. »Ich könnte etwas zu meiner Verteidigung anführen, aber das willst du nicht hören.«

»Was? Was könntest du sagen?«

»Dass das Leben kurz ist, aber die Kunst währt. Ich muss mich am Theater profilieren, und wenn das heißt, ein bisschen, nun ja, skrupellos zu sein …«

»Du warst vollkommen unvernünftig! Und jetzt warst du unterwegs, hast gestohlen, und ich habe dich gedeckt. Sehr dumm von mir. So etwas sollte ich nicht tun, bedenkt man meinen Beruf.«

»Oh ja, ich hatte deine Schnüffelei vergessen. Aber, Kate, wir mussten irgendwas zum Frühstück haben. Ich will nicht ausgehungert im Grand Hotel ankommen. Man benimmt sich sehr komisch, wenn man hungrig ist, findest du nicht?«

Was tue ich hier?, fragte ich mich, als ich von meinem Entenrührei aß und mir Meriels Erklärung anhörte, dass man eine Bratpfanne nicht abwaschen, sondern mit Zeitungspapier auswischen sollte.

Bald kam sie auf berühmte Leute zu sprechen, die sie kennengelernt hatte. Sie wischte ihren Teller mit einem Brotstück sauber und sagte: »Hatte ich dir erzählt, dass ich einmal George Bernard Shaw begegnet bin?«

»Nein.«

»Es war bei einem abendlichen Büfett, und ich hoffte, dass ich mit ihm reden könnte. Er hätte mir bei meiner Karriere helfen können. Aber ich konnte nicht aufhören, ans Essen zu denken. An dem Tag war ich so hungrig. Er sah, wie ich mir Hühnchenfleisch in die Tasche stopfte. Ich wollte sterben! Er ist nämlich Vegetarier.« Sie seufzte ob der verpatzten Gelegenheit. »Er erklärte Frederick Alexanders Technik – nicht mir persönlich, sondern dem ganzen Raum, stand vom Sofa auf und sagte, man müsste sich vorstellen, dass eine Schnur von der oberen Stirn die gesamte Wirbelsäule hinab verläuft. Hast du davon gehört?«

»Nein.«

»Es ist eine Methode, physische und mentale Spannungen durch Haltungsbewusstsein zu lösen. Indem man seinen Muskelapparat umerzieht, werden die Bewegungen leichter. Die Technik würde dir guttun, Kate. Du sahst vorhin sehr angespannt aus, als du die Treppe herunterkamst.«

Welche Unverfrorenheit! Warum hätte ich nicht angespannt sein sollen? Es reichte schon, eine Leiche zu finden, ohne auch noch zu Meriels Schutz lügen zu müssen, damit sie nicht wegen Diebstahls verhaftet wurde.

Sie stand von ihrem Stuhl auf, warf die Decke von der Chaiselongue und legte sich flach hin. »Mit Mr. Alexanders Technik wirst du dir jedes Teils deines Körpers bewusst, und die Spannungen fließen ab.«

»Dann lasse ich dich mal in Ruhe. Dein Vermieter bat mich, auf ein Wort zu ihm zu kommen.«

Sogleich schoss sie kerzengerade hoch. »Worüber?«

»Ich glaube, es geht um seine Kriegserlebnisse.«

»Tja, solange du da oben bist, übe ich meinen Alexander. Aber mich würde erstaunen, wenn er mit dir über den Krieg reden will. Das tut er sonst nicht. Er marschiert einfach nur schrecklich viel, vor allem nachts, wenn ich versuche, ein wenig Schlaf zu bekommen.«

Ich blieb unten an der Treppe stehen. »Es ist seltsam für einen alten Mann, ein junges Mädchen aufzuziehen. Was ist mit Lucys Eltern passiert oder der Frau des Captains?«

Meriel atmete schnaubend aus und schloss die Augen. »Es heißt, sie starben im finstersten Afrika. Der alte Großvater oben ist der einzige Überlebende. Pech für Lucy.«

Zwölf

Captain Wolfendale öffnete seine Tür vorsichtig. Er spähte über meine Schulter. »Hatten Sie Miss Jamieson gegenüber erwähnt, dass ich Sie zu mir nach oben bat?«

»Sie glaubt, dass Sie mit mir über den Krieg sprechen wollen.«

Er nickte. »Danke. Ich dachte mir, dass Sie diskret sind. Kommen Sie herein, Mrs. Shackleton. Verzeihen Sie die Geheimnistuerei.«

Ich folgte dem Captain in den hohen Salon mit seinem hübschen Stuck und dem kleinen Kronleuchter.

Rechts von der Tür standen zwei große Vitrinen aus Räuchereiche voller kleiner Waffen und Orden. Ein Paar geschnitzter Zulu-Krieger bewachte die Whiskykaraffe auf dem Sideboard.

Zu beiden Seiten des Adam-Kamins standen Sessel, einer mit Leder, der andere mit abgewetztem Samt bespannt. Zwischen ihnen lag ein Tigerfell vor dem Kamin, bei dem der Kopf in einem ewigen Knurren fixiert war. Die Glasaugen starrten bösartig ins Nichts, zugleich aber jeden und alles an. Sehr fein geschnitzte indische Hocker und Tische waren im Raum verteilt. Schwerter und Jagdtrophäen schmückten die Wände, ebenso wie der Kopf eines traurig dreinblickenden Hirsches und die Stoßzähne eines mächtigen Elefanten. Captain Wolfendale stand neben dem Ledersessel und bedeutete mir, ihm gegenüber Platz zu nehmen. Hinter seiner Schulter, oben auf einer Vitrine, fanden sich noch mehr Zeugnisse gehobener Präparatorenkunst: eine Manguste und eine aufgerollte Kobra.

Auf einer Seite des Erkerfensters stand eine mittelalterliche Rüstung Wache. Auf der anderen Fensterseite war eine Schneiderpuppe aufgestellt, gekleidet in Kniebundhose, Jackett und Buschhut. Eine Waffe, die zweifellos einen besonderen Namen hatte, war der Puppe in die Hand geklemmt. Die Rüstung und die Puppe trennte eine ausgreifende Schusterpalme in einem Messingübertopf.

Ich setzte mich und wartete, dass er etwas sagte.

Es kostete ihn einige Zeit, sich hinzusetzen und die Hände sorgsam auf die Sessellehnen zu legen, als könne es sich bei dem Sitzmöbel um eine Attrappe handeln und er gleich auf den Boden purzeln. »Meine Enkelin erzählte mir, dass Sie, außer fotografische Aufnahmen zu machen, auch private Ermittlerin sind.«

»Ja. Sie fragte mich, wie ich mir die Zeit vertriebe, neben dem Aufnehmen von Fotografien.« Das war ungewöhnlich. Oftmals sind junge Menschen so sehr mit ihrem eigenen Leben befasst, dass sie niemals nachfragen, was ältere tun. Aber Lucy Wolfendale war einundzwanzig und mithin alt genug, sich dafür zu interessieren, wie andere Frauen ihr Leben gestalteten.

Der Captain fuhr damit fort, mir zu erzählen, was ich bereits wusste. »Lucy wurde diesen Monat mündig. Meine Arbeit sollte getan sein. Sie sollte verheiratet sein.«

Ich fragte mich, wohin dies hier führte. Hoffentlich bat er mich nicht um Rat.

»Hatte ich gesagt, dass diese Unterhaltung vertraulich ist, Mrs. Shackleton?«

Ich hasse es, wenn Leute sich wiederholen, und auf Vertraulichkeit zu bestehen kommt einer Beleidigung gleich. »Hatten Sie, und es war unnötig.«

»Verzeihung. Sehen Sie sich dies hier an.«

Er stand auf, holte einen weißen Umschlag vom Kaminsims

und gab ihn mir. Er war in Harrogate abgestempelt, gestern. Name und Adresse waren in Großbuchstaben geschrieben.

CAPTAIN R. O. WOLFENDALE V. C.
29 ST. CLEMENT'S ROAD
HARROGATE

Ich war beeindruckt. »Das Victoria Cross, die Auszeichnung der Königin für besondere Tapferkeit? Sie sind einer von wenigen Geehrten, Captain.«

Er winkte ab. »Ich möchte, dass Sie das Schreiben lesen.«

Vorsichtig zog ich das Blatt aus dem Umschlag und hielt es nur an einer Ecke fest.

Die Buchstaben waren aus einer Illustrierten ausgeschnitten, und die Botschaft lautete:

EINTAUSEND PFUND WENN LUCY LEBEND
ZURÜCKKOMMEN SOLL
ANWEISUNGEN FOLGEN
KEINE POLIZEI SONST STIRBT SIE

Meine erste Reaktion war, dass dies hier nach einem Schulmädchenstreich aussah. Es schien zu grotesk, um real zu sein. Andererseits war es nicht minder grotesk, wenn eine Theaterbesucherin eine Leiche in einem Hauseingang fand. Da konnte es keine Verbindung geben. Lucy war mit ihren jungen Freunden zusammen gewesen. Niemand hätte sie einfach entführen können, oder?

»Wann haben Sie die Nachricht bekommen?« Der Sessel war weich und tief, und das Blatt zu halten, während ich die Situation einschätzte, zwang mich, möglichst aufrecht zu sitzen, was nicht leicht war.

»Sie kam mit der ersten Post um halb acht.« Er setzte sich wieder und sah mich an. Einzig das Trommeln seiner Finger auf der Armlehne verriet seine Beunruhigung. »Was halten Sie davon, Mrs. Shackleton?«

»Ich habe keine Ahnung, was ich davon halten soll, Captain Wolfendale.«

Er nickte weise. »Ich frage aus zwei Gründen. Erstens, weil Sie es waren, die mir die Nachricht brachten, dass Lucy die Nacht bei Alison bleiben würde.« Die Pause, die nun folgte, hing wie ein Vorwurf in der Luft.

»Und der zweite Grund?«

»Weil Sie Privatdetektivin sind.«

»Sie sagen, ich brachte Ihnen ›die Nachricht‹, dass Lucy bei Alison schlafen würde. Lucy sagte, ich solle Sie daran erinnern, dass sie das vorhatte.«

»Erinnern!« Er schüttelte den Kopf. »Ich bin noch nicht senil. Hätte Lucy gesagt, dass sie bei einer Freundin übernachten wollte, hätte ich mich erinnert. Als Sie mir die Nachricht überbrachten, rechnete ich damit, dass sie heute Morgen nach Hause kommt und sagt: ›Ich hätte anrufen können, hätten wir ein Telefon.‹ Sie wirft mir immerzu vor, ich würde mich dem zwanzigsten Jahrhundert verweigern. Seit Monaten liegt sie mir in den Ohren, dass ich ein Telefon installieren lassen soll, als wäre solch ein Ding lebensnotwendig.«

»Ich kann nur wiederholen, was sie sagte. Was ich von dieser Nachricht halten soll, weiß ich nicht. Sie?«

Er verneinte stumm.

»Captain Wolfendale, es gibt eine einfache Methode herauszufinden, ob diese Forderung ernst zu nehmen ist. Man müsste überprüfen, ob Lucy bei Alison ist.«

Er stand auf. »Und was ist, wenn sie nicht dort ist? Was dann? Allein indem ich nachfrage, würde ich Mrs. Hart und Alison wissen lassen, dass Lucy letzte Nacht nicht nach Hause gekommen ist. So etwas kann ihre Reputation zerstören. Lucy ist begehrt, müssen Sie wissen, wird eine gute Partie sein. Aber dies ... Was hat das zu bedeuten? Hat irgendein Lump sie in seinen Fängen? Soll es mich quälen?«

»Tut mir leid, doch ich weiß nicht, was ich sonst vorschlagen könnte. Ich brachte Ihnen die Nachricht, aber das ist alles. Ich kenne Lucy oder Alison kaum. Eine Entführung scheint mir jedoch sehr unwahrscheinlich.«

Mord schien indes auch unwahrscheinlich.

Er nahm eine gerahmte Fotografie von dem Tisch neben ihm auf. Es war die, die ich von Lucy als Werbebild für das Stück aufgenommen hatte. »Sehen Sie sie an«, sagte er. »Sie ist eine Schönheit. Ihre Mutter war eine Schönheit, doch Lucy ... Sie leuchtet richtig auf dieser Fotografie. Was hatten Sie getan, um sie so ... luzid wirken zu lassen?«

Wenn mich jemand nach fotografischen Techniken fragt, will derjenige nur selten technische Details hören. »Ich machte die Aufnahme an dem Tag, als sie ihren Heiligenschein trug«, sagte ich.

Er lächelte.

»Wie lange sind Sie schon Lucys Vormund, Captain?«

»Seit ihre Eltern starben.«

»Wurde sie schon mal vermisst?«

»Nein«, antwortete er entgeistert. »Ganz gewiss nicht.«

»Sie haben mich um Rat gebeten. Ein wenig Hintergrundinformationen würden helfen.«

Er stellte die Fotografie auf den Tisch zurück und setzte sich. »Ihre Eltern starben, bevor sie zwei Jahre alt war. Sie erinnert sich nicht an sie. Ihre Mutter starb an Influenza, ihr Vater bei einem Automobilunfall im afrikanischen Buschland. Eine Kinderfrau brachte sie nach England. Ich war bereits verwitwet, daher war es ein guter Schritt, nach Harrogate zu ziehen, als meine Tante starb und mir diese Immobilie hinterließ. So hatte Lucy Stabilität. Miss Fell, meine Mieterin oben, war eine große Hilfe. Sie ist eine alte Jungfer, hat aber ihre jüngeren Geschwister aufgezogen.«

»Die Kinderfrau blieb nicht?«

»Nicht sehr lange.«

Der Umschlag und der Brief lagen noch auf meinem Schoß. »Nehmen Sie diese Drohung ernst?«

Er sprang auf, als könne er nicht an sich halten. »Wie soll ich sie denn sonst nehmen?« Er begann, auf und ab zu gehen. »Ich kann keine tausend Pfund aufbringen. Das ist absurd.«

»Dann verschaffen Sie sich Gewissheit. Gehen Sie zu Alison, sagen Sie, dass Sie zufällig vorbeikommen und ihr zu ihrer Darstellung im Stück gratulieren möchten. Haben Sie das Stück gesehen?«

Und hier war meine Chance zu parieren, denn ich fragte mich nach wie vor, warum er so ausweichend gewesen war, als ich letzte Nacht Mr. Milner erwähnte. Es wäre natürlicher gewesen zu sagen, dass dieser am Nachmittag bei ihm gewesen war, als ich die beiden bei einem Brettspiel gesehen hatte. »Waren Sie bei der gestrigen Vorstellung?«

Hatte er Mr. Milner ermordet, außer sich ob der Art, wie der Mann seine Enkelin belästigte?

»Gestern habe ich das Haus nicht verlassen«, antwortete er bestimmt. Er legte eine Hand auf den Kaminsims, als müsse er sich abstützen. »Ich sah das Stück am Mittwoch.« Außerstande, ruhig zu bleiben, trat er ans Fenster, wo er erwartungsvoll hinausschaute, als rechnete er damit, Lucy und Alison draußen zu sehen. »Sie haben recht, Mrs. Shackleton. Dies ist ein Schulmädchenstreich. Sie ist sicher bei Alison. Sie werden herkommen, mich aufziehen und sagen: ›Lässt du jetzt endlich ein Telefon installieren?‹«

»Captain, stellen wir eines klar. Ich habe nicht gesagt, dass ich es für einen Streich halte. Doch Sie können nur gewiss sein, wenn Sie Alison Hart aufsuchen.«

Der Captain stand mit dem Rücken zu mir am Fenster, wo er eine Weile blieb. Als er sich wieder zu mir drehte, schloss er die Augen und legte eine Hand an die Stirn, wie von einem plötzlichen Schmerz gepeinigt. »Selbst wenn es ein Streich ist, wie kann sie mir das antun?«

Ich verlor allmählich die Geduld. Dies war der Punkt, an dem ich ihn fragen sollte: Konsultieren Sie mich in meiner Eigenschaft als Privatdetektivin? In dem Fall, bedaure, aber ich bin bereits anderweitig engagiert.

Er seufzte. »Mrs. Hart ist verwitwet. Sollte ich sie aufsuchen, wenn die Mädchen gerade nicht da sind, würde sie meinen Besuch fraglos falsch auslegen.« Er sah zu seinen Militärandenken auf dem Sideboard, als wünschte er eine Eingebung von ihnen. »Ich konnte mit den aufständischen Indern und Ägyptern fertigwerden. Ich bin mit den Buren fertiggeworden. Aber ich weiß nicht, was ich bei meiner Enkelin tun soll. Frauen, das zarte Geschlecht ist nicht … Bei ihm bin ich ratlos.«

Ohne seine Aufmerksamkeit zu erregen, schob ich die Lösegeldforderung mitsamt Umschlag in meine Tasche. Es könnte sein, dass das Papier auf Fingerabdrücke untersucht werden musste, aber ich wollte ihn nicht in Angst versetzen, indem ich es laut aussprach. Auf einmal wirkte er wie ein verwundbarer, gebrechlicher alter Mann. »Was waren die Umstände, die zu Ihrer Verleihung des Victoria Cross führten, Captain?«

Er blickte kurz zu mir, und für Sekunden dachte ich, er würde der Frage ausweichen.

Er winkte ab. »Wir versuchten, Kimberley zu befreien. Wurden von den Buren in einen Hinterhalt gelockt. Ich konnte die Umzingelung durchbrechen, verwundet und unter Beschuss.

Das war alles, und es ist so lange her. Damals war ich ein anderer Mensch. Und die Wahrheit ist, wenn man einen gewissen Rang erreicht hat, gibt es alle möglichen Dinge, mit denen man sich nicht mehr befassen muss. Ich hatte einen wundervollen Offiziersburschen, den ich nie angemessen würdigte. Er war an jenem Tag bei mir. Er hätte diesen Orden bekommen müssen.«

Ich stand auf und hängte mir meine Tasche über die Schulter. »Wo wohnt Alison Hart?«

Dreizehn

Ich kam bei Alison Harts Haus an und rechtfertigte meinen Aufschub des Pfandleiher-Auftrages, indem ich mir sagte, dass ich Mrs. Hart fragen würde, ob sie eine Mrs. deVries kenne. Die Gartenpforte schwang an gut geölten Angeln auf. Der Weg zur Tür war mit grünen Steinen gepflastert, und es linste nicht ein einziger Unkrauthalm zwischen ihnen hervor. Eine gerade Linie in einem gepflegten Garten, über dem ein schwerer Rosenduft hing. Links vom Weg waren die Rosen rot, sorgfältig ausgepflückt, sodass nur die hellsten, schönsten Blüten und Knospen zu sehen waren. Rechts vom Weg waren nur weiße Rosen.

Die grün gestrichene Tür zierten Buntglaseinsätze. Längliche Tulpen in Rot und Lila wanden sich ineinander. Ich drückte die Messingklingel und kreuzte die Finger. Dicke Spitzengardinen vereitelten meinen Versuch, durchs Erkerfenster zu spähen.

Mrs. Hart öffnete selbst. Sie war eine stattliche Frau mit einem kräftigen Hals und einem energischen Kinn. Sobald ich mich vorstellte und mit Arnold Bennetts *Anna of the Five Towns* wedelte, bat sie mich hinein. »Alison lieh mir nach den fotografischen Aufnahmen ihre Ausgabe, und ich sagte, ich würde sie ihr zurückgeben.«

»Alison ist nicht hier, aber kommen Sie doch bitte herein.«

Mit einem geschäftigen Schritt, der mir das Gefühl gab, mich einer Prozession anzuschließen, führte sie mich einen Korridor entlang, dessen Wände mit einer blutroten Prägetapete beklebt waren. Ich folgte ihr ins Esszimmer, wobei ich auf den grauen Knoten in ihrem Nacken blickte.

Ein vollständig ausgezogener Tisch nahm die Mitte des Zimmers ein. Er war von einer schweren Sergedecke verhüllt und stand voller Sachen für einen Wohltätigkeitsbasar. Vier Stühle waren unter den Tisch geschoben, vier weitere standen zu beiden Seiten des Sideboards.

Es würde der Tag kommen, an dem englische Esszimmer nicht mehr voller toter Geschöpfe waren. Aber noch war es nicht so weit. Vom Sideboard blickte vorwurfsvoll ein ausgestopfter Pfau auf uns – das farbenprächtige Rad gespreizt, als verlangte er eine Entschuldigung.

»Also führt das Stück Sie her.« Mrs. Hart seufzte. »Alles läuft immer wieder auf das Stück hinaus.«

Mrs. Hart bemerkte, dass ich den Pfau ansah. »Bert ist eines natürlichen Todes gestorben«, erklärte sie. »Sein Herz versagte nach einer unglücklichen Begegnung mit Skippy.« Sie zog einen Stuhl für mich vor und läutete die Glocke neben dem Kamin. »Möchten Sie Tee?«

»Nicht, wenn ich Sie störe. Sie scheinen sehr beschäftigt.«

»Ich lasse mich gern stören.« Sie setzte sich mir gegenüber hin und bat ein nervöses Hausmädchen, das in der Tür erschien, um Tee. »Alison hilft mir gewöhnlich, wie Lucy auch. Aber heute bin ich allein. Falls es Ihnen nichts ausmacht, ein paar Tüten aus den Papierquadraten hier zu falten, wäre das eine große Hilfe. So wird es gemacht.«

Sie nahm ein Quadrat Pergament auf, formte es zu einer Tüte, die sie unten zusammendrehte. Ich tat es ihr gleich, während sie begann, die erste Tüte mit pinkfarbenen und weißen Marshmallows zu füllen. »Es ist das erste Mal, dass sie nicht zum Helfen hier sind. Erst das Stück und nun müssen sie sich von dem Stück erholen.«

Aus der Nähe konnte ich besser erkennen, was alles auf dem Tisch bereitlag. Neben selbstgemachten Marshmallows und

Karamell waren da Tabletts mit kleinen Törtchen, die in Dosen gefüllt werden mussten, Marmeladengläser, gestrickte Kannenwärmer, ein bestickter Tischläufer und schlicht gerahmte Stickbilder, deren Aufschriften die Vorzüge von Heim und Herd rühmten. Ineinandergeschoben wie umgedrehte Sandförmchen standen kleine, eimerförmige Dosen dort. Sie waren mit Ausschnitten aus Zeitschriften und alten Büchern beklebt und versiegelt worden. Auf einer Dose befanden sich lauter Hunde und Welpen, auf einer anderen Katzen und Kätzchen, Pferde und Fohlen, Wildblumen und so fort. »Sie bewundern Alisons und Lucys Handarbeit«, sagte Mrs. Hart, die sich beim Abfüllen der Süßigkeiten unterbrach. »Natürlich stammen diese von vor den Proben. Nachdem diese begonnen hatten, gab es nichts anderes mehr.«

»Es muss viel Geduld gekostet und lange gedauert haben, all diese Bilder zu sammeln.«

Mrs. Hart lächelte versonnen. »Ja, typisch Alison. Sie setzt sich etwas in den Kopf, und dann bringt sie nichts davon ab.« Sie hielt eine Dose mit lauter Säuglingen und Kleinkindern hoch. Die Bilder bedeckten die gesamte Oberfläche: ernste Gesichter, schlafende, lächelnde, weinende; pummelige Körper, die krabbelten, strampelten oder feierlich still dalagen.

»Jetzt raten Sie mal, wofür diese kleinen Eimer einst gedacht waren?«, forderte Mrs. Hart mich auf.

»Ich kann es mir nicht vorstellen.«

»Raten Sie.«

»Für Kinder zum Spielen am Strand?«

»Weit gefehlt! Versuchen Sie es noch mal.« Sie schwenkte eine Dose mit einem Baum und Efeu darauf, als würde die mir einen Hinweis geben. »Würden Sie fragen: Tier, Gemüse oder Mineral?, lautete der Tipp Tier.«

»Aber das sind Blechdosen.«

»Genau.«

Ich fragte mich, ob sie das Sammeln all dieser Sachen ein wenig verrückt gemacht hatte. Vielleicht hatten Alison und Lucy ihre Mutter respektive ihren Großvater angesehen und beschlossen, eine Entführung vorzutäuschen, auf diese Weise tausend Pfund aufzutreiben und außer Landes zu fliehen.

»Ich gebe es auf.«

In diesem Moment kam das Mädchen mit einem Tablett herein, das viel zu groß für sie aussah. Ich beobachtete, wie sie es vorsichtig an den Rand des überladenen Tisches stellte.

Mrs. Hart schuf Platz, indem sie mehrere Paare eigenartig geformte Pantoffeln zur Seite schob, die stark an schmierige Filzhüte erinnerten. »Verraten Sie es Mrs. Shackleton, Annie. Sie errät nicht, was der ursprüngliche Zweck dieser dekorativen Dosen war.«

Annie seufzte. »Innereien. Da waren Innereien drin. Der Metzger hebt sie für uns auf.« Sie wollte hastig wieder aus dem Zimmer eilen.

Mrs. Hart rief sie zurück. »Annie! Ich weiß genau, dass Alison mehrere Pfund Schokoladenbonbons gemacht hat. Wissen Sie, wo die sind?«

Annie holte tief Luft, als wollte sie ihre Worte gebührend auskosten. »Sie kennen doch Miss Alison und Schokolade, Madame. Dreimal dürfen Sie raten, wo die sind.«

Mrs. Hart wartete, bis Annie die Tür hinter sich geschlossen hatte. »Dummes Ding. Als würde Alison die alle naschen.« Sie rührte den Tee in der Kanne um. »Sind diese verzierten Dosen nicht perfekte Kunstwerke aus Abfallbehältern?«

»Sind sie. Sehr einfallsreich.«

Nun begriff ich. Ich wurde gefangen gehalten. Bald würde sie Strickzeug hervorholen, Wolle und ein Muster für einen Kannenwärmer. Und ich würde erst freigelassen, wenn ich zwölf

Teewärmer gestrickt hätte. Vollzugsbeamte könnten einiges von Mrs. Hart lernen. Wergzupfen? Ein Kinderspiel!

Um nicht unhöflich zu sein, würde ich einen Tee trinken, noch einige Minuten bleiben und über das Stück und Alisons Rolle plaudern, während ich mir überlegte, wie ich herausfand, wo Lucy und Alison sein mochten.

Meine Absicht, nach der mysteriösen Mrs. deVries zu fragen, verpuffte. Falls sie existierte, würde Mrs. Hart sie zweifellos kennen, und Mrs. deVries wäre mir wenig dankbar, sollte ich sie solch einer Person gegenüber erwähnen.

Wir waren uns einig, dass es sehr clever von Miss Jamieson war, die Geschichte von *Anna of the Five Towns* in ein lebendiges Theaterstück zu verwandeln.

»Sie haben manchmal zu solch seltsamen Zeiten geprobt«, sagte Mrs. Hart, und es schlich sich Tadel in ihre Worte. »Miss Jamieson ist wohl eine rechte Lebenskünstlerin, nehme ich an. Bisweilen war ich in Sorge, obwohl Alison und Lucy sehr vernünftig sind und Rodney Milner ein charmanter junger Mann ist. Aber wenn die drei so loszogen … um in der Rolle zu bleiben, wie sie es nannten. Sie haben nicht nur den Text gelernt, sondern vorgegeben, Henry Mynors, Anna Tellwright und Beatrice Sutton zu sein. Wie außergewöhnlich! Sie machten ein Picknick und nahmen nichts mit, was sie selbst mochten, sondern was ihre Rollen ihrer Meinung nach gern essen würden.«

»Was immer Miss Jamieson tat, es funktionierte. Die Darsteller haben recht außerordentlich gespielt.«

Mrs. Hart lächelte. »Ich habe das Gefühl, dass Miss Jamieson sie sehr klug für ihre Rollen ausgesucht hatte. Zum Beispiel spielte Alison die Beatrice Sutton, die Schokolade liebt.«

»Wird Alison bald zurück sein?«, fragte ich. »Ich würde ihr gern nochmals zu ihrer Leistung gratulieren.«

»Sie ist das Wochenende über bei Lucy.«

Ah, so war das also. Sie gaben sich gegenseitig ein Alibi. Aber warum?

»Sind die beiden schon lange befreundet?«

»Sie waren zusammen auf dem Harrogates Ladies' College.« Mrs. Hart schenkte Tee ein. »Nehmen Sie sich einen Keks.«

»Danke.«

»Natürlich bestand Alison darauf, nach dem College eine Stellung anzunehmen. Sie hat einen wichtigen Posten in einer Anwaltskanzlei. Wäre ihr Vater noch am Leben gewesen, hätte er das niemals erlaubt.«

»Alison und Lucy müssen viele Freundinnen aus Collegezeiten haben.«

Mrs. Hart nahm das Eintüten der Marshmallows wieder auf. »Die Zeiten ändern sich, und so viele Mädchen waren Internatsschülerinnen. Sie schreiben sich, ja, aber eigentlich sind es jetzt nur noch Alison und Lucy.«

»Ich nehme an, das Laientheater hat ihren gesellschaftlichen Kreis erweitert.«

Mrs. Hart blickte hochmütig auf eine große Scheibe Karamell. »Sind Sie gut darin, Karamell in gleichmäßige Stücke zu schlagen?«

»Ich werde es versuchen.«

»Schön, denn ich bin ein hoffnungsloser Fall. Was hatten Sie gefragt?«

»Sie müssen durch das Stück neue Freunde gefunden haben. Ich sollte lieber nicht das Karamell zerschlagen, ehe ich meinen Tee ausgetrunken habe.«

»Sehr weise. Und es ist komisch, dass Sie das über das Stück sagen. Daddy hätte diesem Theater gewiss nicht zugestimmt, und ich selbst war auch nicht besonders angetan, aber es könnte etwas Gutes dabei herausgekommen sein.« Sie lächelte verhalten.

»Ach ja?«

»Unter uns, ich glaube, das Stück könnte eine Freundschaft gefestigt haben, die unterdessen zu einem Werben reifte, sofern ich mich nicht täusche.«

»Für Alison oder Lucy?«

»Alison. Ich denke, dass sie und Rodney Milner sich während der Proben nähergekommen sind. Anfangs dachte man, Rodney und Lucy würden zueinander finden ... aber eigentlich waren die beiden immer schon mehr wie Bruder und Schwester.«

Rodney Milner. Er war Teil der kleinen Schar um Lucy gewesen: Rodney, Alison und ein anderer junger Bursche. Ich hoffte, dass Lucy, wo sie auch sein mochte, wohlauf war und nicht allein. Vielleicht hatte es eine Party gegeben, die bis in die Morgenstunden ging. Das wäre etwas, was man gegenüber Eltern und Vormunden lieber für sich behielt.

Ich legte die Karamellscheibe auf das Teetablett, stellte es auf den Fußboden, kniete mich davor und begann, die Scheibe mit einem Spezialhammer zu brechen.

»Haben Sie vielen Dank, Mrs. Shackleton! Es kommt sonst nicht vor, dass ich am Tag des Basars auf mich allein gestellt bin. Beinahe hoffe ich, dass mich die Mädchen überraschen und heute Nachmittag doch noch kommen. Sie lieben den Kirchenbasar.«

»Sicher wird er ein großer Spaß«, sagte ich.

»Das hoffe ich. Aber natürlich hat er auch eine ernste Seite. Wir teilen den Erlös zwischen der Kirche und einem wohltätigen Zweck auf. In diesem Jahr ist das ein Heim für ledige Mütter.«

»Eine sehr löbliche Einrichtung.«

»Ich bin froh, dass Sie so denken. Ich persönlich hätte Witwen und Waisen vorgezogen. Sie können wenigstens nichts für ihre Lage. Aber vielleicht möchten Sie vorbeischauen? Wir eröffnen um zwei Uhr.«

»Ja, danke.« Ich hob das Tablett zurück auf den Tisch und blieb stehen, um meinen Abschied anzudeuten. Sie verstand den Wink nicht.

Und blieb sitzen. »Natürlich waren nicht alle Damen des Komitees glücklich mit unserer Wahl. Manche von uns gaben zu bedenken, dass wir mit der Unterstützung dieser Unglücklichen Unmoral und fragwürdige Wertvorstellungen guthießen und Sünde belohnten, um es drastisch auszudrücken. Aber es setzte sich durch. Wohltätigkeit ist Wohltätigkeit. Der Vikar war unbedingt für die gefallenen Frauen. Und was ist mit jenen, die nicht gefallen sind, sondern sich so gut durchschlagen, wie sie irgend können? Das würde ich gern wissen.«

»Ich lege das Buch hier drüben hin, ja?«, fragte ich und deponierte die Ausgabe von *Anna of the Five Towns* auf dem Sideboard neben dem Pfau. »Tut mir leid, dass ich Alison verpasst habe.«

»Früher mal hätte ich in Mrs. Milner eine Verbündete gehabt. Sie war eine sehr praktisch veranlagte, bodenständige Frau und der armen mutterlosen Lucy über alle Maßen zugetan. Da Captain Wolfendale und Mr. Milner Seite an Seite gekämpft hatten und Lucy und Rodney beinahe im selben Alter waren, standen sich die Familien einst sehr nahe. Zwei alte Soldaten. Selbstverständlich ist Mr. Milner nicht ganz so alt und nun ein Witwer ...«

Also hatte sie nichts von dem Mord gehört. Bei dem Gedanken hörte ich auf, ihren Worten zu lauschen. Ich stützte eine Hand auf den Tisch. Was ging vor sich, dass Lucy und Alison beide ungefähr zur selben Zeit verschwanden, als Lawrence Milner ermordet wurde? Laut Mrs. Hart waren Alison und Rodney Milner verliebt, und Lucy war wie eine Schwester für Rodney.

Irgendetwas stank hier, und ich wusste nicht, was. Und es war auch nicht meine Angelegenheit. Ich sollte es der Polizei erzählen. Möglich war, dass der Schock der letzten Nacht mich veranlasste, Zusammenhänge zu sehen, wo keine waren. Informationen. Die brauchte ich, bevor ich Inspector Charles' Zeit mit falschen Fährten vergeudete. Gab es eine Verbindung zwischen dem Ermordeten und dem Captain?

»Mrs. Hart, gehe ich recht in der Annahme, dass Sie ein Telefon besitzen?«

»Ich wollte nicht ohne sein, zum Teufel mit den Kosten.«

»Würde es Ihnen etwas ausmachen, wenn ich einen Anruf mache? Ich erstatte Ihnen auch die Kosten.«

Sie zögerte. Ich holte meine Geldbörse hervor.

»Natürlich nicht. Hier entlang. Es ist in dem Zimmer, das früher das Arbeitszimmer meines Mannes war.«

Sie führte mich durch den Korridor zu einem Raum voller Bücherregale, die sich unter den schweren Gesetzesschinken durchbogen. Das Telefon stand auf einem Schreibtisch am Fenster.

Ich wartete, bis sie gegangen war und die Tür hinter sich geschlossen hatte. Ihre Schritte entfernten sich durch den Korridor. Wäre sie geblieben, hätte ich einen unverfänglichen Anruf bei meiner Haushälterin gemacht.

So nutzte ich die Chance, meinen Cousin James in London zu Hause anzurufen. Er war irgendwas im Kriegsministerium und sehr eng verbandelt mit dem alten Colonel, der über sämtliche britischen Offiziere aus dem Burenkrieg Bescheid wusste. Er hatte mit ihnen an dem Tag zu Mittag gegessen, als Ladysmith befreit wurde. James' Frau meldete sich am Telefon. Ich wechselte einige höfliche Floskeln mit ihr, bevor ich nach James fragte. Hope war so sehr darauf bedacht, alles unter Verschluss zu halten, dass man sich mächtig anstrengen musste, ihr eine Wettervorhersage abzuschwatzen. Sosehr es mir auch widerstrebte, Namen am Telefon zu nennen, fragte ich James, was er über einen Corporal Lawrence Milner und einen Captain Wolfendale in Erfahrung bringen könne. Meine Entschuldigung war, dass sie beide solch überaus tapfere Männer gewesen wären und einer von ihnen in Kürze helfen müsste, den Nachruf auf den anderen zu schreiben. James verstand sofort und sagte, er würde mir ein Telegramm nach Hause schicken.

Ich legte Geld neben das Telefon und kehrte zu Mrs. Hart zurück. Sie brachte mich zur Tür.

»Ich sage Alison, dass Sie hier waren.«

»Vielen Dank. Und viel Glück mit dem Basar.«

Nun musste ich nur noch Captain Wolfendale melden, dass Lucy nicht bei Alison war. Danach wäre alles ihm überlassen. Wie Mrs. Hart würde wohl auch er Meriel und dem Stück die Schuld geben, das Bühnenspiel als die Wurzel allen Übels ausmachen. Gewiss schien Laienspiel viel zu revolutionär für das sorgsam vorausgeplante Leben von Lucy und Alison. Jetzt waren sie junge Damen, die etwas wagten.

Vierzehn

Neun Wochen zuvor

Lucy kam alles vor wie eine Probe: eine Probe für das Stück, eine Probe für den Rest ihres Lebens. Sie tunkte ihre Zehen in den Fluss und tauchte dann langsam ihre Füße ins eisige Wasser. Sie war nun Anna auf dem Gemeindepicknick rund ein Jahr vor der eigentlichen Geschichte. So hatte Meriel sie angewiesen zu proben. »Geht raus als eure Rolle, und seid nicht einen Moment ihr selbst. Geh zum The Stray. Dort wirst du Dylan treffen. Nur ist er nicht Dylan. Er ist Willie. Folgende Situation: Es ist ein Jahr, bevor unsere Geschichte anfängt. Du willst zu einem Gemeindepicknick. Nur in geringer Entfernung sind die Gemeindeältesten, deine Nachbarn und deren Kinder, deine Sonntagsschüler. Aber ihr seid weggegangen, du und Willie, und ihr trefft euch. Was sagst du als Anna? Was sagst du als Willie? Wie seht ihr euch an, wie nahe steht ihr zusammen, geht ihr weiter?«

Sie beschlossen, sich nicht wortwörtlich an Meriels Anweisungen zu halten. Beide fürchteten, falls sie im The Stray von Bekannten gesehen werden würden, kämen sie sich albern vor, würden ausgelacht. Es war ein schöner Sonntag. Dylan hatte diese Stelle vorgeschlagen.

Anna Tellwright nahm sich einen Moment für sich, weg von den Kinderspielen, den Matronen, die über die Picknickkörbe und die Limonade wachten, und wanderte barfuß am Flussufer entlang. Sie beschwor das Lachen und die Rufe herauf, als ihre kleine Schwester mit anderen Kindern spielte. In ihrer Rolle als Anna schlenderte Lucy mit dem Gefühl umher, dass sie sich, sollte sie von dem ausgetretenen Pfad abweichen, neben eine bestimmte Eiche stellen und in ein anderes Leben tauchen könnte, eines, das da draußen auf sie warten musste.

»Anna.«

Die Stimme war sanft, beinahe ein Flüstern.

Sie blickte auf. Dylan war ganz und gar Willie. Seine Hose war ein wenig zu hoch gezogen, und aus seiner Miene sprachen Entbehrung, Hunger, Sehnsucht.

»Hallo, Willie.«

»Genießt du das Picknick?«

»Ich glaube schon. Der Schinken ist gut.«

»Die Damen haben ein sehr gutes Mahl zubereitet.«

»Haben sie.«

Schweigen. Ein langes Schweigen. Dylan pflückte eine Butterblume. Er hielt sie auf eine Weise unter sein Kinn, wie er sich vorstellte, dass es Willie tun würde. Lucy lachte, wie sie glaubte, dass Anna lachen würde. »Jemand sollte das für dich tun, Willie. Wie kannst du selbst sehen, ob du Butter magst?«

Er reichte ihr die Butterblume.

»Neig den Kopf ein wenig.« Sie hielt die Blüte nahe an seinen Hals. »Du magst Butter, Willie.«

»Tue ich, Anna.« Er nahm die Butterblume zurück und hielt sie unter ihr Kinn. Anscheinend konnte er sich nicht entscheiden, ob der nun gelbliche Schimmer auf ihrem Hals bedeutete, dass sie Butter mochte oder nicht.

»Wir sind nicht sehr gut darin, was?«, sagte Lucy. »Meriel würde schimpfen, dass wir uns nicht richtig auf unsere Rollen vorbereitet haben.«

»Was würde ich denn als Willie sagen?«

»Weiß ich nicht. Was würde ich als Anna sagen?«

»Ich denke, du wärst sehr freundlich. Du würdest mich beruhigen, weil ich linkisch und unsicher bin.«

»Ich würde nicht wissen, wie, weil ich selbst linkisch und unsicher bin. Alles ist in meinem Kopf. Konversation liegt mir nicht.«

Er betrachtete ihren Hals. »Das muss heißen, dass du Butter magst. Da bin ich mir jetzt sicher.« Behutsam legte er die Butterblumen in den Klee.

Lucy schüttelte eine Picknickdecke aus, nicht auf ihre eigene, achtlose Art, indem sie die Decke einfach hinwarf, sondern als Anna, und so zupfte sie die Ränder gerade und glättete die Falten mit der flachen Hand. Sie setzte sich hin, die Beine zu einer Seite angewinkelt, und klopfte auf den Platz neben sich.

Dylan setzte sich so weit wie möglich weg von ihr, ohne ganz neben der Decke zu sein.

»Sitzt du da als Willie oder als du selbst?«

Verwirrt atmete er durch den leicht geöffneten Mund aus. »Vielleicht sollten wir einfach unseren Text lernen. Denkst du, das wäre in Ordnung?«

»Dylan, wir können unseren Text. Sie will, dass wir … Wie hat sie das noch genannt? Irgendwas mit Rollen.«

»Bewohnen. Die Rollen bewohnen. Ich erinnere mich, weil ich dabei an meine Arbeit denken musste und an die Häuser, die wir an Leute vermieten. Diese wohnen an einem Ort, der ihnen nicht gehört, wie die meisten von uns. Aber nenn mich lieber nicht Dylan. Ich bin Willie Price.«

»Ehe wir die Rollen ›bewohnen‹, erzähl mir, nach wem du im richtigen Leben benannt bist. Ist Dylan ein Familienname? Wenn ich das weiß, kann ich es aus dem Kopf kriegen, und du kannst Willie sein.«

»Weiß ich nicht. Darüber habe ich nie nachgedacht. Es ist bloß ein Name, den meine Eltern mir gegeben haben.«

»Wo sind deine Eltern? Du bist nicht von hier, oder?«

Ihr Interesse ließ ihn erröten. »Nein. Ich bin von da, wo dieses Stück spielt. Aus den Töpferstädten. Aber Ma fand, dass es gut für mich wäre, ein bisschen von der Welt zu sehen. Ein Onkel von ihr kennt Mr. Croker. So habe ich die Stelle als Maklergehilfe bekommen.«

»Bist du nicht einsam, weit weg von deiner Familie?«

»Wenn ich ehrlich bin, mag ich das Zimmer über dem Büro. Zu Hause habe ich mir eines mit meinen drei Brüdern geteilt. Sie sind alle kräftige Burschen, die in den Töpfereien arbeiten. Meine Schwestern arbeiten auch da. Als Malerinnen.« Er sagte nicht, dass sie ihn den Kümmerling aus dem Wurf nannten.

»Es muss sehr interessant sein, herumzugehen und sich Häuser anzusehen. Machst du das nicht?«

»Einmal die Woche sammle ich die Mieten ein, freitagabends und samstagmorgens, wenn die Leute am Abend vorher nicht da waren. Sonst bin ich im Büro. Ich lese ein Buch, obwohl ich das nicht darf. Im Büro habe ich auch meinen Text gelernt.«

Sie pflückte ein Kleeblatt. »Ich bin nicht sicher, ob Anna und Willie so geredet hätten. Ich denke, sie sahen sich bloß hin und wieder an, während er versuchte, den Mut aufzubringen, sie anzusprechen.«

»Wären wir nicht zusammen in diesem Stück, würden wir vielleicht auch nicht miteinander reden. Du würdest an Croker & Company vorbeigehen und nicht mal reinsehen, wer da hinter dem Schreibtisch sitzt.«

»Doch, würde ich.«

»Nein, würdest du nicht. Ich habe dich schon so oft vorbeigehen sehen, mit einer Freundin oder allein. Du hast nie hingeschaut.«

»Nächstes Mal werde ich es.« Sie biss die Kleeblätter vom Stiel und aß sie.

»Das wäre schön. Falls du reinkommen möchtest, könntest du vorgeben, als Lucy, die ihr Vermögen bekommen hat, nach einem hübschen Haus zu suchen.«

»Du meinst, ich könnte vorgeben, Anna zu sein?«

»Ja, das meinte ich. Du könntest vorgeben, Anna zu sein.«

»Und was würdest du ihr, also Anna, empfehlen?«

Er schnalzte nachdenklich mit der Zunge. »Ich würde ihr empfehlen, die Töpferstädte ganz zu verlassen und hier nach Norden zu ziehen. Da gibt es etwas, nicht weit weg, was genau richtig für sie wäre und für ihre Schwester. Sie könnte es in einen magischen Ort verwandeln. Es wären bloß einige Arbeiten nötig.«

»Bring mich hin. Gehen wir als Anna und Willie. Dann ist es in Ordnung.«

»Aber wir hatten gesagt, dass wir die anderen hier treffen, Alison und Rodney Milner.«

Lucy ging auf die Knie, um sich gleich darauf aufzurichten. »Die können ohne uns weitermachen. Vergiss nicht, dass Henry Mynors und Beatrice schon lange eine Übereinkunft hatten, bevor Mynors seine Aufmerksamkeit Anna zuwandte. Wir lassen ihnen eine Nachricht da.« Sie lächelte über ihren Scharfsinn, nahm einen Stock auf und lief zu dem weichen Sand unten am Ufer. Dort schrieb sie in den Sand: *Anna & Willie sind spazieren gegangen. Wartet nicht!*

Dylan zögerte. »Ist das fair gegenüber Alison?«

Lucy lachte. »Aber sie sind nicht Alison und Rodney. Sie sind Beatrice und der rechtschaffene Henry Mynors.«

Rodney Milner schnitt die Kurve, sodass er auf die andere Straßenseite kam. Ein Mädchen auf einem Pferd konnte in letzter Sekunde ausweichen und stürzte praktisch in eine Hecke.

»Verdammte Pferde!«, beschwerte sich Rodney. »Reitest du, Alison?«

»Schon ewig nicht mehr.« Sie richtete ihre Schutzbrille. Die drückte und hinterließ hässliche rote Streifen um ihre Augen und auf ihrem Nasenrücken.

»Ich bin froh, wenn die Pferde genauso ausgestorben sein werden wie die Dinosaurier. Kann gar nicht früh genug sein, wenn du mich fragst.«

»Möchtest du ein Pfefferminztäfelchen, Rodney?«

»Steck mir eines in den Mund, ja? Das ist lieb.« Er drehte sich zu ihr und machte den Mund auf.

Vorsichtig legte sie ihm ein kleines Täfelchen auf die Zunge. »Ich dachte, es wäre gut, die zum Picknick mitzubringen, weil meine Figur so gerne Schokolade mag. Aber sie schmelzen sehr schnell.«

Er stöhnte übertrieben genüsslich. »Ich liebe es, wenn sie schmelzen. Was hast du sonst noch in deinem Picknickkorb?«

Sie schürzte die Lippen. »Das wirst du abwarten müssen.«

»Etwas Köstliches, möchte ich wetten.«

»Ich frage mich, was Lucy mitbringt«, sagte Alison beiläufig, als wüsste sie die Antwort nicht.

»Du kennst Lucy so gut wie ich«, spöttelte Rodney. »Sie wird mit leeren Händen kommen. Lucy bringt immer nur Lucy mit.«

»Aber diesmal ist sie Anna, und Anna ist solch eine gute Hausfrau, so sparsam und alles. Was, glaubst du, bringt sie als Anna mit?«

»Ich würde denken, dass ihr geiziger Vater ihr verbietet, irgendwas mitzubringen. ›Überlass das den anderen‹, wird er sagen.«

»Oh, aber sie wird backen.«

»Anna vielleicht. Lucy nicht.«

Alison leckte sich Schokolade von den Fingern. »Du kennst Lucy sehr gut, nicht wahr?«

»Zu gut.«

»Was soll das heißen?«

Rodney lächelte. »Ich bin der einzige Mann in Harrogate, der nicht in Lucy verliebt ist.«

»Was macht dich heute so froh?«

»Falls du es wissen willst, ich feiere. Deshalb habe ich Ingwerwein für euch reizende Damen und Löwenzahnbier für mich, Henry Mynors als Stütze der Gemeinde und für Dylan als den armseligen Willie Price dabei. Der arme Kerl kann nicht mal ein William sein.«

»Sie würden keinen Alkohol beim Picknick erlauben!«

»In dem Fall wird Meriel Jamieson mich rauswerfen und einen anderen Schauspieler finden müssen, denn ich feiere.«

»Was feierst du?«

»Hahaha! Wer hat diesen Monat mehr Automobile verkauft als sein Vater?«

»Hast du wirklich?« Sie schob ihre Brille hoch und sah ihn staunend an.

»Habe ich. Wer hat in den letzten drei Monaten mehr Automobile verkauft als sein Vater?«

»Hast du?«

»Also musst du auf Rodney Milners Erfolg anstoßen, bevor er zu dem langweiligen, aber listigen Henry Mynors wird.«

»Warum nennst du ihn listig?«

Rodney fuhr an den Straßenrand. »Ist dies die Stelle?«

»Ich glaube, ja.«

Er stieg aus und half Alison aus dem Wagen. »Ich nenne ihn schlau, weil er ...« Zunächst nahm er Alisons Hand, dann legte er die Arme um sie, damit sie das Gleichgewicht wiederfand. »... weil er Anna die Erbin der strammen, freundlichen und charmanten Dame vorzieht, die Schokolade liebt.«

»Meinst du Beatrice Sutton?«

»Meine ich?«

Alison räusperte sich. »Ich kann sie nicht sehen. Ich kann Lucy und Dylan nicht drüben am Fluss sehen oder …«

»Dann gehen wir los und erkunden alles.«

Er hob den Picknickkorb hinten aus dem Wagen. »Ich denke, die Flaschen passen noch hier rein. Was glaubst du?«

»Wahrscheinlich.«

Er steckte die Flaschen in den Korb und klappte ihn zu. »Wie ich sehe, hast du Gläser eingepackt.«

»Habe ich. Aber Mutter sagte, wir sollten Wasser zum Trinken mit den Händen aus dem Fluss schöpfen. Sie sagte, das würden Leute auf einem Gemeindepicknick tun.«

»Das geht ein bisschen zu weit für meinen Geschmack. Ich frage mich, was sie sonst noch tun oder nicht tun würden.« Er öffnete die Pforte zur Wiese und verneigte sich, um ihr den Vortritt zu lassen.

»Weiß ich nicht. Wir müssen uns in unsere Rollen versetzen.« Ihre Hände berührten sich, als sie ihm half, die Pforte zu schließen. »Nenn mich lieber Beatrice.«

Seite an Seite gingen sie zum Übertritt, der auf die nächste Weide führte. »Lass mich vorgehen«, sagte er. »Dann kann ich dir hinüberhelfen. Henry und Beatrice sind zu dieser Zeit nämlich sehr gut befreundet. Mich würde nicht wundern, sollten sie Händchen halten.«

Nachdem sie über den Übertritt gestiegen waren, gingen sie auf den Fluss zu. Rodney sah, wo Lucy und Dylan gesessen hatten, denn dort waren der Klee und die Butterblumen plattgedrückt. »Sieh mal, sie waren hier. Oder jemand anderes. Ich war bei den Pfadfindern, musst du wissen.«

»Das ist ein bisschen gemein«, sagte Alison. »Wenn sie nicht gewartet haben, nur weil wir ein wenig zu spät sind.«

»Wen kümmert's? Mich nicht. Dort drüben?« Er nickte zu einer geschützten Stelle ein Stück weiter.

»Ja.«

Sie gingen näher ans Wasser, wo das Ufer leicht abschüssig war. »Da sind wilde Veilchen«, sagte Alison. »Wie entzückend!«

Er breitete die Decke aus. »Meine liebe, genussfreudige Miss Beatrice Sutton, darf der schneidige Mr. Henry Mynor Sie zu einem gaumenkitzelnden Glas Ingwerwein verführen?«

Sie lachte über seine Albernheit. »Denkst du wirklich, so würden sie reden – also wenn sie sich nicht ans Skript halten, meine ich?«

Er zwinkerte. »Ich denke, die beiden hatten mal ein sehr großes Geheimnis.«

»Was war das?«

»Dass sie sehr viel enger befreundet waren, als es Gemeindemitglieder sein dürfen. Ich denke, sie haben sich wahrscheinlich geküsst.«

»Wirklich? Das ist ein bisschen viel.« Sie stießen mit ihren Gläsern an. »Jedenfalls, sehr gut, Rodney, dass du so viele Automobile verkauft hast.«

Rodney trank von seinem Ingwerwein. Von einem Atemzug zum nächsten verließ ihn alles Draufgängerische. »Weißt du, warum ich mehr Automobile verkauft habe?«

»Nein, weiß ich nicht.« Sie blickte ihn fasziniert an. »Warum?«

»Weil die Leute meinen Vater nicht ausstehen können. Sie kommen, wenn er nicht da ist, gewöhnlich samstagmorgens. Das ist es, worauf Dad meinen Erfolg zurückführt. Dass die Samstage beliebter sind. Aber sie sind immer so froh, mich anzutreffen. Und wenn mein Dad sich sehen lässt, ehrlich, Alison, man sollte denken, dass er merkt, was die Leute von ihm halten. Doch seine Haut ist so dick wie die eines Nashorns. Muss er wohl aus Südafrika haben.«

»Wirklich? Lucys Großvater war in Südafrika.«

»Daher kennen sie sich. Es gibt ihnen etwas Gemeinsames. Sie spielen manchmal dieses lächerliche Brettspiel zusammen, *Called to Arms* – Mobilmachung. Da würfeln sie und rücken auf Felder vor, die *Schneller Marsch* oder *Außerordentliche Tapferkeit, Weiterziehen zum Victoria Cross* heißen.«

Alison kicherte.

»Ich weiß, es ist verrückt. Erwachsene Männer!«

Alison bildete sich ein, in jedem das Beste zu sehen. »Dein Vater muss großes Vertrauen in dich haben, dir so viel Verantwortung zu geben. Er muss eine Menge von dir halten.«

Plötzlich wurde Rodney verlegen, errötete und schüttelte den Kopf. »Er hält eine Menge von sich selbst.«

»Aber …«

Rodney ergriff Alisons Hand. »Ich weiß nicht, wie du das machst, Alison.«

»Was? Wie ich was mache?« Sie ließ ihre Hand in seiner.

»Was du mit mir machst, jedes Mal, wenn wir zusammen sind. Und wenn wir nicht zusammen sind, denke ich die ganze Zeit an dich.«

Sie starrte ihn an. »Aber … Ich dachte …«

»Jetzt habe ich mich zum Narren gemacht. Das hätte ich nicht sagen dürfen. Entschuldige.«

»Nein. Es ist nur, ich dachte, du und Lucy … Ich meine …«

Er begann zu lachen. »Nein! Hat sie das gesagt?«

»Natürlich nicht. Würde sie nicht.«

»Sie würde nicht, weil es nicht stimmt. Zwischen uns war nie etwas, und das ist auch gut so.«

»Was meinst du, das ist auch gut so?«

»Weil …, nun, es allein auszusprechen erregt schon Übelkeit. Wenn ich dir etwas erzähle, behältst du es für dich?«

Alison nickte. »Du weißt, dass ich das tun werde.«

»Mein Vater hat ein Auge auf sie geworfen. Das sehe ich. Wenn es nach ihm geht, wird Lucy meine Stiefmutter.«

Alison fing an zu lachen. »Niemals. Nie im Leben!«

»Oh doch.«

»Weiß Lucy davon?«

»Nein, das denke ich nicht. Denn es ist ja auch vollkommen unbegreiflich, nicht?«

Alison lachte weiter. »Tut mir leid. Ich sollte nicht lachen, aber wenn er glaubt, dass Lucy …«

»Ich weiß.«

Sie lachten beide, kugelten sich auf der Picknickdecke und prusteten immer lauter, bis sie außer Atem waren und Alison ihr Taschentuch hervorholen musste. Sie tupfte sich die Augen und bot das Taschentuch dann Rodney an.

Der nahm wieder ihre Hand. »Ich liebe dich, Alison.«

Sie kamen zu dem runden Turm, jenseits der Bäume und über eine Wiese hinweg.

Lucy blickte an dem Gemäuer hinauf. »Glaubst du wirklich, hier würde Anna wohnen wollen?«

»Könnte sein. Es ist sehr abgelegen und romantisch.«

»Weißt du, da hast du ein bisschen recht. Nur ist Anna immer so praktisch. Ich denke, sie könnte Bedenken haben wegen der Wasserversorgung und der Gasleitungen. Und sie würden nie den Boden sauber bekommen.«

Dylan sah zutiefst enttäuscht aus. »Daran habe ich nicht gedacht.« Dann strahlte er. »Wenn man von der anderen Seite kommt, ist da die Straße und nur eine Wiese zu überqueren. Und Anna ist so fleißig, dass es ihr nichts ausmachen würde, einen Brunnen graben zu lassen und draußen ihr eigenes Wasser zu pumpen. Sie könnte auch gut mit alten Lampen und solchen Sachen leben, weil sie an den Geizkragen gewöhnt ist.«

»Mir gefällt es auf jeden Fall«, sagte Lucy. »Wollen wir hineingehen und es uns genauer ansehen?«

»Gewiss ist es gefährlich.«

»Lass uns reingehen und nachsehen. Vergiss nicht, wer wir sind.«

Dylan drehte den schweren Schlüssel. Die Immobilie war nicht in Crokers Büchern, aber die Schlüssel für ein anderes altes Bauwerk würden bei diesem Schloss auch funktionieren. Dylan überlegte, Mr. Croker einen Bericht über den Zustand des Gebäudes zu geben. Vielleicht wollte der Eigentümer, dass man sich darum kümmerte.

In der präzisen, abgehackten Stimme, die Anna manchmal benutzte, sagte Lucy: »Dieser Bau ist furchtbar verwahrlost, Willie.«

Dylan liebte das Wort *verwahrlost* – nicht mehr bewahrt, loses Gestein. Er antwortete in seiner Rolle als Willie.

»Es ist recht verwahrlost, Miss Tellwright. Genau wie die Arbeiten meines Vaters.«

»Was nicht bedeutet, dass es erlaubt ist, so weit mit der Miete in Rückstand zu sein. Das müssen Sie Mr. Price sagen.«

»Er versteht das. Bitte, kommen Sie mit nach oben ins Büro.«

Sie blieben während der Besichtigung in ihren Rollen, bis Lucy oben auf dem Wehrgang stand, über die Wiesen blickte und in der Ferne Alison und Rodney ausmachte. Sie hielt sich sehr gerade, wie Anna Tellwright es getan hätte.

»Willie.«

»Ja, Miss Tellwright?«

»Haben Sie Ihr Fernglas?«

»Habe ich.«

Er reichte es ihr.

Wieder sah sie zu den beiden Gestalten, die nun eine waren.

»Darf ich mal sehen, Miss Tellwright?«

»Vielleicht nicht, Willie. Wir müssen über die Miete reden.« Sie wandte sich ab. »Mein Großvater hat mir sehr übel mitgespielt.«

»Meinen Sie nicht Ihren Vater, Miss Tellwright?«

»Natürlich, den meine ich, meinen Vater, den alten Geizhals, den ich gleichermaßen liebe wie hasse.«

»Und wie hat er Ihnen übel mitgespielt? Immerhin hat er Ihnen ein Vermögen überschrieben.«

Lucy warf die Rolle der Anna ab. Sie sah über die Wiesen zum fernen Horizont. »Anna und ich haben eigentlich viel gemein. Außer, dass sie einundzwanzig ist und ich es erst am sechsten August werde. Mein Großvater hat immer gesagt, dass ich an meinem einundzwanzigsten Geburtstag mein Erbe bekomme. Jetzt will er nicht mehr zu seinem Wort stehen.« Ihre Hände lagen nebeneinander auf der Brüstung. Ein guter Zentimeter, und sie würden sich berühren. »Ach, ich sollte nicht darüber reden. Er sagt immer, wir dürfen anderen nichts über unsere Angelegenheiten erzählen.«

Dylan wusste nicht, was er sagen sollte. Erbschaften und Aussichten waren nichts, womit er Erfahrung hatte. Er zermarterte sich das Hirn, aber es kamen keine Worte heraus. Nur wenn er sich hinter seiner Rolle versteckte, konnte er seine tiefsten Gedanken aussprechen.

»Du kannst es mir erzählen. Schließlich bin ich in dem Stück Willie, der dich bewundert. Und Willie stirbt, also sind seine Lippen versiegelt.«

Lucy drehte sich lächelnd zu ihm. »Meine Tante Ada – Miss Fell, die im Stockwerk über uns wohnt – war die Freundin meiner Großtante. Nun, da stimmt etwas nicht. Tante Ada ist sicher, dass ich ein Erbe bekommen sollte, wenn ich volljährig bin, von meinen Eltern. Nur gibt es nichts, womit ich Großvater festnageln kann. Wenn ich ihn frage, wimmelt er mich ab. Und ich muss weg. Ich denke … Nein, das ist zu furchtbar, um es auszusprechen.«

»Was?«

»Ach, das kann ich keinem sagen. Nicht Rodney, nicht Alison, weil sie sich in Rodney verguckt hat und es ihm erzählen würde … Es ist wegen Rodneys Vater, Mr. Milner. Jetzt erkenne ich es. Er widert mich an.«

»Mr. Milner?«

»Früher hat er mich oft hochgehoben und herumgewirbelt und …«

Dylan legte seine Hand auf ihre. Sie ließ ihn.

»Ich muss weg.«

»Wie willst du das anstellen?«

»Weiß ich nicht. Aber ich muss. Großvater ist so gemein, genau wie der Geizhals im Stück, selbst wegen geringster Beträge. Jede kleine Rechnung wird unter die Lupe genommen. Und ich verbringe Stunden damit, nutzlose Dinge zu tun … bei den Tanzstunden aushelfen, Whist spielen mit Mrs. Hart, Abfallbehälter für den Kirchenbasar verzieren. Ich werde verrückt, wenn ich nicht fortkomme. Ich möchte unabhängig sein, mir selbst meinen Lebensunterhalt verdienen. Ich möchte eine richtige Schauspielerin werden.«

Fünfzehn

Also war Lucys Alibi Alison, und Alisons Alibi war Lucy. Der Erpresserbrief wirkte immer mehr wie etwas, was sich jemand nach zu vielen Kriminalgeschichten für junge Frauen ausgedacht hatte. Es hatte nichts weiter gebraucht als ein Blatt Papier, einen Topf Leim, eine Schere und eine Illustrierte. Vielleicht hatten Lucy und Alison zuerst das halbe Dutzend Abfallbehälter verziert und dann beschlossen, ihr Leben ein wenig spannender zu machen, indem sie sich als Kleinkriminelle versuchten.

Langsam ging ich zurück zur St. Clement's Road. Ich hatte mehr Fragen als Antworten. War es falsch von mir gewesen, zu schweigen und Mrs. Hart in dem Glauben zu lassen, dass ihre Tochter die Nacht bei den Wolfendales verbracht hatte?

So unzertrennlich, wie Lucy und Alison nach der Vorstellung gewesen waren, war ich überzeugt, dass sie sich irgendwo zusammen aufhielten. Vielleicht hatte ich sie falsch eingeschätzt, und die Nachricht an den Captain war ein närrischer Scherz von einer neidischen »Freundin«, die nicht so wagemutig war wie die beiden Jungschauspielerinnen. Waren Lucy und Alison irgendwo, wo sie sich heimlich amüsierten?

Schließlich waren sie einundzwanzig. Hätte ich in dem Alter bei Captain Wolfendale oder Mrs. Hart gelebt, ich hätte verschwinden wollen.

Doch wo waren sie hin?

Das Schweinchen in der Mitte ist die Person, die den Ball nicht fangen kann. Ich konnte ihn nicht einmal sehen, seine

Größe oder Form einschätzen, geschweige denn erkennen, wer ihn warf.

Was würde ich tun, wäre ich der Captain? Das war nicht schwierig. Wäre ich siebzig Jahre alt und pensionierter Militär, würde ich die Polizei rufen. Dann würde Mrs. Hart informiert. Ein Constable würde den Gartenweg zwischen den makellosen weißen und roten Rosen hinaufgehen. Das Hausmädchen der Harts würde ihn zum Gemeindesaal schicken, wo ihn Hunderte neugieriger Blicke verschlängen. Eine andere wohltätige Dame müsste einspringen und die Aufsicht über zahlreiche verzierte Abfallbehälter, mehrere Pfund Karamell und die anderthalb Meilen gehäkelter Tischläufer übernehmen. Alisons Reputation würde zertrampelt und unter die Krepphüllen der Klapptische getreten.

Sollte das jemand anders auf seine Kappe nehmen, nicht ich.

Captain Wolfendale hielt Ausschau nach mir. Bevor ich die Treppe vorn hinauf war, hatte er die Tür geöffnet. Er sah mich fragend an. Ich schüttelte den Kopf. Ein tiefer Seufzer entfuhr ihm, als er wartete, dass ich eintrat.

An der Tür blickte er sich um. »Ich denke immer noch, dass sie gleich die Straße entlangkommt, höre ihre tippelnden Schritte. Lucy kann recht schnell gehen, wenn sie will.«

Die Tür schloss sich knarrend. Mir war bisher nicht aufgefallen, dass sie geölt werden musste.

Im Wohnzimmer war es heiß. Selbst das Tigerfell sah bedrückt aus, und die kalten Glasaugen wirkten ein klein wenig mitleidig. Beinahe rechnete ich damit, dass sich die Elefantenstoßzähne an der Wand aus Mitgefühl nach unten biegen würden.

Der Captain scheute sich nicht, das Offensichtliche auszusprechen. »Lucy ist nicht bei Alison?«

»Mrs. Hart glaubt, dass Alison hier ist.«

»Sie haben nicht …?«

»Nein.«

Er runzelte die Stirn. »War Mrs. Hart nicht verwundert über Ihren Besuch?«

»Sie hätte nicht erwartet, dass ich irgendetwas weiß. Ich brachte einen geliehenen Roman zurück, weiter nichts.«

Wir beide blieben stehen. Nun lag es bei ihm. Ich wollte möglichst bald abreisen. Dies hatte nichts mit mir zu tun. Der Captain stand zwischen mir und der Tür. In seiner Starre erinnerte er mich sehr an einen Zinnsoldaten. Sein Atem ging in flachen Stößen. Plötzlich hielt er eine Hand an sein Herz. »Dürfte ich Sie bitten … würden Sie … ein Schluck Whisky.«

»Ja, natürlich.« Ich ging zum Sideboard. Die geschnitzten Zulus blickten stur geradeaus, als ich den Pfropfen von der Karaffe nahm und etwas von der bernsteinfarbenen Flüssigkeit in ein Kristallglas schenkte.

»Soda?«

»Einen Spritzer.«

Ich stellte das Glas auf den geschnitzten Tisch neben seinem Sessel, damit er sich hinsetzte.

»Sie waren lange fort«, sagte er, während er den Whisky trank.

»Mrs. Hart würde das nicht meinen. Sie hat offenbar gern Gesellschaft.« Ich hockte mich auf die Armlehne des anderen Sessels.

»Mrs. Hart wäre außer sich, wüsste sie, dass die Mädchen verschwunden sind.«

»Captain, ich bin sicher, dass Sie sich auf die Diskretion der Polizei verlassen können, falls das die beste Maßnahme scheint.«

Ich sagte nicht, dass die Polizei wenig beglückt über einen Vermisstenfall wäre, wenn sie einen Mord aufzuklären hatte.

»Aber Sie haben gesehen, was in dem Schreiben stand.«

»Ja.« Unverbindlich bleiben, ermahnte ich mich. Der Brief war von jemandem mit einer Vorliebe für Spannungsliteratur oder die vermeintlich wahren Sensationsgeschichten von der anderen Seite des Atlantiks verfasst worden. Dennoch wäre es dumm, ihn einfach abzutun.

»Ich möchte gerne glauben, dass es ein Streich ist.« Der Captain leerte sein Glas. »Und zugleich möchte ich es nicht glauben, nicht, wenn es Lucy war.« Seine Hand begann zu zittern. »Ich dachte ... als ich heute Morgen den Bobby sah, dachte ich ... ich fürchtete das Schlimmste. Der verfluchte Tölpel hat mir fast einen Herzanfall beschert. Ich bin der Vormund meiner Enkelin, ihr Beschützer – doch anscheinend habe ich nicht gut genug auf sie aufgepasst.« Der Whisky hatte ihn kaum belebt. Er war immer noch blass und sah aus, als würde er gleich zusammenbrechen. »Sie haben gesehen, was die Schurken schrieben. *Keine Polizei, sonst stirbt sie.* Das riskiere ich nicht. Und ich habe keine tausend Pfund.«

»Jemand glaubt, dass Sie die haben.«

»Dann ist dieser Jemand ganz falsch informiert.« Er nickte zu der mittelalterlichen Rüstung. »Die ist etwas wert. Ist das ein Trick, mich der Sachen zu berauben, die ich am meisten liebe?«

Mir erschloss sich nicht, ob er Lucy oder die Rüstung meinte.

Ich schenkte ihm nach. Langsam schien ihn der Whisky ein wenig aufzubauen. »Wer auch immer hinter dieser abscheulichen List steckt, weiß nicht, mit wem er es zu tun hat. Ich habe Stämme in die Flucht geschlagen. Ich habe die Buren ausgetrickst. Was Feldzüge angeht, hat dieser Erpresser sich übernommen. Passiert Lucy etwas, werde ich ihn umbringen. Wer ist das? Wer hat sie entführt?«

»Sie wissen nicht, ob sie entführt wurde. Warum sollte dann auch Alison verschwunden sein?«

Er trank noch einen Schluck Whisky und beantwortete sich selbst die Frage, wer Lucy verschleppt hatte. »Irgendein verdammter Kerl vom Theater. Doch der hat sich mit dem Falschen eingelassen. Tja, soll er mir die nächsten Anweisungen schicken. Ich werde hingehen und ihm ins Maul schießen.«

»Hoffen wir, dass es nicht so weit kommt.«

Dies hier führte zu nichts. Wäre Lucy ein Kind oder erst fünfzehn, sechzehn Jahre alt, hätte ich Hilfe angeboten. Aber in diesem Fall mehr zu tun schien mir wie eine unangebrachte Einmischung. Ich stand auf, um zu gehen.

Inspector Charles hatte mich gebeten, nichts über den Fund von Lawrence Milners Leiche zu sagen. Aber Mord bleibt nie lange geheim. Falls der Captain die Polizei nicht kontaktierte und Lucy und Alison etwas Schreckliches zugestoßen war, etwas, was mit dem Mord zusammenhing, könnte ich es mir nie verzeihen.

»Captain, eines sollten Sie wissen. Gestern Nacht ist etwas geschehen, was der Grund für die späte Heimkehr von Miss Jamieson und mir war.«

»Mit Lucy?«

»Nein. Nichts, was ich über Lucy und Alison sagte, ändert sich. Sie sind mit den Milners bekannt, richtig?«

»Ja.«

Er klang ungeduldig, als wäre ich im Begriff, den neuesten Tratsch bekannt zu geben.

»Mr. Milner wurde letzte Nacht ermordet.«

Sein Körper erschlaffte, als wäre ihm das bisschen Kraft, das er besaß, plötzlich ausgesogen worden. Er schloss die Augen. »War er ...« Für einen Moment Stille. »... aber wer sonst?« Das Ticken der Uhr schien auf einmal lauter, und für eine Weile fehlten ihm die Worte.

Mir kam die Frage »Aber wer sonst?« eigenartig vor. Meinte er, wer sonst ermordet wurde, wer es sonst wusste oder wer es sonst getan haben könnte?

»Wer sonst was?«, fragte ich.

Seine Hand zitterte, als er das Whiskyglas leerte. »Wie wurde er ermordet?«

»Ich wurde gebeten, nichts zu sagen. Die Polizei befragt die Leute. Ich vermute, sie werden mit Lucy reden wollen, wie mit allen, die gestern Abend im Theater waren, ebenso wie mit seinen Freunden und Bekannten. Sie kannten ihn sehr gut, stimmt das?«

Es war harmlos formuliert, die Wirkung jedoch enorm. Der alte Soldat riss den Mund so weit auf wie ein Vogeljunges. Er beantwortete meine Frage nicht, sondern sah mich flehend an, als er das Thema wechselte. »Früher wäre ich nicht so nutzlos gewesen. Ich hätte entschlossen gehandelt. Ich wäre da rausmarschiert und hätte gewusst, was zu tun ist. Ich bin es nicht mehr gewohnt ... Ich gehe nicht einmal mehr viel aus. Bitte, gehen Sie nicht. Helfen Sie mir. Die Polizei wird sich nicht um Lucy scheren, wenn es einen Mord gibt, und sie könnten denken, dass es einen Zusammenhang mit Lucys und Alisons Verschwinden gibt. Glauben Sie, die beiden sind in Gefahr?«

Ich sah zu Lucys Fotografie, ihren hohen Wangenknochen und dem entschlossenen Gesichtsausdruck. Wo sie auch sein mochte, ich war gewiss, dass sie in Sicherheit war.

»Was möchten Sie, dass ich tue?«

Hoffnung leuchtete in seinen Augen auf, und er beugte sich vor. Sehr rasch, fast überstürzt, sagte er: »Helfen Sie mir? Was nehmen Sie? Ich bin kein reicher Mann, aber ich treibe das Geld auf, um Sie zu bezahlen. Notfalls bettle ich andere an.«

»Das wird nicht nötig sein. Ich bin ...« Ich wollte nicht sagen, dass ich bereits anderweitig verpflichtet und ausgelastet war. »Falls Sie meine Hilfe wünschen, bin ich gern bereit, Ihnen den Rest des heutigen Tages zu widmen. Sollte ich keinen Erfolg haben, müssen Sie mir versichern, dass Sie zur Polizei gehen.«

»Ich möchte, dass Sie sie finden.«

»Aber sind wir uns einig? Falls ich an den Punkt komme, an dem ich denke, dass es das Richtige ist, werde ich selbst zur Polizei gehen.«

»Na schön. Wie Sie meinen. Ich stimme zu.«

»Dann erzählen Sie mir, ob Lucy und Sie gestritten haben. Oder hat sie irgendwie angedeutet, dass sie mit ihrem Los unzufrieden ist, weshalb sie … verreisen wollte, einen Tapetenwechsel wollte?«

»Nichts. Gar nichts Derartiges.«

»Darf ich mir mal Lucys Zimmer ansehen?«

Das gäbe ihm Zeit, sich zu beruhigen, und mir, in Ruhe nachzudenken.

»Ja, ja. Kommen Sie, und sehen Sie sich ihr Zimmer an. Ich kann ihre Sachen nicht durchsuchen. Habe ich nie und werde ich auch nie. Frauensachen.« Er richtete sich mühsam auf.

Ich folgte ihm in den hinteren Teil der Wohnung, wich Geweihen und Stoßzähnen aus, Schwertern und Schilden, passierte andere Türen, die zum Esszimmer, dem Schlafzimmer und der Küche führen mussten. Wir erreichten das letzte Zimmer.

»Sie hat das größere der beiden Schlafzimmer. Hatte ich für sie herrichten lassen.«

Die Tapete war blassblau und mit Vergissmeinnicht getüpfelt. Ein weißer Überwurf aus Dochtgarn bedeckte das Bett. Die Möblierung bestand aus einer Frisierkommode, einem Kleiderschrank und einer hohen Kommode aus blassem, poliertem Walnussholz – ein ordentlicher und klarer Raum, wie bereit, um inspiziert zu werden.

»Ist es hier immer so ordentlich, Captain?«

Er schüttelte den Kopf. »Kann ich Ihnen nicht sagen. Nicht mein Bereich.«

Auf dem Nachttisch lagen eine Ausgabe von Thomas Hardys

Gedichten und Geschichten sowie der Roman *Two on a Tower – Zwei auf einem Turm* vom selben Autor.

Oben auf dem Kleiderschrank lag ein brauner Lederkoffer.

»Besitzt sie noch einen anderen Koffer?«

»Nur den einen.«

Da mir nicht behagte, Lucys Sachen zu durchsuchen, setzte ich mich auf die Bettkante und schaute mich im Zimmer um, als würde es mir freiwillig einen Hinweis liefern. »Mir fällt es nach wie vor schwer, mir Ihr Familienleben vorzustellen, Captain.«

Er stand in der Tür und stützte sich mit einer Hand gegen den Rahmen. »Ich habe alles verdorben.«

»Inwiefern?«

»Oh, in jeder Hinsicht. Ich hätte in der Army bleiben sollen. Sie war mein Leben.«

»Und Ihre Frau, was dachte sie?«

»Ich fand … Ich hielt nichts davon, dass meine Frau mit mir reiste. Sie blieb daheim. Ich war nicht da, als sie starb.« Er senkte den Kopf und bedeckte sein Gesicht mit den Händen. »Ich hatte einen Offiziersburschen. Er tat alles für mich. Der arme Mann starb 1903 in London.«

Bildete ich es mir ein, oder schien ihn der Verlust des Offiziersburschen stärker zu berühren als der seiner Frau? Aber wenigstens redete er.

Dann wandte er sich zum Gehen. »Ich lasse Sie mal in Ruhe alles ansehen.«

»Nein, bleiben Sie bitte. Ihr Sohn war auch in Südafrika, sagten Sie?«

»Mein Sohn?«

»Lucys Vater.«

»Mein Ein und Alles. Mir war nicht klar, dass er in meine Fußstapfen treten wollte. Im Gegensatz zu mir nahm er seine Frau mit. Sie starb im Transvaal an Fieber, kurz nachdem Lucy geboren wurde. Ich denke, das machte meinen Sohn achtlos dem Leben gegenüber, was furchtbare Folgen hatte. Ich verzichtete auf meine weitere Karriere, um Lucy nach Hause zu bringen. Die Leute sagten, ich solle sie in ein Waisenhaus geben, aber das konnte ich nicht.«

Irgendwie klang für mich nicht echt, was er mir von seinem Leben erzählte. Da war eine Unsicherheit, als wäre er selbst nicht ganz sicher, dass er jemals verheiratet gewesen war, und gleichzeitig klang es so flüssig wie eine Geschichte, die sehr oft wiederholt worden war.

Ich öffnete die Schubladen der Frisierkommode und der hohen Kommode, kramte in Unterwäsche, Taschentüchern und Strümpfen. In der Schublade ganz unten im Kleiderschrank lagen sorgfältig zusammengelegte Strickjacken und eine Stola.

Der Captain stand in der Tür und beobachtete mich.

»Hat sie einen Schreibtisch?«, fragte ich.

»Nein, kein Schreibtisch.«

»Wo bewahrt sie dann ihre Schreibsachen auf, Papiere und Bücher, das Skript zu dem Stück, solche Dinge?«

»Ihre Bücher sind hier draußen auf dem Korridor, im obersten Regalfach. Wir teilen uns ein Bücherregal.«

»Das sehe ich mir gleich an.« Ich blieb in dem Zimmer, hockte mich hin und zog einen Kasten unter dem Bett heraus. Der Captain drehte sich weg. »Ich lasse Sie mal allein. Ich möchte nicht spionieren.«

Obenauf in der Kiste lagen ein Buch mit Geburtstagsdaten, ein Adressbuch und ein Poesiealbum aus Schulzeiten, in dem sich auch Autogramme von Schauspielern fanden, die in Harrogate aufgetreten waren.

Eine Modezeitschrift ließ mich aufmerken. Ich blätterte sie durch, um nachzusehen, ob sie irgendwelche Notizen enthielt.

Teile von Seiten rutschten aus der Zeitschrift. Wörter und Buchstaben waren aus ihnen herausgeschnitten. Der Erpresserbrief war aus dieser Modeillustrierten zusammengeklebt worden.

Ich kehrte ins Wohnzimmer zurück und zeigte dem Captain die Illustrierte mit den fehlenden Buchstaben.

»Gütiger Gott! Was bedeutet das?« Seine Hand zitterte, als er die Zeitschrift hochhielt.

Mir tat der arme alte Mann leid. »Es könnte heißen, dass sie den Brief selbst gefertigt hat. Aber wir sollten keine voreiligen Schlüsse ziehen.«

Er schluckte. Seine Stimme wurde zu einem Flüstern. »Sie würde mir so etwas nicht antun. Irgendein Schurke hat sie dazu verleitet. Ein Schuft, der sie in seinen Bann gezogen hat. Bei Gott, den knöpfe ich mir vor!« Er legte die Zeitschrift auf den Tisch, direkt neben Lucys Fotografie. Dann sank er schwer in seinen Sessel. Er sah bemitleidenswert aus, wie ein hilfloser kleiner Junge. »Was schlagen Sie vor?«

»Ich könnte mit ein oder zwei anderen Schauspielern reden, die das Theater um dieselbe Zeit verließen wie Lucy und Alison.«

Was Rodney Milner mit einschlösse. Schwierig. Ich kannte ihn nicht gut genug, um zu ihm zu gehen und mein Beileid zu bekunden und ihn gleich darauf zu Lucy zu befragen. Das würde, gelinde gesagt, gefühllos wirken. Da Alison ebenfalls verschwunden war, blieb noch Dylan, der Maklergehilfe, der den Willie Price spielte. Aber meine Worte stellten den Captain zufrieden.

Er nickte, schloss die Augen und biss sich auf die Lippe. »Ich habe eine Ahnung, worum es hier geht. Lucy wurde am sechsten dieses Monats einundzwanzig. Sie erwartete, zu einem Erbe zu kommen, genau wie diese verfluchte Figur in dem Stück.«

»Wollen Sie damit sagen, sie kopierte die Heldin aus der Geschichte? Hätte sie das, würde sie fünfzigtausend Pfund verlangen.«

Zum ersten Mal, seit ich dem Captain begegnet war, lachte er.

Es war schwer vorstellbar, dass Lucy die extrem gewissenhafte Anna Tellwright spielte und Stunden später ihren Großvater so unter Druck setzte.

Er seufzte. »Es ist meine Schuld. Als sie aufwuchs, dachte ich, es würde ihr Selbstvertrauen geben, dass sie Aussichten hätte.« Wieder schloss er die Augen und seufzte.

Ich hakte nach. »Hat Lucy Aussichten? Ein Treuefonds oder etwas Vergleichbares?«

Er fing sich ein wenig, nahm seine Pfeife vom Kaminsims, putzte sie mit einem Pfeifenreiniger und klopfte sie an der Brandmauer aus. Dann öffnete er ein Tabakglas, zupfte einen Streifen heraus und begann, ihn in die Pfeife zu stopfen. Seine Panik schien zu versiegen, aber seine Augen verrieten ihn. Er sah verwirrt und ratlos aus. »Bei Gott, sie hat mich erschreckt. Hiervon werden wir uns nie erholen.« Er wandte sich zu mir. »Es muss ein Streich sein, meinen Sie nicht?«

»Weiß ich nicht. Am besten hält man sich für alle Möglichkeiten offen.«

»Es sei denn ... es sei denn ...« Er reckte einen Finger in die Höhe, als wolle er die Windrichtung prüfen. »Könnte ihr diese vermaledeite Zeitschrift gegeben worden sein, damit sie sie mit nach Hause nahm, um alles wie einen Streich aussehen zu lassen?«

»Möglich wäre es.«

Ich holte mein Notizbuch und den Bleistift hervor und schlug einen möglichst professionellen Ton an. »Es wäre hilfreich, einige Hintergrundinformationen zu haben. Anscheinend denkt

Lucy, oder wer auch immer diesen Brief entworfen hat, dass Sie über Geldmittel verfügen. Wenn Sie, wie Sie sagen, auf keine größeren Summen zugreifen können …«

»In den heutigen Zeiten ist es nicht ratsam, andere wissen zu lassen, dass man den Gürtel etwas enger schnallen muss. Meiner Treu, das ist es nicht, vor allem nicht in dieser Gegend. Man wird danach beurteilt, was man hat, nicht danach, wer man ist. Oh ja, so sieht es aus. Es spielt keine Rolle, ob jemand sich dadurch ausgezeichnet hat, seinem Land immer wieder zu dienen, einzig sein Vermögen zählt. Wie viel hat er auf der Bank? Das wollen die Leute wissen.«

So taktvoll wie möglich fragte ich: »Also haben Sie eine gewisse Fassade aufrechterhalten?«

»Im Vertrauen?«

Ich knallte das Notizbuch auf die Armlehne. Was glaubte er denn, mit wem ich alles über seine Finanzen plappern wollte? »Ja, im Vertrauen!«

»Ich habe tatsächlich eine gewisse Fassade aufrechterhalten, wie Sie es ausdrücken. Alles, was ich habe, sind meine Pension und die Mieteinnahmen für die Wohnungen hier. Ohne Namen nennen zu wollen, sind die nicht alle verlässlich.«

»Würde Lucy glauben, dass Sie eine solch große Summe aufbringen könnten?«

Er zündete seine Pfeife an und sog kräftig daran. »Die Sache ist, dass ich ihr früher erzählte, sie dürfte ein Erbe von ihren Eltern erwarten, sobald sie mündig ist. An ihrem einundzwanzigsten Geburtstag rechnete sie dann wohl mit einer Art Übergabe, Unterschriften und dem ganzen Palaver, wie es in diesem verflixten Stück geschieht. Hätte ich den Text gekannt …«

»Aber, wenn sie einundzwanzig ist, ist sie volljährig.«

»Ich sagte stets, sie würde ihr Erbe bekommen, wenn sie die nötige Reife erlangt hat – mündig ist, nicht volljährig. Ein Mann mag in diesem Alter reif und mündig sein, eine Frau womöglich erst mit dreißig.«

»Captain, hat sie in irgendeinem Alter ein Erbe zu erwarten oder nicht? Ich nehme an, Sie sind ihr Treuhänder?« Er sah mich verständnislos an, daher ergänzte ich: »Beispielsweise kann eine Frau bei ihrer Hochzeit verlangen, worauf sie andernfalls noch warten müsste.«

»Bei Gott, Sie haben recht! Sie könnte mit jemandem durchgebrannt sein, in dem Glauben, wenn sie heiratet, hätte sie irgendeinen Anspruch.«

»Aber wir denken nicht, dass sie durchgebrannt ist. Nicht dem Brief nach.«

»Ich wusste, dass bei diesem Theaterspielen nichts Gutes rauskommt. Ihr Gesicht anmalen, vor all diesen Leuten herumstolzieren …«

»Niemand, der bei Sinnen ist, würde Lucy vorhalten, herumstolziert zu sein. Sie hat ihre Rolle gut gespielt.«

»Ich hätte dem Ganzen einen Riegel vorschieben sollen.«

Ich klappte mein Notizbuch zu. »Erwartet Lucy ein Erbe oder nicht?« Der Mann konnte um den heißen Brei reden, bis der Brei um Gnade winselte. »Haben Sie sie hingehalten?«

Er zog an seiner Pfeife. Nach einer sehr langen Weile blickte er mir in die Augen. »Das ist Privatsache. Natürlich hat sie etwas zu erwarten … in gewisser Weise.«

»Gibt es eine Erbschaft?«

»Nicht direkt, nein.«

»Gab es eine?«

»Ich finde, das geht ein bisschen zu weit.«

»Haben Sie das Erbe Ihrer Enkelin aufgebraucht?«

»Es gab kein Erbe! Ich hatte es erfunden, damit sie sich sicher fühlt.«

Endlich rückte er damit heraus. Ich wusste nicht, ob ich ihm glaubte. Aber zumindest wäre es ein Motiv für Lucys Verschwinden.

»Sie denkt, das Geld wächst draußen auf den Bäumen.« Er schritt ans Fenster und tippte der Rüstung auf die Brust. »Als sie klein war, bat sie mich, diese Rüstung anzulegen, was natürlich ohne Hilfe vertrackt schwierig ist. Dann musste ich durchs Zimmer staksen, und sie rannte schreiend um mich herum. Ich brach mir fast das Genick, um wieder aus dem Ding herauszukommen, nur um festzustellen, dass sie sich bestens amüsierte. Sie ließ sich gerne Angst machen. Es gefiel ihr, von einer Rüstung durch die Wohnung gejagt zu werden.«

»Vielleicht wäre es besser gewesen, ehrlich zu Lucy zu sein.«

»Bitte seien Sie diskret. Lucys Reputation und all das …«

»Erst mal sollten wir sie finden, und dann kann Lucy sich selbst um ihre Reputation kümmern.«

Nachdenklich kaute er auf seinem Pfeifenstiel. »Lucy rächt sich, weil sie glaubt, dass ich ihr etwas vorenthalte. Es ist kein Pfifferling da, und das ist die Wahrheit. Ich wollte, dass sie sich abgesichert fühlt. Ist das so schrecklich?«

»Hätten Sie es ihr gesagt, hätte sie gewusst, wie sie ihre Zukunft planen muss. Dieser Tage können sich junge Frauen Arbeit suchen, können Berufe erlernen.«

»Die Aussicht auf eine Heirat mit einem wohlhabenden Mann ist doch auch etwas, würde ich sagen.«

Ich verkniff mir die Frage, ob besagter wohlhabender Mann zufällig jemand war, den sie verabscheute. Und der mit einem Messer in der Brust in einem Ladeneingang gefunden wurde.

»Ich werde mein Bestes tun, sie zu finden, Captain.«

Um Lucys willen, nicht für Sie, Sie alter Schwindler.

Ich holte Lucys Skript aus dem Bücherregal. Neben die Personenliste hatte sie die Namen und Adressen der Darsteller geschrieben.

Ich zeigte sie dem Captain. »Wem außer Alison könnte sie sich anvertraut haben?«

Der Captain wanderte die Liste mit dem Finger ab. Er hielt bei Dan Root inne, der den Geizkragen, Anhänger der Erweckungsbewegung und schicksalsgebeutelten Mr. Price spielte, der sich das Leben nahm. »Sie sind manchmal zusammen nach Hause gegangen.« Der Captain erzählte mir, was ich bereits wusste. »Mr. Root wohnt in der vorderen Souterrainwohnung. Aber ihn können Sie ausschließen, wenn es um irgendwelchen Unfug geht. Höflicher junger Bursche. Immer pünktlich mit der Miete. Uhrenreparateur. Was das Theater angeht, wurde er regelrecht bedrängt, hat da nicht freiwillig mitgemacht. Miss Jamieson hat ihn beschwatzt, die Hälfte der männlichen Rollen zu übernehmen.«

»Was wissen Sie über die anderen Darsteller?«

»Nach denen fragen Sie lieber die Abenteuerlustige. Verzeihung, das ist mir nur rausgerutscht. Es ist mein privater Spitzname für Miss Jamieson.«

»Ich frage sie. Aber was denken Sie? Der wohlhabende Mann … der Lucy heiraten sollte, ich vermute, er gehört nicht zu den Darstellern, doch finde ich seinen Namen im Programmheft?«

Ich wollte ihm das Geständnis entlocken, dass es sich bei dem Verehrer um Lawrence Milner handelte. Mr. Milners Werbung hatte Meriel geholfen, das Geld für die Produktion aufzubringen. Sie hatte gesagt, dass er einen Aufschlag für die ganzseitige Anzeige bezahlt hatte, dass Milner & Son's alle Automobilwünsche erfüllen könne.

Der Captain sah mich nicht mehr direkt an. Verdrossen blickte er auf die Spitzen seiner polierten Stiefel. »Ich weiß, mit wem ich sie nicht sehen will. Haben Sie bemerkt, wie sie diesen jungen Maklergehilfen angesehen hat, als sie sich in dem verflixten Stück verabschiedeten?«

»Captain, die beiden haben ihre Rollen gespielt. Das war nicht real.«

»Für mich sah es real genug aus, und für …«

»Für …?« War er im Begriff gewesen, Milner beim Namen zu nennen?

»Für jeden anderen im Theater wohl auch.«

Da hatte er recht. Der Theatermann, Mr. Wheatley, hatte es gleichfalls bemerkt.

Der Briefschlitz klapperte. Für einen Moment waren wir beide erstarrt.

»Die zweite Post«, sagte der Captain. Er versteifte sich in seinem Sessel, die Hände an die Armlehnen geklammert.

»Ich hole sie.«

Er nickte.

Ich ging in die Diele. Auf der Fußmatte lag ein einzelner Brief. Der Umschlag war in derselben sauberen Druckschrift beschriftet wie der letzte.

CAPTAIN R. O. WOLFENDALE V. C.
29 ST. CLEMENT'S ROAD
HARROGATE

Der einzige Unterschied war, dass diesmal Captain und V. C. unterstrichen waren. War das von Bedeutung? Spott? Der Umschlag war mit einer Penny-Marke beklebt und trug den Poststempel von Harrogate, 6.25 Uhr. Ich legte ihn auf die offene Klappe des Sekretärs. Der Captain reichte mir seinen Brieföffner. Der Text des Briefes lautete:

EINTAUSEND PFUND, UND LUCY KOMMT
LEBEND ZURÜCK
STECKEN SIE DAS GELD AM MONTAGMITTAG

IN DEN HOHLRAUM DER ALTEN EICHE OBEN
IN VALLEY GARDENS UND GEHEN SIE WIEDER
NACH HAUSE
KEINE POLIZEI, SONST STIRBT SIE.

Es lag eine Locke seidigen dunklen Haars bei, zu einem dünnen Zopf geflochten und an beiden Enden mit Faden verschnürt.

»Es ist Lucys Haar«, sagte der Captain.

»Auf dem Umschlag sind diesmal Ihr Titel und Ihr Orden unterstrichen. Was soll das bedeuten?«

Sein auffälliger Adamsapfel hüpfte auf und ab, als er schluckte. »Weiß ich nicht«, antwortete er matt und mit einem Anflug von Nervosität. Oder war es Furcht?

»Hat Lucy Kontakt zu jemandem, mit dem Sie in der Army gedient haben? Oder zu jemandem, der das verachtet, wofür Sie stehen?« Ich versuchte, einen Zusammenhang herzustellen. In meiner Schulzeit hatte ich von Emily Hobhouse und ihrem Feldzug gegen die Konzentrationslager gehört, in denen die Briten burische Frauen und Kinder gefangen hielten, nachdem ihre Häuser und Farmen zerstört worden waren. »Captain, helfen Sie meinem Gedächtnis auf die Sprünge. Es gab ein Schimpfwort für Leute, die gegen den Krieg in Südafrika waren. Wie war das noch gleich?«

»Wir Patrioten nannten sie *Schreihälse* und *Burenliebhaber*.«

»Könnte es da eine Verbindung geben?«, fragte ich.

»Kann es unmöglich«, sagte er zu vehement. »All das ist eine Ewigkeit her.«

»Mr. Milner diente im Burenkrieg. Er war ein Corporal, glaube ich.«

»Was hat irgendetwas davon mit der Tatsache zu tun, dass Lucy verschwunden ist?«

»Weiß ich nicht. Nennen Sie es Instinkt. Ich könnte mich

irren, aber ich habe das Gefühl, dass es da eine Verbindung gibt.«

Ich tastete mich vor, mutmaßte. Mutmaßte, dass der Captain Lucys Erbe von ihren Eltern aufgebraucht hatte und Mr. Milner es wusste. Milner hatte vorgehabt, zu Lucys finanzieller Rettung zu kommen, ihr ein Angebot zu machen, für das sie dankbar sein sollte. Hatte der Captain befürchtet, das Gesicht zu verlieren, falls Milner enthüllte, was er wusste?

Nun bereute ich mein Versprechen, nicht vor Tagesende zur Polizei zu gehen.

»Es geht um die Gegenwart«, sagte der Captain, wobei er abermals schluckte, »nicht um die Vergangenheit. Entscheidend ist, diese Angelegenheit zu klären, bevor es noch weitergeht. Sie sagten, dass Sie helfen würden.«

»Na schön. Ich rede noch mit anderen Schauspielern.«

Beginnen würde ich mit Dylan Ashton, dem Maklergehilfen, der den verliebten und vom Schicksal verdammten Jungen spielte.

Der Captain brachte mich zur Tür.

In der Diele drehte ich mich um. »Der wohlhabende Mann, der Lucy heiraten wollte, hatten Sie seinen Antrag gestern Nachmittag bei einer Runde *Called to Arms* besprochen?«

Er starrte mich entgeistert an. »Was …?«

»Ich sah das Spiel eben auf Ihrem Tisch, und Sie haben gestern Nachmittag gespielt. Mit einem Mann mit rotblondem Haar und einem geröteten Hals. Ich sah Sie durchs Fenster.«

Ich hatte ihn. Jeder Muskel in seinem Gesicht spannte sich an. Sein Teint war wettergegerbt und dunkel von seinen Jahren im Dienst des Empires, aber nun wurde er noch dunkler. Das genügte mir als Antwort. Gestern Nachmittag hatten Captain Wolfendale und Mr. Lawrence Milner, ehedem Corporal Milner, am Kamin gesessen und *Called to Arms* gespielt.

»Nun, Captain?«

»Ja«, flüsterte er beinahe. »Milner war gestern hier. Er kommt manchmal vorbei, bringt mir eine Flasche Whisky und etwas Tabak. Er weiß, dass ich nicht viel ausgehe.«

Sechzehn

Südafrika, September 1900

Besondere Pflichten führten Captain Wolfendale in jenem Frühling über Land. Kimberley lag hinter ihm, Ladysmith vor ihm. Der fruchtbare, hufeisenförmige Abschnitt in den Wittenbergen befand sich in britischem Besitz. Nun musste er bewacht werden. Diese Buren hatten es raus, immer wieder auf die Beine zu kommen. Kapitulation am Dienstag, Neuformierung am Mittwoch, Angriff am Donnerstag – aber nur, wenn sie in der Zwischenzeit Essen und Wasser bekamen.

Im hellen Sonnenschein wärmte sich eine Echse auf einem Felsblock, als er vorbeiritt, und während er sie beobachtete, konnte er beinahe vergessen, dass der Bure ihn um ein Haar erledigt hätte. Seine Schulter piesackte ihn. Sein Bein krampfte bisweilen spontan.

Er saß locker im Sattel, und das graue Pony trottete geduldig, bewältigte den unebenen Grund sicher. Sein Offiziersbursche, Sergeant Lampton, war hinter ihm, gefolgt von einer kleinen Infanterieeinheit. Gott sei Dank, dass sich so viele Schwarzafrikaner dem guten Kampf angeschlossen hatten. Sie konnten einen Überweg finden, als der Captain an eine Flussbiegung kam und nicht wusste, wie er hinübergelangen sollte. Wenn das Spiel vorbei war, würden die Kaffern ihren Lohn erwarten. Man sah es an ihren kraftvollen Bewegungen, hörte es in ihrem Tonfall. Abends machten sie Musik, spielten Harmonikas, sangen die Sterne an.

Der Captain signalisierte, dass sie anhalten sollten. Er nahm seinen Feldstecher hervor und blickte hinunter ins friedliche Tal. Die Farm lag dort eingeschmiegt wie eine schlafende Katze. Er erkannte, warum der Bure um dieses Land kämpfen wollte, um das, was er für sein Geburtsrecht hielt. Die Psalmen singenden Buren glaubten Gott auf ihrer Seite. Tja, sie würden bald erfahren, dass der Allmächtige, wenn es hart auf hart ging, für das britische Empire war.

Captain Wolfendale sah sich zu Sergeant Lampton um. »Wir nehmen alles, was wir tragen können.«

Er ließ sie weiter vorn Rast machen, damit die Pferde aus dem Fluss trinken konnten, der durch das Tal verlief, und befahl den einheimischen Treibern, die Ochsen loszumachen, sodass sie ausruhen und grasen konnten. Es war ein langer Marsch gewesen. Das Geschäftliche konnte bis zum nächsten Morgen warten.

Die Frau, die ihnen beim Farmhaus öffnete, war ungefähr fünfzig Jahre alt, groß und drall mit einem breiten holländischen Gesicht und einem misstrauischen Lächeln. Sie war nicht so dumm zu streiten, blickte am Captain vorbei zu der kleinen Truppe und signalisierte ihnen mit kehliger Stimme und wedelnden Armen, dass die Männer in der Scheune schlafen dürften. Er sagte ihr, dass sie ihre eigenen Zelte aufstellen würden. Denen traute er nicht einen Meter über den Weg. *Ruht euch in unserer Scheune aus. Wir zünden sie an, wenn ihr schlaft.* Sie öffnete die Tür ein bisschen weiter und bat den Captain und den Sergeant hinein. Ein Junge von etwa zehn Jahren holte zwei Becher. Diese Leute hatten nie nur ein Kind. Es musste Söhne geben, die mit ihrem Vater im Kampf waren. Es musste auch ein Mädchen geben, das versteckt war. Die Frau schenkte Milch aus einem Krug in die Becher, reichte sie dem Captain und dem Sergeant und bedeutete ihnen, sich an den Tisch zu setzen.

Sie löffelte Eintopf mit Klößen auf Teller. Diese Leute waren seltsam. Der Captain konnte nicht sagen, ob die Frau gastfreundlich war oder sich beliebt machen wollte. Doch sie zeigte keinerlei Furcht. Sollte er ihren Gesten glauben, beklagte sie, dass so wenig Essen da war, wenig zu geben oder zu beschlagnahmen.

Der Captain schaute sich in dem Raum um. Es war ein typisches Farmhaus mit einer klobigen Anrichte, blankem Steinzeug, einem Klavier und gerahmten Texten zu beiden Seiten der Tür, von denen er annahm, dass sie religiösen Inhalts waren.

Durch das offene Fenster konnte er den Rauch des Feuers riechen, das die Männer draußen gemacht hatten. Der Burenjunge blickte hinaus und sagte etwas zu seiner Mutter.

»Die Männer haben ein Schwein getötet, um es zu grillen«, sagte Sergeant Lampton leise.

Der Captain nickte.

Als sie aufgegessen hatten, dankte Captain Wolfendale der Frau höflich. Er achtete darauf, dem Jungen durchs Haar zu wuscheln. Der Junge duckte sich. Captain und Sergeant setzten ihre Mützen auf und verließen das Haus.

Früh am nächsten Morgen klopfte der Captain wieder an die Tür. Nun hatte er ein halbes Dutzend Männer bei sich. Die Frau öffnete. Hinter ihr war ein Mädchen von ungefähr sechzehn Jahren, das unsicher schien, ob es bleiben oder sich verstecken sollte. Die Frau sprach mit ihrer Tochter, sagte ihr, sie solle den Männern einen Krug Milch geben.

Der Captain nickte Corporal Milner zu, er solle den Krug nehmen. Dann sagte er in seinem lautesten, klarsten Englisch: »Sie haben zehn Minuten, das Haus zu verlassen. Dann werden wir es niederbrennen.«

Die Frau verstand ihn nicht.

Er wiederholte seine Worte.

Das Mädchen ließ den Krug fallen. Er zerbarst. Milch bildete eine Lache auf dem Steinboden. Sie übersetzte die Worte des Captains.

Sechs Männer gingen ins Haus. Sie trugen Stroh bei sich. Wie Möbelpacker begannen sie, Tisch, Stühle und Anrichte zu verrücken. Allerdings schoben sie alles in die Mitte des Raums.

»Noch nicht«, sagte der Captain.

Die sechs Männer bezogen Position im Raum, zupften gelangweilt an irgendwelchen Gegenständen. Corporal Milner nahm die gerahmten Texte von der Wand, ließ sie scheppernd fallen und zertrat sie mit seinem Absatz.

Ein Schuss krachte. Der Junge rannte zum Fenster und brüllte. Seine Schwester eilte zu ihm.

Das Mädchen richtete sich trotzig auf, wandte sich zu seiner Mutter und sagte leise etwas zu ihr, ehe es zum Captain sah. »Warum töten Sie den Ochsen?«

Der Captain wies zur Uhr und hielt seine Finger in die Höhe. »Zehn Minuten.« Niemand konnte behaupten, er wäre ein unfairer Mann.

Das Mädchen und seine Mutter verschwanden nach oben.

Milner sagte: »Ich hätte nichts dagegen, selbst hier zu leben.«

Einer der Strohträger ergänzte: »Ist wirklich eine Schande.«

»Sind wir trübselig?«, fragte Private Clark. »Nein, sind wir nicht.« Er zog den Klavierhocker vor, setzte sich und stimmte *Rule, Britannia* an. Lampton nahm seine Mundharmonika hervor und spielte mit. Am Ende jedes Refrains schmetterten die Männer laut gen Zimmerdecke: »*Britons never, never, never shall be slaves!*«

Von oben erklang eine süße junge Stimme, die in Afrikaans sang. Eines von ihren verfluchten Kirchenliedern.

Private Clark schlug einen Gassenhauer an, als Mutter und Tochter zurück nach unten kamen. Sie waren mit Taschen beladen und trugen Mäntel und feste Schuhe. Beide sahen stur geradeaus, als sie aus dem Haus und auf den Hof gingen. Der Junge half einer gebeugten alten Frau. Hass sprühte aus ihren Rosinenaugen, und beim Fluchen tröpfelte ihr Speichel aus dem Mund.

»Ist ja gut, Ma«, sagte der Captain. »Und jetzt raus mit dir.«

Die alte Großmutter lehnte sich schwer auf den Arm des Jungen und verfluchte die Soldaten weiter, während sie nach draußen schlurfte.

Der Captain blickte durchs Fenster zu den brennenden Feldern, dem Vieh, das weggeführt wurde, den Säcken mit Hafer und Gerste, die von Eseltreibern auf Karren geladen wurden. Er würde von seinen Männern nie verlangen, etwas zu tun, was er nicht selbst täte. Er strich ein Zündholz an und steckte seine Pfeife an. Vorsichtig übergab er das Zündholz dann seinem Offiziersburschen. Lampton nahm das Streichholz. Alle Augen waren auf ihn gerichtet, als er die Flamme an das Stroh in der Zimmermitte hielt, unter den aufgestapelten Möbeln. Leises spöttisches Lachen war zu vernehmen, als das Stroh kein Feuer fing, und Lampton musste ein weiteres Streichholz entzünden. Er raunte der Flamme aufmunternd zu.

So ein brennendes Haus hatte etwas. Wie die Flammen an den Wänden hochzüngelten, der Rauch nach draußen quoll, wo ihn der Wind jagte, wie Holzträger knackten, Funken sprühten und ein Dach in sich zusammenfiel.

Die alte Frau verfluchte jeden Soldaten, den sie sah, die Hand auf die Schulter des Jungen gestützt. Mutter und Tochter blickten stumm und elend zum brennenden Haus. Es war, als glaubten sie, wenn sie sich nicht abwandten, könnte die Zerstörung ungeschehen gemacht werden.

Afrikaner waren aus dem Nichts erschienen – die Arbeiter der Farm. Sie standen schweigend da.

Das Mädchen sagte auf Englisch: »Was tun wir jetzt?«

»Das hättet ihr euch früher überlegen sollen«, antwortete der Captain schulterzuckend. »Wir wissen, dass dein Vater und deine Brüder herkommen, um sich Proviant zu holen, und die Farm als Basis nutzen, wenn sie losziehen, um Telegrafenleitungen zu durchtrennen und Bahnlinien zu zerstören. Frag *die,* was ihr tun sollt.«

Eine schwarze Rauchwolke stieg in der leichten Frühlingsbrise auf und malte grausam unnatürliche Muster an den klaren blauen Himmel.

Siebzehn

Was hätte Dylan Ashton zu seiner Verteidigung zu sagen?, fragte ich mich. Könnte er gewagt haben, Lucy und Alison in seinen Zimmern über dem Maklerbüro unterzubringen?

Croker & Company saß an bester Adresse im Stadtzentrum. In einer Fensterecke warb immer noch ein kleines Plakat für *Anna of the Five Towns*. Ein aufgeklebtes Blatt an der Tür war säuberlich mit der Auskunft beschriftet: *Karten an der Abendkasse oder hier bei uns.*

Ein Herr, dessen schütteres Haar nur noch knapp seinen vollkommen eiförmigen Kopf bedeckte, saß an einem wichtig wirkenden Eichenschreibtisch und blickte in ein Kassenbuch. Dylan, schlank, das Haar mit Öl in Form gekämmt, kam mit einer Akte aus dem hinteren Raum. Er runzelte die Stirn vor Konzentration, als er sich an einen kleineren Schreibtisch gegenüber der Tür hinsetzte, auf dem eine Schreibmaschine mit eingespanntem Papierbogen stand. Er sah in die offene Akte und begann zu tippen.

Ich starrte in der Hoffnung durchs Fenster, seine Aufmerksamkeit auf mich zu lenken. Ungern wollte ich warten, bis er oder sein Chef in die Mittagspause gingen. Mr. Croker sah ohnedies eher wie ein Mann aus, dem seine Frau ein Bratensandwich in einem Bogen Metzgerpapier mitgab. Dylan hatte erwähnt, dass er in dem Haus wohnte, folglich ging er mittags vielleicht gar nicht aus.

Mr. Croker hob den Kopf. Ich bemühte mich, wie eine Frau zu wirken, die mit ihrer derzeitigen Unterkunft unzufrieden war und sich deshalb die Angebote im Fenster ansah. Falls Dylan mein Starren spürte, reagierte er nicht. Als ich gerade dachte, dass es so nicht noch länger weitergehen könne, läutete das Telefon.

Mr. Croker nahm den Hörer auf und fing eine lebhafte Unterhaltung an. Ich betrat das Büro und näherte mich dem tippenden Dylan. Er hielt inne und schaute auf.

Ich lächelte freundlich. »Tun Sie so, als würden Sie mir bei etwas helfen, was ich im Fenster gesehen habe, und kommen Sie mit mir nach draußen.«

Seine Augen leuchteten, sowie er mich erkannte. »Mrs. Shackleton. Wie schön, Sie zu sehen!«

Armer Junge. Ich kam mir gemein vor, weil ich lediglich Informationen wollte, weder nett plaudern noch Mr. Croker für seine Werbung im Programmheft belohnen, indem ich Kundin wurde.

»Eine Immobilie im Fenster, Mr. Ashton?«

Die Anspannung in meiner Stimme vertrieb jedes Strahlen aus Dylans Zügen. Für einen Moment sah er aus, als würde er sich weigern. Doch er besann sich anders.

»Gewiss, Madame.«

Dylan folgte mir auf die Straße und kehrte Mr. Croker den Rücken zu. Nervös benetzte er seine Unterlippe. Er war blass, bis auf eine leichte, entzündliche Rötung um das rechte Ohr. Die wenigen roten Flecken könnten ein Hautproblem sein, das gelegentlich auftrat. Außerdem hatte er sich beim Rasieren geschnitten und ein Pflaster unterm Kinn kleben. Etwas an ihm erregte Mitleid, weshalb es mir schwerfiel, einen strengen Ton zu wahren.

»Captain Wolfendale ist in großer Sorge um seine Enkelin, die verschwunden ist. Ich denke, Sie könnten vielleicht helfen.«

»Lucy?«, fragte er, und die Flecken auf seinen Wangen nahmen ein tieferes Rot an. »Warum sollte ich etwas wissen?«

Es war die fehlende Sorge in seinem Tonfall, die ihn verriet. »Wo ist sie?«

»Weiß ich nicht.«

»Lucy ist verschwunden, Dylan, genauso wie Alison. Beide waren gestern Abend mit Ihnen zusammen. Wo sind sie?«

Er berührte die Rötung an seiner Wange, als wolle er sie beruhigen. »Ich sage doch, ich weiß es nicht.«

Ein begabter Lügner war er nicht.

»Wo sind sie hin, nachdem sie das Theater verlassen hatten?«

Er sah sich zu seinem Arbeitgeber um, der den Telefonhörer wieder auflegte. »Ihretwegen verliere ich noch meine Stellung!«

»Nein, werden Sie nicht. Ich interessiere mich für eine Immobilie … es sei denn, Sie verweigern die Hilfe, Ihre Freundinnen zu finden. Entweder helfen Sie mir, oder ich rufe die Polizei.«

Seine Züge umwölkten sich vor Angst. »Lucy ist einundzwanzig. Sie kann tun, was sie will, denke ich.«

»Die Polizei nimmt Erpressung sehr ernst. Und Ihr Arbeitgeber würde die schlechte Publicity nicht mögen, die es mit sich bringt, wenn einer seiner Angestellten eine Straftat begünstigt.«

»Es ist kein Verbrechen, wenn eine Person ihr eigenes Geld will.«

Sofort begriff er, dass er zu viel gesagt hatte.

»Sie wollten ihr helfen. Aber nach dem, was geschehen ist, sollten Sie mir lieber alles erzählen, und zwar schnell.«

Ich nahm an, dass er von dem Mord gehört hatte. Solche Dinge blieben nie lange geheim.

Wieder blickte er sich zum Büro um, von wo aus uns Mr. Croker sehr interessiert beobachtete. »Ich gab Lucy mein Wort.«

»Gaben Sie Alison Ihr Wort?«

»Nein.«

»Dann sagen Sie mir, wo Alison ist.«

»Sie sind beide zu den Geerts.«

»Die Wahrheit!«

»Das ist die Wahrheit. Madame Geerts, Lucy und Alison gingen zusammen.«

»Und Sie?«

Er hielt trotzig meinen Blick. »Mr. Geerts kam mit mir hierher. Wir nahmen einen Drink, oben in meiner Wohnung. Das ist die Wahrheit.«

»Wo wohnen die Geerts?«

»Weiß ich nicht genau. Aber ihren Unterricht halten sie in den Arkaden ab.« Er warf seinem Arbeitgeber einen besorgten Blick zu.

Um ihn vom Haken zu lassen, sagte ich: »Gehen wir nach drinnen, Dylan. Sie können sagen, dass ich nach einem Cottage zur Miete suche, und mir einige Vorschläge notieren.«

Mr. Croker begrüßte mich herzlich und schlug mehrere Häuser vor. Dylan schrieb die Adressen auf. Er gab mir das Blatt, das ich nur an einer Ecke festhielt, bevor ich es vorsichtig in meine Tasche gleiten ließ. Es könnte nützlich sein, Dylan Ashtons Fingerabdrücke zu haben.

Erneut läutete das Telefon. Mr. Croker ging hin und sagte zu mir, ehe er den Hörer abnahm: »Wünschen Sie eine Besichtigung?«

»Noch nicht, vielen Dank. Ich sehe mir einige der Häuser erst mal von außen an.«

Als ich aus dem Büro floh, hörte ich Mr. Croker am Telefon sagen: »Ja, eine entsetzliche Geschichte, schockierend.«

Also verbreitete sich die Nachricht von dem Mord.

Es war inzwischen elf Uhr. Ich musste mich entscheiden, was ich als Nächstes tun würde.

Bisher hatte alles länger als erwartet gedauert. Ein Teil von mir wollte dem Captain schlicht sagen, er solle zu den Geerts gehen, und ich würde den nächsten Zug zurück nach Leeds nehmen. Aber nun war ich neugierig. Ich wollte dieser Sache auf den Grund gehen. Vermisste waren eher mein Spezialgebiet als verschwundener Schmuck. Ich würde Mr. Moonys Angelegenheit nur noch ein wenig länger aufschieben. Eigentlich könnte ich noch eine Nacht in Harrogate verbringen. Mr. Moony würde meinen Bericht nicht am Wochenende erwarten.

Auf der anderen Straßenseite setzte ein Taxifahrer seine Fahrgäste ab. Ich winkte ihm. Er kam näher heran, und ich stieg ein.

»Wohin, Madame?«

Da ich keines der hiesigen Hotels kannte, nannte ich den ersten Namen, der mir in den Sinn kam. »Zum Grand Hotel.«

Wahrscheinlich war es luxuriös, und ich konnte diese Ausgabe nicht glaubhaft rechtfertigen. Ach, komm schon, sagte die kleine Stimme in meinem Kopf. Lebe mal ein bisschen. Gerald würde es wollen, und er hat dir genug Geld hinterlassen, dass du nicht knausern musst.

Im Grand Hotel reservierte ich mir ein Zimmer und bestellte einen Anruf. Ich nahm an, dass meine Haushälterin ihre Besorgungen erledigt hatte und nun bei einer Tasse Tee die Füße hochlegte und die Zeitung las. Während ich in der Eingangshalle wartete, dass der Anruf durchgestellt wurde, stellte ich mir Meriel vor. Sie würde bald den Speisesaal dieses Hotels mit ihrer Anwesenheit beehren, um ein Essen mit ihrem Impresario zu genießen, nicht ahnend, dass ihre Hauptdarstellerin verschwunden war. Doch gewiss musste sie irgendwie mitbekommen haben, was vor sich ging, oder? Genoss sie in diesem Moment einen Drink vor dem Essen? Ich hatte nicht übel Lust, sie abzufangen und zu fordern, dass sie sich in der Stadt die Absätze auf der Suche nach Lucy Wolfendale ablief.

Der Portier winkte mich zum Empfangstresen. Ich nahm das Telefon, das er mir hinhielt. »Ihr Anruf«, sagte die Vermittlung so näselnd, dass es klang, als hätte sie eine Wäscheklammer auf der Nasenspitze.

»Hallo, Mrs. Sugden.«

»Mrs. Shackleton, ist alles in Ordnung?«

»Ja, alles bestens. Ich habe im Grand Hotel reserviert und werde etwas länger bleiben. Es scheint mir eine Schande, hier zu sein und nicht das Heilwasser zu genießen.«

»Das klingt wunderbar. Es wird Ihnen ausgesprochen guttun. Soll ich es Ihrer Mutter sagen?«

Ich versuchte, nicht zu stöhnen. »Dieses Wochenende war nicht geplant, dass ich sie sehe.«

»Sie hat angerufen.«

»Würden Sie bitte Mr. Sykes etwas von mir ausrichten?«

Ich fragte mich, wie er mit seinen Nachforschungen zu den gestohlenen Pfandgegenständen vorankam, und hatte fast ein schlechtes Gewissen, dass ich ihn nun mit etwas vollkommen anderem belästigen müsste.

Ich hörte ein Rascheln, als Mrs. Sugden nach Papier und Stift griff.

»Ja? Ich bin bereit, die Nachricht aufzunehmen.«

»Sagen Sie ihm bitte, er möge mir die Ausrüstung als Bahnpaket mit dem ersten Nachmittagszug schicken. Ich hole sie dann am Zug ab.«

Der Stift schabte im Hintergrund.

»Aber Sie sagten …«, begann Mrs. Sugden, kam aber offenbar zu dem Schluss, dass es sinnlos war, mir vorzuhalten, ich hätte ihr nur vorgeschwindelt, rein zur Erholung in Harrogate zu bleiben.

»Die Ausrüstung« war unser Codewort für das Fingerabdruckset. Falls Lucy und Alison Hilfe gehabt hatten, war diese meiner Meinung nach am ehesten von Dylan gekommen. Er war ein erbärmlicher Lügner, der sein Schuldbewusstsein und seine Nervosität mit einem roten Ausschlag verriet. Seine Fingerabdrücke auf der Adressliste, die er mir gegeben hatte, könnten meinen Verdacht bestätigen oder den jungen Mann entlasten.

Aber ich glaubte, dass er mir die Wahrheit gesagt hatte, als er behauptete, dass Lucy und Alison mit zu den Geerts gegangen waren. Er schien überrascht, dass sie dorthin waren, und das wiederum hieß für mich, dass es nicht die erstbeste Lüge war, die ihm eingefallen war.

Mein Anruf bei Mrs. Sugden war eine Art Versicherung, einer abergläubischen Ahnung entsprungen, dass ich, hätte ich das Fingerabdruckset, es nicht benutzen müsste. Mit ein wenig Glück würde ein einziger Besuch bei Monsieur und Madame Geerts das Rätsel lösen. Da ich mein Programmheft Inspector Charles gegeben hatte, war ich so weise gewesen, mir Lucys zu leihen. Ich schlug es auf und fand die halbseitige Werbung für die Tanzschule der Geerts.

Monsieur and Madame Loy Geerts
Tanzschule
Standard Ballett Stepptanz
Kurse und Privatunterricht
Tanztees
(Professionelle Partner)

7 Arcade Buildings, High Harrogate
Telefon 312

Achtzehn

Die Stunden schleppten sich dahin. Lucy hatte ihre Gesundheits- und Schönheitsübungen oben im Wehrgang gemacht. Nun kehrte sie in das Stockwerk darunter zurück. Licht drang durch den schmalen Fensterschlitz. Auf dem Sims hockte eine Drossel. Sie neigte den Kopf zur Seite, als wolle sie mit ihrem leuchtend orangefarbenen Schnabel prahlen, und linste zu Lucy hinein. Die blickte zu den von Spinnweben verhangenen Deckenbalken und in die Ecken der Turmdecke. Insgesamt zählte sie vier Nester, drei oberhalb der Balken und eines zwischen Balken und Wand.

Während der Nacht war der Fußboden immer härter geworden. Lucy hatte in ihren Kleidern geschlafen. Ihr Gesicht fühlte sich heiß und trocken an. Sie griff in die Tiefen ihrer Tasche und holte einen kleinen Spiegel heraus. Dann hielt sie ihn vor sich und strich sich mit den Fingern durchs Haar, um es zu glätten. Sie lächelte ihrem Spiegelbild zu. Keiner würde je etwas so Böses oder Hinterhältiges von ihr erwarten. Sie senkte die Lider leicht, um eine sittsame, engelsgleiche Miene zu präsentieren. »Ach du«, sagte sie laut. »Du bist solch ein Ungeheuer, Lucy Wolfendale.«

Wie spät mochte es sein?

Sie nahm ihre Uhr auf. Elf. Die Romantik des Turms war vollständig verflogen. Hier drinnen war es feucht, muffig und sehr unbequem. Einzig der Gedanke an ihre schillernde Zukunft würde sie noch zwei Nächte hier durchhalten lassen. Zwei weitere Nächte! Ich muss verrückt gewesen sein, dachte Lucy. Es hätte einen anderen Weg geben müssen. Ich hätte es nicht so eilig haben dürfen, direkt zu handeln, nachdem bei *Anna of the Five Towns* der Vorhang gefallen war. Aber hatte man sich erst mal für etwas entschieden, setzte man es am besten gleich um. Das Semester an der RADA nahte. Bei Lucys erfundenem Vater war ein Brief eingegangen mit der Bitte um Zahlung der ersten Gebühr.

Wenn ihr Großvater glauben sollte, dass sie entführt wurde, musste es echt aussehen. Ging der Plan schief, würde sie wieder auftauchen, überzeugend ungewaschen und zerzaust. Verzweiflung zu mimen wäre nicht schwierig. Scheiterte ihr Vorhaben, wäre sie mehr als verzweifelt – sie wäre wütend, machtlos, außer sich und zu einem Mord bereit.

Ihr Großvater müsste die erste Lösegeldforderung mit der ersten Post heute Morgen bekommen haben, um kurz nach sieben. Vielleicht war inzwischen sogar schon die zweite da. Die Räder ihrer Zukunft begannen sich zu drehen. Bald würden sie richtig rollen und sie weit weg von hier bringen.

Gähnend streckte sie sich und erhob sich langsam. Nachdem sie zum Schutz vor den splittrigen Dielen in ihre Schuhe geschlüpft war, richtete sie sich ganz auf. Sie schüttelte ihre Decken aus, faltete sie ordentlich zusammen und legte sie auf die Plane, die sie anschließend um sie herumfaltete. Wenn dies für die nächsten zwei Tage ihr Zuhause sein sollte, musste sie das Beste daraus machen.

Sie hockte sich auf die gefalteten Decken und leerte ihre Wasserflasche in einem Zug. Vielleicht könnte sie später riskieren, zum Fluss zu gehen und die Flasche aufzufüllen. Sie nahm die letzten Reste Brot und Käse aus ihrer Oxo-Dose. Das müsste reichen, bis Dylan ihr mehr Essen brachte. Aber noch käme er nicht. Er arbeitete samstags.

Der Gedanke an Arbeit erinnerte sie an noch eine enervierende Eigenschaft ihres Großvaters. Er glaubte nicht daran, dass Mädchen und junge Frauen ihres Standes arbeiten sollten. Es hatte keinen Sinn, ihm zu sagen, dass Alison eine Stellung in einer Anwaltskanzlei hatte. Soweit es ihren Großvater betraf, sollte Lucy heiraten, und das bald.

Ein Klopfen an der Turmtür störte ihre Gedanken. Ihr Herz klopfte schneller. Sie war sicher gewesen, dass niemand herkam. Für einen Moment wagte sie kaum zu atmen. Dann lief sie hinauf zum Wehrgang und spähte nach unten. Dylan. Er trat einige Schritte zurück und winkte ihr zu. »Lass mich rein!«

Sie warf ihm den Schlüssel hinunter. Er landete im hohen Gras, und Lucy beobachtete, wie er sich bückte und danach suchte.

Wenig später kam er die Treppe heraufgerannt – mit leeren Händen. Sie hoffte, dass er Schokolade in seiner Tasche hatte.

Hastig sagte er: »Ich kann nicht lange bleiben. Alles hat sich geändert, Lucy. Jemand fragt nach dir.«

»Wer?«

»Diese Frau, die Freundin von Meriel.«

»Mrs. Shackleton?«

»Ja.«

»Na und? Soll sie fragen.«

»Sie weiß es.«

»Was?«

»Sie weiß, dass ich dir helfe.«

»Dylan, du hast doch nicht …«

»Nein, aber ich habe es gemerkt. Sie hat es ziemlich deutlich gemacht. Dein Großvater muss sie losgeschickt haben, um dich zu suchen.«

Lucy machte große Augen. Sie hatte nur an die Polizei gedacht und dass ihr Großvater die wegen der Drohung in dem Brief nicht rufen würde. Und jetzt dies. »Wie kann er es wagen, jemanden nach mir suchen zu lassen? Es könnte gefährlich sein. Soweit er weiß, könnte ich in den Händen von entsetzlichen … ich weiß nicht, blutrünstigen Banditen oder so sein.«

»Tja, Mrs. Shackleton hat es irgendwie herausbekommen.«

»Oh Gott.« Lucy schlug sich eine Hand vor den Mund. »Wenn sie in meinem Zimmer waren, hat er die Illustrierte gefunden, aus der ich die Buchstaben ausgeschnitten habe. Aber er geht nie in mein Zimmer.«

»Ich schätze, diesmal ist es anders.«

Lucy stampfte mit dem Fuß auf. »Und wenn schon, verflucht noch eins! Ich gebe nicht auf.« Sie sank auf die zusammengefalteten Decken. »Hast du Essen mitgebracht?«

Unglücklich spreizte er die Hände. »Tut mir leid, nein. Ich bin so schnell gekommen, wie ich konnte, und ich kann nicht lange bleiben.« Er sah sich in dem Turmzimmer um. »Ich muss verrückt gewesen sein, dem zuzustimmen. Du solltest hier nicht die Nacht verbringen müssen. Ein Landstreicher hätte einbrechen können. Alles Mögliche könnte passieren. Komm mit mir zurück, jetzt, auf dem Fahrrad.«

»Nein!«

Während er sprach, schlug weit weg eine Kirchturmuhr zwölf. »Geh nach Hause. Sag, dass du entkommen konntest, irgendwas. Sag, es war ein Scherz.«

Lucy zog ihre Taschenuhr auf, als die Glocken verstummten. »Bist du wahnsinnig? Ich hätte an meinem einundzwanzigsten Geburtstag mein Erbe bekommen müssen, genau wie Anna in dem Stück. Großvater will es mir nicht geben, weil er weiß, dass ich dann weggehe. Aber ich zwinge ihn dazu.«

Dylan fröstelte. »Es ist so kalt hier drinnen. Draußen ist es herrlich warm.«

»Ich brauche keinen Wetterbericht.« Sie klopfte auf den Platz neben sich. »Komm und setz dich zu mir, Dylan.«

»Nein.«

»Warum nicht?«

»Weil ich zurück zur Arbeit muss und weil du mich, wenn ich mich zu dir setze, rumkriegen wirst. Du wirst mich dazu bringen, dir weiter zu helfen, obwohl ich weiß, dass es zwecklos ist.«

»Wenigstens ist Großvater nicht zur Polizei gegangen. Er und Mrs. Shackleton können nicht sicher sein, dass nicht jemand anders die Illustrierte unter mein Bett gelegt hat. Und vielleicht haben sie die gar nicht gefunden, und es war nur ein Schuss ins Blaue, als sie zu dir gekommen ist.«

Dylan kniete sich ihr gegenüber auf die Plane. »Komm weg von hier. Lass mich dich zurückbringen. Ich habe Zigeuner auf dem Weg gesehen. Dies ist die Art Gebäude, in das sie gehen würden. Die Dielenbretter herausreißen, um sie zu Feuerholz zu machen.«

»Sollen sie doch! Ich helfe ihnen dabei. Und ich würde lieber mit den Zigeunern weglaufen, als jetzt aufzugeben und zurückzugehen.«

»Wenn dir irgendwas passiert, wird es meine Schuld sein.«

»Nein, wird es nicht. Ich hätte das hier auch ohne deine Hilfe getan. Nur noch achtundvierzig Stunden, dann bin ich frei. Mrs. Shackleton sollte auf meiner Seite sein. Sie macht mit ihrem Leben auch, was ihr gefällt. Warum darf ich das nicht?«

»Ich bin so schnell gekommen, wie es ging. Jetzt muss ich los. Lucy, gib auf, bitte!«

»Niemals.«

Dylan senkte den Kopf. »Oh Gott, was habe ich getan? Es ist alles meine Schuld, weil ich dir den Turm gezeigt habe.«

»Sei nicht solch ein Jammerlappen, Dylan. Hol mir einfach eine kleine Kanne Tee und ein Käse-Sandwich oder Marmelade oder irgendwas.«

Dylan hockte sich auf seine Fersen. Er blickte zur Seite, durch das schmale Fenster. »Da ist etwas, was ich dir nicht erzählt habe.«

Lucy wartete. Sie wurde ungeduldig. Dylan war ihr wie der ideale Helfer vorgekommen. Nun wünschte sie, sie hätte dies hier allein tun können.

Er sagte: »Du wolltest weg von Mr. Milner, stimmt's?«

»Jetzt erwarte nicht, dass ich immer wieder alles mit dir durchgehe. Es ist zu spät.«

Dylan schluckte. »Wegen Mr. Milner brauchst du dir keine Sorgen mehr zu machen.«

Lucy riss die Augen weit auf. »Was meinst du?«

»Mr. Milner ist tot.«

»Das ist nicht schlau. Falls du das sagst, damit ich aufgebe ... Wirklich, das hätte ich dir nicht zugetraut.«

»Es ist wahr!«

»Wie? Wann?«

»Letzte Nacht, nach dem Theater. Er wurde tot in einem Hauseingang gefunden. Die ganze Stadt redet davon.«

»Wie ist er gestorben?«

»Schrecklich.«

Sie wartete, aber anscheinend wollte er nicht mehr sagen. »Wie?«

»Jemand sagte, ein Gewehr, jemand anders sagte, ein Messer. Die Polizei befragt jeden. Ich denke, die werden mit dir und deinem Großvater reden wollen, also wird alles rauskommen.«

Lucy fühlte, wie sich etwas in ihr veränderte, als wappnete sie sich für das, was als Nächstes kommen würde. »Mir tut nicht leid, dass er tot ist. Leid tut mir nur, dass Großvater jetzt, sollte er mein Lösegeld wirklich nicht haben, es auch nicht mehr von Mr. Milner kriegen kann. Den hätte er sonst fragen können.«

Sie sah Dylans entsetzte Miene. Prompt wurden ihre Züge

weicher, und sie berührte seine Wange. »Armer Dylan. Nun weißt du, wie ich wirklich bin. Es liegt bei dir, ob du mir weiter helfen willst. Aber ich werde bis Montagmorgen hierbleiben. Dann gehe ich mein Lösegeld holen, falls es da ist. Wenn nicht, weiß ich nicht, was ich tun soll. Aber was auch passiert, ich gehe fort.«

Langsam erhob sich Dylan. Er stieg schweren Schrittes die unebene Treppe hinunter, als hoffte er, die Welt würde unter seinen Füßen nachgeben.

Lucy folgte ihm.

Dylan ging wortlos.

Sie schloss die Tür hinter ihm ab.

Er war gegangen, ohne ihr Essen zu versprechen. Dem würde sie es zeigen. Allen würde sie es zeigen. Lucy brauchte niemanden. Sie würde schon durchkommen. Später würde sie auf die Wiese gehen. Dort wuchs Klee, den sie sammeln und essen könnte. In der Hecke könnte sie Brombeeren pflücken, und der Fluss war nicht weit.

Es erboste sie, dass Dylan so leicht aufgeben wollte. Ihr Kopf begann wehzutun. Und sie musste mal.

Lucy zog ihren Schlüpfer hinunter und hockte sich über einen Spalt in den Dielenbrettern. Und da geschah es. Der Schlüssel fiel ihr aus der Hand und durch den Spalt auf den harten Boden weit unten. Hastig zog sie ihren Schlüpfer wieder hoch und sah nach unten, wo der Schlüssel hingefallen war. Sie schaute und schaute, doch da war nichts. Ganz unten war der feste Sandboden, auf dem sich über Jahre Schutt, totes Laub und die Exkremente von Nagetieren angesammelt hatten.

Lucy eilte zurück die Treppe hinauf, ein Stockwerk, noch eines und das dritte, bis sie den Wehrgang erreichte. Irgendwie vertrat sie sich dabei den Fuß, wollte sich aufrichten und verdrehte ihren Knöchel. Sie schrie auf vor Schmerz, dass es in dem dicken Gemäuer hallte. »Mein Knöchel. Dylan!«, schrie sie. »Komm zurück.« Sie wusste, dass er sie nicht hören konnte.

Er radelte bereits zurück nach Harrogate.

Sie stützte sich an der kühlen Steinmauer ab und wünschte sich, dass dies nur eine Prüfung war, wie in den Märchen, und es irgendeinen Ausweg gab, den sie finden würde.

Wäre sie Rapunzel, könnte sie ihr langes Haar herunterlassen. Aber Lucys Haar war zu einem modisch kurzen Bob geschnitten. Und überhaupt: Wer könnte an seinem eigenen Haar nach unten klettern? Bei dem Gedanken musste sie schmunzeln. Dylan würde wiederkommen.

Dylan stieg auf sein Fahrrad. Er fühlte sich zu schwer für den Sattel. Seine bleiernen Füße wollten die Pedale nicht treten. Er war dumm gewesen, Lucy zu helfen, idiotisch, sie jemals zu dem Turm mitzunehmen. Die Straße ging bergab in eine Senke, als er um die Kurve fuhr. Das Fahrzeug, das ihm entgegenkam, war zu schnell, schwenkte auf Dylans Seite, ohne auf die Biegung zu achten. Der Fahrer sah ihn nicht. Als Dylan zum Grasstreifen auswich, begegnete sein Blick in der letzten Sekunde vor dem Aufprall dem des Automobilisten. *Ich bin unsichtbar. Ich bin tot.*

Neunzehn

Ich stieg die Treppe hinauf zum Hochparterre der Arkade, wo die Tanzschule der Geerts beheimatet war. Jemand spielte einigermaßen passabel eine Melodie, zu der ich vor langer Zeit getanzt hatte. Was war das? Als ich gerade dachte, es würde mir gleich einfallen, verstummte die Musik abrupt.

Monsieur Geerts hatte sämtliche Bemühungen, wie der Ratsherr der Töpferstädte zu klingen, den er in *Anna of the Five Towns* spielte, in den Wind geschlagen. Ich zögerte an der Tür und lauschte.

»Gaaanz weich auf den Zehenspitzen! Lasst euch von der Musik erheeeben. Beim Foxtrott erst langsam gehen, zwei Takte pro Schritte, ein, zwei! Seht zu mir! Nun ein Trott, macht den Schritt eines Pferdes nach! Noch mal! Ein-zwei-eins, eins-zwei-eins. Lächeln! Trottet wie ein vergnügtes Pferd.«

Ich schob die Tür einen Spalt weit auf. Ein Dutzend junge Paare, Jungen und Mädchen im Alter von dreizehn bis sechzehn Jahren, standen im Saal, die Augen auf Monsieur Geerts gerichtet. Ein Junge bemühte sich, nicht zu kichern. Eine junge Assistentin stand neben dem Tanzlehrer und lächelte den Paaren neben sich aufmunternd zu. In der Ecke am Fenster, ebenso stramm aufrecht wie ihr Klavier, wartete die grauhaarige Pianistin auf ihr Zeichen. Monsieur Geerts tippte dreimal mit seinem Stock auf. Musik erfüllte den Raum. Die vergnügten jungen Pferde begannen ihren Foxtrott. Nun erkannte ich die Melodie: *Foxtrot Murder.*

Monsieur Geerts seufzte inbrünstig, dann bemerkte er mich.
»Dürfte ich Sie kurz sprechen, Monsieur Geerts?«

Er winkte seiner jungen Assistentin zu, sie solle übernehmen, und trat mit mir hinaus auf den Treppenabsatz.

»Verzeihen Sie die Störung. Ich bin auf der Suche nach Lucy Wolfendale und dachte, dass sie Ihnen vielleicht heute beim Unterricht hilft.« Es war eine spontane Lüge. Und ein Name würde ausreichen. Fand ich Lucy, würde ich Alison finden.

Seine Augen leuchteten bei Lucys Namen auf. »Manchmal unterrichtet sie hier eine Klasse. Sie ist eine sehr gute Tänzerin und gut mit jüngeren Kindern. Sie hören auf jedes Wort von ihr. Sie bezaubert sie.«

»Kann ich mir vorstellen.« Er schien solch ein netter Mann. In meiner Aussage für Inspector Charles hatte ich ihn als jemanden dargestellt, der des Mordes verdächtig sein könnte: den eifersüchtigen Ehemann. »Geben Sie schon Tanzunterricht, seit Sie in dieses Land kamen, Monsieur Geerts?«

»Als wir neu hier waren, Flüchtlinge aus Belgien, waren wir in einem Zimmer, das uns das Amt gab. Aber ein Mann muss etwas tun.« Die Erinnerung brachte ihn zum Lachen. »Wir haben geholfen mit die verwundete Soldaten, die kranke Soldaten. Einige Offiziere, sie haben einen Charlie-Chaplin-Doppelgängerwettbewerb veranstaltet, und da ich habe begriffen, wie ist der englische Humor. Die Soldaten, sie sehen aus wie Chaplin, aber bewegen sich nicht wie Charlie. Ich zeige ihnen, so du bewegst dich wie Chaplin.«

Er wirbelte seinen Gehstock und machte einige Chaplin-Schritte über den Treppenabsatz, dann zurück zu seinem Tanzsaal, bevor er schlurfend vor mir stehen blieb. Noch einen Moment, und er würde wieder ins Land des Foxtrotts entschwinden.

»Lucy kam gestern Abend nach der Vorstellung mit zu einer Party bei Ihnen zu Hause.«

Er schüttelte energisch den Kopf. »Nein, nein, nein.«

Ein Nein hätte ausgereicht.

Es war unmöglich, dies hier taktvoll zu gestalten: »Sie und Alison wurden bei Ihnen gesehen und danach nicht mehr.«

Seine Anspannung wuchs sichtlich. »Wer sagt das?«

»Ich muss nur mit ihnen sprechen. Es wird Zeit und Ärger sparen, wenn Sie mir einfach die Wahrheit sagen.«

»Lucy war nicht in meine Haus.«

Wir sahen einander einen Moment lang an.

»Monsieur Geerts, gewiss brauchen Sie nicht noch mehr Probleme, als Sie bereits haben.«

»Was meinen Sie?«

Inspector Charles hatte mich gebeten, nichts zu sagen, aber ich war sicher, dass Geerts schon von Milners Ermordung wusste, genauso wie Mr. Croker es gewusst hatte.

»Zwei Mädchen werden vermisst, seit der Nacht, in der Mr. Milner ermordet wurde.«

Er wurde blass. »Die Polizei denkt nicht … Nicht Lucy …«

»Ich weiß nicht, was die Polizei denkt. Ich bin befragt worden, und Sie werden es auch. Überdies wird man mit Lucy und Alison sprechen wollen. Und ich denke, dass Sie wissen, wo sie sind. Möchten Sie es nicht lieber mir erzählen als einem Inspector von Scotland Yard?«

Er schob die freie Hand in die Tasche, damit ich nicht sah, dass er zitterte.

»Gehen Sie zurück zu Ihrem Unterricht, wenn Sie lieber mit der Polizei über Lucy und Alison sprechen möchten.« Ich drehte mich weg, legte es darauf an, dass er mich nicht gehen ließe.

Plötzlich war er hinter mir, eins-zwei-eins-zwei. »Wo wollen Sie jetzt hin? Wenn Lucy verschwunden ist, ich mache mir Sorge.«

»Was schlagen Sie vor, wohin ich gehe?«

Er fuhr sich mit der Zungenspitze über die trockenen Lippen. Dann griff er nach seinem Schnauzbart, als hätte ich ihm gesagt, dass dort Krümel hingen. »Warten Sie. Es ist in der ganzen Stadt herum mit Mr. Milner. Ich kenne die Polizei. Zählen zwei und zwei zusammen, und sie denken, sie tanzen Tango.«

Ich wartete.

Auf seiner Stirn bildeten sich kleine Schweißperlen. »Ich habe nichts gegen Mr. Milner. Die Werbung für unsere Tanzschule in das Programmheft, er bestand darauf, dass er bezahlt.«

»Mich interessiert nur, Lucy und Alison zu finden.«

Er schüttelte den Kopf. »Lucy? Ich weiß nicht. Alison, Sie gehen besuchen meine Frau.«

»Werde ich. Die Adresse, Monsieur Geerts?« Ich nahm mein Notizbuch hervor.

Er blickte zu seinen Füßen, als könne von dort eine Eingebung kommen, bevor er mir die Anschrift nannte.

»Danke.«

Seine langen schmalen Finger berührten mein Handgelenk. »Sie ... sie war heute noch nicht aus dem Haus, meine Frau, also ... sie wird nicht wissen von Mr. Milners Tod ... Sie weiß nicht.«

Im Saal hinter uns hatte die Pianistin aufgehört zu spielen. Aus dem Erdgeschoss war ein schreiendes Kind zu hören. Bat Monsieur Geerts mich, seine Frau über Milners Tod zu informieren oder ihr nichts zu sagen? Anscheinend wusste er es selbst nicht.

»Meine Stunde«, murmelte er und wandte sich ab.

Ich achtete auf meine Schritte in meinen flachen Schuhen, als ich die eiserne Wendeltreppe hinunterstieg.

Ich wünschte mir, ich hätte nichts über Mr. Milner und Madame Geerts gewusst. Und ich wünschte, ich hätte mich nicht verpflichtet gefühlt, dem Inspector zu erzählen, dass Monsieur Geerts die beiden beinahe sicher zusammen gesehen haben dürfte.

»Einen guten Tag, Mrs. Shackleton.« Die Stimme riss mich jäh aus meinen Gedanken. Als hätte ich ihn mit selbigen heraufbeschworen, stand Inspector Charles vor mir. »Sagen Sie mir nicht, Sie sind hier, um sich nach Tanzstunden zu erkundigen.«

Ich lächelte auf, wie ich hoffte, äußerst betörende Art. »Ich tanze bereits sehr gut.«

Er tippte sich an den Hut. »Dessen bin ich gewiss.« Mit diesen Worten stieg er weiter die Treppe hinauf. Es beunruhigte mich, Inspector Charles in den Arkaden zu sehen, auf dem Weg zur Befragung von Monsieur Geerts. Letzterer würde an den Abend zuvor denken, als er mich auf dem Weg zur Garderobe seiner Frau im Korridor sah. Er würde wissen, dass ihn eine von zwei Personen verraten hatte: seine eigene Frau oder ich. Vergiss es, befahl ich mir. Scotland Yard ist die Mordkommission, nicht du. Außerdem war ich zuversichtlich, dass Inspector Charles mich nicht verraten würde. Und wenn ich von der Affäre von Lawrence Milner und Madame Geerts wusste, taten es andere auch.

Zwanzig

Die Straße unweit des Bahnhofs war gesäumt von identischen Reihenhäusern. Vor der Haustür hörte ich die Türklingel drinnen im Haus der Geerts hallen. Niemand öffnete. Ich ging um das Haus herum. Töpfe mit Minze, Schnittlauch, Petersilie und Thymian standen in dem blitzblank gefegten Hinterhof. Ich klopfte an die Hintertür.

Die Geranien auf dem Fenstersims hingen ein wenig durch und hatten einige Blütenblätter abgeworfen. Das Rollo im Fenster war heruntergezogen. Durch einen schmalen Spalt am Rollorand konnte ich eine ordentliche Küche mit einem viereckigen Tisch und Stühle mit geflochtenen Bastlehnen sehen. Auf dem Tisch standen eine Tasse mit Untertasse und eine Kaffeekanne.

Ich klopfte wieder an.

Als ich zurücktrat und zum Fenster oben sah, glaubte ich, eine Bewegung am Rollo dort zu bemerken.

Nachdem ich abermals geklopft hatte, suchte ich nach etwas Brauchbarem in meiner Tasche. Da war es! Zu Beginn des Sommers, als ich mit dem Braithwaite-Fall beschäftigt gewesen war, hatte mir Tabithas Verlobter Hector sein altes Pfadfindermesser als Andenken geschenkt. Ich klappte die Klinge aus, schob sie unter den Fensterriegel und drückte ihn zur Seite. Das Schiebefenster ließ sich leicht nach oben heben. Vorsichtig nahm ich die Geranientöpfe herunter und kletterte durchs Fenster.

In der Küche roch es nach Kaffee, Cherry-Blossom-Schuhpolitur und vage nach Hefe, als würde irgendwo Teig gehen. Hinter der Küchentür erklang ein plötzlicher dumpfer Knall, begleitet von einem Aufschrei. Ich lief gegen einen Strang von Knoblauchknollen, der von einem Wäschegestänge an der Decke hing, als ich die Küche durchquerte, und stieß gegen eine Zinkwanne, in der das Wasser immer noch warm genug war, um eine Dampfwolke zu verursachen.

Eine Gestalt lag unten an der Treppe, gekrümmt vor Schmerz, und hielt sich stöhnend den Bauch.

Ich hockte mich neben die Frau.

Sie sah mit tränenschwimmenden Augen zu mir auf, das pausbäckige Gesicht von einem Schweißfilm überzogen und verzerrt vor Pein. Sie war barfuß, ihr Nachthemd klamm, und das offene Haar klebte ihr an Stirn und Wangen.

Sekundenlang erkannte ich sie nicht, vielleicht, weil ich mit Lucy oder Madame Geerts rechnete. Eine Träne fiel, und das Stöhnen wurde zu einem Weinen.

»Alison! Was ist passiert? Lassen Sie mich Ihnen helfen. Können Sie aufstehen?«

»Ich glaube, ja.«

Da ich spürte, dass noch jemand anders anwesend war, blickte ich auf.

An der Treppe oben stand Madame Geerts, vollkommen regungslos und eingefroren wie eine Statue, wunderschön gekleidet in einem schräg geschnittenen blauen Leinenrock und einer weißen Bluse, das Haar makellos in Schleifen gesteckt. »Das arme Mädchen«, sagte sie, als sie in ihrem schönsten Tänzerinnengleiten langsam die Treppe hinunterkam. »Sie ist gefallen.«

Alisons Schluchzen wurde zu einem Wimmern, als ich ihr aufhalf. »*Sind* Sie gefallen?«, fragte ich.

Die Antwort klang wie »Kann sein« oder »Nein«.

Madame Geerts richtete sich zu ihrer vollen Höhe von einem Meter fünfzig auf. Sie stand jedoch drei Stufen über uns, was ihr gestattete, wütend auf uns herabzusehen. »Natürlich sie ist gefallen. Sie sagen, ich habe sie gestoßen?« Madame Geerts kam an Alisons Seite.

Nun drängten wir uns alle drei unten an der Treppe, sodass kaum noch Platz blieb, sich zu bewegen.

Madame Geerts versuchte, Alison die Treppe hinaufzuschieben. »Sprich nicht. Du musst dich hinlegen.«

»Es tut so weh. Es tut so weh.«

»Wo?«, fragte Madame Geerts.

»Um Himmels willen«, sagte ich. »Ihr tut alles weh! Sie ist eben ein Dutzend Stufen heruntergefallen.«

»Fünfzehn Stufen«, wimmerte Alison.

»Dann geh die fünfzehn Stufen wieder rauf«, befahl Madame Geerts.

Ich beachtete sie nicht und half Alison in den Raum unten, der als Küche und Wohnzimmer fungierte. Alisons nackte Füße platschten in das Wasser, das aus der Zinkwanne geschwappt war.

Madame Geerts folgte uns. »Wer hat Sie reingelassen, Mrs. Shackleton?«

»Das war ich.«

»Aber ...«

»Sie müssen mein Klopfen gehört haben.« Ich führte Alison zu dem Windsor-Stuhl am Herd.

»Ist das Haus des Engländers nicht mehr seine Burg, nein? Gibt es ein Gesetz, dass man die Tür öffnen muss?«

»Es gibt ein Gesetz, nach dem es strafbar ist, ein Mädchen eine Treppe hinunterzustoßen.«

»Sie stoßen? Sie stoßen?«

»Sie ... sie ...«, schluchzte Alison hilflos. »Sie hat nicht ... Ich bin gefallen. Ich bin die Treppe runtergefallen, und es war nicht ... War ...«

Madame Geerts rauschte an mir vorbei und baute sich vor Alison auf. »Es ist besser, wenn du dich hinlegst, Alison.«

Ich drängte mich zwischen Madame Geerts und Alison. »Wie es hier aussieht, denke ich nicht, dass es Ihnen zukommt zu beurteilen, was das Beste für Alison ist.«

Madame Geerts reckte trotzig das Kinn. »Ach nein? Und was soll das heißen?«

»Ein heißes Bad. Alisons ›Sturz‹ von der Treppe. Ein strenger Hefegeruch, aber keine Spur, dass etwas gebacken wurde? Was hatten Sie gestern in Leeds gekauft? Christophskraut? Rotulme? Poleiminze? Etwas, um ›den weiblichen Zyklus zu regulieren‹? Ihr Ausflug sollte vor Ihrem Mann verheimlicht werden, weil ...«

»Sie irren sich.«

»... er gefragt hätte, was Sie dort wollten. Er hätte die Verbindung zu Alisons Besuch bei Ihnen hergestellt und warum Sie heute Morgen nicht in der Tanzschule sind.«

Madame Geerts wurde blass. »Sie wissen nichts.«

»Im Gegenteil. Ich weiß eine Menge. Ich war während des Krieges im VAD. Und Soldaten waren nicht die einzigen Verwundeten.«

»Alison hat Probleme. Ich versuche zu helfen.«

»Still, alle beide still.« Alison wiegte sich auf ihrem Stuhl vor und zurück. »Ich lege mich hin. Ich will mich hinlegen.«

Mein unmittelbarer Impuls war, sie zu nehmen und nach Hause zu bringen, aber dazu war sie nicht in der Verfassung.

Madame Geerts und ich sahen uns über Alisons gebeugten Kopf hinweg an. Es war beinahe ein Waffenstillstand, doch ich war nicht gewillt, ihr hier die Oberhand zu lassen. »Sie machen Tee. Ich bringe Alison nach oben.«

»Sie braucht keinen Tee!«, fauchte Madame, aber das war unerheblich. Sie würde tun, was ich sagte.

»Starken Tee, mit Zucker für Alison, ohne für mich.«

Langsam führte ich Alison die schmale Treppe hinauf. Sie zögerte, als hoffte sie, nie oben anzukommen. Vom Flur im ersten Stock ging links eine Tür zum vorderen Schlafzimmer ab.

»Hier rein«, sagte Alison matt und wandte sich zu einem kleinen, weißgetünchten Raum mit einem Einzelbett, einem Waschtisch, einem kleinen Schränkchen und einem einfachen Stuhl. Drinnen roch es nach Veilchen, Pfefferminz und Erbrochenem. Das cremeweiße Rollo war heruntergezogen, aber es drang noch genügend heller Sonnenschein von draußen herein, um eine unwirkliche Atmosphäre zu schaffen, ähnlich einem Bühnenbild.

Ich half Alison ins Bett. »Lassen Sie mich Ihre Haare bürsten.«

Am Abend zuvor hatte sie so gepflegt und munter ausgesehen, als sie ihre Rolle in dem Stück spielte. Nun war ihr Haar strähnig und zerzaust. Ich klopfte die Kissen auf, damit sie sitzen konnte. Zuerst bürstete ich die eine Seite, dann die andere und flocht ihr Zöpfe. Als ich fertig war, sah sie so jung aus.

Ich legte die Bürste zurück auf den Waschtisch und fragte: »Wie alt sind Sie?«

»Einundzwanzig.«

»Genau wie Lucy.«

»Ich bin zwei Monate älter als Lucy.«

»Alison, ich weiß, dass es jetzt nicht so scheint, aber alles wird gut. Versuchen Sie, sich keine Sorgen zu machen.«

Sie drückte die Hände auf ihre Brust. Ihr rundes Mondgesicht wirkte blass und eingefallen. Sie schien vollkommen niedergeschlagen. Ihr Atem ging angestrengt, doch sie weinte nicht mehr. Auf dem Schränkchen neben dem Bett standen ein Teller mit Schokoladenbonbons und ein Glas Wasser.

»Ich muss am Montag zur Arbeit«, jammerte sie. »Was tue ich, wenn es mir so geht?«

Vorsichtig reichte ich ihr das Wasser. »Trinken Sie einen Schluck. Wenn Sie gleich Ihren Tee gehabt haben, werden Sie sich besser fühlen. Machen Sie sich jetzt keine Gedanken wegen der Arbeit.«

»Wenn ich meine Stellung verliere ...«

»Schhh.«

Alison leerte das Wasserglas. Ich nahm es ihr wieder ab und steckte es in meine Tasche. Mit ein wenig Glück waren Fingerabdrücke darauf, und ich würde erfahren, ob sie Lucy bei dem Erpresserbrief geholfen hatte.

Ich zog den Stuhl heran, und wir saßen schweigend da.

Wenig später erschien Madame Geerts mit zwei Teetassen auf einem Tablett. Sie stellte es auf den Waschtisch und reichte uns die Tassen. Alison machte keine Anstalten, ihre zu nehmen. Madame Geerts stellte sie auf das Schränkchen. In einem weiteren Versuch, mir etwas vorzugaukeln, sagte sie: »Alison hatte gestern Abend zu viel Kirsch-Brandy und hat hier geschlafen.«

So wollte sie es also spielen. Ich nahm einen Schluck von dem zuckrigen Tee. »Dies ist Ihrer, Alison. Trinken Sie. Er wird Ihnen besser bekommen als Madame Geerts Kirsch-Brandy.«

Um Alisons willen würde ich ruhig bleiben, obwohl mir danach war, Madame Geerts die Treppe hinunterzustoßen.

Alison begann, den Tee zu trinken. Ich wollte, dass Madame Geerts ging, damit ich mit Alison reden konnte. Ich sah sie an, und wir zogen uns auf den Flur zurück, schlossen die Zimmertür hinter uns.

»Nun?«, fragte Madame Geerts. »Sie trank Kirsch-Brandy. Sie fiel die Treppe nach unten.«

Als ich nichts erwiderte, zog sie mich in das andere Zimmer, außer Hörweite von Alison.

Ehe sie Gelegenheit hatte, mir noch mehr Lügen aufzutischen oder gar ihr Handeln rechtfertigen zu wollen, sagte ich: »Sie baten mich, Ihrem Mann nicht zu sagen, dass Sie in dem Zug aus Leeds waren. Jetzt weiß ich, warum. Sie waren bei irgendeiner Apotheke, um sich alles zu kaufen, was Sie brauchten. Monsieur Geerts mag Ihre Kirsch-Brandy-Geschichte vielleicht glauben, aber beleidigen Sie meine Intelligenz nicht mit solch einem Märchen.«

Ausnahmsweise schien Madame Geerts sprachlos. Sie rang die Hände leicht übertrieben.

Warum war ich so wütend? Beruhige dich, ermahnte ich mich. Was hier geschah, geht dich nichts an. Diese närrische Frau glaubt zu tun, was das Beste ist. »Wissen Sie, dass das, was Sie getan haben, in England als Verbrechen gilt? Nach einem Erlass von 1861 ist es eine Straftat gegen Leib und Leben.«

Sie blickte zum Fenster, als könnte sie eventuell wegfliegen. »Es ist zu ihrem Besten. Ich habe es zu ihrem Besten getan.«

»Sie können froh sein, dass es nicht gewirkt hat«, sagte ich mit mehr Gewissheit, als ich empfand. Schließlich könnte Alison immer noch eine Fehlgeburt haben. Und ich wusste nichts über die Umstände. Ich dachte an Alisons Mutter bei den Vorbereitungen für den Kirchenbasar und ihren Unmut, weil der Erlös an gefallene Frauen ginge. Es wäre nicht leicht für Alison, ihr zu eröffnen, dass sie schwanger war. Und natürlich würde sie ihre Stellung in der Anwaltskanzlei verlieren.

Madame Geerts verkniff den Mund. »Der junge Mann will sie nicht heiraten. Das weiß ich, weil sein Vater ist dagegen und hat es mir gesagt.«

Mir war umgehend klar, dass es sich bei dem jungen Mann um Rodney Milner handeln musste. Ich konnte mir vorstellen, dass Lawrence Milner gegen eine Heirat mit der Tochter einer Witwe war, die für ihren Lebensunterhalt arbeiten musste. Es hätte nicht zu seinen Plänen gepasst, in der feinen Gesellschaft von Harrogate aufzusteigen.

Meine Gefühle für Madame Geerts verloren etwas an Schärfe, wenn auch nur für einen Moment. Ich wollte ihr sagen, dass Milner tot war, doch ich erinnerte mich an Inspector Charles' Verbot. Nicht, dass es noch viel Gewicht hatte, nachdem halb Harrogate von dem Mord zu wissen schien. Aber Madame Geerts eben nicht.

»Ich schlage vor, dass Sie das Bad ausleeren und sämtliche Spuren von ›Kirsch-Brandy‹ verschwinden lassen ...«

»Ich danke Ihnen.« Sie seufzte erleichtert.

»... denn es ist unwahrscheinlich, dass ich heute Ihr einziger Besuch bin.«

Sie runzelte die Stirn. »Was meinen Sie?«

»Tun Sie einfach, was ich Ihnen sage.«

»Sie werden es nicht verraten?«

»Um Alisons willen, aber nicht für Sie, werde ich schweigen. Jetzt erzählen Sie mir bitte, wo Lucy Wolfendale ist. Sie kam gestern Abend mit Alison her.«

»Sie ist mit uns gekommen, ja, und war nur für einen Moment hier.«

»Wer war sonst noch bei Ihnen?«

»Rodney und sein Freund, ein junger Mann, der in der Bar gewesen war. Ich habe seinen Namen vergessen. Sein Vater hat ein Wirtshaus, und die jungen Männer spielen Karten dort, wenn geschlossen ist.«

»Sind sie mit hereingekommen?«

»Nein. Sie begleiteten uns nur nach Hause.«

»Ist Lucy mit ihnen weggegangen?«

»Sie kam noch mit rein. Trank einen Kirsch-Brandy, viel zu schnell. Dann sie hat gesagt, sie will Rodney und diesem anderen nach und sie bitten, sie nach Haus zu bringen.«

Also müsste ich Rodney Milner besuchen. Darauf freute ich mich nicht unbedingt.

Die einzige Person, die Madame Geerts nicht erwähnte, war ihr Ehemann. Was nicht gut für ihn aussah.

»Und Monsieur Geerts?«, fragte ich. »Begleitete er Sie nicht nach Hause?«

»Er kam später.«

»Allein?«

»Warum all die Fragen?«

Sie hatte natürlich recht. Es lag bei Inspector Charles herauszufinden, wo Monsieur Geerts wann gewesen war.

»Mir gefällt es nicht, wenn ich benutzt werde, um Lügen zu verbreiten. Gestern Abend bat mich Lucy, ihrem Großvater eine Nachricht von ihr zu überbringen. Captain Wolfendale sollte glauben, dass Lucy bei Alison übernachtet, genauso wie Alisons Mutter glaubte, dass sie bei Lucy wäre.«

Madame Geerts zog verwundert die Augenbrauen zusammen. »Sie sagt ... ich erinnere mich nicht *exactement*. Ich schwöre, ich dachte, Lucy geht nach Hause.«

»Falls man sie nicht bald findet, wird die Polizei eine große Suche nach ihr organisieren.«

Madame Geerts sah ehrlich überrascht aus. Sie schüttelte den Kopf. »Ja, ich habe für Alison gelogen. Aber jetzt lüge ich nicht. Wenn die Polizei kommt ... Ich leere das Wasser.«

Ohne ein weiteres Wort eilte Madame Geerts nach unten, um die Zinkwanne auszuleeren.

Als ich wieder in das kleine weiß getünchte Zimmer kam, hatte sich eine Katze auf die Überdecke geschlichen. Alison streichelte ihren Kopf. Auf einmal war mir, als würde wahr werden, was ich vorhin zu ihr gesagt hatte. Alles würde gut. Alison blickte ihre Hände und die Katze an. Langsam stiegen Tränen in ihre Augen. Eine kullerte über ihre Wange. Ich holte ein Taschentuch hervor. Sie tupfte ihre Augen ab und putzte sich die Nase.

»Möchten Sie, dass ich Sie nach Hause bringe? Ich kann ein Taxi holen.«

»Nein! Bitte nicht. Mutter darf mich nicht so sehen. Ich bleibe noch ein wenig hier. Mutter denkt, dass ich bei Lucy bin.«

»Weiß Lucy, warum Sie hier sind?«

Alison schüttelte den Kopf. »Nicht genau. Sie denkt, dass ich nur spät dran bin. Zuerst sagte sie, dass meine Regel ausgeblieben wäre, weil ich wegen des Stücks nervös war. Sonst haben wir sie immer gleichzeitig. Deshalb weiß ich, dass sie zweimal ausgeblieben ist.«

»Aber sie ist Ihre Freundin. Konnten Sie sich ihr nicht anvertrauen?«

»Sie sagte, dass ich nicht schwanger sein kann. Es war nur ein Mal, müssen Sie wissen. Und sie hatte ein schlechtes Gewissen, weil sie uns beide allein gelassen hatte. Und als wir es Olivia erzählten, Madame Geerts, wusste sie, was zu tun war, damit sie wiederkommt. Wir haben gedacht, dass es nur irgendeine Verstopfung ist oder so«, erzählte Alison unglücklich. Ihre Hände wanderten zu ihrem Bauch.

Ich widerstand dem Impuls, ihre Hand zu berühren.

Sie sah mir in die Augen. »Sie dürfen es nicht sagen, keinem. Schwören Sie, dass Sie es nicht tun.«

»Ich werde nichts sagen.«

»Danke.« Sie putzte sich die Nase. »Madame Geerts wollte nur helfen. Sie hat mir erklärt, dass ich möglicherweise schwanger bin und mich Rodney wegen der Schande in diesem Zustand nicht heiraten könnte.«

»Hat Rodney das gesagt?«

»Nein. Er weiß es nicht. Aber es stimmt. Sein Vater … wissen Sie … sie haben einen Ruf zu wahren, das hat mir Madame Geerts erklärt. Na, aber ich habe auch einen Ruf zu wahren und dann meine Mutter.«

»Manche Dinge sind wichtiger als der äußere Schein. Geben Sie die Hoffnung nicht auf. Wenn Rodney Sie liebt, werden Sie beide heiraten, und das schneller, als Sie denken. Vertrauen Sie mir.« Sogar in meinen eigenen Ohren klang ich wie eine Weissagerin, der man eine Münze in die Hand gedrückt hatte.

Alison sah mich verwundert an. »Hatte ich Rodneys Namen gesagt? Das wollte ich nicht.«

»Babys können schon mal zu früh kommen. Die Leute reden vielleicht, aber sie vergessen es schnell.«

Ihre Augen leuchteten hoffnungsvoll auf. Es wäre besser, nicht zu erwähnen, dass die Leute ganz gewiss reden würden, falls Rodney Milner unmittelbar nach dem Mord an seinem Vater heiratete. »Lassen Sie sich nichts mehr von Olivia Geerts geben.« Ich griff nach der Hamamelis und der Watte auf dem Schränkchen. »Tupfen Sie das auf Ihre Blutergüsse, egal, wo sie auftauchen. Und sollten Sie sich noch einmal diese Treppe hinunterstürzen, werde ich persönlich eine Anzeige darüber im *Harrogate Advertiser* veröffentlichen.«

»Aber ...« Sie trommelte mit den Fingern auf der Überdecke.

»Kein Aber. Fangen Sie an zu tupfen. Und reden Sie mit mir über Lucy.«

»Warum?« Meine Aufforderung schien sie ehrlich zu überraschen.

»Ich dachte nur, dass sie letzte Nacht mit Ihnen zusammen hiergeblieben war. Wo ist sie?«

»Sie ist mit uns hergekommen, einige Minuten geblieben und dann nach Hause gegangen.« Erschrocken riss sie die Augen weit auf. »Ist ihr etwas passiert?«

»Nein, sicher nicht. Ich hatte es wohl nur falsch verstanden.«

Also wusste Dylan nichts, Monsieur Geerts wusste nichts, und nun wusste Alison auch nichts. Mein Vertrauen in meine Fähigkeit, jede Information ausgraben zu können, schwand rapide. Was wusste ich bisher? Ich hatte Alisons Fotografie aufgenommen, sie die Beatrice Sutton spielen gesehen und wäre nie darauf gekommen, dass das leicht Rundliche an ihr nicht allein ihrer Vorliebe für Schokolade geschuldet war. Ich musste hier raus, bevor ich anfing zu predigen, meine Geduld mit dem armen Mädchen verlor und ihr noch erzählte, dass jemand ihr Baby adoptiert hätte, selbst wenn dieser Mistkerl – und man sollte nicht schlecht über Tote reden – verhindern wollte, dass sein rückgratloser Spross die Frau heiratete, die er liebte. Mir fiel es schwer zu glauben, dass Rodney nichts von Alisons Zustand ahnte. Aber dies war nicht die Zeit dafür. Und es ging mich nichts an.

Du bist nicht hier, um zu bemitleiden oder zu urteilen, ermahnte ich mich. Denk daran, warum du hier bist, Kate Shackleton.

»Sind Sie, Lucy und Madame Geerts gestern Abend allein hierhergekommen, Alison?«

»Rodney und sein Freund George haben uns bis zur Tür gebracht. Lucy kam nur mit, um mir Gesellschaft zu leisten. Sie sagte, sie würde den Jungen nachlaufen.«

»Dann hat sie das wahrscheinlich getan. Aber wenn sie nicht zu Hause ist, haben Sie eine Ahnung, bei wem sie sonst über Nacht geblieben sein könnte?«

Alison schüttelte den Kopf. »Mir fällt niemand ein. Jedenfalls nicht bei einer alten Schulfreundin, denn dann wäre herausgekommen, dass ich nicht bei ihr war.«

»Ich gehe lieber. Bleiben Sie nur ruhig liegen. Erholen Sie sich. Und sorgen Sie sich nicht wegen Lucy.« Nichts brachte andere verlässlicher dazu, sich zu sorgen, als ihnen zu sagen, sie sollten es nicht. Also log ich. »Wahrscheinlich habe ich nur alles missverstanden. Lucy wird zu Hause sein.«

Madame Geerts saß am Küchentisch. In einem großen Aschenbecher vor ihr lagen Dutzende Perlen. Sie fädelte eine Kette neu auf. »Ich wünschte, ich hätte nichts damit zu tun«, sagte sie matt.

»Warum haben Sie es dann gemacht?«

»Es war zum Besten.«

»Rodney Milner sollte nicht so davonkommen. Sie ist ein anständiges Mädchen und wäre eine vernünftige Partie.«

Eine Perle fiel zu Boden. Madame Geerts ging auf alle viere und suchte danach. Ich wartete. Sie richtete sich wieder auf und legte die Perle zu den anderen in den Aschenbecher.

»Lawrence denkt ...« Madame Geerts verstummte sogleich wieder.

»Was denkt Mr. Milner?«, fragte ich.

»Ein reizender Mann, ruhig, sanft, ein Witwer, müssen Sie wissen. Er sagt, Rodney ist nicht der Vater. Alison versucht bloß, einen guten Fang zu machen.«

»Das zu glauben fällt mir schwer, wenn sie Rodney noch nicht einmal erzählt hat, dass sie schwanger ist.«

Sie zuckte mit den Schultern. »Vielleicht höre ich zu viel auf Mr. Milner.«

Zweifelsohne hatte sie zu sehr auf ihn gehört. »Hat *er* Sie gebeten, dies hier zu tun?«

»Es war zum Besten, dachte ich. Jetzt ich überlege anders. Ich glaube Alison. Mr. Milner, vielleicht irrt er.«

Mr. Milner ist tot, doch Ihnen das mitzuteilen kommt mir nicht zu.

»Madame Geerts, haben Sie eine Ahnung, wo Lucy sein könnte?«

Sie schürzte die Lippen. »Wenn ich es weiß, ich sage Ihnen. Ich weiß nichts. Lucy ist gut mit Geheimnissen.«

»So wie ich auch und Sie ebenfalls. Wir haben ein Geheimnis, das für Sie Schmach, einen Prozess und den Verlust Ihrer Tanzschule bedeuten könnte.«

Sie nahm eine Handvoll Perlen auf und ließ sie langsam durch ihre Finger in den Aschenbecher rieseln. »Ich denke, Lucy hat ein Platz an eine Schauspielschule bekommen.«

»Wirklich? Wo?«

Madame Geerts schüttelte den Kopf. »Ich bin nicht sicher. Ich hörte sie und Meriel, sie reden in einer Ecke. Ich zähle eins und eins zusammen. Wenn sie wegläuft, freu ich mich für sie.«

Das möchte ich wetten, dachte ich, und für dich selbst auch. Vor allem, da Mr. Milner die Augen und Finger nicht von Lucy lassen konnte.

Die vier jungen Leute in dem Stück, Alison, Dylan, Lucy und Rodney, hatten bei der Party gestern Abend einen geschlossenen kleinen Kreis gebildet. Vielleicht hatte Lucy noch Rodney und dessen Freund eingeholt, und sie würden wissen, wo ich sie finden konnte. Ein kalter Schauer durchfuhr mich. Lucy hatte so angeekelt von Mr. Milners Belästigung gewirkt, womöglich war sie es gewesen, die ihm ein Messer ins Herz gerammt hatte. Oder es könnte Rodney gewesen sein, falls er dahintergekommen war, dass sein Vater sich zwischen ihn und Alison gestellt hatte. Es wurde Zeit, dass ich mit Rodney redete.

Es wäre geschmacklos, einen jungen Mann zu befragen, der gerade seinen Vater verloren hatte. Andererseits wäre es gänzlich akzeptabel, ihm zu kondolieren.

»Wo finde ich Rodney Milner, Madame Geerts? Vielleicht kann er mir helfen, Lucy zu finden.«

Madame Geerts zögerte.

Ich hakte nach: »Falls Lucy beschlossen hat, von zu Hause wegzugehen, ist das ihre Sache, aber ihr Großvater sollte es zumindest erfahren. Oder würden Sie es vorziehen, wenn die Polizei nach ihr sucht?«

»Die Milners wohnen in der Cow Gate Road«, sagte Madame Geerts. »Nummer 12. Aber wenn Sie Rodney suchen, gehen Sie zum Automobilsalon. Am Samstag ist er immer da. Lawrence, Mr. Milner, nimmt sich Samstag frei, spielt Golf.«

»Ich danke Ihnen.« Bald würde Olivia Geerts hören, dass Lawrence Milner keine Golfschläger mehr schwingen würde. Er würde auf immer die Samstage wie auch alle anderen Tage frei haben.

Einundzwanzig

Ich verließ Madame Geerts Haus mit jener Geschwindigkeit, wie Wut sie einem verlieh. Meine Altweiberschuhe pochten auf dem Pflaster, als ich beinahe lief, weil ich schnell wegwollte.

Und dann ging es mir auf. Ich begriff, woher diese Wut rührte, die in meinem Herzen hämmerte. Mein Kopf hatte es nicht erkannt, als ich gegen die dampfende Wanne in der Geerts'schen Küche stieß und Alisons Schrei hörte. Mein Körper sagte es mir. Ich war wieder zurückversetzt zu jenem schicksalhaften Tag, an dem Gerald seinen Army-Brief bekam, der ihm sagte, wo er sich melden sollte. Sollte ich ihm erzählen, dass ich ein Kind erwartete, hatte ich mich gefragt. Er ging zur Arbeit. Bis er wieder nach Hause kam, hatte sich die Frage erledigt. Ich sprach nie von meiner Fehlgeburt. »Was ist?«, hatte er mich gefragt. »Ach, es ist nichts, mir geht es heute nur nicht so gut.« »Du bist traurig, weil ich weggehe«, hatte er gesagt. »Alles wird gut.«

Es war meine einzige kurze Erfahrung mit einer Schwangerschaft gewesen, und ich hatte sie hinter mir gelassen wie einen bösen Traum. Doch kaum dachte ich daran zurück, wallte Schmerz in zornigen Wellen tief in mir auf, ähnlich einer Sturmflut.

Alles wird gut. Dieselben Worte hatte ich zu Alison gesagt. Geralds Worte.

Nein, Gerald. Es war nicht alles gut geworden.

Bevor ich das Haus der Milners erreichte, musste ich mich auf eine niedrige Mauer setzen und durchatmen, um meine Nerven zu beruhigen. Das war damals. Dies ist heute. Ich war keine junge Braut mehr, sondern im Grunde eine Witwe – und hatte eine Arbeit zu tun.

Die Häuser standen ein Stück zurück von der Straße, vorn mit länglichen Gärten, die dem Postboten eine kleine Wanderung bescherten.

Meriel hatte gesagt, dass sich die Hälfte der jungen Frauen im Publikum in Rodney Milner verliebt hätte. Er besaß das typische gute Aussehen eines Hauptdarstellers in einer Salonkomödie: energisches Kinn, dichtes rotblondes Haar und ruhige graue Augen. Obwohl er ein wenig gestelzt auftrat, passte seine Haltung auf der Bühne zu der Rolle, die er spielte, zu Henry Mynor, dem Geschäftsmann, der sich aus dem Nichts hochgearbeitet hatte. Sein Schauspiel war nur gelegentlich etwas holprig gewesen – als Mr. Milner in der ersten Reihe saß, Pfefferminzbonbons aß, rauchte und spaßige Bemerkungen auf Kosten seines Sohnes von sich gab.

Nervös hob ich den Klopfer, einen geifernden Kobold mit dem Gewicht und der Kraft eines Schmiedehammers. Momente später öffnete eine matronenhafte Frau in einer großen Schürze die Tür. Ihre Lippen waren zu schmalen Linien zusammengepresst. Sie blinzelte mit geröteten Augen. Dass jemand Lawrence Milners Tod beweinte, machte mich sprachlos vor Staunen.

»Ja?«, fragte sie ungeduldig.

»Ich bin Mrs. Shackleton. Ist Mr. Rodney Milner zu Hause?« Sie sollte nicht denken, dass ich hergekommen war, um einen Toten zu besuchen.

»Er ist im Automobilhaus.«

»Wirklich?« Meine Verwunderung musste mir anzusehen sein.

»Haben Sie es gehört?«, fragte sie. »Von dem Herrn.«

Mit angemessenem Ernst antwortete ich: »Ich war es, die Mr. Milner fand und die Polizei rief.«

Ihre Haltung veränderte sich. »Dann kannten Sie ihn?«

»Nur sehr kurz, durch das Theaterstück. Aber wegen der Umstände dachte ich, ich sollte Rodney besuchen und ihm mein Beileid aussprechen.«

»Wie ich schon sagte, er ist im Geschäft. Es hat natürlich geschlossen, aber die Polizei wollte sich dort umsehen, und Herr Rodney hat den Schlüssel. Er fand, dass er dabei sein sollte.«

»Wird es ihm etwas ausmachen, wenn ich ihn dort besuche?«

Eine Träne quoll aus ihrem Augenwinkel. Sie tupfte sie mit dem Schürzenzipfel ab. »Der arme Junge ist in keiner Verfassung, um zu sagen, was ihm etwas ausmacht und was nicht.«

Demnach galten die Tränen nicht Lawrence, sondern Rodney.

»Sie müssen es leid sein, heute Morgen die Tür zu öffnen.«

Sie seufzte. »Es war zu erwarten. Der Mann von der Handelskammer war gleich heute früh hier. Ich weiß nicht, woher er es wusste. Miss Jamieson, die Theaterfrau, war auch hier und Captain Wolfendale.«

Das war freundlich von Meriel, dachte ich. Gut für sie. Sie hatte doch noch ein Herz.

»Warten Sie!« Die Haushälterin beäugte mich misstrauisch, als könnte ich ihr Lügen erzählen. »Miss Jamieson sagte, *sie* hätte Mr. Milner gefunden.«

»Wir waren zusammen«, erklärte ich. »Nun, entschuldigen Sie die Störung. Ich gehe zum Automobilhaus.«

Als ich zurück zur Pforte der Milners ging, fragte ich mich, ob der Captain tatsächlich hier gewesen war, um zu kondolieren, oder weil er glaubte, dass Rodney ihn zu Lucy führen könnte? Wenn Wolfendale und Rodney sich so nahestanden, dass er direkt herkam, wunderte mich, wie sehr er sich gesträubt hatte zuzugeben, dass Lawrence Milner sein Freund war. Vielleicht hatte es mit Snobismus zu tun. Schließlich freundete sich ein Captain gewöhnlich nicht mit einem Corporal an. Da gab es irgendeine Verbindung zwischen ihnen. Milner hatte gesagt, ihm hätte ein »alter Kamerad« geholfen, als ihn das Glück im Stich ließ und er nach Harrogate gekommen war, wo er seinen Automobilhandel eröffnete. Es wurde beständig interessanter. Sollte Wolfendale damals einiges Geld aufgetrieben haben, war es seltsam, dass er nun mittellos war, während Milners Geschäft florierte. Alles in allem begann ich mir zu wünschen, ich hätte mich nicht bereit erklärt, dem Captain zu helfen. Wenn er hinreichend bei Kräften war, um Rodney aufzusuchen, könnte er auch selbst nach Lucy suchen. Ich hatte mich nur überreden lassen, weil der alte Mann kurz vor einem Zusammenbruch schien.

Du hast einen eigenen Fall, dem du dich widmen musst, Kate Shackleton, sagte ich mir. Der verschwundene Schmuck des Pfandleihers Moony. Nachdem ich mich an diese Verpflichtung erinnert hatte, nahm ich mir vor, heute Nachmittag noch eine von Mr. Moonys Kundinnen zu besuchen.

Milner & Son's füllte die Ecke Summerfield Avenue und Leeds Road aus. Es war ein dreieckiges, futuristisches Gebäude, das aussah, als könnte es vorspringen und alles vor sich erdrücken. Über den großen Glasscheiben formten mit Porzellan verkleidete Backsteine ein Gesims, und darüber, im ersten Stock, waren kleinere Fenster mit Eisenrahmen. Zwei brandneue Wolseleys, die schräg zueinander standen, wetteiferten um Aufmerksamkeit. Weiter hinten im Ausstellungsraum standen ein paar ältere Wagen, einer von ihnen sehr ähnlich meinem, nur blanker poliert.

Das Gebäude war so avantgardistisch, dass ich den Eingang zunächst nicht sehen konnte. Drinnen beugte sich ein müde wirkender alter Mann in einem braunen Kittel über einen Besen, den er langsam und methodisch hin- und herschwang. Er blickte auf und zeigte zum Eingang links von mir.

Der Fegende bewegte sich zur anderen Seite der Tür und wies auf ein Schild mit der Aufschrift: *Wegen Trauerfall geschlossen.* Mit übertriebenen Mundbewegungen bedeutete ich ihm stumm, dass ich hier war, um mit Rodney zu sprechen.

Er öffnete die Tür.

Drinnen roch es nach Politur und Leder. Der Mann hielt seinen Besen dicht vor sich, als könnte er ohne ihn umkippen, und stand so nahe bei mir, dass ich sein kurzes, pfeifendes Atmen hörte und den Nikotingeruch an ihm wahrnahm. »Guten Tag, Miss«, sagte er höflich und mit weichem irischen Akzent. »Mister Rodney ist im Büro, doch er will nicht gestört werden.«

»Ist schon gut. Ich kenne ihn.«

Immer noch stand er da, den Besen nun leicht angewinkelt, bereit, die Waffen zu präsentieren.

»Ich bin hier, um mein Beileid auszudrücken. Ich war es, die Mr. Milner fand.«

Während er diese Information verarbeitete, ging ich an ihm vorbei zum Büro, das ich links hinten sehen konnte.

Ich klopfte an und öffnete die Tür. »Rodney, darf ich reinkommen?«

Rodney sah wie der Inbegriff eines feinen Herrn aus. Er trug einen dunklen Mohair-Anzug, dessen Bügelfalten an den Hosenbeinen messerscharf schienen.

Er stand auf. Als hätte er für einen Moment seine Situation vergessen, setzte er ein halbprofessionelles Lächeln auf. Ein Lächeln, das vor jener Selbstsicherheit troff, wie sie mit der Vorstellung einhergeht, man hätte von allem das Beste unter der Motorhaube des Lebens. Seine Haltung drückte aus: »Ich bin hier, weil ich es will, nicht, weil ich es nötig habe.«

Allerdings erreichte das geübte Lächeln seine Augen nicht und erstarb ganz, als er mir die Hand reichte. »Die Polizei hat mir erzählt, dass Sie Dad fanden.«

»Ich wollte Ihnen sagen, wie leid es mir tut, Rodney.«

»Danke. Es muss ein Schock für Sie gewesen sein, ihn in dem Hauseingang zu sehen.«

»Ich würde eher sagen, dass es ein Schock für Sie gewesen sein muss, von seinem Tod zu erfahren.«

»Möchten Sie sich nicht setzen? Es ist seltsam, hier zu sein, wenn dieses Schild an der Tür hängt. Am Samstagvormittag ist manchmal so viel los. Heute ist es ... beinahe hätte ich gesagt, wie auf einem Friedhof ... Ich begreife es noch gar nicht richtig.«

»Verzeihung, Mister Rodney.« Der Mann im Kittel sah zur Tür herein.

»Ja, Owen?«

»Soll ich Ihnen beiden eine Tasse Tee bringen?«

Rodney sah mich fragend an. Ich bejahte stumm.

»Ja, gerne, Owen.«

»Ach und, Sir, bin ich nächste Woche hier?«

»Aber ja«, antwortete Rodney erstaunt. »Natürlich nicht am Montag. Da werden wir noch aus Respckt vor meinem Vater geschlossen haben, und dann am Tag der Beerdigung, aber ich weiß nicht, wann das sein wird. Allerdings hätte ich gerne, dass Sie gleich am Montagmorgen herkommen und nachsehen, ob das Schild noch an der Tür ist. Ich habe mit dem Werkstattleiter gesprochen, aber Sie könnten für den Fall hier sein, dass nicht alle Mechaniker die Nachricht erreicht hat und sie zur Arbeit kommen.«

»Danke, Sir.« Owen nickte ernst, auch wenn ich etwas wie Freude oder Erleichterung in seiner Stimme zu bemerken glaubte.

Auf die Gefahr hin, neugierig zu erscheinen, sah ich Rodney fragend an.

»Mein Vater hatte ihn gefeuert. Sagte, er wäre zu langsam.

Heute sollte sein letzter Tag sein, der Ablauf der einwöchigen Kündigungsfrist. Aber ich werde ihn behalten. Was macht es schon, ob es zwanzig oder fünfunddreißig Minuten dauert, um den Ausstellungsraum zu fegen oder einen Motor zu reinigen?«

Mir kam der Gedanke, dass das Geschäft ohne Milner besser laufen könnte. Es sei denn, der alte Mr. Milner war derjenige mit Geschäftssinn gewesen – in dem Fall könnte Rodney zu einem jener liebenswerten jungen Männer werden, denen ein Erbe zwischen den Finger zerrann.

Vor Wochen, als ich Rodney für das Stück fotografierte, hatte er Selbstvertrauen ausgestrahlt, wenn auch beinahe zu sehr, so als könnte es gespielt sein – etwas, was er morgens aufsetzte, wenn er seine Krawatte umband. Jedoch fiel mir auch auf, wie sichtlich wohl er sich in diesem Ledersessel mit den Bildern von Automobilen an der Wand hinter sich fühlte.

»Ist dies Ihr Büro?«, fragte ich.

»Jetzt schon. Dad und ich haben es uns geteilt. Wenn wir zusammen hier waren, saß ich meistens da, wo Sie jetzt sitzen, oder war draußen im Verkaufsraum oder in der Werkstatt, um mich nützlich zu machen.«

»Macht Ihnen die Arbeit Freude?«

»Sehr sogar. Aber ich habe Dad nicht umgebracht, um übernehmen zu können.«

»Rodney!«

»Offenbar scheint das Inspector Charles zu denken.«

»Ganz sicher nicht.«

Er schwenkte einen Arm zu einem leeren Regal an der Wand. »Er ließ jemanden all unsere Kassenbücher mitnehmen, auch die Kontoauszüge, um nachzuprüfen, ob Dad Schulden oder sich Feinde gemacht hatte.«

»Und hatte er?«

»Nicht, dass ich wüsste. Unbeliebt zu sein ist etwas anderes, als Feinde zu haben. Dad wurde nicht gemocht. Aber warum sollte ihn jemand ermorden?«

Für einen Moment schwieg Rodney. Ich dachte an die gestrige Vorstellung, als ich in der ersten Reihe saß und der Vorhang aufging. Wie Mr. Milner zu spät hereinkam, laut vor sich hinfluchend und seine Zigarre schwenkend, sich die Asche von der Hose klopfte, sich setzte und einen Hustenanfall unterdrückte. Auf der Bühne hatte Rodney angefangen, sich zu verhaspeln. »Mein Sohn«, hatte Milner laut geflüstert, während er eine Rauchwolke auspuffte. »Er wird sagen, dass ich absichtlich zu spät komme.«

Als hätte er meine Gedanken gelesen, sagte Rodney: »Er brachte Leute gegen sich auf. Das war so seine Art. Das heißt nicht, dass er Feinde hatte.«

Ich überlegte angestrengt, was ich Freundliches sagen könnte. »Er hat ein großartiges Geschäft aufgebaut. Es muss Leute gegeben haben, die ihm das neideten.«

»Hier gibt es meilenweit keine Autohändler, die das geschafft haben, was wir erreicht haben, aber soweit ich weiß, gab es keinen Zwist mit anderen Händlern. Ich kann mir nicht vorstellen, wer Dad hätte umbringen wollen. Sie sagen, dass er nicht ausgeraubt wurde, dass seine Brieftasche noch da war. Wäre er ausgeraubt worden, wäre das eine Erklärung.«

»Haben Sie Verwandte oder Freunde, die Ihnen beistehen? Die kommenden Wochen und Monate werden schwer.«

Er nahm einen Stift auf und begann, damit zu spielen. »Mrs. Gould, unsere Haushälterin ... Sie ... als meine Mutter starb, überließ mein Dad ihr eine Menge Dinge, die zu regeln waren.«

»Wann starb Ihre Mutter, Rodney?«

Er schluckte. »Vor zwei Jahren.«

Owen brachte ein Tablett mit einer Teekanne, einem Milchkrug, einem Zuckertopf und zwei Tassen herein. Er stellte es auf den Schreibtisch. »Soll ich Kekse holen gehen oder zum Spirituosenhandel? Etwas Stärkeres für Sie, Mr. Milner?«

Rodney sah mich an.

Ich schüttelte den Kopf. »Für mich nicht.«

»Nein danke, Owen.«

Nun war ich froh, dass ich gekommen war. Der arme Rodney schien so allein.

Ich rührte den Tee in der Kanne und gab Milch in die Tassen. »Der Tod Ihrer Mutter ist noch nicht lange her. Das ist sehr traurig für Sie.«

Rodney konzentrierte sich auf den Tee, der aus der Kanne floss. Als die Tassen befüllt waren, sagte er: »Sie schenken den Tee genauso ein wie meine Mutter früher. Als sei der Tülle nicht zu trauen.«

»Nun, ist es auch nicht immer«, sagte ich. »Vor allem nicht, wenn es eine unbekannte Tülle ist.«

»Darf ich Ihnen etwas erzählen?«

»Ich wünschte, dass würden Sie. Ich weiß, wie es ist, einen nahen Menschen zu verlieren.«

»Dad hatte Mutter in den Tod getrieben. Er behandelte sie schlecht.«

Alles Selbstvertrauen wich aus Rodney, als er das sagte. Er schrumpfte in seinem Sessel zusammen. Mir tat es leid, das zu hören, auch wenn es mich nicht überraschte. »Inwiefern?«, fragte ich.

»Ach ... die Schikanen ... er kann einen mürbe machen. Und ... na ja, andere Frauen. Und ich habe das Gefühl ...«

»Sie waren zu jung, um ihr zu helfen?«

»Ich wusste nicht, wie.«

»Und jetzt könnten Sie, wäre sie noch am Leben.«

»Wenn sie jetzt noch lebte, würde ich für sie sorgen, so gut ich kann. Ich hasste ihn dafür. Aber ich habe ihn nicht getötet.«

Könnte er doch nur aufhören zu leugnen, dass er seinen Vater getötet hatte. Aber ich konnte seine Schuldgefühle wegen der »falschen« Reaktion verstehen. Ich hatte Mr. Milner kaum gekannt und ihn dennoch nicht gemocht, weshalb ich keine Trauer angesichts seines Todes aufbrachte, einzig Entsetzen ob der schockierenden Form. Ich schob Rodney den Zuckertopf hin und wartete. Er gab zwei gehäufte Löffel in seine Tasse, bevor er sehr langsam umrührte.

»Letzte Nacht konnte ich nicht schlafen. Ich wachte aus einem Traum auf und erinnerte mich, dass es einmal jemand anderen gegeben hatte, der meine Mutter mochte, aber sie wies ihn ab, um Dad zu heiraten.«

»Hatte sie Ihnen das erzählt?«

»Nein, das war Mrs. Gould, unsere Haushälterin. Sie erzählte es mir, nachdem Mutter gestorben war.«

»Ich glaube, Mrs. Gould hat mir vorhin bei Ihnen zu Hause geöffnet.« Also hatte sie um Rodney und dessen Mutter geweint.

»Gestern Abend – nun, eher heute in den frühen Morgenstunden, nachdem die Polizei da gewesen war – bin ich in Gedanken alles immer wieder durchgegangen. Ich fragte mich sogar, ob diese alte Flamme wieder aufgetaucht war, gehört hatte, wie schlecht Dad meine Mutter behandelte, und sich rächte. Ist das sehr weit hergeholt?«

»Unser Denken erkundet alle Möglichkeiten, ob wir es wollen oder nicht.«

Das kannte ich nur zu gut. Deshalb gefiel es mir, Detektivin zu sein. Es gab meinem Verstand etwas Reales, mit dem er sich befassen konnte, anstatt zu irrlichtern oder zu grübeln, was hätte sein können. Das Problem mit dem Kriegstelegramm, dass mein Mann vermisst würde und vermutlich tot war, bestand darin, dass meine Fantasie den Inhalt umdrehte. Vermisst, vermutlich am Leben.

Wir tranken schweigend unseren Tee.

»Hatte Ihre Mutter mitgeholfen, dieses Geschäft aufzubauen?«, fragte ich.

Er sah mich verwundert an. »Das glaube ich nicht. Warum?«

»Ich frage mich nur. Mr. Milner war Corporal in der Army und noch recht jung, als er den Dienst quittierte. Etwas wie dies hier muss eine Menge Anfangskapital verschlungen haben.«

»Komisch, dass Sie das sagen.« Rodney zündete sich eine Zigarette an. »Erst kürzlich wurde ich dasselbe von jemand anderem gefragt.«

»Ach ja? Darf ich fragen, von wem?«

Er wurde rot. »Es war Alison. Sie hat fürwahr einen sehr wachen Verstand, war auf der Sekretärinnenschule und hat Buchhaltung und alles gelernt. Sie arbeitet für einen Anwalt.«

Nun war ich sprachlos. Wie töricht war Alison gewesen, Rodney nichts von ihrer Schwangerschaft zu sagen und sich stattdessen Olivia Geerts anzuvertrauen, die sofort loslief und Rodneys Vater die Neuigkeit mitteilte. Ich konnte mir lebhaft vorstellen, wie die beiden die Köpfe zusammengesteckt hatten.

So neutral wie möglich fragte ich: »Und was haben Sie Alison gesagt?«

»Na, dass ich es nicht genau wüsste. Außer, dass Mutter einmal sagte, Dad hätte Geld von Captain Wolfendale gewonnen und dass wir ihm wohl dankbar sein müssten. Früher lud sie den Captain, Miss Fell und Lucy häufig sonntags zum Dinner ein.«

Also hatte ich recht. Es gab eine finanzielle Verbindung zwischen dem Captain und Milner. Und zwar eine, die der Captain eventuell bereute. Hatte Mr. Charles sie schon entdeckt?

»Stehen Sie sich sehr nahe, Sie und Lucy?«

Er sah mich prüfend an, ahnte sofort, was ich meinte, aber nicht aussprach. »Nicht auf die Art. Wir sind gute Freunde.«

Ich war hier, um nach Lucy zu fragen, und dies war der ideale

Moment dafür. Aber er wusste eindeutig nicht, dass sie vermisst wurde.

»Sie dürften der einzige junge Mann in Harrogate sein, der nicht in Lucy Wolfendale verliebt ist.«

Es tat gut zu sehen, wie er sich für einen Augenblick vergaß und lachte. »Exakt dasselbe habe ich zu Alison gesagt. Es liegt daran, dass ich Lucy zu gut kenne. Sie haben mich vorhin gefragt, wer mir in den nächsten Wochen und Monaten beistehen könne, nun, Lucy wird es. Und Alison. Sie und ich sind uns sehr nahe, wie Sie es ausdrücken. Wir wollen uns verloben.«

»Das freut mich. Ich hoffe, Sie beide werden sehr glücklich.«

»Die Mädchen können noch nicht von Dads Tod gehört haben, sonst wären sie schon zu mir gekommen. Sie haben bei Madame Geerts übernachtet.«

So viel zu meiner Hoffnung, dass ich eine neue Spur zu Lucy finden könnte.

»Ihre Haushälterin sagte, dass der Captain heute Morgen bei Ihnen war.«

»Ja. Sie kannten sich seit Jahren. Er und Dad haben zusammen im Burenkrieg gedient, obwohl sie sich in der Sache nie einig waren. Lucy und mich hat es furchtbar gelangweilt, wenn das Thema beim Braten aufkam und die Salz- und Pfefferstreuer umhergeschoben wurden, um Schlachten nachzustellen.«

»Worin waren sie sich uneins?«

»Ach, egal was, sie stritten sich dauernd. Der Captain behauptete, der Krieg wäre zum Wohl des Empire notwendig gewesen. Dad sagte, es wäre nur um Gold gegangen. Mutter empörte sich oft deshalb. Sie sagte, unsere Soldaten hätten Farmhäuser niedergebrannt, Tiere und Ernten zerstört, damit die Buren sich ergaben. Sie sagte, sie hätten Frauen und Kinder in Lager gesteckt, furchtbare Orte, die man Konzentrationslager nannte.«

Zweiundzwanzig

Südafrika 1900

Captain Wolfendale verfluchte sein Schicksal. Er hatte Befehl gegeben, eine Wagenladung Oranje-Freistaat-Munition zu sprengen, die sie nicht transportieren konnten. Irgendein Idiot von Private hatte es zu eilig gehabt und sich damit umgebracht. Die Druckwelle schleuderte Wolfendale in die üblen roten Felsen. Er kugelte sich die Schulter aus. Als er wieder zu sich kam, lähmte ihn der Schmerz. Dass er dem verdammten Hospital schließlich entkam, ohne sich Typhus einzufangen, grenzte an ein Wunder. Auf seiner neuen Abkommandierung sollte er sich jedoch nach dem Schlachtfeld sehnen – oder nach Typhus.

Gefolgt von Sergeant Lampton und zwei Privates blickte der Captain mit halb geschlossenen Augen über die Reihen weißer Zelte. Wenn er sehr blinzelte, könnte er sich einreden, dass es nur ein Zwischenhalt war, ein kurzfristiges Lager im staubigen Buschland. Der beißende Gestank der Latrinen strafte diese Idee sofort Lügen. Kein Feldlager stank jemals derart gen Himmel. Er winkte seinem Offiziersburschen zu, und Sergeant Lampton reichte ihm ein Taschentuch. Der Captain hielt es sich vor Mund und Nase.

»Verdammt, wir sollten diese Reihen nummerieren. Und warum öffnen sie in dieser Hitze nicht die Zeltplanen?« Er blieb vor einem Zelt mit offener Plane stehen, da er glaubte, hier wäre er richtig. Die Frau mochte eine Verräterin sein, aber eine Engländerin hatte wenigstens so viel Verstand, frische Luft zu wollen.

Drei erwachsene Frauen saßen teilnahmslos da, blickten ins Nichts. Eine Frau stillte ein Kind. Ein anderes Kind lag reglos auf einer Matte, das Gesicht von Fliegen umschwirrt.

Es war nicht das richtige Zelt. Sie gingen weiter.

Bald darauf blieb der Sergeant stehen. Der Captain hob die Zeltplane mit seinem Stock an. Fliegen surrten in dem Zelt. Drei Frauen blickten auf. Hinten in dem Zelt lagen zwei kleine Kinder auf einer Decke. Eine Fliege landete auf dem Augenlid eines Kindes. Die jüngere der Frauen wedelte mit einem Stofffetzen über den Gesichtern der Kinder, um sie zu kühlen.

Als sich seine Augen an das Dämmerlicht im Zelt gewöhnt hatte, konnte der Captain sehen, dass die winzigen Körper von roten Flecken übersät waren. Bei einem Kind sickerte gelber Eiter aus einer verschorften Stelle.

Der Captain beugte sich ins Zelt und sprach die jüngere Frau an. »Sind Sie Elizabeth Bindeman?«

Sie rührte sich nicht, funkelte ihn aber erbost an. »Ja.«

»Ihr Mann kämpft bei den Buren.«

»Tut er. Und wenn dieser Krieg vorbei ist, werden Sie ihm Rede und Antwort stehen müssen.«

Der Captain wandte sich zu seinem Offiziersburschen um. »Lassen Sie eine Trage bringen.«

Der Sergeant gab den Befehl an einen Private weiter und sagte dem zweiten, er solle beim Zelt bleiben. »Sorgen Sie dafür, dass diese beiden Kinder nicht in ein anderes Zelt verschwinden.«

»Ich kümmere mich selbst um meine Kinder!« Die Frau legte die Fingerspitzen an die Stirn des kleinsten. »Beschaffen Sie mir nur etwas frisches Wasser und Galmeitinktur.«

Der Captain sagte: »Sie werden sich um niemanden kümmern. Eine ganze Weile nicht.«

»Schicken Sie sie nicht zum Sterben in das verfluchte Hospital.«

Eines der Kinder stöhnte, was eher wie der Schmerzenslaut eines kleinen Tiers klang als nach einem Menschen.

»Dort sind sie besser aufgehoben. Sie kommen mit mir.«

»Nehmen Sie sie nicht mit.« Nun flehte die Frau. »Dort sterben Kinder. Sie gehen mit Masern rein und kommen an Typhus gestorben wieder raus.« Sie kam vor das Zelt, sodass sie die Sicht auf die Kinder versperrte.

Wie ging man mit diesen Leuten um? Wäre sie ein Soldat, gäbe es Regeln. Der Captain war nicht so dumm, sie zum Amtsrichter in der Stadt zu schicken. Es würfe ein ungünstiges Licht auf ihn, wenn er in dem Lager nicht für Ordnung sorgen konnte. Lieber regelte er die Dinge selbst.

Die Frau starrte ihn finster schweigend an. Sie war eine gut aussehende Frau, ein bisschen hager, aber mit guten Knochen.

»Sie wurden gesehen, wie Sie das Lager verließen. Es fehlen Vorräte. Sie unterstützen den Feind.«

Sie trat von dem Zelt weg. »Dann erschießen Sie mich. Sie haben meine Kinder soeben zum Tode verurteilt.«

In der schattigen Zeltecke hob eine Frau den Kopf und rief in gebrochenem Englisch: »Sie sein verrückt. Was gibt Elizabeth? Nichts haben. Kein Essen. Kein Feuerholz, böse, böse …«

Elizabeth Bindeman sagte: »Sie hat recht. Wie können wir denn irgendjemanden unterstützen? Wir haben sechs Stunden nach vergammeltem Pferdefleisch angestanden, das wir nicht kochen können. Es gibt kein Brennholz, um mit eurem von Kornkäfern verseuchten Mehl Brot zu backen, nicht mal, wenn wir sauberes Wasser hätten.«

»Ich bin nicht hier, um mir Beschwerden anzuhören«, erwiderte der Captain ruhig. »Ich bin hier, um zu ermitteln.«

Würde sie vehement leugnen, dem Feind geholfen zu haben, könnte er zurückgehen und in seinem Bericht schreiben, dass er nachgeforscht und keine Beweise gefunden hatte. Würden ihr diese dummen alten Weiber ein Alibi geben, anstatt mit einem Schwall von Beschwerden zu kommen, könnte er sagen, dass sein Informant sich geirrt hatte.

»Sie wurden gesehen, wie Sie das Lager verlassen haben, Madame.«

»Und wo soll ich bei diesen mysteriösen Eskapaden hin sein? Denken Sie, ich würde bleiben, wenn ich wüsste, wie ich hier rauskomme?«

»Ich erwähnte lediglich eine Gelegenheit. Sie haben sich eben selbst überführt.«

»Wer klagt mich an?«

Noch ein Grund, sie nicht zum Amtsrichter zu bringen. Das könnte ihr so passen – vor Gericht zu verlangen, dass man ihr die Lagerinformanten nennt!

»Begleiten Sie die Dame zu meinem Büro«, sagte er zum Sergeant.

Sollte sie eine Stunde lang Däumchen drehen, dann würde er zwei Wochen im Käfig verhängen und Wache halten lassen, falls ihr Burenmann oder seine Freunde zu ihrer Rettung herbeieilten.

Im Lagerbüro trieb Captain Wolfendale besonders großen Aufwand, als er seine Notizen durchsah. »Sie wurden vorletzte Nacht am Lagerzaun gesehen, wo Sie Essen durch den Zaun reichten. Letzte Nacht wurden Sie beobachtet, wie Sie durch eine Lücke im Zaun schlichen.«

Am Berghang waren Feuer gemacht worden. Späher wurden ausgesandt, aber sie fanden niemanden, wie immer. Der Bure war abermals in den Bergen verschwunden. Vor Morgengrauen hatten die Explosionen an der Bahnlinie den Himmel erhellt. Und das war das Üble daran: Der Captain glaubte nicht, dass es die Buren waren, die das gemacht hatten, sondern Elizabeth Bindeman.

Sie leugnete es nicht. »Ihre Züge bringen nur noch mehr Seelen, die hier langsam zu Tode kommen«, war alles, was sie sagte.

»Für den Verstoß gegen die Lagerregeln lautet Ihre Strafe zwei Wochen Haft. Sergeant, bringen Sie Mrs. Bindeman zum Arrest.« Er konnte nicht sagen »zum Käfig«.

»Sagen Sie es«, forderte sie. »Sprechen Sie es aus, dass ein englischer Offizier eine Engländerin dazu verurteilt, in einen Käfig gesperrt zu werden.«

Sie blieb stocksteif stehen und schloss die Augen. Ihre Fäuste waren geballt. Als der Sergeant ihren Arm berührte, bewegte sie sich nicht. Der Sergeant seufzte. Er drehte sich zu einem der Privates um. »Wenn sie nicht gehen will, tragen Sie sie.«

Die Frauen fingen zu singen an, als sie vorbeiging. Es war einer ihrer Burenpsalmen.

Eine düstere Stille hing über dem Konzentrationslager, als der Captain seine Runde machte. Dies war es nicht, wofür er sich gemeldet hatte: selbst ein Gefangener in dieser stinkenden Zeltstadt zu sein. Zelte waren in Ordnung für Soldaten, die ein Lager aufschlugen und gleich wieder weiterzogen. Wie lange könnte das hier noch gehen? Sollten denn alle Burenfrauen, alle Burenkinder ewig festgehalten werden?

In einer Lichtung am Zaun lagen zwei tote Kinder auf einer Decke. Um sie herum war eine Gruppe von weinenden Frauen.

Wie er diese Szenen hasste! Zum Glück hatte sein Offiziersbursche ihn wiedergefunden. »Um Gottes willen, lassen Sie diese Kinder begraben.«

Der Sergeant stockte und sprach mit den Frauen. Er hatte ein paar Brocken ihrer Sprache gelernt.

Zum Captain sagte er: »Sie wollen sie nicht ohne Särge beerdigen.«

Der Captain und der Sergeant wechselten einen Blick. Für einen kurzen Moment wusste jeder von ihnen, woran der andere dachte: an ihre Kameraden, die sie am Fuß des Hügels zurückgelassen hatten, ohne auch nur das kleinste Kreuz, um ihr Grab zu kennzeichnen.

»Sagen Sie ihnen, dass keine Särge mehr da sind. Hätten wir Holz, hätten Sie Brennmaterial. Sagen Sie ihnen, ich werde mit dem Hospital reden. Wir treiben Leichentücher auf.« Der Sergeant reagierte nicht. »Was? Was ist los?«

»Ich weiß nicht, was das Wort für Leichentücher ist.«

Der Captain ging weiter und überließ es ihm. Er hatte einen Bericht zu schreiben. Die oben wollten wissen, welche Lernfortschritte im Schulzelt gemacht wurden. Sie schienen dies hier für eine Art Sonntagsschulausflug zu halten.

Er stand in der Tür des vorgesehenen Zeltes. Miss Marshall hatte ihm den Rücken zugekehrt. Ein Dutzend Kinder hockte im Schneidersitz vor ihr. Eines oder zwei von ihnen sahen die Lehrerin an. Die anderen, allesamt abgemagert und mit tief liegenden Augen, waren gleichsam in Trance. Hatten sie alle Ruhr? Im Zelt herrschte ein Fäulnisgestank.

Miss Marshall hatte ihn entweder nicht gehört, oder sie tat so. Sie sprach Englisch mit einem Kap-Näseln und las ihnen aus *Alice im Wunderland* vor. »›Wenn jeder sich um seinen eigenen Kram kümmern würde‹, brummte die Herzogin mit heiserer Stimme, ›dann würde die Welt sich bedeutend schneller drehen als jetzt.‹«

Sie spürte seine Gegenwart und drehte sich um. Die Frau hatte helles, lockiges Haar von der Farbe polierten Goldes. Ihre Haut war blass und von wenigen Sommersprossen gesprenkelt. Im Halbdämmer des Zeltes konnte der Captain ihre Augenfarbe nicht ausmachen. Blau? Er sollte sich erinnern. Er hatte recht kühn ihren Liebreiz angemerkt, als sie sich zuletzt sprachen.

Ihre Lippen waren voll und bereit, wieder als die Herzogin zu sprechen.

Sie wandte sich zurück zu den Kindern. »Entschuldigt mich kurz, Kinder.«

Vor dem Zelt trat die Lehrerin auf den staubigen Weg. Und während sie es tat, brach der Himmel auf. Regen prasselte in einem solch plötzlichen Sturzguss herab, dass die Frau für einen Moment das Gleichgewicht zu verlieren schien. Der Captain streckte eine Hand aus, um sie aufzufangen.

Durch den Regenschleier sagte sie: »Captain, eines der Kinder ist unglücklich.«

Unglücklich? Sie stanken, sie erbrachen sich, bekamen Ausschlag, hatten geschwollene Bäuche, steckten sich mit Masern und Typhus an und wurden von Schlangen gebissen. Im Hospital wie außerhalb starben sie wie die Fliegen.

»Unglücklich?«, wiederholte Captain Wolfendale, der sich fragte, ob er richtig gehört hatte.

»Ja, einer von den Jungen. Der kleine Bindeman.«

Der Captain legte eine Hand sacht an ihre Taille und führte sie zurück ins Zelt, raus aus dem Regen. »Es würde helfen, wenn Sie in mein Büro kämen, Miss Marshall, nach Ihrem Dienst. Ich würde gern mehr von dem kleinen Burschen erfahren, der unglücklich ist, und hören, welche Fortschritte Ihre Klassen machen.«

Sein Interesse ließ sie erröten.

Er sprach leise, beinahe schmeichelnd, als hinge sein Leben von ihrer Antwort ab. »Kommen Sie zu mir?«

»Wann soll ich da sein?«

»Wäre sechs Uhr genehm?«

»Ja, ich denke, ja.«

»Gut.«

Frauen waren solche Närrinnen. Ein Offizier brauchte nichts

weiter zu tun, als ihnen unsterbliche Liebe und ewige Treue zu schwören, und schon lief alles so reibungslos wie die königliche Parade in Aldershot. Aber eine Lehrerin. Dies würde eine Herausforderung sein, das ahnte er. Er lächelte sie an, blickte ihr bewundernd in die tiefliegenden Augen. Ein verwaschenes Blau. Sie war nicht mehr in der Blüte ihrer Jugend. Vielleicht hätte ein Eheversprechen oberste Priorität. Er war sicher, dass sein Ruf ihm nicht bis zu den wohlwollenden Lehrerinnen in Kapstadt vorausgeeilt war.

Dreiundzwanzig

Rodney führte mich durch den Ausstellungsraum. Wir blieben neben einem glänzenden Wolseley 10 stehen, der Lack auf Hochglanz poliert, die Kotflügel funkelnd, die Lampen blitzend.

»Dies war Dads Liebling.«

Spontan öffnete ich die Beifahrertür, stieg aufs Trittbrett und setzte mich hinein. »Er ist eine Schönheit.« Ich klopfte auf den Fahrersitz neben mir.

Als Rodney einstieg, wich alle Anspannung von ihm, und er lächelte. »Meine Mutter sagte, Automobile wären stehend besser als laufend. Kein Lärm, kein Wind, kein Geruch, und man müsste sich keine Schutzbrillen aufsetzen oder Staubmäntel anziehen.«

»Da hatte sie nicht unrecht.«

Er streckte die Hände vor und umfing das Lenkrad. »Wer könnte ihn ermordet haben, Mrs. Shackleton?«

Gute Frage. Ich schüttelte den Kopf und behielt meine Gedanken für mich. Sie sind kein schlechter Schauspieler, Rodney. Sie könnten es gewesen sein. Für Sie ist nun die Bahn frei, die Firma zu übernehmen und Alison zu heiraten. Der Mann ist fort, der Ihre Mutter gequält und Sie kleingemacht hat.

Konnte es Alison gewesen sein? Milner stand ihrem Glück im Weg. Oder Lucy, die Lawrence Milners Nachstellungen überdrüssig war. Und was wäre ein besseres und dramatischeres Ablenkungsmanöver, als sich danach zu verstecken und als Entführungsopfer auszugeben? Alle vier jungen Leute waren in der Theaterbar zusammengeblieben. Rodney, Alison, Dylan und

Lucy. Wochenlang hatten sie geprobt, und vielleicht hatte diese Brutkastenatmosphäre sie verleitet, mehr als nur die Notizen zum Stück zu vergleichen. Für drei von vieren, Rodney, Alison und Lucy, wäre das Leben nach Milners Tod leichter.

Jeder der Geerts könnte es gewesen sein. Er, weil ihm Hörner aufgesetzt wurden, und sie, weil sie wusste, dass er sich mit ihr amüsierte, während er es auf ein Mädchen abgesehen hatte, das halb so alt war wie sie. Oder der Captain. Der Mann, den ich nicht ergründen kann. Wollte er Lucy an den Höchstbietenden loswerden, oder verübelte er Milner dessen Interesse an ihr?

Ich sah zu Rodney, der das Lenkrad hielt wie ein kleiner Junge, der vorspielte zu fahren. »Die Ermittlung ist in guten Händen. Inspector Charles wird die Wahrheit ans Licht bringen.«

Er ließ die Hände zur Seite fallen. »Ja, vermutlich. Ich weiß nicht, was ich jetzt tun soll. Es kommt mir so seltsam vor, dass ich nach Hause gehe, ohne Dad einen vollständigen Bericht zu erstatten, wer da war, um sich welches Automobil anzusehen. Ich habe die meisten Verkäufe an Samstagen gemacht, wenn er Golf spielte.«

»Sicher wird Mrs. Gould, wenn Sie nach Hause kommen, für Sie sorgen.«

»Ich frage mich nur, was mit Alison ist«, sagte er. »Und mich wundert, dass Lucy nicht hier war, um mich zu sehen. Ich meine, wenn der Captain es wusste, muss sie es doch auch.«

»Zufällig weiß ich, dass sie noch nicht zu Hause war.« Ich hasste es, das zu tun, aber ich war hier, um Lucy zu finden. »Alison war über Nacht bei den Geerts. Lucy nicht.«

»Ach so? Aber dort haben wir uns gestern von ihr verabschiedet, ich und ein Kumpel von mir, der in der Vorstellung war.« Seine Überraschung wirkte echt, aber er hatte auch Wochen unter Meriels Anleitung verbracht.

»Wissen Sie, wo sie sonst sein könnte?«

Er schüttelte den Kopf. »Nein. Vielleicht bei einer anderen Freundin. Ich hoffe, es ist alles in Ordnung mit ihr.«

»Ist es sicher.« Aus einem Impuls heraus sagte ich: »Wie wäre es, wenn Sie zu Alison gehen, bei den Geerts? Ich sah sie vorhin, und um ehrlich zu sein, war sie ein wenig angeschlagen. Fahren Sie hin, und bringen Sie sie nach Hause. Ihre Mutter ist heute Nachmittag beim Kirchenbasar, also können Sie beide sich in Ruhe unterhalten.«

Und es wäre besser für Alison, aus dem Haus der Geerts zu kommen, bevor die Polizei dort eintraf, um Madame Geerts Fragen zu stellen … falls sie das noch nicht hatte.

Er stieg aus dem blitzblanken Wolseley. »Wissen Sie was? Ich glaube, das mache ich.« Der Entschluss veränderte seine Erscheinung. Er sah wieder mehr wie der junge Mann aus, den ich vor einigen Wochen fotografiert hatte.

»Was ist mit Ihnen, Mrs. Shackleton? Kann ich Sie irgendwo absetzen?«

»Ich käme nicht im Traum darauf, Sie zu bitten, dass Sie mich chauffieren. Sie haben genug um die Ohren.«

»Könnte Owen Sie irgendwohin fahren? Wir haben einige Automobile hier zur Miete für Gäste. Ich würde mit Freuden helfen. Bis Sie heute herkamen, war ich vollkommen ratlos.«

»Nun, da Sie es erwähnen, das wäre nett.«

»Owen!«

Und so fand ich mich auf dem Weg nach Pannal, wo ich hoffte, mehr Glück mit dem Auffinden von Miss Vanessa Weston zu haben, die eine Uhrkette verpfändet hatte, als mit der Suche nach Mrs. deVries, der Besitzerin des Diamantrings.

Owen hielt vor einem Zeitungsladen, bevor wir Harrogate verließen, damit ich ein paar Schachteln Pralinen kaufen konnte, was immer sinnvoll war. Wenigstens ging dies hier nicht allein auf meine Kosten. Ich hatte den Scheck von Mr. Moony, um diese Extravaganz zu decken. Falls ich den Fall löste, wonach es nicht aussah, könnte ich die zweite Schachtel selbst essen. Mich störte es, dass ich als Bote für Mr. Moony agierte, nicht als Ermittlerin, aber es gab so wenige Anhaltspunkte.

Die Fahrt nach Pannal über die ruhige Landstraße war angenehm. Ich trug eine Ersatzbrille, die zu groß war und mir immer wieder über die Nase rutschte.

»Es ist in der Church Lane«, sagte ich und hob die Brille an, um in meinem Notizbuch nach der Hausnummer zu sehen.

»Na, dann wird es wohl bei der Kirche sein«, sagte Owen munter. Es war verblüffend, wie der Platz hinterm Lenkrad eines Automobils die Persönlichkeit verändern konnte – zum Besseren oder Schlechteren. In dem Automobilsalon hatte Owen recht unterdrückt gewirkt, zumindest bis Rodney ihm versicherte, dass er weiterhin dort arbeiten würde.

Das elegante Backsteinhaus sah zu prächtig aus für jemanden, der eine Pfandleihe aufsuchte. Eine schlanke, verblühte Frau beäugte mich misstrauisch, als ich mich der Pforte näherte. Sie knipste eine welke Blüte von einer Rose. Ich entschuldigte mich für die Störung und fragte nach Miss Vanessa Weston.

»Ich bin ihre Mutter«, sagte sie. »Miss Weston ist im Haus.« Ihr Blick fragte nach meinem Namen und dem Grund meines Besuchs.

Es ist immer gut, sich schnell vorzustellen und eine Geschichte parat zu haben. Sprach man mit genügend Autorität, klang diese auch wahr. Also hob ich eine Pralinenschachtel mit so viel Schwung hoch, wie ich aufbringen konnte. »Ich bin Mrs. Baker, vom Damenfreundschaftskomitee Beckwithshaw. Miss Weston hatte ein Tombolalos bei einem unserer Mitglieder gekauft und den dritten Preis gewonnen.«

»Ah, vielen Dank.« Mrs. Weston wollte die Pralinenschachtel entgegennehmen.

»Würde es Ihnen etwas ausmachen, wenn ich die persönlich übergebe? Ich hatte es versprochen.«

Mrs. Weston runzelte die Stirn und legte ihre Rosenschere in die Schwinge.

»Oh, bitte, machen Sie sich keine Umstände«, sagte ich hastig. »Ich kann es selbst nicht leiden, wenn ich bei der Gartenarbeit gestört werde. Es dauert nur einen Moment, und dann kann ich meinen Damen berichten, dass ich den Preis überreicht habe.«

Ich konnte jemanden vorn im Haus sehen, lesend an einem schattigen Platz. Das Glück meinte es gut mit mir, denn es war Miss Weston. Natürlich erinnerte sie sich nicht, ein Tombolalos gekauft zu haben. Skeptisch sah sie die Pralinenschachtel an, als könnte ich eine wahnsinnige Giftmischerin sein. Kurz erklärte ich ihr den wahren Grund meines Besuchs und fügte hinzu: »Mr. Moony wünscht, dass Sie an dem Datum, an dem Sie die Uhrkette auslösen könnten, zu ihm ins Geschäft kommen. Falls das Diebesgut bis dahin nicht gefunden wurde, wird er Sie entschädigen.«

Sie sah mich erbost an. »Ich muss diese Uhrkette wiederhaben. Sie gehörte meinem Onkel, dem Bruder meiner Mutter. Sie weiß nicht, dass ich sie verpfändet habe.«

»Ich richte es Mr. Moony aus. Er wird alles tun, um eine ähnliche zu beschaffen.«

»Oh, verflucht noch eins! Wie konnte sich der dumme Mann ausrauben lassen?« Wütend riss sie am Deckel der Pralinenschachtel. »Hätte die Schneiderei nicht eine solch irrwitzige Summe verlangt, wäre ich jetzt nicht in dieser Bredouille.«

Mrs. Weston kam vornehmen Schrittes näher. Ich floh und überließ es Miss Weston, sich eine Erklärung zu dem Gewinnerlos auszudenken.

Vierundzwanzig

Owen setzte mich in der Leeds Road, am Ende der St. Clement's Road ab, die mittlerweile vertrauter war, als ich es mir gewünscht hätte. Bei der Suche nach Lucy war ich keinen Schritt weiter. Um meinen Bericht bei Captain Wolfendale ein wenig aufzuschieben, schlenderte ich gemächlich an den makellosen Häusern vorbei von Nummer eins bis Nummer neunundzwanzig. Mit dem ungepflegten Vorgarten und der abblätternden Fassadenfarbe stach das Wolfendale-Haus unangenehm heraus – ähnlich einem entzündeten Daumen an einer perfekt manikürten Hand. Es mochte abstrus sein, aber das Haus strahlte etwas aus, was ich nicht benennen konnte. Captain Wolfendale und Miss Fell waren Relikte aus einer früheren Zeit. Meriel war enorm talentiert, eine Lügnerin und Diebin, die sich ihren Weg nach oben mit Klauen und Zähnen erkämpfte. Die schöne und skrupellose Lucy hielt jeden um sich herum in ihrem Bann. Und dann war da noch Dan Root.

Mich trieb immer noch um, dass 29 die Umkehrung von 92 war, Mrs. deVries' Adresse. Sollte der Captain warten. Ich würde mit Mr. Root sprechen und mir die Münze an seiner Uhrkette genauer ansehen. Er war ein guter Schauspieler, durchaus fähig, den gebeugten Kontoristen zu mimen, der Mr. Moony ausraubte.

Noch etwas anderes fühlte sich seltsam an. Lucy hätte Dan, den Lieblingsmieter des Captains, bitten können, die Nachricht zu überbringen, dass sie bei Alice übernachten würde. Indem sie es nicht tat, ließ sie ihn gänzlich aus dem Spiel. Mir kam der Gedanke, dass er Lucy verstecken könnte und die Erpresserbriefe in den Briefkasten am Ende der Straße eingesteckt worden waren.

Es wurde Zeit, mit Mr. Root zu plaudern. Gestern Nachmittag, als meine Füße schmerzten und ich erschöpft von der Suche nach der wahrscheinlich nichtexistenten Mrs. deVries war, hatte er mich praktisch direkt abgewiesen. Diesmal würde er mich nicht so leicht los.

Ich konnte ihn durchs Fenster sehen. Er stand an seinem Arbeitstisch und hatte den Kopf geneigt, als er den Deckel einer Taschenuhr schloss. Mehrere große und kleine Uhren befanden sich am Ende des langen Tisches.

Die Wohnungstür stand offen. Um frische Luft hineinzulassen, vermutete ich.

Ich klopfte an, als ich eintrat.

Für einen Moment sah er erstaunt ob meiner Kühnheit aus, dann lächelte er. »Ich kann eine kleine Pause gebrauchen. Wollen wir uns auf die Mauer setzen und eine Zigarette rauchen?« Er nahm sein Augenglas herunter und band die Schürze ab.

Warum wollte er mich nicht in der Wohnung haben? Vielleicht, weil er sehr zurückgezogen lebte oder mich auf Abstand zu seinem Arbeitsplatz halten wollte. Seine Eile, nach draußen zu gehen, machte mich umso entschlossener, drinnen zu bleiben.

»Ich wollte schon immer mal sehen, wie ein Uhrmacher arbeitet«, sagte ich mit einem, wie ich hoffte, entwaffnenden Lächeln. Ich ging weiter ins Zimmer und betrachtete das Augenglas, das er eben abgenommen hatte. »Wie in aller Welt halten Sie dies hier an Ort und Stelle, Mr. Root?«

Als er es aufnahm, um es mir vorzumachen, blickte ich mich rasch in dem ordentlichen Raum um.

Er hielt das Augenglas zwischen Daumen und Zeigefinger.

»Man legt es so an das untere Lid, dass der obere Rand unter dem Knochen der Augenbraue steckt.«

»Es steht Ihnen sehr gut. Darf ich es mal versuchen?« Er reichte mir das Augenglas, und ich setzte es wie beschrieben ein. Die kleinen Schraubenzieher und Zangen sahen plötzlich viel größer aus. Genauso wie der goldene Rand an seiner Uhrkette.

Ich richtete den Blick auf den Arbeitstisch und fragte: »Wofür sind diese kleinen Holzschälchen?«

»Oh, auf die kommen die Uhrwerke, damit sie sich nicht bewegen, während ich arbeite. Und diese kleine Zwinge fixiert sie.«

Er drehte sich halb, um mir die Zwinge zu zeigen, und ich nutzte die Gelegenheit, um ein kleines Holzschälchen in meiner Tasche verschwinden zu lassen. Er hatte ein halbes Dutzend, da würde ihm nicht auffallen, dass eines fehlte. Falls er Lucy bei dem Erpresserbrief geholfen hatte, könnte ich seine Fingerabdrücke finden.

Er hatte auch etwas außer Sichtweite geschoben, irgendein Buch.

Ich konzentrierte mich auf den Arbeitstisch und sagte: »Es ist solch eine präzise Arbeit. Sie muss schwer zu lernen gewesen sein.« Ich nahm das Augenglas ab und legte es auf eine Matte.

Letztere war Teil eines aufwendig unterteilten Holzkastens mit kleinen Schubfächern dieser ausrollbaren Matte. Ein Mann, dessen Werkzeug sich so transportieren ließ, konnte mühelos von einer Stadt zur nächsten ziehen.

»Wie alt waren Sie, als Sie hiermit angefangen haben?«

»Zwölf. Ich kam zu einem alten Uhrmacher in Covent Garden in die Lehre«, antwortete er.

»Dann dürften Sie inzwischen ein Meister Ihres Faches sein und es genießen, würde ich meinen.«

»Wenn man Uhren reparieren kann, ist man nie ohne Arbeit.

Jeder Auftrag ist gleich und doch auch anders. Nehmen Sie zum Beispiel diese Uhr ...«

Während er etwas über einen Unruh-Mechanismus erklärte, schaute ich mich erneut um. Er musste insgesamt sehr geschickt sein. An der Wand lehnte ein Stück Metallrohr, und Teile eines Detektorapparates und ein Schallempfänger lagen auf dem Tisch. Würde Dan Root nicht so englisch aussehen, hätte man ihn im Großen Krieg verdächtigt, ein Spion zu sein.

»Ist dies nicht eine eigenartige Unterkunft für Sie, Mr. Root? Gewiss brauchen Uhrmacher viel Licht, aber Sie sind hier halb unter der Erde. Wohnen Sie schon lange hier?«

»Lange genug. Und für meine Zwecke genügt das Licht.«

Und diese Zwecke wären?, fragte ich mich. Etwas an seinem Tonfall strafte die leicht dahingesagten Worte Lügen.

»Der Captain sagt, Sie sind sein bester Mieter.«

»Weil ich der einzige bin, der Miete zahlt. Und der einzige Mann. Er zieht sein eigenes Geschlecht vor.«

Ich sah kurz zu ihm, um zu ergründen, ob da eine unterschwellige Andeutung mitschwang, doch er konzentrierte sich auf seine Zigarette, von der er tiefe Züge nahm.

Die Haustür oben wurde geöffnet und zugeknallt. Ging Miss Fell aus, oder kehrte der Captain zurück?

»Das Stück muss eine wunderbare Zerstreuung für Sie gewesen sein, Mr. Root.«

Er lächelte. »Haben Sie je versucht, Miss Jamieson zu widerstehen, wenn sie sich etwas in den Kopf gesetzt hat? Sie hatte zu wenige männliche Darsteller. Und da ich neben ihr wohne, hatte ich keine Chance, der Einberufung zu entgehen.«

Die Schritte des Captains hallten über uns und verstummten. Ich stellte ihn mir neben dem Tigerfell vor. Einen Moment später übertrug sich ein leises Klacken durch den Kamin, als der Captain seine Pfeife ausklopfte, gefolgt von einem Husten.

»Es muss Sie drei einander nähergebracht haben, wo Sie alle hier wohnen und in dem Stück mitwirkten – Sie, Meriel und Lucy.«

»Ich war sehr nützlich, um die Damen nach Hause zu begleiten. Zumeist nur Lucy, weil Meriel oft länger blieb, um ihre Regienotizen zu machen.«

Also hatte er Lucy von den Proben nach Hause eskortiert. Da mussten sie sich gut kennengelernt haben.

Er trat auf die Tür zu. »Setzen wir uns draußen hin. Ich verbringe viel zu viel Zeit hier drinnen.«

Mir blieb keine andere Wahl, als ihm zu folgen. Doch würde er Lucy verstecken, hätte ich irgendetwas gehört oder gesehen. Es gab nur eine Tür, abgesehen vom Wandschrank, und ich vermutete, dass die zu einer Art Speisekammer führte.

Wir setzten uns auf die niedrige Gartenmauer. »Es muss ein einsames Geschäft sein, dort unten allein zu arbeiten.«

Er zuckte mit den Schultern. »Alle Uhrmacherarbeiten in Harrogate werden von den Juwelieren im Stadtzentrum in Auftrag genommen. Die Leute bringen ihre Uhren dorthin und wissen nicht einmal, dass sie mir geschickt werden. Ich beklage mich nicht, denn ich kann anständig davon leben.«

»Sind Sie schon länger in Harrogate?«

»Ich bin herumgereist«, sagte er. »Harrogate gefällt mir. Hier gibt es reichlich Uhren, reichlich Arbeit, und die Luft ist angenehm. Wussten Sie, dass die Luftfeuchtigkeit hier die niedrigste im ganzen Land ist?«

»Bei einem Mann, der solchen Wert auf ein gesundes Klima legt, wundert mich, dass Sie im Souterrain arbeiten. Es muss sehr anstrengend für Ihre Augen sein.«

»Ich arbeite am Fenster, und ich habe Gaslampen.« Er trat seine Zigarette aus. Um von sich abzulenken, fragte er: »Wollen Sie das Heilwasser genießen, solange Sie in Harrogate sind?«

»Ich habe mir ein Hotelzimmer genommen, also vielleicht tue ich das.«

Er lächelte. »Schwefel oder Eisen?«

»Weiß ich nicht. Was empfehlen Sie?«

»Zum Trinken weder noch. Sie stinken und sind eklig. Aber zum Baden sind beide sehr angenehm, vor allem warm.«

Gleich würde er wieder an seine Arbeit gehen. Was hielt mich ab, ihn nach Lucy zu fragen? Die Antwort war offensichtlich. Je mehr Leute von ihrem Verschwinden wussten, desto ärger würde ihre Reputation leiden. Ich hatte indes den Verdacht, dass Dan Root mehr wusste, als er preisgab.

»Sie und Lucy waren sehr gut in dem Stück. Glauben Sie, es wird noch eines geben?«

»Nein! Nicht, wenn ich es vermeiden kann.«

»Ich saß gestern Abend im Theater neben Mr. Wheatley. Er war voll des Lobes. Anscheinend denkt er, Lucy wäre ein Bühnentalent.«

Es war ein blinder Versuch, schien aber zu wirken.

Dan lächelte, und da war ein Anflug von Stolz in seinem Blick. »Hat er das gesagt?«

»Ja, und ich glaube, er meinte es ernst.«

Ich wollte wissen, wofür sie tausend Pfund brauchte. Und ich wollte erfahren, was Dan Root verschwieg. Also legte ich nach: »Alle anderen Darsteller haben Berufe, Lucy nicht. Ich könnte mir vorstellen, dass sie sich jetzt ein wenig verloren fühlt.«

Leise sagte er: »Sie haben es schon erraten, nicht wahr?«

»Nein.«

»Die meisten Abende gingen wir zusammen nach Hause. Lucy liebte es, in dem Stück zu spielen. Das Theater hat es ihr ziemlich angetan.«

»Ah, natürlich. Und das stößt auf wenig Gegenliebe beim Captain.«

»Sehr wenig.« Er holte tief Luft. »Es dürfte das bestgehütete Geheimnis in Harrogate sein, dass sie plant, Schauspielerin zu werden. Ich sagte, dass ich es nicht weitererzählen würde, aber ich denke, bei Ihnen ist es harmlos, wenn Sie nach der Wasserkur wieder nach Leeds zurückreisen. Lucy will nach London, um Schauspiel zu studieren. Ihr wurde ein Platz an der Royal Academy of Dramatic Art angeboten.«

Plötzlich ergab es einen Sinn, dass Lucy, als sie mir für die zusätzlichen Fotografien dankte, gesagt hatte, sie wären »praktisch«. Sie hatte die Aufnahmen entweder dort hingeschickt oder sie zu einem Vorsprechen an der Schauspielschule mitgenommen.

»Wie konnte sie das tun, ohne dass jemand davon erfuhr?«

»Ich sagte nicht, dass es niemand wusste.« Er wies mit dem Daumen zur Wohnung oben. »Captain Wolfendale weiß es nicht.«

Dan Root streckte sich zur vollen Höhe, bereit, zurück an die Arbeit zu gehen. Mich erstaunte, dass dieser große, gut gebaute Mann den verschlagenen alten Geizkragen spielen konnte, den gebeugten Wiedererweckungsprediger und vom Pech verfolgten Fabrikanten, der sich das Leben nahm. »Entschuldigen Sie, ich habe Uhren, um die ich mich kümmern muss. Wenn ich sie nicht vor dem Tee zurück ins Geschäft bringe, werde ich von mir selbst enttäuscht sein.«

Ich blieb auf der Mauer hocken. »Moment, Sie können mir nicht nur die halbe Geschichte erzählen. Wenn Lucy vorhat, zur Schauspielschule zu fliehen, wovor läuft sie weg?«

»Das müssen Sie sie selbst fragen.«

Es schwang eine Herausforderung in seinen Worten mit, und er lächelte traurig. Er wusste, was ihr fehlte, dessen war ich mir gewiss. Der Gedanke machte mir eine Gänsehaut. Und ich fragte mich, ob er bei Moonys gewesen war, dem Mann seine Uhrkette angeboten, ihn ausgeraubt und die Beute mit Lucy geteilt hatte. Und nun machte sie den nächsten Schritt, um Geld aufzutreiben. Diesmal von ihrem Großvater.

Oder hatte mich der Schock, eine Leiche zu finden, verwirrt, und es gab da überhaupt keine Verbindungen?

Ich beharrte darauf, dieses Gespräch noch nicht zu beenden. »Aber Sie haben eine Ahnung, wovor sie flieht.«

Er seufzte. »Genau wie Sie rate ich nur. Eine langweilige Ehe vielleicht?«

»Mit wem?«

Er schüttelte langsam den Kopf. »Das kann ich unmöglich sagen«, antwortete er lächelnd. »Wenn Sie mich jetzt entschuldigen wollen.«

Ich kam mir vor wie Alice im Wunderland, die von der Grinsekatze an der Nase herumgeführt wurde.

Dan Root drehte sich um, ging zurück in sein Zimmer und schloss die Tür fest hinter sich.

Etwas nagte an mir, und es hatte mit Dan Root zu tun. Und dann hatte ich es. Dan war ein Lauscher. Er lauschte, was in der Wohnung des Captains vor sich ging. Deshalb wollte er nicht, dass ich in seinem Zimmer blieb, als der Captain eben heimkehrte.

Gestern war es dasselbe gewesen, als ich dringend meine Füße entlasten wollte und er sich weigerte, mich hineinzulassen. Ich erinnerte mich, wo er gesessen und wie seltsam es gewirkt hatte, dass er am Kamin gewesen war und konzentriert nach vorn gebeugt. Die Schritte des Captains und das Ausklopfen seiner Pfeife hatten sich durch den Schornstein übertragen. Dan brauchte nichts weiter zu tun, als ein Hörrohr an das Metallrohr zu halten. So konnte er alles mithören, was sich zwischen dem Captain und Lucy abspielte. Aber was war daran so interessant? Vermutlich wusste Dan, dass Lucy eine Erbschaft erwartete, die sie nicht bekommen würde. Er wusste wohl auch, dass Lucy sich weigerte, in eine Ehe verschachert zu werden.

Dan dürfte ebenso wissen, was zwischen dem Captain und dem verstorbenen Mr. Milner gewesen war. Er hatte mitgehört, wenn sich die alten Kameraden bei ihrem Brettspiel, *Called to Arms*, unterhielten. Deshalb war ihm bekannt, dass Lucy eine »langweilige Ehe« drohte, wie er es formulierte, auch wenn ich eher von »entsetzlich« sprechen würde. Hatte Lucy mit Milners Tod zu tun? Milner hätte sie allemal nahe genug an sich herangelassen, dass sie ihm ein Messer ins Herz rammen konnte.

Ich blieb noch eine Weile auf der niedrigen Mauer, nahm mein Notizbuch hervor und schrieb mir auf, was ich bisher wusste, zusammen mit den Namen der Leute, die mehr wissen könnten, als sie erzählten.

Meriel Jamieson
Falls stimmt, dass Lucy einen Platz an der RADA hat, muss Meriel ihr geholfen haben – Vorsprechen, etc. Hat sie ihr eingeredet, Geld zu fordern?

Rodney Milner
Seit Kindertagen mit Lucy befreundet, aber nicht von ihr ins Vertrauen gezogen.

Dylan Ashton
Weiß mehr, als er zugibt? Fingerabdrücke auf dem Erpresserbrief und Umschlag prüfen. Maklerbüro – leere Immobilien, mögliche Verstecke?

Captain
Warum so vehement gegen die Polizei? Wegen Lucys Ruf oder fragwürdigerer Gründe?

Dan Root
Lucy erzählte ihm von Schauspielschule. Weiß mehr, als er sagt.

Geerts, Loy und Olivia
Eher nicht in Lösegeldforderung verwickelt, aber Monsieur Geerts starker Verdächtiger im Milner-Mord.

Alison Hart
Zu erschüttert von eigener Situation, um zu lügen. Auszuschließen.

Andere
Wer?

Ich schlug das Notizbuch zu. Das Offensichtliche ausschließen. Wäre ich Lucy, wo würde ich mich verstecken? Ich würde nicht riskieren, gesehen zu werden, den Plan aber simpel halten. Im Haus gab es ein unbewohntes Dachgeschoss, von dem Meriel sagte, dass der Captain es als Abstellraum nutzte. Was wäre ein besseres Versteck als der letzte Ort, an dem ihr Großvater suchen würde?

Ich stieg die Treppe hinauf zur Haustür und ging in die Diele.

Da Dan Root unten lauschen könnte, verwarf ich den Gedanken, beim Captain anzuklopfen, und ging die Treppe hoch, vorbei an Miss Fells Tür im ersten Stock, hinter der ihr Pekinese warnend kläffte, und noch höher zur leeren Wohnung.

Fünfundzwanzig

Mich reizte, wie simpel es war. Lucy könnte hier, in diesem Haus sein, in dem unbewohnten Dachgeschoss. An dem letzten Ort, an dem ihr Großvater nach ihr suchen würde.

Der Pekinese kläffte bei jedem Schritt, den ich auf dem durchgewetzten Treppenläufer machte. Ein großes Spinnengewebe bedeckte eine Seite des Buntglasfensters auf dem Treppenabsatz. Das Schloss an der Dachwohnung war von der altmodischen Sorte und ließ sich leicht aufbrechen. Die geschlossenen Vorhänge machten den Raum dahinter dunkel und stickig. Meine Aufgabe würde nicht viel Licht erfordern, trotzdem zog ich die Vorhänge zurück. Die Möbel mit ihren Schutzlaken boten Verstecke.

Ich ging durch das Wohnzimmer, in dem die Bilder an der Wand mit Decken verhängt waren. Zwischen ihnen hingen diverse britische Waffen, alle beschriftet. Mir kam der Gedanke, dass sie wertvoll sein könnten, verkaufte man sie als komplette Sammlung. Dachte Lucy, ihr Großvater könnte sie verpfänden oder verkaufen, um ihr Lösegeld aufzutreiben? Ich notierte mir die Namen: Lee-Enfield Kavallerie-Karabiner 303", Martini-Enfield Artillerie-Karabiner 303", Long Lee-Enfield Gewehr MkI 1902, Webley Revolver MkIII Kaliber 455", Webley WG Army Revolver. An einer anderen Wand hingen Schwerter, von denen einige sehr alt waren, Säbel mit gebogenen Klingen und aufwendig gearbeiteten Griffen. Zwei andere Schwerter waren gerade und schlicht. Auf einem Gewehr stand der Name des Herstellers, Gordon Mitchell & Co., Kapstadt. In einer Glasvitrine lag ein Dolch mit Elfenbeingriff und Holzscheide. Er war ungefähr zwanzig Zentimeter lang, wobei die Klinge etwa zwei Drittel der Länge einnahm. Sie sah nach einer scharfen Diamantprofilklinge aus. Obwohl ich das Messer, mit dem Mr. Milner getötet wurde, nicht aus der Nähe gesehen hatte, betrachtete ich dieses sehr genau. Das Fach, in dem der Dolch lag, wirkte sauberer als die anderen, als hätte es jemand mit einem Lappen abgewischt, um zu vertuschen, dass sich Staub um eine weitere fehlende Klinge angesammelt hatte. Aber gewiss war diese Vermutung an den Haaren herbeigezogen. In einer verschlossenen Vitrine sammelte sich doch kein Staub, oder? Wie dem auch sei, etwas sah falsch aus. Bei den vielen Sachen hier schien ein einzelner Dolch in einem Vitrinenfach zu einsam.

Auf einem Tisch waren einige Dinge ausgestellt, als hätte der Captain hier ein privates Museum einrichten wollen. Es war eine komische Zusammenstellung: eine verschweißte Dose mit Notfallration, Schrapnellsplitter sowie ein scheußliches Metallstück mit scharfen Rändern, dessen Beschriftung lautete: *Krähenfuß, der auf den Boden geworfen wurde, um die Pferde der angreifenden Buren außer Gefecht zu setzen.*

Die Waffen und Überbleibsel eines lang vergangenen Krieges faszinierten und verstörten mich gleichermaßen. Wie hatte Lucy das Leben in diesem Haus ertragen? Kein Wunder, dass sie fortwollte.

Ich zwang mich weiterzumachen und hob die Staublaken von den Möbeln. Leise sagte ich ihren Namen und schaute nach, ob sie mich kommen gehört und sich unter der Anrichte oder hinter einem Sofa versteckt hatte. Hatte sie nicht. Auch unterm Bett war sie nicht. An der Wand stand ein großer Kleiderschrank. Ich öffnete ihn. Ein großer Army-Mantel hing an einem Bügel. Alles Kleider und Mäntel, die der Tante des Captains gehört hatten, mussten längst von Miss Fell übernommen oder an eine bedürftige Person gegeben worden sein. Ich schob den Mantel zur Seite, allerdings nicht, weil ich Lucy dahinter erwartete, sondern weil ich sehen wollte, was da sonst noch sein mochte. Zwei Uniformen hingen nebeneinander. Eine trug die Captain-Abzeichen, die andere Sergeant-Streifen.

Ich erinnerte mich, was der Captain so bescheiden bezüglich seines Victoria Cross angemerkt hatte. »Wenn man einen gewissen Rang erreicht hat, gibt es alle möglichen Dinge, mit denen man sich nicht mehr befassen muss. Ich hatte einen wundervollen Offiziersburschen, den ich nie angemessen würdigte. Er war an jenem Tag bei mir. Er hätte diesen Orden bekommen müssen.«

Könnte sich in diesem Kleiderschrank ein Hinweis finden, zwischen den beiden Uniformen? Mir war es seltsam vorgekommen, dass ein Captain mit einem Corporal bei einem Brettspiel saß, und Milner war Corporal gewesen. Offiziere gaben sich nicht mit den niederen Rängen ab, so wenig wie jemand aus den gehobenen Kreisen mit Dienstmädchen verkehrte. Vielleicht war Milner der Offiziersbursche gewesen. Aber wenn er Corporal war … Wieder sah ich mir die Uniform an. Nein, da waren drei Streifen, kein Zweifel. Eventuell hatte ich mich geirrt, und Milner war Sergeant gewesen. Oder er war später befördert worden. Aber warum sollte seine Uniform im Schrank des Captains hängen? Das ergab keinen Sinn.

Eine alte Zigarrenkiste auf einer Anrichte enthielt wenige Fotografien von uniformierten Männern an kargen Orten. Der Captain und sein Offiziersbursche? Männer an einem Berghang, neben einem Zelt, an einem Fluss. Das Licht war matt, und die Aufnahmen waren nicht sehr klar. Unter den Fotografien lagen noch Papiere, zwei Army-Entlassungen, eine für Rowland Oliver Wolfendale, eine für Henry Lampton.

Da die Wohnung das gesamte Dachgeschoss einnahm, erstaunte mich, dass es nur ein Schlafzimmer gab, doch dann entdeckte ich die andere Tür.

In einer riesigen Gusseisenwanne lag etwas Abgedecktes. Lucy? Ein Körper, bedeckt von fadenscheinigen alten Handtüchern und einem rissigen Laken. Die Gestalt rührte sich nicht, nicht das leiseste Zucken. Ich überwand mich, näher zu treten. Ein Kopf, eine Schulter, Beine – die Umrisse waren deutlich zu erkennen. Ein Körper. Ich erstarrte. Beobachtend hoffte ich auf die kleinste Bewegung, ein Lebenszeichen, dass es die junge Frau war, die mich gehört hatte und sich versteckte. Keine Bewegung, kein Atemzug.

Könnte es Lucy sein? Tot? Ermordet von ihrem eigenen Großvater, der den Erpresserbrief selbst verfasst hatte?

»Lucy?« Ich trat vor die Wanne und berührte den Umriss. Leblos.

Aber da war kein Blut, kein Geruch von Tod.

Ich zog ein altes Handtuch und das rissige Laken weg.

Es war eine Puppe, nicht unähnlich der Schneiderpuppe, die unten im Erkerfenster des Captains stand. Jene trug eine Burenuniform, diese eine Khakiuniform, die in Fetzen geschnitten war. Der Elfenbeingriff eines Dolches ragte aus der Brust. Stroh, kein Gedärm, quoll aus dem Schnitt.

Leise schloss ich die Badezimmertür hinter mir und lehnte mich dagegen. Es war typisch, dass ich beim ersten Versuch, meine verbotenen Einbruchskünste zu erproben, in eine Wohnung kam, in der sich vor mir ein Irrer aufgehalten hatte. War das Lucys Werk? Wenn ja, was brachte sie dazu, so gründlich bei der Zerstörung der Soldatenpuppe vorzugehen?

Ein Geräusch erschreckte mich. Es war ein lautes Brüllen, das mich für einen Moment zu der Annahme verleitete, das Tigerfell wäre zum Leben erwacht oder ein seit Langem toter Elefant zurückgekehrt, um seine gestohlenen Stoßzähne einzufordern.

»Was zum Teufel …!« Es war der Captain, der seinen Schwertstock in die Höhe hielt.

»Ich hielt es für das Beste, das Offensichtliche auszuschließen«, erklärte ich ruhig. »Wer hat Ihre Soldatenpuppe ermordet?«

Meine Frage lenkte ihn vorübergehend ab. Ich öffnete die Badezimmertür weit genug, dass er selbst sehen konnte, was mit dem lebensgroßen Soldaten geschehen war. Er beugte sich vor, berührte die beschädigte Puppe und stöhnte unwillkürlich.

Dann drehte er sich zu mir. »Wer hat Sie hier hereingelassen?«

»Ich selbst.«

»Dann lassen Sie sich auch wieder raus, und kommen Sie nicht wieder. Ich brauche Sie nicht. Ich hätte Ihnen niemals vertrauen dürfen.«

»Wie Sie wünschen.«

»Ja, wie ich wünsche. Ich brauche kein Weibsbild, das eine zu hohe Meinung von sich hat und seine Nase in Sachen steckt, in denen sie nichts zu suchen hat. Raus hier, und wenn Sie Ihre Abenteurerfreundin sehen, sagen Sie ihr, sie kann ihre Sachen packen. Uns ging es gut, bis sie aufgekreuzt ist.«

Rückzug war eindeutig angebracht.

Er lief vor mir her zur Tür und riss sie auf. »Raus! Raus!«

Der Captain kam mir nicht nach. Ich vermutete, dass er seine kostbaren Museumsstücke überprüfte, ob auch nichts fehlte. Sein Zorn hatte mir Angst eingejagt. Ich hielt mich am Treppengeländer fest. Wieder bellte der Hund. Eilig ging ich die Treppe hinunter, denn ich wollte nicht mehr da sein, wenn er seine Geheimnis-Inventur beendet hatte.

Ein wütender Schrei ertönte von oben. Die Tür knallte zu. Halb erwartete ich, doch noch irgendwie von seinem Schwert-Gehstock aufgespießt zu werden, als ich den Treppenabsatz erreichte.

Sechsundzwanzig

Miss Fell stand sichtlich besorgt in ihrer offenen Tür. Sie lief auf mich zu und zog mich hastig nach drinnen. Offenbar war sie die Königin der Untertreibung, denn sie flüsterte: »Der Captain mag es nicht, wenn sich jemand seine Militärandenken ansieht.«

»Er muss ein unglaublich gutes Gehör haben.«

»Es ist eher ein sechster Sinn, was den Schutz seiner Waffen angeht.«

Der Hund sprang auf meine Knöchel zu und warnte sein Frauchen kläffend, nicht so naiv zu sein, mich in die Wohnung zu bitten.

»Sei still, Peeko, Süßer«, beruhigte sie ihn. »Dies ist ein Notfall. Der Captain tobt.« Mit der siegesgewissen Miene einer sehr einsamen Frau, die endlich eine, wenn auch unfreiwillige Zuhörerin gefunden hatte, schloss sie die Tür hinter uns.

Ich folgte ihr in ein großes Wohnzimmer, das mit einem dick gepolsterten Sofa und passenden Sesseln möbliert war und sehr stark nach Hund sowie sehr dezent nach Lavendel roch. Die kleine Kreatur, die mir dicht auf den Fersen blieb und mich weitertrieb, mochte wie ein Muff aussehen, doch das Verhalten, das Kläffen und der Gestank sagten etwas anderes.

Der Hund sprang an mir hoch, forderte Aufmerksamkeit, und seine Augen schienen in einer Mischung von Flehen und Arroganz zu sagen: »Ich bin ein richtiger Hund, also pass auf.«

Schmeichelei zählt bei mir zum Geschäftskapital, vor allem wenn ich mich in einer heiklen Situation befinde. »Ein hübscher Bursche«, sagte ich und streichelte das seidige Fell am Kopf des

Hundes. Peeko war nicht beeindruckt. Ich versuchte es abermals: »Kluger Hund.«

Das wirkte. Dieser Hund wusste, dass er hübsch war, wollte aber seinen Intellekt gewürdigt wissen.

»Peeko mag Sie«, sagte Miss Fell. Sie bedeutete mir, mich zu setzen.

Ich hockte mich auf die Sofakante. Mit einer Untertreibung, die ihrer in nichts nachstand, sagte ich: »Ich habe Ihren Vermieter verärgert.«

»Machen Sie sich nichts daraus. Sie haben nur nach dem Badezimmer gesucht, nehme ich an.« Sie tat den Captain mit einer Handbewegung ab. »Nun erzählen Sie mir, was Sie von dem Stück hielten. Ich habe es zweimal angeschaut. Ein besseres Theaterstück habe ich nicht mehr gesehen, seit die alte Königin noch auf dem Thron saß. Meine Güte, es trieb mir die Tränen in die Augen, Lucy ihre Rolle so hervorragend spielen zu sehen. Es war, als würde ich einer Fremden zuschauen, dabei kenne ich sie schon, seit sie ein kleines Krabbelkind war. Machen Sie es sich bequem, auch wenn es nicht für lange ist. Er ist rastlos.«

Ich wusste nicht, ob sie den Hund oder den Captain meinte, der nun so festen Schrittes über uns umherstampfte, dass die Lampe wackelte.

Meine Gastgeberin blickte nach oben. »Er wird murmeln und fluchen«, erklärte sie weise. »So habe ich ihn schon vorher erlebt.«

»Es ist nett von Ihnen, dass Sie mir Zuflucht gewähren«, sagte ich. »Damit riskieren Sie den Zorn des Captains.«

»Ach, mir kann er rein gar nichts tun«, sagte Miss Fell zuversichtlich. »Ich wohne hier seit vielen Jahren. Damals kam ich als Gesellschafterin für die Tante des Captains, eine liebenswerte Dame, und das im wahrsten Sinne des Wortes.«

»Demnach muss Ihnen Harrogate gefallen, und dieses Haus … da Sie geblieben sind, meine ich.«

Sie seufzte. »Harrogate ist ein wundervoller Ort zum Leben. So gesund, so vornehm. Aber ich fürchte, das Haus ist nicht mehr das, was es zu Miss Wolfendales Zeiten war.«

Miss Fell lehnte sich zu einer netten Plauderei zurück. Der Hund kuschelte sich an sie, und sie kraulte seinen Kopf. Dabei bemerkte ich ihre Hände. Sie waren alt, faltig und fleckig, die Fingernägel vom Alter gerillt. Auf jedem ihrer Ringfinger trug sie einen verbogenen Silberring, wobei der an ihrer rechten Hand eine Aufgabe erfüllte: Er hielt einen anderen Ring, der eine Nummer zu groß war. Ich starrte ihn an. Zwar war ich keine Expertin, doch ich war mir sicher, dass es sich um achtzehnkarätiges Gold handelte. In einer Vertiefung glitzerten drei Diamanten und zu beiden Seiten drei erhabene Streifen. Der Ring passte genau zu Mr. Moonys Beschreibung von Mrs. deVries' Ring.

Also war meine Ahnung, was die umgekehrte Hausnummer anging, eventuell doch nicht so absurd gewesen. Wir waren in der Nummer 29 St. Clement's Road. Die Adresse der mysteriösen Mrs. deVries war Nummer 92. Es würde ihr merkwürdiges Benehmen gestern erklären, als ich den Namen deVries erwähnte. Sie *war* Mrs. deVries. Wen hatte sie gebeten, ihren Ring vom Pfandleiher zu holen? Wenn Miss Fell selbst etwas zu verbergen hatte, hätte sie mich nicht hereingebeten.

Während ich im Geiste die Einzelheiten durchging, überlegte ich, wie ich sie zum Sprechen bringen sollte. Ich musste vorsichtig sein. Würde sie schlicht leugnen, »Mrs. deVries« zu sein, gäbe es keine Spur, der ich folgen könnte. Als sie in die kleine Küche ging, um Tee zu machen, sah ich mir die Fotografien auf der Anrichte an. Eine zeigte eine viel jüngere Miss Fell und ihre ältere Gefährtin, die einen Gehstock in der Hand hielt. Sie trugen Tweedröcke, klobige Schuhe und Baskenmützen. Die zwei saßen auf einem Findling, die Beine ausgestreckt und Rucksäcke zu ihren Füßen.

»Das bin ich mit Miss Wolfendale«, rief Miss Fell aus der Küche.

»Die Tante des Captains?«

»Ja, und daneben auf dem Bild sind Miss Wolfendale und der Captain, als er ein Junge war.«

Ich nahm die Fotografie auf.

Die Frau und der ungefähr sechzehnjährige Junge blickten in die Kamera. Er wirkte unsicher, schaute in die Linse und lächelte verhalten in eine ungewisse Zukunft. Dabei hielt er sich sehr gerade, trug eine lange Hose und ein kariertes Hemd, das oben an seinem glatten Hals aufgeknöpft war. Seine Tante hatte ein gemustertes Kleid und eine Strickjacke an. Ihre Hand ruhte liebevoll auf seiner Schulter. Sie hatte ein längliches, leicht pferdeähnliches Gesicht. Die Züge des Captains waren ähnlich, nur weniger ausgeprägt, weshalb ich unwillkürlich dachte, dass er später auf klassische Weise gut ausgesehen haben musste.

»Wurde es hier aufgenommen?«

»Ja, wurde es. Das ist The Stray.«

Die Ähnlichkeit zwischen der Frau und dem Jungen war nicht zu übersehen.

»Also ist der Captain der Sohn von Miss Wolfendales Bruder?«

»Ja.« Sie brachte das Teetablett herein, wobei ihre Ringe funkelten. »Und ihr einziger Verwandter. Als Miss Wolfendale starb, vermachte sie dem Captain das Haus mit der Maßgabe, dass ich weiterhin kostenlos hier wohnen darf. Ich hatte damals nicht erwartet, dass er das Souterrain vermieten würde, was dem Haus eine Atmosphäre von einer Pension verleiht. Nicht, dass ich etwas gegen die Mieter habe.«

Und einer dieser Mieter war Dan Root, Besitzer einer Uhrkette mit einer südafrikanischen Münze, genau wie sie Mr. Moonys Angreifer scheinbar verpfänden wollte. Da er sein eigener Herr war, stünde es Dan frei, an einem Montagmorgen nicht zu arbeiten, sondern für einen kleinen Raubüberfall nach Leeds zu reisen. Aber warum sollte er Miss Fell den Ring zurückgeben?

Natürlich könnte ich mich auch irren. Kein Ring ist vollkommen einzigartig, es sei denn, er wurde speziell angefertigt. Nachdem ich sie gestern bereits auf Mrs. deVries angesprochen hatte, versuchte ich, einen Weg zu finden, wie ich das Thema erneut aufbringen könnte. Doch das musste ich gar nicht, denn sie tat es.

»Sie haben mich gestern recht überrumpelt, meine Liebe, als Sie mich nach der Freundin Ihrer Mutter fragten. Ich fürchte, dass ich nicht sehr hilfreich war. In dieser Gegend wimmelt es von alten Jungfern und Witwen, und wir kennen einander nicht alle. Wären wir jünger, gäbe es gewiss schon einen Plan, uns ohne großes Aufhebens in die Kolonien zu verschiffen.« Der Tee aus der geriffelten Kanne war so schwach, dass er aussah, als bräuchte er Hilfe. »Nicht zu stark für Sie?«, fragte Miss Fell.

Ich versicherte ihr, dass er es nicht war.

»Natürlich ist es für junge Frauen heute anders«, sagte Miss Fell und bot mir Zucker an. »Man sehe sich nur Lucy an, wie wunderbar sie ihre Rolle in dem Stück gespielt hat, nicht im Mindesten unsicher. Aber sie hat früher schon in Schulaufführungen gespielt und rezitierte sehr gern. Bereits als kleines Kind stieg sie oft auf den Tisch und sagte eine Ballade oder einen lustigen Vers auf. Ich selbst brachte ihr einige Gedichte bei.« Miss Fell zeigte zu einem gut gefüllten Bücherregal. Dabei fielen mehrere Bände von ihrer Sessellehne. Ich stand auf, um sie wieder aufzuheben. Es waren Detektivromane aus einer privaten Leihbücherei. »Vielen Dank, meine Liebe. Auf den Tisch bitte.«

Während ich die Bücher auf dem Tisch stapelte, stellte ich mir

Lucy als altkluges Kind vor, das sich die Seele aus dem Leib rezitiert. Lucy hätte der Räuber sein können. Sie hätte sich leicht als junger Mann verkleiden, sich Dan Roots Uhrkette leihen und den armen Mr. Moony zu dem Glauben verleiten können, sie wäre nur ein Kunde, um dann zuzuschlagen.

Miss Fell wartete, bis ich die Romane ordentlich aufgestapelt hatte, und fuhr mit ihrem Lobgesang auf Lucy fort. »Ihr Erinnerungsvermögen ist phänomenal. Sie behauptet, sich an ihre Mutter zu erinnern, obwohl ich unter uns gesagt eher denke, dass es das Kindermädchen ist, das sie im Gedächtnis hat. Ich korrigiere sie nicht, obwohl es seltsam ist, dass sie sich an solch eine Frau als ihre Mutter entsinnt.«

»Warum seltsam?«, fragte ich.

Plötzlich versteifte sich Miss Fell, als wir wieder Schritte auf der Treppe und dann auf dem Treppenabsatz draußen hörten. Sie wartete. »Er hat sich beruhigt. Etwas in ihm schnappt über, wenn er denkt, jemand würde sich oben in seiner teuren Rumpelkammer zu schaffen machen. Vor Jahren hatten wir dort oben unser Nähzimmer.«

»Wie es sich anhört, haben Sie und Miss Wolfendale sich sehr gut verstanden.«

»Oh ja, das haben wir. Für mich war sie eher wie eine große Schwester als eine Arbeitgeberin. Jedes Jahr fuhren wir in die Ferien, hinaus aufs Land, wohnten auf einer Farm und wanderten in den Bergen. Ich kam 1897 hierher, auf eine Anzeige in *The Lady* hin. Und Miss Wolfendale war eine Lady. Natürlich war ich damals eine junge Frau, erst dreißig Jahre alt. Aber selbstverständlich hielt ich mich nicht für jung. Ich fand mich alt und dachte, das Leben wäre quasi vorbei.« Sie lachte herzlich. »Denken wir nicht immer, wir seien so alt, wie wir jemals werden würden? Ich war Miss Wolfendales Gesellschafterin bis zu ihrem Tod im Jahr 1903. Sie wurde sechsundsechzig Jahre alt.« Sie seufzte. »Ich dachte, dass ich mir eine neue Stellung suchen müsste, als sie starb. Aber der Testamentsvollstrecker bat mich zu bleiben, bis alles geregelt war.«

»Und Sie sind noch hier.«

»Wie sich herausstellte, hatte Miss Wolfendale sehr freundlich für mich vorgesorgt und festgelegt, dass ich ein kleines Jahreseinkommen erhalte.«

Zwei kleine Puzzleteile fügten sich zusammen. Mr. Moony hatte gesagt, dass Mrs. deVries ihren Ring jedes Jahr verpfändete. Zweifellos fiel dies in die Zeit, kurz bevor Miss Fells jährliche Zuwendung auf ihrem Konto einging.

Peeko hockte sich auf die Fensterbank und blickte mit einem Ausdruck hinunter zur Straße, als würde er auf eine Lieferung Pferdefleisch warten.

»Und Sie haben nicht bereut, hiergeblieben zu sein, Miss Fell?«

»Kein bisschen. Ich hatte das Gefühl, dass ich es der lieben Miss Wolfendale schuldig war, vor allem, als der Captain mit seiner Enkelin eintraf.«

»Lucy muss noch sehr jung gewesen sein.«

»Sie war zwei Jahre alt und das hübscheste kleine Geschöpf, das man je gesehen hat. Die Kinderfrau bekam Heimweh und kehrte dahin zurück, wo sie hergekommen war. Seither frage ich mich immer, ob sie geblieben wäre, hätte er ihr nur mehr gezahlt. Aber natürlich erregte sie auch eine Menge Aufmerksamkeit in Harrogate.«

»Warum das?«

»Hatte ich es nicht gesagt? Sie war Afrikanerin – das, was man früher ein Kaffernmädchen nannte.«

»Die arme Lucy, in so jungen Jahren die Eltern und die Kinderfrau zu verlieren. Und für einen Mann in seinem Alter kann es nicht leicht gewesen sein, ein Kind aufzuziehen.«

»Ohne mich wäre er nicht zurechtgekommen. Was er heute gerne vergisst, wenn er damit beschäftigt ist, sich über meine bloße Anwesenheit zu ereifern. Als sie klein war, verbrachte Lucy mehr Zeit bei mir als unten. Und es war ein solcher Jammer, dass Miss Wolfendale nichts von der Existenz ihrer Großnichte wusste oder, falls doch, es mir gegenüber nie erwähnte. Der Captain erzählte, dass sein Sohn unpassend geheiratet hatte, müssen Sie wissen, wie der Captain selbst auch, soweit ich hörte, obwohl er es nicht direkt ausspricht. Das würde erklären, warum Miss Wolfendale nie über ihre Familie sprach.«

Je mehr sie redete, desto mehr Fragen rauschten mir durch den Kopf. Wem hatte die andere Uniform gehört, die oben im Kleiderschrank hing? Ein unheimliches Gefühl regte sich in mir. Als ich Inspector Charles von Monsieur Geerts erzählte, der seine Frau mit Mr. Milner gesehen haben musste, hatte ich es für das Richtige gehalten. Aber vielleicht hatte ich die Ermittlungen damit in die falsche Richtung gelenkt. Anscheinend gab es ein stärkeres Band zwischen Milner und Wolfendale, als irgendeiner von uns vermutet hätte.

Der Captain hatte etwas zu verbergen. Wenn Milner wusste, was es war, hätte es ihm ein gewaltiges Druckmittel beschert. Mächtig genug, um den Captain zu bewegen, sich von Geld zu trennen und Zimmer zu vermieten. Milner hatte Wolfendale erpresst. Und der Hinweis, womit, befand sich oben im Dachgeschoss, was seine extreme Reaktion auf mein Herumstöbern dort erklärte.

Ich sah nochmals zu der Fotografie von Miss Wolfendale und ihrem Neffen. »Wie traurig für Lucy, so jung zu verwaisen und ihre Großtante nicht kennengelernt zu haben.«

Miss Fell seufzte und bot mir mehr Tee an. »Wer versteht schon Gottes rätselhafte Wege?«

»Was war mit Lucys Eltern passiert?«

Ich kannte die Geschichte des Captains, fragte mich aber, was er Miss Fell erzählt hatte, als er damals in Harrogate ankam.

»Lucys Mutter ist an Typhus gestorben. Ihr Vater hatte irgendeinen Unfall.«

Also war er nicht von der Geschichte abgewichen.

Miss Fell beugte sich vertraulich vor. »Als Lucy klein war, erzählte er ihr, dass ihre Mutter ihr einen Brief hinterlassen hätte, der ihr vorgelesen werden sollte, sobald sie einundzwanzig ist. Als sie dann volljährig wurde, am Sechsten dieses Monats, fragte sie ihn danach, und er sagte, es würde nicht stimmen. Es gäbe keinen Brief, kein Geld, nichts. Natürlich machte sie das wütend. Sie wurde sehr verstockt, wollte sich nicht setzen und plaudern. Oh, sie führte Peeko aus, aber viel weiter, als der arme kleine Kerl gehen wollte. Am Ende trug sie ihn vollends erschöpft nach Hause zurück. Ihr Haar war ganz zerzaust, sie hatte ihre Handschuhe verloren und benahm sich wie eine Fremde. Hätte sie nicht all ihre Energie in das Stück gesteckt, wäre sie wohl verrückt geworden, als sie herausfand, dass es keine Erbschaft gab.«

Es schien hinterhältig, Miss Fell in einen Plan verwickeln zu wollen, der ihre geliebte Lucy als Räuberin enttarnte, doch ich musste es tun. »Miss Fell, ich werde Ihnen etwas anvertrauen, was Sie möglicherweise schockiert. Und ich werde Sie bitten, mir zu helfen.«

Miss Fell wurde blass. »Es hat mit Ihrer Frage von gestern zu tun. Ob ich eine Mrs. deVries kenne.«

Ich hätte jetzt sehr umständlich und behutsam vorgehen können, beschloss jedoch, direkt zu sein. »Ja. Sie sind Mrs. deVries, glaube ich. Sie gaben bei Mr. Moony einen falschen Namen und eine falsche Adresse an, weil es Ihnen peinlich war, den Ring zu versetzen.«

Ich kam mir grausam vor. Meine Worte trafen sie hart. Unwillkürlich hob sie die Hände an ihre Brust und nestelte an dem

Diamantring an ihrem Finger. »Ich dachte, Pfandleiher behandeln alles vertraulich.«

»Das tun sie grundsätzlich auch. Aber Mr. Moony wurden seine Pfandstücke geraubt, und für diesen Ring wurde kein Pfandschein vorgelegt.«

Vor Staunen riss sie die Augen weit auf. »Das kann nicht sein. Ich gab Lucy den Schein und das Geld. Sie sagte mir, sie hätte den Ring abgeholt. Letzten Montag.«

Siebenundzwanzig

März 1922

Captain Wolfendale saß an seinem Kamin. Der Wind heulte im Schornstein und blies Rauch ins Zimmer. Sein Gast, Lawrence Milner, hatte einen Tropfen guten, wärmenden Portwein mitgebracht. Nachdenklich erhob er sein Glas. »Später in diesem Jahr werden wir Grund zum Feiern haben.«

»Ach ja?« Der Captain stocherte mit dem Schürhaken im Feuer. »Ich weiß nicht, was es zu feiern gibt.«

»Doch, natürlich weißt du das. Deine Lucy wird im August volljährig.« Milner schenkte ihnen beiden großzügig nach.

Der Captain stellte eine Schaufel vor das Feuer und drapierte eine Zeitung darüber, um den Rauch den Schornstein hinaufzulenken und die Kohlen zum Glühen zu bringen. Er gab acht und schnappte das Papier, als es eben zu brennen begann. Immer noch waberte gekräuselter Rauch ins Zimmer.

In einem Anflug von Nostalgie sagte Milner: »Erinnerst du dich an diesen alten Tabakhändler? Sein Schwiegersohn war aus Kent. Dauernd prahlte er damit, die Augen fest zugekniffen, dass sein Schwiegersohn jeden englischen Apfel am Geruch erkennte. Cox, Bramley, Russett, jeden von denen und andere. Tja, wie du und Tabak, hä, *mein Kapitän*?«

»Lass das.«

»Was?«

»Das mit *mein Kapitän*.«

»Insubordination, ich bitte um Verzeihung, Captain. Und das

mir als niederem Corporal. Schande, hä?« Milner knallte sein Glas auf das Spielbrett von *Called to Arms*, direkt auf das Feld mit der Aufschrift *Court Martial* – Kriegsgericht.

Der Captain schob das Glas weg, doch es hinterließ einen roten Portweinring. Der Fleck würde bleiben. »Worauf willst du hinaus, Milner? Du weißt, dass es vorbei ist. Ich habe keinen Penny mehr.«

»Wir stehen uns gut, mein Freund. Wir stehen uns gut. Betrachte diese Jahre als Investition. Und nun ist es Zeit, etwas daraus zu machen.« Milner war wieder in dieser hämischen Stimmung, reizte den älteren Mann. Er hatte ihn zwei Runden *Called to Arms* gewinnen lassen. Ihn weichgeklopft. Es schadete nicht, ihn weichzuklopfen. »Ich wette, du errätst den Namen dieses Tabaks, den ich dir mitgebracht habe.«

»Hör mir auf mit deinen Prüfungen. Wir sind keine Schuljungen.«

»Tu es mir zuliebe. Ich habe eine kleine Wette mit mir selbst geschlossen.«

Verdrossen schloss der Captain die Augen. »Dann los.«

Wie hatte er sich von diesem Idioten all die Jahre lang zum Besten halten lassen? Es raschelte, als Milner den Tabak auspackte. Der Captain erkannte die Sorte sofort. Es war eine Mischung, die er früher bei besagtem Tabakhändler gekauft hatte – seine bevorzugte. Milner erinnerte ihn. Erinnerte ihn an die Ketten, die sie fesselten. Eines Tages würde er Milner eins auswischen.

»Nun? Was sagt dein Riecher?«, fragte Milner.

Aus lauter Bosheit wollte der Captain irgendwelchen Unsinn antworten, als wüsste er es nicht. Aber das ließ sein Stolz nicht zu. »Light Virginia, gemischt mit Latakia.«

»Genau! Heute ist dein Glückstag, Captain.« Milner legte den Tabak auf den Tisch.

Der Captain nahm ihn und steckte ihn in sein Glas auf dem

Regal. Milner war ein Rüpel. Ein verdammter Corporal, ein Emporkömmling, der heute Lakaien hatte, die sich von ihm herumkommandieren ließen, in seinem Automobilsalon, seiner Werkstatt und seinem Zuhause. Seine Frau hatte er in ein frühes Grab getrieben, und nun hatte er seinen Sohn unter der Fuchtel. Obendrein wollte der Mann auch noch gemocht werden, zum Teufel mit ihm. Er wollte den Captain nicht bloß ausbluten lassen – nun ja, das hatte er bereits –, sondern dafür auch noch gemocht werden. Der Captain nahm das Spielbrett auf, brachte es in die Küche und rieb an dem Weinflecken.

Dann packte er es zurück in seinen Karton, zusammen mit dem Würfel und den Spielfiguren.

Milner steckte sich eine Zigarre an. »Und wie geht es unserer Lucy?«

»Ihr geht es recht gut. Sie hat diese Idee, sich Arbeit zu suchen, so wie ihre Freundin Alison.«

»Lucy wird nicht arbeiten müssen. Sie ist ein Hauptgewinn für jeden Mann. Sie wird eine vornehme Dame sein, wie es sie vor dem Krieg gab.«

Der Captain setzte sich wieder. Er wollte den Tabak rauchen, gönnte Milner jedoch nicht die Befriedigung. »Vielleicht muss sie sich eine Beschäftigung suchen.« Er blickte dem Feind ins Auge, der sich als Freund ausgab. »Du hast mich ausgeblutet, Milner. Ich habe nichts mehr übrig. Das heißt, es ist auch nichts für Lucy da.«

Milner lehnte sich in dem großen Sessel zurück. Lässig hielt er die Zigarre, wie ein Mann, der vermögend genug war, sie herunterbrennen zu lassen und in den Kamin zu schnippen. »Es ist alles für Lucy da, wenn du mir erlaubst, es ihr anzubieten.«

Ein Teil des Captains wusste sofort, was Milner meinte. Aber er wollte es nicht glauben. »Du würdest ein Mädchen einstellen?«

»Wohl kaum ein Mädchen, aber nein. Ich würde nicht im Traum daran denken, Lucy einzustellen.«

»Denkst du an eine Heirat von Lucy und Rodney?« Hoffnung regte sich im Captain und ließ seine Stimme höher klingen. Was Milner ihm geraubt hatte, hatte er klug im Geschäft angelegt. Dieses würde irgendwann an Rodney gehen. Falls Lucy und Rodney heirateten …

Milner hob die Zigarre fast bis an seine Lippen, dann lachte er. Er sog nachdenklich an ihr und schüttelte den Kopf ob der Blödheit des alten Mannes. »Sieh mich an. Ich bin noch ein junger Kerl. Ich bin vierundvierzig, in der Blüte meines Lebens. Lucy ist zu gut für Rodney. Und die beiden hegen keine romantischen Gefühle füreinander.«

»Das wird nie passieren, Milner. Vergiss es …«, sagte der Captain leise. Er wusste, was Milner nicht wusste. Jedes Mal, wenn Lucy Milners Schritte hörte, sein Läuten, das sie verlässlich erkannte, floh sie nach oben zu der alten Frau und blieb dort, bis er gegangen war. »So sieht sie dich nicht und wird es auch nie.«

»Was flüsterst du? Hast du Angst, ich könnte ihr die Wahrheit über Du-weißt-schon-was erzählen? Ich würde nie ein Wort sagen, wenn sie mein wäre. Ich würde sie ehren und schützen.«

Es war heraus, bevor der Captain sich zügeln konnte. »Wie du deine Frau geehrt und beschützt hast.«

»Komm schon, Mann, dies ist anders. Lucy ist anders. Sag wenigstens, dass du darüber nachdenkst. Für sie wäre gesorgt. Und was meinen … nun, sagen wir, Schwiegergroßvater angeht, würde das auch für dich gelten. Glaub mir. Ich würde alle Forderungen einstellen. Ich würde dich sogar entschädigen.«

Langsam stand der Captain auf. Er nahm von dem Tabak aus dem Glas, der Mischung aus leichtem Virginia und Latakia, die so viele Erinnerungen weckte, und begann, seine Pfeife zu stopfen. »Sie würde nie zustimmen.«

»Du weißt doch«, sagte Milner sanft, »dass ich immer bekomme, was ich will. Ich würde sie umwerben. Ich würde sie rumkriegen, aber ich brauche dich auf meiner Seite.«

Der Captain bekam eine Gänsehaut. Er wäre nie frei. Dies hier würde immer weitergehen, bis in sein Grab. Pures Elend spiegelte sich in seinen Zügen.

Milner sprach unterdes voller Eifer, lehnte sich vor, bekräftigte seine Absicht. »Nun guck nicht so! Dies wird das Letzte sein, worum ich dich bitte. Verlass dich drauf.«

Achtundzwanzig

London, 1903

Als sie die Army verließen, nahm Captain Wolfendale Zimmer in Bloomsbury für sich und seinen treuen Offiziersburschen, Sergeant Lampton. Der Plan war folgender: Der Captain hatte genug beiseitegelegt, um den Tabakladen an der Ecke zu übernehmen. Dieser wäre eine bessere Goldgrube als der Krügerrand, dachte der Captain. Männer konnten ohne Gold leben, nicht aber, ohne zu rauchen.

Jeden Tag ging Lampton zu dem Tabakhändler, redete mit dem alten Knaben, lernte alles über eine anständige Mischung von Light Virginia, köstlichem Latakia und einer Prise von etwas aus dem obersten Regal. Das unordentliche, muffige Schaufenster ließ die Ideen in Lampton sprießen.

Wenn er zurück zu seiner Unterkunft ging, staunte er über die Länge seines Schattens auf dem Pflaster, die Freiheit, sein eigener Herr zu sein. Hier war er und schritt eine richtige Straße im Herzen des Empire entlang, hörte den Verkehr und die Rufe der Zeitungsjungen. Nie wieder würde er über staubiges, verfluchtes Land marschieren, begleitet vom Trampeln schwerer Stiefel und den Schreien der Paviane.

Zu Hause sagte er zum Captain: »Wir werden unsere Orden, die gekreuzten Dolche und sonstige Andenken in dem Schaufenster auslegen. Es wird ein Lockmittel sein, Sir. Die Männer werden in Scharen in unseren Tabakladen kommen, um über die alten Feldzüge zu reden.«

»Gute Idee. Aber lassen Sie das Sir. Nennen Sie mich einfach Captain. Wir sind jetzt Zivilisten.«

Es geschah bei einem seiner täglichen Gänge zum Tabakladen, dass Lampton zufällig Corporal Milner begegnete, der nun ebenfalls aus der Army war. Der Mann stand an der Ecke bei Coram's Fields, eine Mütze zu seinen Füßen. Lampton sah weg, um ihn nicht in Verlegenheit zu bringen und Milner Zeit zu geben, seine Mütze aufzuheben und sie sich auf den Kopf zu setzen. Milners Gesicht war grau und unrasiert, die Wangen waren eingefallen vor Hunger. Lampton ging mit ihm zur Millman Street, wo er nach einem Café suchte. Nach Bratwurst mit Kartoffelbrei sah Milner wieder mehr nach dem alten, unverschämten Corporal aus.

»Kommen Sie, und sehen Sie sich unser neues Geschäft an«, sagte Lampton, als er mit ihm zum Tabakladen ging. »In wenigen Wochen wird der hohe Herr selbst dort hinter dem Tresen stehen.«

Vor dem Laden trennten sie sich, schüttelten sich die Hand, und Lampton ließ eine halbe Krone in Milners Tasche fallen.

Lampton war guter Dinge. Das Leben war freundlich zu ihm. Am nächsten Tag machte er sich auf zum Laden, um eine neue Tabaksorte zu probieren, Perique vielleicht.

Der alte Tabakhändler mit dem Pergamentgesicht und dem gelben Schnauzbart nahm eine Prise Schnupftabak. »Manche Leute nennen es eine schlechte Angewohnheit. Ich finde, dass es schlimmere Laster gibt, wie Dinge aufzuschieben.«

»Aha?«, sagte Lampton, der nicht wusste, worauf der Mann hinauswollte.

Der Tabakhändler tippte mit seinen nikotinfleckigen Fingern, deren braune Nägel geriffelt waren, auf den Tresen. »Wann unterschreibt der Captain die gepunktete Linie?«

Lampton runzelte die Stirn. Das Geschäft sollte inzwischen

unter Dach und Fach sein. Er zündete seine Pfeife an. Aus langer Gewohnheit heraus verkündete er loyal: »Der Captain wird nicht trödeln. Es muss alles auf dem Wege sein.«

Auf der anderen Seite des Tresens zu sitzen, auf dem hohen Hocker, würde der Himmel auf Erden sein. Natürlich würde Lampton die ganze Arbeit machen, aber das störte ihn nicht; er war es ja gewohnt. Sollte der Captain seine Spaziergänge machen, in die Pubs gehen und seine Damenbekanntschaften besuchen, so ausgiebig er wollte.

Lampton hatte das Herumtreiberdasein hinter sich. Er wollte England nie wieder verlassen. Er hatte genug von Ländern, in denen man entweder im eigenen Saft kochte oder erfror.

Der Tabakhändler würgte und rotzte in seinen Spucknapf. »Freut mich, dass Sie das sagen, Mr. Lampton. Der Gehilfe des Anwalts war heute Mittag hier, um seinen Cut Cavendish zu holen. Er hatte diese gerissene Art, was anzudeuten, was er nicht richtig sagen wollte. Und was er irgendwie andeutete, war, dass etwas mit dem Verkauf schiefgegangen ist.«

Lamptons Antwort klang überzeugter, als er war. »Oh, Sie kennen doch diese Gehilfen, kleine Streber, die nichts Aufregendes im Leben haben. Die glauben dauernd, dass sie was wissen, was anderen die Laune vermiest. Hilft ihnen durch den öden Tag.«

Lampton blickte zum Schaufenster. Vor seinem geistigen Auge richtete er es neu her. Ihn überkam eine tiefe Sehnsucht, endgültig sesshaft zu werden. Wer weiß, vielleicht würde er eine Frau finden, ein stilles Geschöpf, das ihm jeden Abend das Essen auf den Tisch stellte, seine Wäsche machte und seine Stiefel polierte, wie er all die Jahre für den Captain gekocht, gewaschen und Stiefel poliert hatte.

Als er zu den gemieteten Zimmern zurückkehrte, die er sich mit dem Captain teilte, hörte Lampton jemanden seinen Namen rufen. Es war Milner. Lampton rechnete damit, dass er um mehr

Geld angepumpt wurde. Doch Milner sagte, dass er für ein paar Tage Arbeit gefunden hätte. Das Essen und die halbe Krone von Lampton hätten sein Los gewandelt.

An diesem Abend deckte Lampton den Tisch für sich und den Captain: eine Schweinepastete für jeden, eingelegte Zwiebeln, Brot, Butter und Ale. Als sie noch dienten, hatten der Captain und er nicht am selben Tisch gesessen.

»Das müssen Sie, Mann, wenn wir gemeinsam Geschäfte machen wollen«, hatte der Captain insistiert. »Andere Zeiten verlangen nach anderen Gepflogenheiten.«

Nach ihrem Mahl ging der Captain, um seine Damenbekanntschaft zu besuchen, eine Witwe. Lampton schätzte, dass der Captain irgendwann mit der Witwe zusammenziehen würde.

Er räumte das Geschirr ab und spülte die Teller über der Zinkschüssel mit Wasser aus dem Krug. Der Tabakladen war hervorragend ausgestattet – fließend Wasser drinnen und ein Örtchen hinten, das sie sich nur mit drei anderen Läden teilten. Falls der Captain zur Witwe zog, hätte Lampton dort alles ganz für sich, wenn der Laden abends schloss.

In ihren Zimmern in Bloomsbury gab es bloß einen bequemen Sessel. In dem saß Lampton, wenn Wolfendale aus war. Folglich war es reiner Zufall, dass er die Briefe fand – nicht einen, sondern zwei. Zuerst dachte er, sie hätten mit dem Tabakladen zu tun und dass der Captain vergessen hatte, sie zu erwähnen, und sie stattdessen gedankenverloren zwischen Polster und Lehne geschoben hatte. Er war nie gut darin gewesen, sich um offizielle Umschläge zu kümmern. Aber falls sie mit dem Kauf des Tabakladens zu tun hatten, hatte Lampton ein Recht, von ihnen zu wissen.

Der Inhalt des ersten Briefes verstörte Lampton nicht. Es sah dem Captain ähnlich, sich nicht in die Karten sehen zu lassen und nicht zu verraten, woher er das Geld hatte, um den Laden zu kaufen. Der Brief war vom Army-Hauptquartier weitergeleitet worden.

Beresford & Black
Anwälte
27 Albert Street
Harrogate
19. Juni 1903

Sehr geehrter Captain Wolfendale,
es ist unsere traurige Pflicht, Sie über den Tod von Miss Hilda Wolfendale, wohnhaft Nummer 29, St. Clement's Road, Harrogate, in Kenntnis zu setzen.
Sie sind, mit Ausnahme einer kleinen Zuwendung an ihre Gesellschafterin, der einzige Begünstigte im letzten Willen Ihrer Tante.
Obgleich wir die Vollstreckung des Testaments durch einen Londoner Anwalt vornehmen lassen könnten, haben Sie vielleicht den Wunsch, nach Harrogate zu kommen, um die Ihnen vermachte Immobilie in Augenschein zu nehmen und uns Ihre geschätzten Anweisungen zu geben.
Seien Sie unseres Mitgefühls ebenso versichert wie unserer ergebensten Dienste in allen fürderhin fälligen Angelegenheiten.

Hochachtungsvoll,
S. Beresford
Beresford & Black

Der zweite Brief, datiert von vor zwei Tagen, war kurz. Mr. S. Beresford dankte Captain Wolfendale für sein Schreiben. Er freute sich darauf, ihn am 17. des Monats um 16 Uhr zu sehen. Mr. Beresford war erfreut zu hören, dass der Captain nach Harrogate zu ziehen gedachte, war es doch solch ein schöner und der Gesundheit zuträglicher Ort. Ein Gehilfe würde um 15.20 Uhr am Bahnhof sein, um ihn vom Zug abzuholen, der um 11.20 Uhr ab King's Cross fuhr.

Zunächst konnte der Sergeant nicht ruhig bleiben. Er schien in einem Traum zu sein, in dem nichts real wirkte. Fünfundzwanzig Jahre lang war er Captain Wolfendales Offiziersbursche gewesen. Als Lampton Private war, war Wolfendale Lieutenant gewesen. Er hatte die Unterwäsche des Captains gewaschen, seine Wunden versorgt, ihn gefüttert, ihm das Leben gerettet, zugesehen, wie er das V.C. verliehen bekam. Und er bereute nichts davon. Er hatte gedacht, dass er Wolfy kennen würde. Er kannte ihn. In- und auswendig. Er wusste, was er mochte und was nicht, kannte seine Kindheitsgeschichten, seine Art mit Frauen – und seine eine Schwäche, stets die Frauen zu betrügen, die seinem Charme erlagen. Diese Lehrerin aus Kapstadt. Wie hieß sie noch? Miss Marshall. Das war eine schlimme Sache.

Der weiche alte Sessel sank unter Lamptons spärlichem Gewicht ein.

Eine gewaltige Frage drohte in seine Gedanken zu stürmen. Aber nein. Die Antwort musste Nein sein. Der Captain würde ihn nicht betrügen. Der Captain würde seinen Offiziersburschen nicht betrügen, nicht den Menschen, der ihn am besten, am längsten kannte.

Seit sie die Räume bezogen hatten, lag ein Zugfahrplan auf der Anrichte. Ein Zeitungsstreifen markierte die Seite mit den Verbindungen von King's Cross nach Harrogate. Dort standen ein Fragezeichen neben dem Zug um 9.50 Uhr und ein Häkchen neben dem um 11.20 Uhr.

Als der Captain drei Stunden später nach Hause kam, saß Lampton in dem großen alten Sessel. Er hatte die Briefe wieder zurück in die Polster geschoben.

»Dösen wir?«, fragte der Captain.

Es war die Sorte Scherz, die sich zwischen ihnen entwickelt hatte, seit sie aus der Army waren. Das »wir« hatte den Sergeant in ein falsches Gefühl von Sicherheit gelullt. Nun fielen ihm wieder lauter verräterische Zeichen ein. Wie er den Captain ertappte, als er in den Zugfahrplan sah, und der Captain sagte: »Die Witwe Philomena hat sich einen Tag am Meer in den Kopf gesetzt.«

Lampton machte Anstalten, aus dem Sessel aufzustehen, doch sein Herz und seine Hoffnung hielten ihn zurück. Er sagte so leichthin wie möglich: »Haben Sie und die Witwe Ihren kleinen Ausflug geplant?«

»Haben wir nicht«, sagte der Captain. »Sie nörgelt so sehr, hatte ich das erwähnt?« Ohne auf Lamptons Antwort zu warten, ergänzte er: »Zwischen uns ist es vorbei. Sie wäre wie ein Mühlstein an meinem Hals.«

»Und was nun?«, fragte der Sergeant.

»Ich werde mir morgen einen Tag außerhalb der Stadt gönnen, ein wenig Seeluft atmen. Ich fahre morgens mit dem Zug um zehn oder so nach Brighton. Wenn mir der Sinn danach steht, verbringe ich die Nacht dort.«

»Brighton?«, fragte Lampton matt, immer noch hoffend, dass er sich irrte, was den Verrat des Captains anging. »Ein wenig Seeluft könnte uns beiden guttun. Soll ich mitkommen, um Ihnen Gesellschaft zu leisten?«

»Nein, alter Knabe. Wir hocken schon zu viel zusammen. Lassen Sie mich hinfahren, ein wenig am Meer wandern und darüber nachdenken, wie es mit uns geht, wenn wir den Tabakladen haben.«

»Werden Sie den Pachtvertrag und alles andere bald unterschreiben?«, fragte Lampton.

Der Captain winkte ab. »Es ist alles auf seinem Weg.«

»Wenn Sie die Nacht bleiben, packe ich eine Tasche für Sie«, sagte Lampton. »Sie werden Ihr Rasierzeug brauchen.« Der Captain packte nie selbst.

»Nicht nötig. Sie können nicht ewig den Offiziersburschen spielen. All das liegt jetzt hinter uns. Stoßen wir darauf an, dass ich wieder frei und ungebunden bin. Die Witwe Philomena wurde wirklich herrisch.« Der Captain hatte bereits einiges intus. Aber er schien in jovialer Laune und nicht zu bemerken, dass der Sergeant wenig zu sagen hatte, geschweige denn enthusiastisch anstoßen wollte.

Wolfendale schenkte Whisky ein und reichte Lampton ein Glas. »Wir haben eine Menge zusammen erlebt, und das werde ich nie vergessen. Einen besseren Offiziersburschen hätte ich mir nicht wünschen können.«

Lampton stürzte seinen Whisky herunter. Jetzt würde ihm der Captain von seiner Erbschaft erzählen.

»Und, bei Gott, bei der letzten Vorstellung haben wir eine vollkommen neue Art Krieg gesehen.«

»Haben wir«, stimmte Lampton ihm zu.

»Sie hätten nicht den Dienst quittieren sollen, nur weil ich es habe«, sagte der Captain. »Bereuen Sie, dass Sie gegangen sind?«

Der Sergeant schüttelte den Kopf.

»Kommen Sie schon, Mann, das tun Sie. Sie sind für die Army geschaffen. Sie könnten sich wieder melden, wissen Sie? Jedes Regiment würde Sie mit offenen Armen aufnehmen, bei Ihrer Dienstakte.«

Das war es also, dachte Lampton. Sie gehen einfach ohne ein Wort, nach all den Jahren. Warum?

Es ist, antwortete er sich selbst verbittert, weil er mich genauso leid ist wie diese vergammelte Witwe. Er sieht mich an und sieht die Verwüstungen des Kriegs, die Augen toter Männer, verlorene Gliedmaßen, ein kleines dunkles Loch in der Stirn eines jungen Mannes.

Und weil er ihn so gut verstand, konnte Lampton ihm beinahe vergeben. Doch er musste an den Tabakladen denken und an dessen dünnen blauen Duft, die sanfte Textur der Tabakblätter, so beruhigend für Finger, die nur das Laden von Gewehren gewohnt waren. Der Verlust traf ihn mit der Wucht eines Bajonetthiebs in den Bauch.

Der Captain hing eine volle Flasche Whisky lang seinen Erinnerungen nach. Um Schlag Mitternacht torkelte er zu seinem Bett. An der Tür drehte er sich um. »Ich habe mir für morgen ein Taxi zum Bahnhof bestellt. Zum Zug nach Brighton.«

Lange Zeit saß der Sergeant wie in Trance da.

Als der Captain zu schnarchen begann, öffnete der Sergeant die Tür zu seinem Zimmer und blickte hinein. Wolfendales Koffer war schon gepackt. Wann hatte er das gemacht? Vielleicht früher am Tag, als Lampton dem Tabakhändler versicherte, dass mit den Verträgen alles gut ginge. Der Sergeant trug den Koffer ins andere Zimmer und legte ihn auf den Tisch. Er klappte die Riegel auf. Natürlich war der Koffer schlecht gepackt. Stück für Stück leerte er den Inhalt aus: guter Anzug, beste Schuhe, drei Hemden und sechs Kragen, Unterwäsche, Socken. Der Offiziersbursche packte den Koffer neu.

Wie lange er dasaß, konnte Lampton nicht sagen. Der Glühstrumpf knackte und zischte, als der Captain rief. Ihm war schlecht; er brauchte die Schüssel.

Pflichtbewusst nahm Lampton die Schüssel und trug sie ins Schlafzimmer des Captains.

Der Mann sah furchtbar aus – blasses, schweißbedecktes Gesicht und ein Haarnetz, um die schwarzen Locken in Form zu halten. Er würde sich gleich übergeben. Sein Blick begegnete dem des Sergeants, und er öffnete den Mund, erwartete, dass die Schüssel für ihn da war. Plötzlich lief sein Gesicht violett an, und Furcht und Flehen spiegelten sich in seinen Augen.

Lampton drückte ihn so ruhig zurück, dass sich der Captain, der an solche Fürsorge gewöhnt war, nicht wehrte. Als der Sergeant das Kissen auf seinen Kopf legte und ihn entschlossen festhielt, sträubte er sich kaum.

Die lange Nacht hindurch dachte Lampton gründlich über das nach, was er getan hatte. »Gib es ihnen, ehe sie es dir geben«, war das Mantra des Captains gewesen. War dies schlimmer, als den jungen Buren zu töten, gegen den er nichts gehabt hatte, der nichts getan hatte? Einen jungen Mann, der für sein eigenes Land kämpfte?

Lampton tat etwas, was er bisher nur ein einziges Mal getan hatte, und das heimlich. Er zog die Uniform des Captains an.

Die trug er noch und hatte nicht geschlafen, als früh am nächsten Morgen die junge Frau mit einem Kleinkind auf dem Arm vor der Tür erschien.

»Captain Wolfendale?«, fragte sie.

»Ja«, sagte er kühn, denn anders ging es nicht.

»Mrs. Granger schickt mich. Sie müssen sich um das Kind kümmern.«

»Mrs. Granger? Ich kenne keine Mrs. Granger.« Unbehagen überkam ihn. Vielleicht wusste er doch nicht alles über den Captain.

»Miss Marshall früher. Sie hat sich gut mit einem Geistlichen verheiratet. Sollte er von ihrer Sünde erfahren, wäre es schlimm.«

»Hören Sie, das geht nicht.«

Die Lehrerin aus Kapstadt war nach England gekommen, um ihr Kind zu gebären. Damit sollte es erledigt sein.

»Ich akzeptiere kein Nein als Antwort«, sagte die Kinderfrau.

»Eine andere gibt es nicht.« Lampton hörte, wie er den Tonfall des Captains annahm. Aber irgendwie überzeugte seine Stimme nicht. Da müsste er sich mehr Mühe geben.

»Ich soll sagen«, erwiderte die Kinderfrau trotzig, »dass sie ihrem Mann nichts sagen will, es aber wird, ehe sie zulässt, dass das Kind weggegeben wird. Sie sagte, ich soll Sie daran erinnern, dass Ihr Name auf der Geburtsurkunde steht.«

Er musste sie hier rausschaffen. »Hören Sie, Sie können nicht bleiben. Es ist eine Tragödie geschehen.«

Die Kinderfrau hatte ihre Anweisungen. Und sie war an Tragödien gewöhnt.

»Möchten Sie nicht wissen, wie Ihre Tochter heißt?«

»Nein.«

»Ihr Name ist Lucinda Wolfendale. Ich nenne sie Lucy.«

Neunundzwanzig

»Ich brauche Ihre Hilfe, Miss Fell.«

Wir spazierten durch den kleinen Park, wo Peeko am Goldlack schnüffelte. Miss Fell wurde immer langsamer, als verweigerten ihr Beine und Verstand den Dienst.

»Ich begreife das nicht. Unmöglich kann ich glauben, dass Lucy mir anbot, nach Leeds zu fahren und meinen Ring zu holen, und dann so etwas passiert ist.«

Miss Fell hatte der Gedanke, dass Lucy unehrlich gewesen war, so unglücklich gemacht, dass ich ihr ein wenig mehr von meinen Nachforschungen erzählte und rasch eine plausible Erklärung erfand, die den Verdacht auf den lauschenden Verkleidungskünstler Dan Root lenkte.

Es war ein warmer Nachmittag, dennoch zog sie den Schal fester um ihren Hals. »Mr. Root scheint so rechtschaffen, ein religiöser Mann. Sonntags geht er immer in die Messe. Natürlich kann man bei jungen Männern nie sicher sein. Sie nutzen Kapellen ja auch, um junge Mädchen zu umwerben.« An einer gusseisernen Bank blieb sie stehen. »Hier sitze ich immer.«

Peeko umkreiste uns erwartungsvoll und hüpfte hinauf zu Miss Fells Tasche. Sie streifte ihre Handschuhe ab und holte einen Ball heraus, den sie auf den Weg warf. Peeko rannte hinterher. Miss Fell hielt ihre Handschuhe fest und betrachtete ihren Diamantring. »Sicher irren Sie sich, was Lucys Beteiligung in dieser Sache angeht. Es stimmt, dass ich ihr den Pfandschein gab und sie versprach, den Ring auszulösen. Aber was ihr Verschwinden betrifft, muss es eine simple Erklärung geben.«

»Dann sollten wir versuchen, sie zu finden«, sagte ich behutsam. Peeko brachte mir seinen nassen Ball. Ich warf ihn mit einer leichten Drehung wie beim Cricket, und der Hund jagte dem Ball über den Rasen nach. »Ich will nichts weiter als die Wahrheit herausfinden.«

»Na schön. Was soll ich tun?«

»Ich würde gern nachsehen, ob Dan Root irgendwelchen Schmuck in seinem Zimmer versteckt. Wenn Sie zurückgehen und Peeko nach oben bringen, finden Sie irgendwas, wobei Sie ihn um Hilfe bitten können. Haben Sie vielleicht einen Glühstrumpf, der gewechselt werden muss?«

Auf einmal funkelten Miss Fells Augen. »Ich assistiere einer Detektivin, nicht wahr? Ich werde helfen, Lucys Unschuld zu beweisen.«

»Das hoffe ich.«

»Also, worum kann ich Mr. Root bitten? Meine Glühstrümpfe sind alle vollkommen in Ordnung, im Gegensatz zu denen des Captains. Er verspricht schon seit sechs Monaten, ein neues Licht im Flur anzubringen.«

»Etwas auf einem hohen Regal vielleicht, was er für Sie herunterholen könnte? Die Hauptsache ist, dass Sie ihn in ein Gespräch verwickeln. Halten Sie ihn ungefähr eine Viertelstunde lang fest, wenn Sie können.«

»Ich habe ein widerspenstiges Glas Senfgurken, das ich nicht aufbekomme. Und zwei meiner Gardinenringe sind abgegangen.«

»Perfekt.«

»Und da ist ein Kasten oben auf dem Kleiderschrank, den er für mich herunterheben könnte, wenn er schon da ist, und wenn ich habe, was ich brauche, kann er ihn wieder nach oben stellen.«

»Hervorragend. Und, Miss Fell, da ist noch eine Sache, falls Sie bereit sind.« Ich war noch nicht fertig mit der Durchsuchung des Dachgeschosses. Ich wollte mir die Zigarrenkiste mit den Dokumenten und Fotografien genauer ansehen. »Nachdem Sie mit Mr. Root fertig sind, hätte ich gerne, dass Sie nach unten gehen und Captain Wolfendale beschäftigen.«

Sie sah erschrocken aus. »Ach du meine Güte. Wollen Sie zurück in die Höhle des Löwen?«

»Ja. Und ich würde mir gern Ihre Lupe ausleihen.«

Nach unserem Spaziergang blieb ich eine Weile im Park, bevor ich langsam zurückging. Ich beobachtete, wie Miss Fell bei Mr. Root anklopfte. Die beiden stiegen die vordere Treppe hinauf und gingen ins Haus.

Root hatte seine Tür nicht abgeschlossen. Warum sollte er auch, wenn er glaubte, nur wenige Minuten fort zu sein?

Ich eilte in seine Wohnung.

Ich suchte unter seinem Arbeitstisch, in der Speisekammer und in den Schränken. Hastig ging ich zu seiner Kommode. In der obersten Schublade waren ein paar alte Uhren, nicht von Moonys Liste, sowie ein Paar goldene Manschettenknöpfe. In den anderen Schubladen lagen säuberlich zusammengelegte Hemden und Socken. Falls er den Pfandleiher ausgeraubt hatte, hatte er ein anderes Versteck für die Beute gefunden.

Aus Neugier nahm ich das Buch auf, das er zur Seite geschoben hatte, als ich ihn zuvor besuchte – als sollte ich es nicht sehen. Es war eine Bibel. Auf dem Vorsatzblatt stand der Name Gideon Bindeman. Auf den ersten Blick hielt ich die Sprache für Holländisch – dann wurde mir klar, dass es Afrikaans sein musste.

Manchmal waren Schornsteine gute Verstecke. Widerwillig sah ich hinein. Ich wickelte ein Taschentuch um meine Hand, tastete im kalten Kamin herum und überprüfte die Aschenpfanne. Nichts.

Da ich mich auf Miss Fells Fähigkeit verließ, Root bei sich aufzuhalten, blickte ich zu dem Schalltrichter, der mir bei meinem vorherigen Besuch aufgefallen war. Das Metallrohr daneben faszinierte mich. Es war in einem 45-Grad-Winkel gebogen. Als ich beides aneinanderhielt, stellte ich fest, dass der Schalltrichter genau auf das Rohr passte. Ich schob es in den Kamin.

Stille. Und dann das unverkennbare Geräusch des rastlosen Captains, der sich die Nase schnäuzte. Also hatte ich recht gehabt, was das Lauschen betraf.

Die Haustür knallte zu. Root wäre jeden Moment hier. Hastig nahm ich den Schalltrichter wieder vom Rohr und lief aus der Wohnung. Doch Root kam bereits die Treppe hinunter. Mir blieb keine andere Wahl, als vor seiner Tür stehen zu bleiben. Ich hob meine linke Hand zum Klopfen, weil die rußfrei war.

Als ich klopfte, spürte ich seine Körperwärme direkt hinter mir.

»Mrs. Shackleton? Welchem Umstand verdanke ich die Ehre eines weiteren Besuchs?«

Ich trat beiseite, um ihn zu seiner Tür zu lassen. Er öffnete sie nicht, sondern wartete.

»Ich dachte, dass Sie mir vielleicht helfen könnten«, sagte ich und ballte meine schmutzige Hand, damit er sie nicht sah. »Wissen Sie, wo Lucy ist?«

»Immerzu auf der Suche nach jemandem«, sagte er lächelnd. »Gestern Miss Jamieson, heute Lucy. Ich sollte ein Schild an meiner Tür anbringen: *Vermisste Personen – hier nachfragen.*«

Seine Arroganz und das Lächeln ärgerten mich. »Lucy *wird* vermisst, wie Sie sicher wissen.« Ich beobachtete ihn aufmerksam, lauerte auf eine Reaktion.

Sein besorgter Gesichtsausdruck schien echt. Er hätte Überraschung vorgaukeln können, tat es aber nicht.

»Ich habe sie nicht hier versteckt, falls Sie das meinen.« Er stieß die Tür auf. »Sehen Sie selbst nach.«

Mein vernichtender Blick ließ ihn innehalten.

»Verzeihung«, sagte er. »Aber Sie scheinen mir die Schuld zu geben.«

Er trieb Spielchen mit mir. Ich vermutete, dass er jedes Wort kannte, das der Captain und ich gewechselt hatten. Nun, sollte er ruhig den Ruß an meiner Hand sehen. Sollte er wissen, dass sein schmutziges kleines Geheimnis gelüftet war.

»Dürfte ich mir bei Ihnen die Hände waschen?«

»Sehr gerne.«

Für einen Südafrikaner hatte er einen tadellosen Akzent. Gelegentlich klangen seine Worte ein wenig abgehackt, aber nicht genug, dass es auffiel. Was hatte Mr. Moony noch gesagt? Der Mann hatte einen neutralen Akzent gehabt, keinen hiesigen. Größe und Aussehen von Dan Root passten nicht zu Mr. Moonys Räuber, seine Stimme aber durchaus. Auf der Bühne hatte er seine Rolle meisterlich gespielt: den gebeugten Geizhals mit dem hohen Kragen der Anhänger der Erweckungsbewegung und dem schlurfenden, niedergeschlagenen Gang des Fabrikanten, der sich aufhängt. Dan war wahrlich ein Meister der Verkleidung.

Er spielte auch jetzt, als er mir höflich ein sauberes Handtuch reichte und sagte: »Lucy ist wahrscheinlich bei einer Freundin. Ich frage mich, ob sie das von Milner gehört hat. Ich nehme an, Sie haben es.«

Da war etwas beinahe Triumphierendes in seiner Stimme. Es machte mir Angst. Warum war er hier, ein Bure im Haus des Feindes, der alles belauschte, was in der Wohnung oben vor sich ging?

»Ja, ich habe es gehört.«

»Ich war vorhin in der Stadt. Die Leute reden von nichts anderem. Ich vermute, dass die Polizei uns alle befragen will, weil wir Milner gestern Abend gesehen haben.«

Die Art, wie er Milners Namen aussprach, verriet seine Verachtung für den Mann. Allerdings war es beim ersten Mal deutlicher herauszuhören als beim zweiten. Vielleicht übte er. Dan Root war ein solch guter Schauspieler, dass er schockiertes Entsetzen perfekt darstellen könnte, ebenso wie glaubhafte Unschuld.

Ich gab ihm das Handtuch zurück. »Danke.«

»Nicht doch. Und ich werde nach Lucy Ausschau halten.«

Ich verließ seine Wohnung und ging zurück ins Haus. Der Captain hatte meine Suche auf seinem Dachboden so vehement unterbrochen, dass ich sicher war, er hätte etwas zu verbergen. Miss Fell hielt Wort und wartete an ihrer Tür. Sie gab mir ihre Lupe und wünschte mir Glück. Während ich die Treppe hinaufstieg, ging sie nach unten, um beim Captain anzuklopfen und ihn in ein Gespräch zu verwickeln.

Dreißig

Als ich die Hausnummer 29 nach meinem zweiten Ausflug ins Dachgeschoss verließ, musste ich dringend nachdenken, um dem einen Sinn abzuringen, was ich gesehen hatte. Weil ich meine Beine bewegen wollte, machte ich mich auf den Weg zum Bahnhof, wobei ich mir Zeit ließ und kaum auf meine Umgebung achtete, als ich die Leeds Road hinunterging. Ich bog auf den York Place, von dort in die Station Road und wurde allmählich vertrauter mit Harrogate, während ich immer noch die Teile eines außergewöhnlichen Puzzles sortierte.

Die doppelten Holztüren des Bahnhofsgebäudes aus rotem Backstein standen weit offen und spien einen Schwarm eben angekommener Besucher aus. Ein älterer Träger schob einen Handwagen voller Truhen, Hutschachteln und Koffer auf die Reihe mit Taxen zu; die Räder quietschten.

Es war mir wie eine gute Idee vorgekommen, mir das Fingerabdruckset schicken zu lassen. Ich hoffte, Sykes hatte es mittags zum Zug gebracht, sodass es jetzt zur Abholung bereitstand. Dann könnte ich vielleicht ergründen, wer außer Lucy die Lösegeldforderung in der Hand gehabt hatte. Anfangs hatte ich auf Dylan Ashton, Rodney Milner oder Alison Hart getippt. Nachdem ich mit Alison und Rodney gesprochen hatte, war ich jedoch sicher, dass Lucy sie nicht ins Vertrauen gezogen hatte. Womit nur Dylan blieb, ein junger Bursche, den ich mit Leichtigkeit knacken sollte. Doch Dylan hatte sich als verblüffend stur erwiesen. Und nun schien auch Dan Root eine Option zu sein.

So weit, so ungewiss. Dann war da noch die Kleinigkeit meiner mangelnden Erfahrung im Umgang mit den Schleifen und Wirbeln von Fingerabdrücken. Jim Sykes hatte es mir gezeigt. Und ich hatte es ausprobiert – einmal. Deshalb sank meine Zuversicht, als ich den Bahnhof betrat.

Durch die Absperrung sah ich glückliche Einkaufsausflügler dem Zug aus York entsteigen. Ein junger Mann strahlte beim Anblick seiner Damenbekanntschaft, die aus einem Erste-Klasse-Abteil stieg. Der Gepäckträger eilte einer alten Dame zu Hilfe.

Jeder freute sich auf etwas: den Besuch im Heilbad, die Heimkehr nach Hause, einen erfolgreichen Einkaufsbummel, ein Wiedersehen. Ich war da, um eine Holzkiste zu treffen.

Bevor ich Zeit hatte, zur Paketausgabe zu gehen, sagte ein Mann dicht hinter mir: »Mrs. Shackleton!«

Ich sprang fast auf vor Schreck. Hätte er gesagt: »Hallo, ich bin Ihr hiesiger Mörder«, ich hätte kaum erschrockener sein können.

»Mr. Sykes! Wo kommen Sie denn her?«

»Entschuldigen Sie, dass ich mich angeschlichen habe. Ich sah Sie draußen, konnte aber wegen der wartenden Taxen und dem Gedränge nicht zu Ihnen gelangen.«

»Wie sind Sie hierhergekommen?«

»In Ihrem Jowett, Mrs. Shackleton. Sie sagten, ich dürfe ihn nutzen, solange Sie weg sind. Und ich habe alle Herren von Mr. Moonys Liste besucht.«

Sykes hatte erst kürzlich Fahren gelernt. Mit ihm am Lenker waren wir während eines Notfalls, der unserer letzten Ermittlung folgte, im Tempo einer arthritischen Schnecke nach Hause gekrochen.

Er wirkte schrecklich zufrieden mit sich, hüpfte praktisch, als wir uns unseren Weg durch die volle Halle bahnten.

»Nach dem Telegramm von gestern und Ihrem Anruf heute

Morgen bei Mrs. Sugden dachte ich, dass Sie Verstärkung gebrauchen könnten.«

Sykes' Anwesenheit hatte tatsächlich den Effekt, dass ich mich besser fühlte. Ich war nicht Detektivin geworden, um mich auf die Analyse von Fingerabdrücken zu spezialisieren, und folglich mehr als froh, dies ihm zu überlassen. Dennoch sollte er nicht glauben, dass er mir voraus wäre. »Falls das hier ein Wettbewerb im Lösen des mysteriösen Pfandleihraubs sein soll, haben Sie eine Menge aufzuholen.«

Er hatte den Jowett in der James Street geparkt, vielleicht, weil er fürchtete, rückwärtsfahren zu müssen, sollte er sich direkt bis zum Bahnhof wagen. Während wir den Platz überquerten, erzählte ich ihm alles über die Demaskierung von Miss Fell als Mrs. deVries, die Tatsache, dass der verpfändete Ring wieder am Finger seiner Besitzerin war und dass die Person, die mit seiner Auslösung betraut gewesen war, namentlich Lucy Wolfendale, vermisst wurde.

Er stieß einen erstaunten Pfiff aus. »Sie waren recht umtriebig.«

»Das ist nicht mal die Hälfte von allem.«

In der James Street wimmelte es von Leuten, die einen Einkaufsbummel machten. Wir blieben stehen, um eine Frau und ihre Tochter auf hohen Absätzen zu einem Automobil durchzulassen, wo ihnen ein Chauffeur die Tür öffnete. Ihnen folgte ein Verkäufer, schwer beladen mit Kartons und Hutschachteln.

Als wir beim Jowett waren, fragte Sykes: »Warum ist unsere rätselhafte Dame den weiten Weg von Harrogate nach Leeds gereist, um nicht erkannt zu werden, und hat sich dann noch die Mühe gemacht, einen falschen Namen und eine falsche Adresse anzugeben?«

»Ihre Armut ist ihr peinlich«, antwortete ich leise. »Ich bin sicher, dass Miss Fell nichts mit dem Raub zu tun hat. Soweit es sie betrifft, hatte Lucy Wolfendale schlicht angeboten, ihr einen Gefallen zu tun und den Ring für sie beim Pfandleiher auszulösen.«

Als wir im Wagen saßen, diesmal ich auf dem Fahrersitz, fragte er: »Aber wer war noch beteiligt? Wer war der junge Mann, der Mr. Moony würgte?«

Da ich ungern über den Motorenlärm hinweg rufen wollte, wartete ich noch damit, den Wagen anzulassen. »Gute Frage. Da ist ein Mr. Root, Dan – ursprünglich aus Südafrika. Ich glaube, sein richtiger Name ist Bindeman. Entweder zur eigenen Belustigung oder zu einem anderen Zweck belauscht er alles, was in der Wohnung des Captains vor sich geht. Ich hoffe, dass ich seine Fingerabdrücke auf einem Uhrmacherschälchen habe. Wer weiß? Vielleicht hat er eine Polizeiakte.«

Ich startete den Wagen und fuhr die Straße hinauf in Richtung Valley Gardens, vorbei am Royal Pump Room. In der Cornwall Road hielt ich an einer ruhigen Stelle in Sichtweite des Grand Hotels an.

Sykes setzte beim ursprünglichen Thema wieder an. »Was ist diese verschwundene Lucy Wolfendale für eine Person?«

»Ich hätte nicht gedacht, dass man sie irrtümlich für einen jungen Mann halten könnte, obwohl sie Laienschauspielerin ist, und noch dazu eine gute. Ihre Größe wäre ungefähr richtig.«

Sykes konnte seinen Neid kaum bändigen. »Kein Wunder, dass ich in Leeds nicht weiterkam. Diese Tat wurde von Leuten aus Harrogate verübt. Gehört Lucy zu einem Verbrecherring?« Er drehte sich mit einem Blick zu mir, der mich bat, ihm alles zu erzählen.

»Das bezweifle ich. Die Lösegeldforderung an ihren Großvater sah sehr amateurhaft aus. Ich würde nicht sagen, dass wir nach einem klugen Kopf suchen.«

Er lächelte. »Lösegeldforderung? Sagen Sie mir, dass Sie mich auf den Arm nehmen.«

»Wenn es doch so wäre! Mir bereitet Sorge, dass der Mann, der sie verehrte, ermordet wurde.«

Das Lächeln erstarb. Plötzlich wurde er ernst. »Der Automobilhändler?«

»Sie wissen davon?«

»Ich hörte heute Morgen von dem Streifenpolizisten in Woodhouse davon. Ich hätte mir nie erträumt, dass es eine Verbindung zu dem Raubüberfall geben könnte.«

»Das wissen wir auch noch nicht sicher.«

»Aber Sie vermuten es?« Er sah mich prüfend an. Ich konnte hören, wie es in seinem Kopf arbeitete, und ahnte bereits, was als Nächstes käme. »Haben Sie es der Polizei erzählt?«, fragte er ernst.

»Ich sollte Ihnen lieber alles von Anfang an erzählen.« In chronologischer Reihenfolge, wie es zu Sykes' aufgeräumtem Verstand passte, berichtete ich ihm alles, was sich seit meiner Ankunft in Harrogate zugetragen hatte. Er hörte es sich aufmerksam an und öffnete hin und wieder den Mund, bis ich ihn daran erinnerte, dass Sommer war und Fliegen umherschwirrten.

»Ist das alles?«, fragte er.

»Nein, eines noch. Vor einer halben Stunde bat ich Miss Fell, nach unten zu gehen und Lucys Großvater, Captain Wolfendale, zu beschäftigen, während ich seinen Dachboden ein zweites Mal durchsuchte – nach dem Schmuck und etwas anderem, das mich neugierig gemacht hatte. Dort war kein Diebesgut, oder zumindest nicht da, wo ich nachgesehen habe. Aber ich entdeckte etwas anderes. Der Captain hat eine Zigarrenkiste mit Fotografien aus dem Burenkrieg und einigen Dokumenten. Dabei ist sehr verwirrend, dass ich aufgrund einer Fotografie von Wolfendale und dem Sergeant in jungen Jahren und so, wie der Captain heute aussieht, beinahe sicher bin, dass der Mann, der sich jetzt Wolfendale nennt, der Sergeant von dem Bild ist.«

Sykes schüttelte den Kopf. »Jetzt wird es mir zu viel. Ich komme nicht mehr mit.«

»Auf einer Fotografie mit seiner Tante hat der junge Wolfendale dieselbe Gesichtsform wie Sie, länglich, und er ist auf der Fotografie in Uniform, die rund zwanzig Jahre später aufgenommen wurde, gut wiederzuerkennen. Der Mann neben ihm auf jener Fotografie, in Sergeant-Uniform, hat ein rundes Gesicht.«

»Vielleicht hatten sie die Mützen getauscht, aus Jux oder so.«

»Möglich wäre es, schätze ich. Aber der Mann, der sich jetzt Wolfendale nennt, hat dasselbe runde Gesicht wie der Sergeant, ziemlich pausbäckig. Da gibt es eine Todesurkunde für Henry Lampton, der im Volltrunk erstickt ist. Es gibt Entlassungspapiere für zwei Männer, Sergeant Lampton und Captain Wolfendale. Ich denke, die Person, die starb, war Wolfendale, und Lampton nahm seinen Platz ein.«

Die Nachmittagssonne strahlte und verwandelte das Automobil in einen Ofen. »Gehen wir ein Stück«, schlug ich vor.

Sykes rührte sich nicht. »Ich weiß nicht, wie Sie das machen.«

»Ich kann es selbst nicht ganz begreifen. Fast hätte ich die Zigarrenkiste mitgenommen. Aber ich glaube nicht, dass Inspector Charles allzu begeistert ist, wenn ich zuerst mit dem Finger auf Monsieur Geerts gezeigt habe und ihm nun erzähle, dass es vielleicht noch einen Verdächtigen gibt.«

Sykes seufzte. »Und natürlich könnten Sie sich irren. Der Mann könnte einfach Gewicht zugelegt haben. Männer tun das, wenn sie älter werden und kein aktives Leben mehr führen.«

Im hellen Nachmittagssonnenschein kam mir meine Interpretation der Fotografien weniger überzeugend vor. Und Sykes hatte ich eindeutig nicht überzeugt. Er konnte es nicht abwarten zu handeln, anstatt zu reden.

»Wenn es Ihnen recht ist, möchte ich gerne mit den Fingerabdrücken anfangen. Denn ich habe das Gefühl, ich hätte noch gar nichts in der Sache beigetragen, außer Botenjunge für Mr. Moony zu sein.«

Ich ließ den Motor an. Dabei knurrte mein Magen.

»Waren Sie das oder ich?«, fragte Sykes.

»Ich. Seit meinem geteilten Entenei heute Morgen habe ich nichts mehr zu mir genommen. Wir können einen Happen essen, Sie überprüfen die Fingerabdrücke, und dann sehen wir mal, ob wir herausfinden, wer Lucy bei ihrer Lösegeldforderung geholfen hat. Sobald ich die junge Frau gefunden habe, kann ich dem auf den Grund gehen, was hier los ist. Danach informiere ich die Polizei, falls es sein muss.«

Ich hielt vor dem Eingang des Grand Hotels.

Der Portier tippte sich an die Mütze und stieg hinters Lenkrad, um den Wagen zu parken. »Muss etwas an dem Wagen gemacht werden, Sir? Wir haben eine Grube in der Garage.«

Sykes sah mich an.

»Nur Benzin, danke.«

»Sehr wohl, Madame«, sagte er ein wenig beleidigt.

»Moment«, rief Sykes und eilte zum Heck. »Ich brauche noch etwas aus dem Kofferraum.«

Er nahm das Fingerabdruckset heraus. Wir betraten das Hotel. Ich holte meinen Schlüssel an der Rezeption, dann suchten wir uns eine stille Ecke im Speisesaal, weg vom Streichquartett und neben einer Grünpflanze, die den Geist beruhigen sollte.

Sykes behauptete, schon gegessen zu haben, und sagte, er würde sofort mit den Fingerabdrücken anfangen. Er notierte sich die Namen und Gegenstände, die ich ihm aufzählte. »Die Abdrücke von Dylan Ashton sollten auf dem Blatt sein. Ich ließ ihn heute Morgen einige Adressen für mich aufschreiben, als ich ihn im Maklerbüro aufsuchte. Alison Harts sind an dem Wasserglas, das ich aus dem Zimmer in Madame Geerts Haus mitgenommen habe. Rodney Milners werden auf dieser Visitenkarte sein. Dan Root hat die kleine eiförmige Schale in Händen gehabt, die er zum Uhrenreparieren benutzt. Captain Wolfendales Abdrücke müssten auf der Streichholzschachtel zu finden sein.«

Ich hatte so viele Dinge zusammengetragen und wünschte mir, ich hätte auch die Zigarrenkiste aus dem Dachgeschoss mitgenommen. Aber wenn der Captain etwas zu verbergen hatte, war es besser, ihm keinen Grund zu geben, noch nervöser zu werden, als er ohnedies schon war.

»Was ist mit Lucys eigenen Abdrücken, um sie auszuschließen?«, fragte Sykes.

»Da ist ein Parfümflakon, den ich von ihrem Frisiertisch genommen habe.«

Ein Kellner nahm meine Bestellung von Schinken-Sandwiches auf. Als er gegangen war, sagte Sykes: »Was Captain Wolfendale betrifft, hat Ihr Cousin aus London heute Vormittag angerufen und eine Nachricht für Sie. Mrs. Sugden hat sie Wort für Wort aufgeschrieben.«

»Hervorragend. Was ist die Kurzfassung?«

Sykes war kein Mann für Kurzfassungen. Er holte sein Notizbuch hervor und las vor, was Mrs. Sugden geschrieben hatte. »Ihr Cousin sagt nichts über Corporal Milner. Berichte über Soldaten fallen nicht in seine Zuständigkeit. Was Captain W. betrifft, wie er ihn nannte – ich vermute, er wollte nicht den vollen Namen nennen, falls jemand mithörte –, Captain W. von der Yorkshire Light Infantry diente in Indien, bevor er von Mauritius auf der HMS *Powerful* nach Kapstadt geschickt wurde. Er diente in Südafrika im Krieg gegen die Buren von 1899 bis 1902. Verleihung des V.C. Familienstand ledig …«

»Ledig? Das muss ein Irrtum sein.«

»Ich denke nicht. Hier steht, nächste Angehörige Miss E.W., Tante väterlicherseits, aus Harrogate.« Sykes blickte von dem Notizbuch auf. »Das sind die Fakten. Der nächste Teil ist Hörensagen. Ihr Cousin fügte hinzu, dass seine Vorgesetzten in Indien froh waren, W. loszuwerden. Es gab einen Skandal in Kalkutta, in den der fragliche Gentleman und die Frau und Tochter eines hohen Beamten verwickelt waren. In Südafrika machte eine Lehrerin einen Aufstand nach einer Begegnung mit ihm, und man musste ihr die Überfahrt nach England bezahlen.« Sykes schlug das Notizbuch zu. »Möchten Sie es sich ansehen?«

Ich schüttelte den Kopf. »Er ist angeblich Witwer und hatte einen Sohn und eine Schwiegertochter, die in Südafrika starben – daher Lucy. Und dieser Skandal und das Bild vom Schürzenjäger passen nicht zu ihm. Er sagt selbst, dass er ein hoffnungsloser Fall ist, wenn es um Frauen geht. Ist Ihnen klar, was das bedeutet?«

Sykes sah unglücklich aus. »Gewiss werden Sie es mir sagen. Vergessen Sie nicht, dass ich dies alles zum ersten Mal höre und keinen dieser Leute kenne.«

Ich fühlte, wie meine Aufregung wuchs. »Ich denke, es könnte bedeuten, dass ich recht habe und der Captain nicht ist, wer er sagt. Er kam mit einem Packen Lügen nach Harrogate.«

Sykes steckte sein Notizbuch wieder ein. »Das ist alles sehr seltsam. Dann lasse ich Sie mal rätseln und überprüfe die Fingerabdrücke.«

Es dauerte nicht lange. Und das Ergebnis war alles andere als überraschend. Lucys Fingerabdrücke von dem Parfümflakon waren überall auf dem Erpresserbrief zu finden. Sie hatte die Nachricht selbst ausgeschnitten und geklebt. Es war auch keine Überraschung, dass sich Dylan Ashtons Daumenabdruck auf dem Brief fand. Ich konnte sie im Geiste reden hören. »Wie klingt das, Dylan?« »Perfekt, Lucy.«

Wir verließen den Speisesaal.

»Ich besuche Dylan noch mal. Er arbeitet beim Makler, Croker & Company. Diesmal habe ich guten Grund, ihm auf den Zahn zu fühlen.«

Sykes blickte auf seine Uhr. »Es ist vier Uhr. Haben die dort noch geöffnet? An einem Samstag?«

»Meriel erzählte mir, dass Dylan in Zimmern über dem Büro wohnt. Ich werde seinen Feierabend stören und Antworten verlangen.«

»Soll ich mit Ihnen kommen?«, fragte Sykes.

»Nein. Es wäre hilfreich, wenn Sie mehr über Captain Wolfendale und dessen Verbindung zu Mr. Milner herausfinden könnten. Ex-Corporal oder Ex-Sergeant Milner, was immer er war.«

»Warum sagen Sie Sergeant?«

»Weil ich denke, dass Milner ein Corporal war, aber neben der Captain-Uniform hängt die eines Sergeants im Schrank in der Dachwohnung. Ich nehme an, dass sie dem verstorbenen Sergeant Lampton gehört hat, aber ich würde mir gern sicher sein.«

»Warum sollte Wolfendale die Uniform seines Sergeants aufheben?«

»Weil er selbst dieser Sergeant war?«

»Aber warum bewahrt er dann die Uniform des Captains auf?« Ihm ging ein Licht auf. »Weil …«

»Weil er der Sergeant war, bis Captain Wolfendale erbte, und dann wurde er zum Captain. Gibt es jemanden in Harrogate, der den Captain und den Sergeant kannte, als sie noch in Uniform waren?«

Sykes wirkte skeptisch. »Ich sehe mal, was ich herausfinden kann. Aber ich kenne mich in dieser Gegend nicht aus und weiß nicht, an welchen Wasserlöchern sich die alten Soldaten versammeln.«

»Es ist eine kleine Stadt, und jeder wird über den Mord reden.

Milner muss sich unter den betuchten Leuten von Harrogate bewegt haben.«

»Wie viel Zeit habe ich?«

»Ich müsste in einer Stunde wieder hier sein.«

Er nickte.

»Ach, und da ist noch etwas, was ich Ihnen wohl sagen sollte, Mr. Sykes. Ich war es, die Mr. Milners Leiche fand.« Bevor er seiner Sorge Ausdruck verleihen konnte, ergänzte ich: »Schon gut, ich bin über den Schrecken hinweg. Fast.«

Als ich das Hotel verließ, wollte ich überlegen, wie ich Dylan am besten dazu brachte, sich mir anzuvertrauen. Doch stattdessen drehten sich meine Gedanken weiter um die Informationen über Wolfendale. Ich konnte die Stimme meines Cousins hören, der Mrs. Sugden seine Nachricht diktierte.

»Captain W. von der Yorkshire Light Infantry diente in Südafrika im Krieg gegen die Buren. Ausgezeichnet mit dem V.C., Familienstand ledig. Nächste Verwandte Miss E.W., Tante, in Harrogate.«

Hatte Wolfendale die Heeresleitung belogen oder aber jeden anderen?

Einunddreißig

Die beste Methode, Lucy Wolfendale zu finden, wäre, die Wahrheit aus Dylan Ashton herauszuschütteln. Da ich nun wusste, dass seine Fingerabdrücke auf dem Erpresserbrief waren, konnte er seine Beteiligung an Lucys Plan, ihren Großvater auszunehmen, nicht mehr leugnen.

Ich hatte damit gerechnet, dass in der Tür von Croker & Company das Schild auf *Geschlossen* gedreht war, und so war es auch. Doch Mr. Croker war noch da. Wir sahen einander durch die Glastür an. Stirnrunzelnd schaute er zu mir, eine Hand an dem *Geschlossen*-Schild. Erinnerte er sich an mich als potenzielle Kundin?

»Mr. Croker«, sagte ich stumm. »Ich war vorhin hier.«

Er öffnete die Tür einen Spalt. »Es tut mir sehr leid, aber wir haben geschlossen.«

»Ich bin Mrs. Shackleton. Ist Mr. Ashton zu sprechen?«

Bei meiner Frage gruben sich noch tiefere Falten in seine Stirn. »Betrüblicherweise nicht.«

»Wissen Sie, wo ich ihn finde?«

»Er ist im Krankenhaus. Weiß der Himmel, in welcher Verfassung er ist.«

»Der arme Junge! Was ist passiert?«

Ein Schlangenölvertreter wäre stolz darauf gewesen, wie ich meinen Fuß in die Tür manövrierte. Mr. Croker bedachte mich mit dem Blick eines Geschäftsmannes, der auf Anhieb erkannte, wenn er nur seine Zeit vergeudete.

»Ist er erkrankt?«, fragte ich.

»Er hatte ein Unfall. Irgendein rücksichtsloser Mensch hielt nicht an und rammte ihn von seinem Fahrrad.«

Mir wurde ein bisschen schwindlig. Es kam mir zu eigenartig vor, dass Dylan so kurz nach dem Mord an Mr. Milner etwas zustieß. Vielleicht hatte er morgens nicht mit mir reden wollen, weil es etwas gab, was er nicht sagen durfte. Und nun hatte jemand versucht, ihn zum Schweigen zu bringen und es wie einen Unfall aussehen zu lassen.

Mr. Croker nahm seinen Hut auf. »Nicht genug damit, dass ich nun ohne Gehilfen bin. Die Polizei besteht auch noch darauf, dass ich zum Krankenhaus gehe und bestätige, dass er es ist. Wenn Sie mich also entschuldigen wollen ... «

»Ist er schwer verletzt?«

»Wie es sich anhört, ja. Er kann nicht einmal sagen, wer er ist.«

Ich fühlte mich auf unerklärliche Weise verantwortlich. »Lassen Sie mich das übernehmen«, sagte ich. »Ich kenne Dylan durch meine Freundin Miss Jamieson gut, die bei dem Stück Regie geführt hat. Wenn Sie erlauben, besuche ich ihn und komme dann wieder, um Ihnen zu berichten, wie es ihm geht.«

Zunächst sah Mr. Croker sehr erleichtert aus, fing sich jedoch gleich wieder und entschied sich gegen eine Kapitulation. »Nein, nein, das ist meine Pflicht.«

»Sind sie sicher, dass er es ist?«

»Unsere Geschäftskarte war in seiner Tasche. Und er fehlte seit Stunden, noch dazu an solch einem geschäftigen Tag. Ich habe einen Termin auf meinem Heimweg, und ... «

Anständig war es gewiss nicht, Zweifel zu säen. »Vielleicht ist er es nicht. Ihre Geschäftskarte ist auch in meiner Tasche und fraglos in vielen anderen.« Mr. Croker gefiel der Gedanke offenbar, und das nutzte ich. »Ich werde direkt wieder zurückkommen und Ihnen sagen, ob er es ist und in welchem Zustand er sich befindet. Ich war VAD-Krankenschwester.« So oft wie ich diese Tatsache ins Spiel brachte, sollte ich mich schämen. Wir waren nicht einmal richtige Krankenschwestern, wenn man es genau nahm. Flüchtig angelernt und direkt in den Einsatz geschickt.

Mr. Croker schwankte. »Die Sache ist die, dass ich einen Besuch machen muss und der Mann kein Telefon hat. Es würde nicht gut aussehen, sollte ich den Termin nicht einhalten. Und …« Er stockte, weshalb ich mein mitfühlendstes Lächeln aufsetzte, um ihn zu ermuntern fortzufahren. »Es ist mein Hochzeitstag, und wir haben ein Automobil reserviert, das uns ins Café Imperial, anschließend zu einem Konzert in der Royal Hall und zu einem späten Imbiss im Prospect bringt.«

»Sie dürfen Ihre Frau nicht enttäuschen. Welcher Hochzeitstag ist es, wenn ich fragen darf?«

»Silber. Unter gewöhnlichen Umständen läge es mir fern, Ihr Angebot anzunehmen, und, nein, das geht auch nicht.«

»Bitte. Ich versichere Ihnen, dass ich die Angelegenheit mit dem größten Feingefühl behandeln werde und Sie umgehend informiere, falls Sie mir Ihre Adresse oder eine Telefonnummer geben.« Ich holte meine Karte hervor: *Kate Shackleton, Privatdetektivin.* »Fingerspitzengefühl ist mein Geschäftskapital, und ich tue es gern für Sie, Mr. Croker, und für einen so höflichen jungen Mann wie Dylan Ashton.«

Ich hatte ihn. Echte Erleichterung spiegelte sich in seinen Zügen. Insgeheim vermutete ich, dass das Verhältnis zu seiner Frau alles andere als perfekt war und sie an ihrem Hochzeitstag zu enttäuschen einen Schritt zu weit ginge.

»Abgemacht?« Ich streckte meine Hand aus. Er ergriff sie.

Mr. Croker zog eine Schublade auf und nahm einen Briefbogen heraus, auf dem er etwas notierte. »Zeigen Sie dies hier vor, sollte jemand anzweifeln, dass Sie in meinem Namen handeln.« Er drehte das Blatt um und schrieb seine Adresse auf die andere

Seite. Als er mir die Tür aufhielt, wich seine Sorge einem Ausdruck, der an Verärgerung grenzte. »Falls es Dylan ist und er bei sich ist, könnten Sie ihn vielleicht fragen, warum er die Stonehook Road entlangradelte, als er eigentlich bei einer Immobilie in der Cowling Avenue sein sollte?«

Mich dem massiven Krankenhausgebäude zu nähern brachte Erinnerungen an den Krieg zurück, an verwundete Männer, die bemüht waren, tapfer zu sein. Mit den Erinnerungen wurde das Gefühl der Hoffnungslosigkeit wieder wach, weil ich so wenig für jene Männer tun konnte. Meine Schritte wurden langsamer. Ich stellte mir Dylan in dem Stück vor, in der Rolle des unglücklichen Willie Price. Sein Kapital war ein verlorener, sehnsüchtiger Blick gewesen, die Liebe zu seinem hoffnungslosen Vater, die aussichtslose Liebe zu Anna. Furcht regte sich in mir. Du kennst ihn nicht, sagte ich mir. Er bedeutet dir nichts. Was nicht stimmte. Er war von Bedeutung. Keine Sorge, ermunterte ich mich. Warte ab. Jedes Ereignis fühlt sich schlimmer an, wenn man darüber nachdenkt.

Der Pförtner an der Tür sah erwartungsvoll auf. Die wöchentlichen Besuchszeiten standen an einem Anschlagbrett. Jetzt war keine Besuchszeit.

Ich stellte mich vor. »Ich bin im Auftrag von Mr. Croker hier, Dylan Ashtons Arbeitgeber. Dieser wurde nach einem Verkehrsunfall eingeliefert, und ich wurde gebeten, seine Identität zu bestätigen.«

»Sind Sie eine Angehörige?«

Dummkopf. Wäre ich eine Verwandte, wäre ich im eigenen Auftrag hier, nicht dem des Hausmaklers. Ich zückte Mr. Crokers Schreiben. Das wirkte.

Einen Moment später kehrte der Pförtner mit einem jungen Polizisten zurück.

»Sind Sie sicher, dass Sie den Burschen identifizieren können, Madame?« Er hatte einen Leeds-Akzent und musste herbeordert worden sein, um bei der Mordermittlung zu helfen.

»Werde ich, wenn es Dylan Ashton ist.«

Der Constable schien froh, nicht der Einzige außerhalb vertrauter Gefilde zu sein. »Ich soll hier warten, bis der junge Mann wieder zu sich kommt. Wir würden gerne …« Er bremste sich, ehe er aussprach, dass er ihn befragen sollte. Das würde seine Anwesenheit mit der Mordermittlung in Verbindung bringen. »Ich brauche einige Einzelheiten von ihm.«

»Dann hat er noch nichts gesagt?«

»Nichts, was irgendeinen Sinn ergibt. Er hatte eine Karte von Croker & Company in seiner Tasche. Natürlich könnte die aus einer Vielzahl von Gründen dort gewesen sein. Deshalb war ich bei dem Makler.«

Durch den Korridor zur Station zu gehen versetzte mich beinahe in meine Zeit beim VAD zurück. Eine Krankenschwester ging mit einer Bettpfanne vorbei, die mit einem Tuch abgedeckt war. Der Constable führte mich über die Station zu einem Bett, das von Sichtschutzwänden umgeben war. Es ließ mich das Schlimmste befürchten.

Die Stationsschwester bedachte mich mit einem missbilligenden Blick, als sie energisch auf uns zukam. Wir störten auf ihrer Station. Sie konnte ihre Ablehnung kaum unterdrücken, als sie fragte: »Immer noch hier, Constable?«

»So lange, bis ich anderen Befehl erhalte, Schwester«, antwortete er freundlich.

»Und ich bin Kate Shackleton.« Ich versuchte, mein bestes Schwesternauftreten an den Tag zu legen. »Ich bin hier, um die Identität des Patienten zu bestätigen. Seine Familie möchte gewiss so bald wie möglich benachrichtigt werden.«

»Genau«, bestätigte der Polizist.

Seine Unterstützung erwies sich als unnötig. Die Stationsschwester bedeutete mir stumm, hinter die Abtrennung zu gehen.

Armer Dylan. Bleich wie Alabaster lag er da, den Kopf verbunden. Ein Arm war unter der Bettdecke, der andere lag, ebenfalls verbunden, auf ihr. Seine Augenlider flatterten.

»Dylan? Ich bin es, Kate Shackleton. Können Sie mich hören?« Ich griff nach seiner Hand. »Drücken Sie, wenn Sie mich hören.«

Hatten sich seine Finger bewegt? Ich war nicht sicher.

Die Stationsschwester berührte meine Schulter. »Das reicht.«

Ich fühlte mich schwer und nutzlos, als ich langsam zurück zum Schwesternzimmer ging, wobei ich bewusst nicht zu den kranken Männern rechts und links sah.

»Nun?« Der Polizist blickte neugierig auf.

»Es ist Dylan Ashton, Angestellter bei Croker & Company. Er wohnt in den Räumen über dem Maklerbüro.«

Er nahm sein Notizbuch hervor und leckte seinen Bleistift an.

»Kennen wir seine nächsten Angehörigen?«, fragte die Stationsschwester.

»Mr. Croker wird die Adresse wissen. Sicher wird er Dylans Familie telegrafieren«, antwortete ich. »Wie ist sein Zustand?«

Die Stationsschwester schien ein wenig versöhnter, da wir nicht mehr auf ihrer Station herumliefen. »Er hat eine Gehirnerschütterung, ein gebrochenes Handgelenk und Prellungen. Womöglich ist es nicht so schlimm, wie es aussieht. Wir haben ihm ein Sedativum gegeben.«

Meine nächste Frage erschien mir herzlos, doch ich musste es ebenso sehr für mich wie für Mr. Croker wissen. »Hatte Mr. Ashton Informationen zu einer Immobilie bei sich oder Schlüssel, die zurückgegeben werden müssten?«

Die Stationsschwester schaute in ihre Unterlagen. Der Polizist konsultierte seine Notizen.

»Nein«, sagte die Schwester.

»Hier steht nichts von Schlüsseln«, sagte der Constable. »Die Taschen waren leer bis auf einen Kamm, ein Taschentuch, zwei Zigaretten und ein paar Streichhölzer. Auf der Straße wurde eine zerbrochene Teeflasche gefunden. Er muss sein Mittagessen bei sich gehabt haben. Sein Sandwich hatten die Vögel aufgepickt.«

»Wissen wir, was geschehen ist?«, fragte ich. »Gibt es Zeugen?«

»Ein anderer Radfahrer hat einen Knall gehört. Als er um die Kurve kam, lagen Fahrrad und Fahrer im Graben. Ein Wagen hatte angehalten, aber der Schuft muss gleich wieder eingestiegen und weggefahren sein, ohne zu helfen.«

»Woher wissen wir, dass er angehalten hat?«

»Das sagt der andere Radfahrer. Als er um die Biegung kam, stand der Wagen – dann fuhr er weg. Wir haben die Aussage des Radfahrers. Er war so geistesgegenwärtig, Erste Hilfe zu leisten und Hilfe zu holen. Gut möglich, dass er dem jungen Ashton das Leben gerettet hat.« Der Constable blickte hoffnungsvoll zur Stationsschwester auf. Sie verzog keine Miene.

»Was für ein Mensch lässt ihn einfach dort liegen?«, fragte ich mich laut.

»Derselbe Mensch, der einen De Dion fuhr«, antwortete der Constable, bevor er sein Notizbuch zuklappte. »Wenn ich jetzt Ihr Telefon benutzen dürfte, Schwester, könnte ich meinem Sergeant die Identität des Jungen bestätigen. Und Mr. Croker braucht sich nicht um die Benachrichtigung der Familie zu kümmern. Wir werden die nächste Wache dort kontaktieren und jemanden hinschicken.«

»Wo genau hat sich der Unfall ereignet? Zu Mr. Crokers Information«, fügte ich rasch hinzu.

»Eine Meile außerhalb von Harrogate, auf der Stonehook Road. Das Fahrrad des Jungen lag in einem Graben.«

»Wissen wir, ob er nach oder von Harrogate unterwegs war?«

Der Constable runzelte die Stirn. »Höchstwahrscheinlich auf dem Weg nach Harrogate. Sein Rad lag auf der Ostseite der Straße.«

Erst als ich das Krankenhausgelände verließ, wurde mir schlagartig klar, dass es da einen Zusammenhang geben könnte. Die beiden jungen Männer, die Lucy am ehesten geholfen haben könnten, waren Dylan und Rodney Milner. Rodney Milner und sein Vater waren Vertragshändler für De Dion. Rodney war am Morgen in einem De Dion vom Automobilsalon weggefahren. Aber er wollte Alison bei den Geerts abholen, oder nicht? War Rodney aus dem Ort gefahren, um sich von der Sache mit Lucy abzulenken, und hatte versehentlich oder absichtlich Dylan Ashton angefahren? Der Gedanke mochte allzu absurd sein, hielt sich jedoch hartnäckig.

Madame Geerts kam mir entgegengelaufen, als ich das Krankenhaus verließ. Eine dicke Haarsträhne hatte sich aus ihrer Frisur gelöst und fiel ihr über das linke Auge. Sie war ohne Handtasche unterwegs, und ihre Arme schienen nicht zu wissen, was sie mit sich anfangen sollten. Sie stürmte auf mich zu, sodass ich unwillkürlich die Hände vorstreckte, um sie abzufangen, bevor sie mich umwerfen konnte.

»Madame Geerts, was ist los?«

»Stimmt es? Ist es wahr, dass Dylan in diese Hospital ist?«

»Ja.«

»Dann muss ich ihn sprechen.«

»Warum?«

»Nur er allein kann meinen Loy retten, meinen Ehemann.«

»Was in aller Welt meinen Sie?«

»Der Inspector … oh, Mrs. Shackleton, Sie ahnen nicht, welche Angst ich habe! Mein Loy würde keine Seele etwas tun. Viele Liebhaber habe ich gehabt, und nicht einen hat mein süßer Loy ermordet. Jetzt sagen sie, es ist ein *crime passionel,* und er tötet Mr. Milner. Sie haben ihn verhaftet.«

Sie zitterte, und ich packte ihre Schultern. »Die Polizei muss alles überprüfen. Wenn Ihr Mann unschuldig ist, wird er wieder freigelassen.«

»Wir sind Fremde, bekommen für alles die Schuld. So ist es. Die Polizei, sie befragt die Leute im Prince of Wales Hotel. Ganz Harrogate wird mit Fingern auf die Fremde zeigen.«

»Sicherlich nicht. Sie sind hier sehr angesehen.« Ich wusste nicht, ob das wahr war, deshalb betonte ich meine Worte besonders. »Und wie kommt Dylan ins Spiel? Warum ist er so wichtig?«

»Dylan und Loy sind zusammen aus dem Theater. Loy ist mit Dylan bis Mitternacht zusammen. Ich muss Dylan sehen.«

»Man wird Sie nicht zu ihm lassen. Er ist bewusstlos.«

Verzweifelt warf sie die Arme in die Luft. »Sagen Sie ihnen. Sagen Sie, mein Mann ist unschuldig.«

»Madame Geerts, ich habe nichts mit der Mordermittlung zu tun.«

Ich erzählte ihr nicht, dass es meine Aussage gewesen war, die den Verdacht auf ihren Mann gelenkt hatte. Es mochte kaltherzig sein, doch mein Hauptanliegen war es weiterhin, Lucy zu finden.

Zweiunddreißig

Meine Lage ist also folgende, sagte sich Lucy. Es ist Samstagnachmittag. Meine Uhr ist stehen geblieben. Großvater hat zwei Briefe erhalten – wie viel er zahlen muss und wo er das Geld ablegen soll, wenn er mich lebend wiedersehen will. Dylan ist zum Hasenfuß geworden und hat mich verlassen. Mein Knöchel pocht, ist entweder verstaucht oder gebrochen. Ich fühle mich furchtbar. Vielleicht werde ich sterben. Dann wird es ihnen leidtun – Großvater, dass er mir mein Erbe nicht gegeben hat, Dylan, weil er nicht zu mir gestanden hat.

Dieser magische Turm, aus dem sie triumphierend zurückkehren würde, war nicht mehr magisch. Es waren Fledermäuse, die da in der Ecke hingen. Lucy hatte sie wegen der Nester und Spinnweben zuvor nicht bemerkt.

Ich bin hier eingesperrt, ohne Schlüssel!, dachte sie. Wie lächerlich.

Am besten konnte sie sich bewegen, indem sie auf dem Gesäß umherrutschte. Quälend langsam hatte sie sich auf diese Weise zurück in das Stockwerk unter dem Wehrgang geschleppt, wo ihre Liegeplane und die Decken waren. Sie saß mit dem Rücken an der Wand, hielt das schmerzende Bein ausgestreckt und hoffte, dass es nur eine Stauchung war und das Pochen aufhören würde.

Noch würde sie nicht klein beigeben, nach oben zur Turmspitze steigen und eine weiße Petticoat-Fahne schwenken. Sie war so weit gekommen und ertrug den bitteren Geschmack der Niederlage nicht. Dylan würde wiederkommen.

Hätte sie den Schlüssel nicht fallen lassen, könnte sie zum

Fluss gehen und den Knöchel in eisiges Wasser tauchen. Sie hätte etwas Kaltes zu trinken gehabt. Verdammt, verdammt, verdammt. Wann kam Dylan wieder? Wenn er den ganzen Tag arbeitete, sah sie ihn womöglich nicht vor dem Abend. Vielleicht war er auch beleidigt und ließ sie ganz allein. Sie würde sich nie wieder auf jemanden verlassen. Wie lange dauerte es, bis der Knöchel wieder geheilt war? Sie wollte nicht im Oktober in die RADA humpeln. Als Schauspielerin musste sie diese Verletzung, diesen Rückschlag zu ihrem Vorteil nutzen.

Leiden. Schmerz. Wut. Enttäuschung. Was war der Unterschied zwischen einer mächtigen Empfindung und einem gewöhnlichen, alltäglichen Gefühl? Sie stellte sich ihr blasses Gesicht vor, eingefallen vor Schmerz. So sollte ich aussehen, wenn ich jemals eine Rolle spiele, in der meine Figur einen herben Rückschlag erleidet, dachte sie. Eine Figur, verlassen von der Welt, würde sich so fühlen wie ich jetzt. Ein heftiges Pochen zog durch ihren Knöchel. Was, wenn sie irgendwann eine Figur mit dauerhaften Schmerzen spielen müsste? Solche Menschen gab es. In den Tanzstunden hatte sie Madame Geerts mit Müttern flüstern gehört, deren Töchter an Gebärmuttervorfall und eiternden Beinen litten. Miss Fell, von Rheuma geplagt, erlebte keinen Tag ohne Schmerzen. Großvater und seine alte Kriegsverletzung, die ihn nachts wachhielt.

Sie müsste Gefühle auch durch ihre Bewegungen darstellen. Mimik war ja gut und schön für die anderen Schauspieler und die Zuschauer in den ersten Reihen. Doch eine Künstlerin musste sich so in Szene setzen, dass es auch auf den oberen Rängen erkennbar war.

Sollte sie jemals lebend aus diesem verfluchten Turm kommen, würde ihr Schauspiel sehr viel besser sein.

Sicher kam Dylan zurück, entschuldigte sich, brachte ihr Wasser, Brot, einen Apfel. Denk nicht an Essen, befahl sie sich.

Ihre Zunge klebte am Gaumen. Er hatte gelogen, als er sagte, er hätte nichts bei sich – kein Brot, keinen kalten Tee. Sie würde einen Shilling wetten, dass er etwas auf seinem Fahrrad gehabt hatte. Er hatte gelogen, damit sie aufgab, aushungerte.

Einmal hatte sie ein Pferd beobachtet, das an einem Stein leckte, um seine Zunge zu kühlen. Sie schluckte, versuchte, Speichel zu erzeugen, und wusste, wie sich das Pferd gefühlt hatte. Sie begann zu zählen, wie viele Steine es zwischen Boden und Decke gab. Dieser Turm war älter, als die Leute dachten. Hier und da waren Spuren der Erbauer zu sehen. Lucy hatte davon in der Schule erfahren, als sie ein altes Zehnthaus besichtigten. Die ungebildeten Maurer hatten ihre Zeichen angebracht, um zu zeigen, wie viel Arbeit sie an einem Tag erledigt und welchen Lohn sie verdient hatten.

Lucy fröstelte. Sie zog die Decke fester um sich. Wenn Dylan sich wirklich mit ihr entzweit hatte, könnte es Montag werden, ehe sie hier rauskam. Und wenn sie am Montag nicht ihr Lösegeld holte, würde Zeter und Mordio geschrien.

Was, wenn sie hier starb? Mr. Milner war gestorben. Vielleicht war sie nun dran. Was, wenn Mr. Milner im Jenseits auf sie wartete, ein ekliges Grinsen im Gesicht, während er nach ihr griff und sagte: »Komm, Lucy, nimm meine Hand.«

Er war hier! Da war ein Geräusch an der Tür. Jemand versuchte reinzukommen. Oh Gott, war es der Geist von Mr. Milner? Sie würde noch eine Nacht hierbleiben müssen, und es gab Risse und Spalten, durch die ein Geist eindringen konnte.

Jemand war draußen. Jemand war an der Tür. Jemand steckte einen Schlüssel in das Schloss. Hatte sie sich eben noch nach Dylans Erscheinen gesehnt, war sie nun wütend, dass er so lange gebraucht hatte.

Dann herrschte Stille. Sie fragte sich, ob sie sich das Geräusch eingebildet hatte.

Dreiunddreißig

Sykes und ich setzten uns auf eine Bank am Rand der Valley Gardens, den Rücken zum Grand Hotel gewandt.

Als ich ihm erzählte, dass Dylan Ashton bewusstlos im Krankenhaus lag und uns nicht helfen konnte, Lucy Wolfendale zu finden, hieb er die Faust so kräftig auf die Bank, dass er sich die Fingerknöchel aufschürfte.

»Verflucht noch eins. Verzeihen Sie. Was muss der Junge von seinem Fahrrad stürzen? Hätte er Sie zu Lucy geführt, könnten wir jetzt den gestohlenen Schmuck wiederbeschaffen.«

Sykes drückte die wunden Knöchel in seine linke Handfläche.

Zum späten Nachmittag hin wurde es kühl. Ich zog meine Kostümjacke an. »Ich glaube nicht, dass er absichtlich von seinem Fahrrad gefallen ist. Und ich frage mich, ob ihn jemand vorsätzlich gerammt hat.«

»Unwahrscheinlich«, brummte Sykes. »Was glauben Sie, wo Dylan hinwollte, als er verunglückte?«

»Der Polizei zufolge lag sein Rad im Graben, in Richtung Ort, an der Stonehook Road. Ich vermute, dass er unterwegs war, um Lucy zu warnen und ihr zu sagen, dass wir von ihrem Erpressungsversuch wissen.«

Seufzend blickte Sykes auf seine Knie. »Es ist frustrierend. Ich würde zu gerne Mr. Moonys gestohlenen Schmuck wiederfinden, nachdem die Polizei von Leeds versagt hat.«

Natürlich würde er das. Sykes war Polizist gewesen, doch seine Nase hatte manchem dort nicht gepasst, und er war bei seinen Vorgesetzten in Ungnade gefallen. Mein eigener Vater, ein

Superintendent, bewunderte ihn, doch Sykes würde nie wieder bei der Polizei arbeiten.

Er schien so sicher, dass Lucy und Dylan gemeinsam hinter dem Raubüberfall steckten, weil Dylans Daumenabdruck auf der Lösegeldforderung gewesen war. Für mich klang das nicht sehr überzeugend. Ich konnte keine Verbindung zwischen dem Raub und der Erpressung erkennen, doch es war schwierig, mein Gefühl vor Sykes zu rechtfertigen. So wie er es sah, hatte Lucy den Pfandschein genommen, und nun trug Miss Fell wieder ihren Ring. Da musste eine Verbindung existieren.

Er sprach für die Staatsanwaltschaft: »Sie hatte den Pfandschein. Welchen anderen Schluss kann man da ziehen?«

Ich sprach für die Verteidigung: »Wenn Lucy den Schmuck gestohlen hat, warum will sie dann noch ihrem Großvater Geld abluchsen?«

»Falls Sie recht haben, was die Vergangenheit des alten Mannes betrifft, und er der Sergeant *ist*, der den wahren Captain umbrachte, wer will dann wissen, ob er ihr Großvater ist? Vielleicht hat sie das herausgefunden, will kassieren und dann die Verbindung kappen.«

Also wischte Sykes zumindest nicht meine Interpretation der Fotografien vom Tisch, die ich gesehen hatte, und den merkwürdigen Umstand, dass der Captain zwei Entlassungspapiere, Sergeant Lamptons Totenschein und zwei Uniformen aufbewahrte.

»Konnten Sie Tratsch über den Captain oder Milner aufschnappen?«

Ich merkte, wie Sykes sich aufplusterte. Er mochte das Wort »Tratsch« nicht und sah sich lieber als jemanden, der nützliche Informationen sammelte.

»Ich sprach in der Hotelbar mit einem alten Soldaten. Er meinte, dass Wolfendale und Milner seltsame Vögel waren. Niemand hatte Milner gemocht. Er war erfolgreich, vermögend, hatte keine Manieren, aber Einfluss. Ein Mann, der bekam, was er wollte – bis letzte Nacht. Während Milner aufstieg, stieg der Captain ab. Wie bei einer Waage. Der Captain ist ein Eigenbrötler. Keine engen Freunde oder Bekannte.«

Es passte alles. Je mehr ich darüber nachdachte, desto sicherer war ich mir: Milner hatte den Captain erpresst. Aber Sykes war noch mit dem Raub befasst. Zu Recht, denn immerhin war das unser Fall.

»Wenn Dylan und Lucy Komplizen waren, was offensichtlich ist, könnte er es gewesen sein, der den Pfandleiher ausraubte.«

»Er ist nicht der Typ.«

»Welcher Typ wäre das?« Er sah mich mit diesem enervierenden Ausdruck von Nachsicht an.

»Schauen Sie nicht, als würde ich erwarten, dass jemand eine schwarze Maske und eine Tasche mit der Aufschrift *Beute* herumträgt, aber er scheint so ... Ich weiß nicht, unschuldig. Als ich bei Mr. Croker war, konnte dieser nicht verstehen, was Dylan auf der Stonehook Road gemacht hatte. Er sagte, es wäre gänzlich gegen Dylans Charakter, irgendwo zu sein, wo er nicht sein sollte. Seit Dylan bei ihm anfing, hat er keine einzige Stunde gefehlt – nicht einmal in der letzten Woche, als er in dem Stück auftrat. Womit ausgeschlossen ist, dass er an einem Montag verschwinden konnte.«

Sykes stöhnte enttäuscht. »Wir könnten die Stonehook Road hinauffahren und nachsehen, ob sich Lucy irgendwo dort versteckt.«

»Ja, oder wir suchen nach einer Nadel in einem Heuhaufen. Ich hätte lieber irgendeinen Anhaltspunkt.«

Ein plötzliches Quieken hinter uns ließ mich zusammenzucken. Ich rechnete halb damit, dass Madame Geerts aus dem Prince of Wales Hotel zurück war und entdeckt hatte, dass es meine Aussage gewesen war, die zur Verhaftung ihres Mannes geführt hatte.

Hände bedeckten meine Augen. »Wer bin ich?!«

»Meriel!«

»Spielverderberin!« Sie kam strahlend vor die Bank gehüpft, die Augen funkelnd vor Begeisterung. »Kate, Schätzchen, was für Neuigkeiten!« Sie packte mich und küsste mich auf beide Wangen.

Sykes stand auf und ging auf Abstand zu Meriel.

»Das ist Mr. Sykes, Jim Sykes. Meriel Jamieson.«

Sie ergriff Sykes' Hand, als müsste sie ihn halb ertrunken aus einem See ziehen und hielte die Rettungsweste in Händen. »Gratuliert mir, ihr Süßen. Ihr habt eine Regieassistentin vor euch. Mein lieber, süßer Goldklops hat mir eine Stelle an seinem Theater angeboten. Ich werde Harrogate am Montag verlassen.«

»Das sind großartige Neuigkeiten, Meriel. Ich freue mich sehr für dich.«

»Hätte ich doch eine Magnum-Champagnerflasche kaltgestellt! Ich würde euch einladen ins Grand …«

»Ah, dort habe ich ein Zimmer, aber meine Tasche ist noch bei dir. Die wollte ich als Nächstes holen.«

»Dann buche ich mir auch ein Zimmer im Grand. Ich verbringe keine einzige Nacht mehr in Nummer 29.«

Sykes trat noch einen Schritt zurück, um den Abstand zu vergrößern. »Ich hole den Wagen, ja?« Er sprach mit mir, aber Meriel antwortete, indem sie die Hände auf seine Ohren legte und sanft seinen Kopf von einer Seite zur anderen wippte. »Fröhlichkeit ist gefragt, Mr. Sykes. Können Sie fröhlich sein?«

»Nicht immerzu«, sagte Sykes. »Aber ich kann auf Französisch lachen.«

»Dann tun Sie es bitte.«

Er formte mit dem Mund ein übertriebenes »O« und gab einen tiefen Laut von sich, der nach dem Ho-ho-ho des Weihnachtsmannes klang.

Passanten begannen, uns anzustarren.

»Exzellent.« Meriel lächelte. »Ich mag Männer, die Töne aus dem Bauch heraus machen können. Haben Sie jemals auf der Bühne gestanden?«

»Hätte ich, würde ich es nicht verraten.« Sykes drehte sich um und ging zum Hotel.

Meriel flüsterte mir zu: »Du bist eine Frau mit Geheimnissen, Kate. Er ist anbetungswürdig.«

»Mr. Sykes ist ein ehemaliger Polizist und arbeitet für mich.«

»Aber ja doch«, sagte sie und zog die Augenbrauen hoch.

Auf der kurzen Fahrt zurück zur St. Clement's Road beglückte Meriel uns mit Theatergeschichten und dem Bericht über ihre Besprechung mit Mr. Wheatley, welches Ibsen-Stück sie am liebsten auf die Bühne bringen wollte.

Beim Aussteigen sah ich hinauf zum Erkerfenster des Captains. Er blickte nicht nach draußen. Sykes blieb dicht hinter mir, als ich Meriel über den Weg und die Stufen hinunter zu ihrer Tür folgte. Keine Spur von Dan Root an seinem Arbeitstisch.

»Ist es nicht herrlich?«, sagte Meriel, während sie aufschloss. »Endlich nimmt mein Leben eine Wendung zum Besseren.«

»Du verdienst es, Meriel«, sagte ich, »nach all der harten Arbeit.«

Sie kramte bereits hinter dem Vorhang unterm Waschbecken. »Ich bin sicher, dass ich hier irgendwo noch einen Tropfen Kochsherry habe.«

»Bevor wir in Feierlaune geraten, gibt es ein paar Dinge, die ich dir erzählen sollte, Meriel. Und ich muss dich etwas fragen.«

»Aha?« Sie richtete sich auf. »Dann setzt euch mal lieber hin, alle beide. Sag nicht, dass ihr vorhabt zu heiraten und ich deine Brautjungfer sein soll.«

»Mr. Sykes ist bereits verheiratet.«

»Ach so.« Sie seufzte. »Das Leben kann so schwierig sein, nicht?«

»Es sind keine guten Neuigkeiten, Meriel. Der arme Dylan wurde auf seinem Fahrrad angefahren und liegt in sehr schlechtem Zustand im Krankenhaus.«

Meriels Strahlen wich einem gequälten Ausdruck, und sie stieß einen Schrei aus, als wäre sie selbst tödlich verwundet. »Der arme Junge. Ich muss ihn besuchen gehen. Ihm Blumen bringen.« Ihr Blick huschte zu den gestohlenen Blumen, und womöglich gratulierte sie sich im Geiste für ihre weise Voraussicht. Doch dann schüttelte sie den Kopf. »Die gehen nicht. Krankenhäuser verlangen nach Flieder, aber der blüht nicht mehr, oder? Ist es noch zu früh für Chrysanthemen?«

»Und es gibt noch mehr schlechte Nachrichten. Monsieur Geerts wurde festgenommen. Er wird verdächtigt, Lawrence Milner ermordet zu haben.«

Ich wollte, dass sie seine Unschuld beteuerte, irgendeine kleine Bemerkung machte, die auf wundersame Weise ein neues Licht auf die Situation warf.

»Wie furchtbar! Ich hoffe, die Leute halten die Werbung in unserem Programm jetzt nicht für ein schlechtes Omen. Der arme Mr. Milner hatte eine ganze Seite Werbung gebucht. Sie deckte die Kosten für das Bühnenbild. Und die Werbung der Geerts, nun, die war sehr hilfreich. Und Croker & Company hatte auch eine halbe Seite gekauft, und jetzt liegt der arme Dylan im Krankenhaus. Glaubst du, die Zeitungen in Harrogate bauschen das auf, Kate?«

Sykes blickte von mir zu ihr. Gewöhnlich gibt er seine Gefühle nicht preis, doch mir entging nicht, dass er Meriel mit derselben Verwunderung betrachtete, wie ein Kind einen Seelöwen im Zirkus ansah.

Ich sagte: »Ich weiß nicht, was die Zeitungen daraus machen werden. Es ist nicht unbedingt die beste Werbung für das Heilbad.«

Sie seufzte. »Ach, tja, was soll's? Vielleicht ist es gut, dass ich bald auf der anderen Seite der Penninen bin.«

Ich wollte nicht, dass sie durch und durch herzlos wirkte. »Es war sehr freundlich von dir, heute Vormittag zu Rodney zu gehen.«

So ernst, wie sie irgend konnte, erklärte sie: »Nun, natürlich musste ich dem armen Junge kondolieren. Obwohl, was kann man schon sagen? Es kommt mir nicht zu, darüber zu spekulieren, ob der arme alte Geerts den Verstand verloren und Milner umgebracht hat. Jeder wusste, dass Mr. Milner und Olivia Geerts … sich nahe waren. Es ist sogar möglich, dass Monsieur Geerts den Ehebruch tolerieren konnte, aber nicht die öffentliche Demütigung. Dass sich Olivia in der Bar auf Milner stürzte, war dann wohl doch etwas anderes, aus männlicher Sicht. Ist es nicht so, Mr. Sykes?«

Sykes wollte der Frage ganz offensichtlich ausweichen, doch Meriel fixierte ihn mit ihrem Blick. »Ich möchte ungern spekulieren, Miss Jamieson.«

»Außerdem«, ergänzte sie, »hatte Mr. Milner mir freundlicherweise ein Darlehen angeboten, und Rodney war ein wahrer Gentleman und wollte es mir geben. Ich sagte, er solle es nicht tun, wo er doch trauert und so, armes Lämmchen, aber er bestand darauf, den Safe zu öffnen und mir zwanzig Guineen zu geben.«

Schön dumm von ihm, dachte ich.

Meine Tasche hatte ich bereits am Morgen gepackt. Ich stellte sie an die Tür. Meriel fand den Kochsherry sowie zwei Gläser und einen Eierbecher.

»Für mich nicht, danke«, sagte Sykes. »Ich bin kein Sherry-Trinker.«

Sie schenkte ein.

Wir stießen an. »Auf deine neue Stelle, Meriel. Ich hoffe, es wird ein großer Erfolg.«

»Ich werde dafür sorgen, dass es ein Erfolg wird.« Sie trank einen Schluck. »Scheußlich, nicht wahr?«

»Nicht allzu schlecht«, log ich tapfer. »Also, da ist noch etwas anderes, was ich dich fragen muss. Es geht um Lucy.«

»Was ist mit ihr?«, fragte Meriel.

»Sie war letzte Nacht nicht bei Alison, und wir wissen nicht, wo sie ist. Hast du eine Ahnung? Es ist sehr wichtig, dass ich sie finde.«

»Gut für sie«, sagte Meriel. »Ich hatte ihr gesagt, dass sie ihr Glück versuchen soll. Trotzdem tut es mir leid, dass ich sie aus den Augen verlieren werde.«

»Wenn sie in Sicherheit ist, ist alles gut. Dennoch muss ich mit ihr sprechen, um mich zu vergewissern.«

»Weiß Alison nicht, wo sie ist?«

»Nein. Meriel, du hast wochenlang mit Lucy gearbeitet. Du wohnst im selben Haus. Du kennst alle Darsteller, Lucys Freunde, was sie so trieb. Du musst doch eine Vorstellung haben, wohin sie gegangen sein könnte, und sei es nur eine vage. Irgendeinen Anhaltspunkt.«

Meriel kratzte sich mit beiden Händen am Kopf. »Zum Beispiel?«

»Wo sie geprobt haben, ich meine, wenn sie draußen unterwegs waren.«

»Ach das! Kann ich nicht sagen. Es ist ja so, dass ich dieser Technik folge. Ich sage den Darstellern, dass sie in verschiedenen Umgebungen in ihrer Rolle sein sollen. Zu Lucy und Alison zum Beispiel habe ich gesagt, sie sollen sich als Anna und Beatrice treffen. Häkelt beispielsweise einen Armlehnenschoner oder macht ein Stickbild für den Kirchenbasar. Alles in der Rolle. Wählt, wo und wann ihr euch seht. Lasst Lucy und Alison hinter euch, und werdet zu eurem neuen Ich. Solche Sachen. Das habe ich allen aufgetragen. Ich weiß, dass sie ein Picknick gemacht haben – vermutlich eines von der Gemeinde. Sie waren ganz aufgeregt deshalb. Aber ich sagte: ›Ich will nicht wissen, wo ihr wart und was ihr gemacht habt. Ich will nur das Ergebnis bei der Probe sehen.‹ Es ist eine brillante Technik. Ich habe sie bei einem ungarischen Juden in der Schweiz gelernt.« Sie brach ab, als wartete sie auf bewundernde Kommentare.

»Meriel, du weißt, wo Lucy ist, stimmt's?«

»Ich weiß es ganz ehrlich nicht. Das schwöre ich beim Grab meiner Mutter, wo immer es sein mag.«

»Wenn sie es nicht weiß …«, begann Sykes, der beobachtete, wie Meriel lächelte und von ihrem Sherry trank. Meriel faszinierte ihn, und aus irgendeinem Grund ärgerte mich das sehr.

Als ich schwieg, sagte sie: »Ach, meine liebe, arme Kate. Du willst Lucy dringend finden, und ich bin dir keine Hilfe. Nun, ich denke, ich fange dann mal an zu packen.« Sie streckte ein Bein aus und trat gegen die Teekiste. »Und in meiner nächsten Unterkunft werde ich eine Kommode haben. Also, wie wäre es jetzt mit Schampus in unserem Zimmer im Grand Hotel? Mein Goldklops ist zurück nach Manchester, daher bin ich frei wie ein Vogel und offen für alle Einladungen. Du und ich sollten ins Türkische Bad gehen, Kate. Ein bisschen plantschen, was?«

»Wir müssen los. Wir sehen dich später im Hotel, Meriel.« Ich sah zu Sykes. »Wir haben noch einige Dinge zu regeln.«

Von der Haustür vorn war ein lautes Klopfen zu hören. Für

eine Sekunde erstarrte Meriel. Dann sagte sie: »Warum öffnet der Captain nicht?«

»Vielleicht ist er nicht zu Hause.«

»Er ist immer zu Hause.«

Als abermals geklopft wurde, begann Miss Fells Pekinese zu bellen.

Meriel flitzte die Hintertreppe hinauf, schob den Riegel der Innentür zurück und horchte. Einen Moment später kam sie wieder nach unten gelaufen.

»Miss Fell hat aufgemacht. Es ist die Polizei. Sie wollen mich sprechen.« Angst flackerte in ihren Augen. »Was wollen sie denn jetzt?« Sie stellte die Blumenvase vom Tisch in die Zimmerecke.

»Darum wird es nicht gehen«, sagte ich. »Vielleicht haben sie weitere Fragen, weil sie Monsieur Geerts verhaftet haben.«

»Wieso an mich?«

Schritte bewegten sich oben durch den Flur, gefolgt von einem zarten Klopfen an der Innentür. »Miss Jamieson?«, flötete Miss Fell. »Besuch.«

»Wir gehen«, sagte ich. »Dann kannst du dich darum kümmern.«

»Sekunde«, sagte Meriel. »Nehmt etwas für mich mit ins Grand, ja? Dann breche ich mir nicht die Arme, wenn ich meine weltliche Habe hinüberbringe.«

Sie schnappte sich eine Reisetasche, in die sie ein Paar Schuhe, zerknitterte Röcke und Blusen aus der Teekiste, einen kleinen Aktenkoffer und Theaterskripte von einem Stapel auf dem Boden warf. »Nur, um mir den Weg zu sparen. Ich hole es später ab, wenn wir uns auf unseren Drink treffen.«

Sykes nahm ihre Tasche und hob meine hoch. »Natürlich, wenn es hilft.«

»Husch, husch«, sagte sie. »Ihr wollt sicher nicht aufgehalten werden.«

»Ist schon gut«, entgegnete ich. »Wahrscheinlich wird man auch noch mal mit mir sprechen wollen. Viel Glück.«

Wir gingen durch die Seitentür hinaus und die Treppe hinauf, als sie die Innentreppe hinaufstieg, um den Polizisten hereinzulassen.

»Was hat sie vor?«, fragte Sykes, als wir zum Jowett gingen.

»Da bin ich überfragt.«

»Ich würde gern diese Tasche durchsuchen. Ich weiß, dass sie Ihre Freundin ist …«

»Diese Illusion mache ich mir nicht. Wenn sie erst in Theaterkreisen aufgestiegen ist, werde ich nie wieder von ihr hören.«

Sykes lachte. »Es sei denn, Sie buchen ein Zimmer im Grand Hotel.«

»Und bestelle Champagner. Obwohl ich sicher bin, dass sie den in Hülle und Fülle von ihrem Goldklops bekommt.«

Wir stiegen in den Wagen, ich auf den Fahrersitz, Sykes auf den Beifahrersitz. Die Reisetasche ragte zwischen uns auf.

»Sie oder ich?«, fragte Sykes.

Ich zog meine Handschuhe an. »Wenn Sie die Kleidungsstücke auf den Rücksitz legen wollen …«

Nachdem Schuhe, Kleidung und Skripte ausgeräumt waren, lag nur noch der Aktenkoffer einsam am Boden der Tasche. Ich hob ihn auf meinen Schoß, und ein Teil von mir erwartete, einen Messersatz zu finden, in dem das eine fehlte, das ich in Mr. Milners Herzen stecken gesehen hatte. Doch welches Motiv könnte Meriel haben, Mr. Milner zu ermorden? Immerhin hatte er eine ganze Seite Werbung in ihrem Programmheft gebucht, und sein Sohn hatte sich als fähiger Hauptdarsteller erwiesen – noch dazu zwanzig Guineen herausgerückt.

Der Riegel ließ sich nicht öffnen.

Sykes ging zum Heck des Wagens und nahm Reisetasche und Kleidung mit. Er kehrte mit einem Schlüsselsatz zurück.

Der vierte Schlüssel öffnete den Koffer. In zwei blauen Stoffbeuteln fanden sich drei Uhrketten, ein Diamantarmband, zwei Eheringe, ein Smaragd- und ein Perlenring, ein Satz goldene Manschettenknöpfe, eine Krawattennadel und zwei Taschenuhren.

Vierunddreißig

Ich ließ den Wagen an. Das Letzte, was wir brauchten, war, Aufmerksamkeit auf uns zu ziehen.

»Wohin wollen wir?«, fragte Sykes. »Der Bobby wird den Wagen schon bemerkt haben.«

»Ja, aber wir müssen es ihm ja nicht unter die Nase reiben. Ich möchte nicht hier sitzen und gestohlenen Schmuck bewundern, wenn er aus dem Haus kommt.«

Ich fuhr nicht weit, nur um die Ecke zum Tor eines Sportvereins, wo zwei weitere Wagen parkten.

Sykes stieg erneut aus und holte die Tasche wieder nach vorn. Vorsichtig legte ich den Aktenkoffer zurück in ein Nest aus Röcken und Kleidern und neben ein Paar Tanzschuhe.

»Erinnern Sie sich, dass Mr. Moony einen Geruch nach Politur und Rosen bemerkte, als der Räuber sich mit einem Taschentuch über die Stirn wischte?«

»Ja«, antwortete Sykes.

»Der stammte von Meriels Darjeeling-Kiste.« Vor Wut auf Meriel spannte sich jeder Muskel in meinem Leib an. Milch, Eier und Blumen zu stehlen, konnte ich noch verstehen. Mir hatte sie wegen ihrer Armut sogar leidgetan. Aber dies hier war eine ganz andere Sache. »Und die falsche Adresse, die sie Mr. Moony gab, als sie vortäuschte, eine Uhrkette verpfänden zu wollen – sie wusste, dass ich in Headingley wohne.«

»Ja«, stimmte Sykes zu. »Es war das Erste, was ihr in den Sinn kam. Das nächste Theaterstück Ihrer Freundin soll in Holloway sein. Gibt es dort ein Theater?«

»Sie hatten keines, als ich das letzte Mal nachsah. Übrigens ist sie nicht meine Freundin. Sie hat mich benutzt – damit ich Gratis-Fotografien für ihre Produktion liefere, mit ihrem Hauptsponsor für das Programmheft plaudere und ihren Produzentenfreund weichklopfe. Der Captain hat recht. Sie ist eine Abenteurerin.«

»Und Sie können nichts dagegen tun, dass Sie sie mögen«, sagte Sykes.

»Ist das so offensichtlich?«

»Viele Kriminelle sind charmant, Mrs. Shackleton«, sagte Sykes verständnisvoll. »Nicht die alltägliche Sorte von Narren und Gaunern, aber die klugen.«

»Vorrangig ist jetzt, dass wir Mr. Moony die Sachen bringen, damit er bestätigt, dass es sich um die gestohlenen Gegenstände handelt.«

»Und Miss Jamieson verhaften lassen«, fügte Sykes hinzu.

Ein eisiges Gefühl rollte mir durch die Brust. »Ich möchte sie jetzt sofort zur Rede stellen, aber nicht in Gegenwart eines Bobbys aus Harrogate.«

»Er wäre ein guter Zeuge«, sagte Sykes nachdenklich.

»Wir sind es, die den gestohlenen Schmuck haben. Sie wird leugnen, irgendetwas davon zu wissen.« Ich konnte mir gut vorstellen, wie Meriel den Kopf schüttelte und beteuerte: »Damit habe ich nichts zu tun. Ich weiß überhaupt nicht, wo die Sachen herkommen.«

»Mr. Sykes, ich kenne sie inzwischen. Nur zu gut. Sie soll keine Gelegenheit haben, ihren Theaterhintern aus dieser Geschichte zu manövrieren.«

Sykes sprang aus dem Wagen. »Ich sage Ihnen Bescheid, wenn die Luft rein ist.«

Wenig später war er zurück. »Der Bobby ist fort.«

Ich wendete den Wagen und fuhr zurück zur Nummer 29.

Langsam ging ich zu Meriels Wohnung, Sykes hinter mir. Durchs Fenster sah ich, dass Meriel eine zweite Tasche packte. Ihr unglücklicher Gesichtsausdruck, als sie uns wiedersah, hielt nur für einen Sekundenbruchteil. Mit einem breiten Lächeln kam sie an die Tür.

»Kate, macht es dir etwas aus, wenn ich dich unten beim Hotel treffe? Anscheinend werde ich zu einer weiteren Befragung im Prince of Wales gebraucht. Dort hat die Polizei ihr Hauptquartier eingerichtet. Wie sie es lieben, mysteriös zu sein, was? Ich nehme an, sie werden dich auch sprechen wollen. Ich muss der Polizei sagen, wo man mich kontaktieren kann, falls ich bei der Untersuchung zum armen Mr. Milner gebraucht werde oder so.«

»Nur ein paar Fragen, Meriel.«

Widerwillig öffnete sie die Tür.

Sykes schwang die Reisetasche auf den Tisch und öffnete sie. Ich hob den Aktenkoffer heraus.

»Meine Güte, was soll die dramatische Geste?«, fragte Meriel.

Sykes trat zurück, sodass Meriel und ich uns am Tisch gegenüberstanden.

»Was hast du letzten Montagmorgen gemacht?«

»Montagmorgen? Gefrühstückt vermutlich.«

»Meriel, du weißt, was in diesem Aktenkoffer ist. Hast du irgendwas dazu zu sagen, bevor wir die Polizei rufen?«

»Keine Ahnung, was da drin ist. Ich passe für jemanden darauf auf.«

»Wen?«

»Das möchte ich lieber nicht sagen, erst recht nicht, wenn es dich so aufgebracht und hässlich macht.«

Sykes trat hinter Meriel und griff lautlos in die Teekiste. Meriel hatte begonnen, deren Inhalt in einen Koffer umzupacken. Nun hielt Sykes ein Herrenjackett mit grauen Nadelstreifen, eine graue Flanellhose und ein Paar Budapester in die Höhe. »Wollten Sie die zurücklassen?« Sykes legte alles auf den Tisch. Meriel schob die Schuhe auf den Fußboden. »Schuhe auf dem Tisch bringen Unglück.«

»Nur neue«, sagte ich. »Und ich glaube, deine Glückssträhne ist vorbei, Meriel. Mr. Sykes, sehen Sie bitte in dem Koffer nach einem Herrenhemd und einer Krawatte. Oh, und dort müssten auch ein dunkler Regenmantel und ein Homburg sein.«

»Ach, um Himmels willen, Kate, es geschah aus dem Moment heraus. Ich war aus Gefälligkeit für Lucy bei dem Pfandleiher. Sie hatte der verrückten alten Schachtel oben gesagt, dass sie ihren Ring auslösen würde. Ich wollte, dass Lucy sich ausruht und ihre Konzentration beibehält. Sie hatte so hart daran gearbeitet, Anna zu sein. Ich konnte nicht riskieren, dass sie schlecht spielte, weil sie den ganzen Tag für eine alte Närrin unterwegs gewesen war.«

»Also hast du dich als Mann verkleidet, dir irgendwo eine Uhrkette besorgt …«

»Die hatte ich geliehen.«

»Von wem geliehen?«

»Von Dan Root.«

»Wusste er, dass du sie dir geliehen hattest?«

»Ich muss all diese Fragen nicht beantworten.«

»Oh doch, das musst du. Und ausnahmsweise auch ehrlich. Du hast Mr. Moony sogar eine Adresse in Headingley gegeben, in der Nähe von mir.«

»Na, ich konnte doch nicht wissen, dass du mich jagen würdest. Ich wollte Dans Kette verpfänden, bis wir unsere Einnahmen aus dieser Woche haben, sonst nichts. Er war so freundlich, es mir zu erlauben. Du weißt ja nicht, wie es ist, pleite zu sein. Dan schon. Du hast keine Ahnung, wie schwer es ist, eine Produktion auf die Beine zu stellen, wenn man hungrig ist und nicht weiß, woher die nächste Mahlzeit kommen soll. Und gleichzeitig sitzt dir ein gemeiner alter Tyrann wegen der Miete im Nacken. Weißt du, wie viel mir unser lieber alter Captain für dies hier abknöpft? Acht Shilling die Woche! Das ist Raub, wenn du schon von Raub reden willst.«

»Du hast Mr. Moony entsetzliche Angst eingejagt.«

»Niemals. Ich würde keiner Fliege etwas tun. Ehrlich. Ich habe nur der Versuchung nachgegeben, die Chance ergriffen.«

»Du hast ihn gewürgt.«

»Was?« Sie schien wirklich überrascht. »Ich habe Bühnenkampf gelernt, stimmt, aber ich habe in meinem Leben noch niemanden gewürgt. Das schwöre ich. Er kramte mit seinen Beuteln herum, und ich hatte mich ein wenig in die Bredouille gebracht, weil ich von dem Geld für die Auslöse einige kleine Rechnungen bezahlt hatte. Und während er da herumwuselte, habe ich einfach … nun, ich brauchte nur zwei Minuten, bin um den Tresen gehuscht und habe die Beutel geschnappt. Es war verlockend. Er hätte vorsichtiger sein sollen.«

Ich wollte sie schlagen. »Du hast eine ernste Straftat begangen. Dies sind wertvolle Sachen, die dem Pfandleiher anvertraut wurden, weil ihre Besitzer in Not waren. Empfindest du keinerlei Reue?«

Reue. Das Wort schien eine Saite in Meriel anzuschlagen. Sie wusste, wie man Reue spielte, und legte eine Hand auf ihr Herz. »Seit es passiert ist, fühle ich hier einen Schmerz. Ist dir letzte Nacht nicht aufgefallen, wie ich mich im Schlaf hin- und herwälzte? Was denkst du, warum ich dir diesen verdammten Aktenkoffer gegeben habe? Ich wusste nicht, was ich damit tun sollte.«

Sykes mischte sich in seinem nüchternen Polizistenton ein. »Es kann heikel sein, Diebesgut loszuwerden. Und man bekommt nur einen Bruchteil des eigentlichen Wertes.«

Meriel legte die rechte Hand flach auf den Tisch, als handelte es sich um eine Bibel, auf die sie schwören wollte. Sehr ernst sagte sie: »Ich bin ehrlich froh, dass du diesen Koffer geöffnet hast. Ich überlegte schon, wie ich die Sachen zurückgeben könnte. Es ist schwierig zu entscheiden, wie man etwas wiedergutmacht, die Vergangenheit ändert, eine Situation korrigiert.«

Sykes warf mir einen Blick zu. Ich wusste, was er dachte. Es ist bei allen Dieben das Gleiche, würde er sagen. Dies war nur eine Variation desselben Themas. Ladendiebe baten immer um Gnade ob ihrer besonderen Umstände.

»Ich bin gleich wieder da. Ich muss etwas aus dem Wagen holen«, sagte ich.

Meriels schiere Unverfrorenheit und ihre manipulative Art, Reue vorzugaukeln, machten mich wütend. Sie hatte mich zum Narren gehalten.

Nun, es war ganz simpel. Wir mussten die wiedergefundenen Pfandgegenstände Mr. Moony bringen und die Polizei informieren.

Meriel blickte misstrauisch drein, als ich mit meiner Kamera zurückkehrte und Sykes das Blitzlicht reichte. Sie war nicht die Einzige, die eine Rolle spielen konnte. In meinem besten Gefängniswärterinnentonfall sagte ich: »Mr. Sykes, drehen Sie sich bitte um, solange Miss Jamieson sich die Herrenkleidung anzieht?«

»Nein, das werde ich nicht! Was wird das für ein Spiel?« Sie trat einen Schritt zurück.

»Ich spiele nicht. Zieh dein Räuberkostüm an, Meriel, und ich werde eine Fotografie machen. Oder würdest du es vorziehen, wenn Mr. Sykes dem Constable nachläuft? Er dürfte beglückt sein, eine Juwelendiebin zu verhaften, wenn er eigentlich nur eine Nachricht überbringen sollte. Das wird ihm eine baldige Beförderung einbringen.«

Sykes drehte sich um.

»Kate«, sagte Meriel, »ich tue alles, wenn du nur begreifst, dass es überhaupt nicht meinem Charakter entsprach, diesen Schmuck zu stehlen.« Sie zog ihren Rock aus, die Hose an und die Hosenträger über ihre Schultern. »Und es ist nichts finster daran, wenn ich mich so verkleide. Das tue ich oft. Es ist viel einfacher, so herumzureisen, ohne eingeschränkt und begafft zu werden wie eine Frau.«

»Die Krawatte«, sagte ich. »Denselben Knoten wie am letzten Montag. Windsor wahrscheinlich. Komisch, dass es immer dieser Knoten ist, den wir Frauen wählen. Und das Jackett. Wir werden den Aktenkoffer mit auf dem Bild haben. Und jetzt der Regenmantel.«

Sobald sie ihr Diebeskostüm vollständig angelegt hatte, besann sie sich, was ihre Situation anging. Sie schüttelte den Kopf. »Meine liebe Kate, das kannst du mir nicht antun! Nimm den Schmuck. Nimm ihn einfach und geh.«

»Das denke ich nicht.«

»Darf ich mich wieder umdrehen?«, fragte Sykes.

»Ja«, antwortete ich.

»Zwei Möglichkeiten«, sagte er, während er das Blitzlicht anhob. »Sie tun, was meine Chefin sagt, oder ich finde in einer dieser Taschen ein Paar Handschellen, und wir fahren Sie zur Wache.«

Meriel schluckte. »Ich kann nicht!«

»Doch, du kannst.«

»Zum Teufel, Kate. Du solltest auf meiner Seite sein.«

»Ich arbeite für den Pfandleiher. Wo ist der Hut? Ein Homburg, nicht wahr?«

»Ich habe ihn in der Theatergarderobe gelassen. Hätte ich das doch bloß mit den restlichen Sachen auch getan.«

»Bereit, Mr. Sykes? Miss Jamieson muss nur noch ihre Schuhe

anziehen und den Koffer öffnen. Ich schiebe ihn gleich hierher, in die Tischmitte. Wir werden eine schöne Aufnahme bekommen. Sie wäre sogar noch besser, wenn du dich auf die Tischkante hockst, damit ich die Schuhe mit aufs Bild bekomme. Wo ist der Schlüssel?«

Sie nahm eine schmale Kette an ihrem Hals und hob sie über ihren Kopf. »Hier ist er.«

»Dann öffne den Koffer.«

Ihre Züge versteinerten, doch sie tat, was ich sagte.

Sykes betätigte das Blitzlicht, und ich nahm die Fotografie auf.

»Du willst mich erniedrigen«, sagte sie.

»Ich denke, wir werden auch ein unterschriebenes Geständnis bekommen. Dieser Tage wird Fotografien nicht immer getraut.«

Meriel griff nach meinem Arm. »Wenn ich dir helfe, Lucy zu finden, lässt du mich dann gehen?«

»Ich muss Lucy nicht finden, jetzt nicht mehr, da wir das Diebesgut entdeckt haben. Lucy ist aus dem Spiel.«

»Was hast du vor?«

»Sie zur Polizeiwache bringen«, antwortete Sykes streng.

Ich räusperte mich. »Mr. Sykes?«

Wir traten hinaus auf den kleinen Weg, über dem abendliche Stille lag. Irgendwo in einem Garten war ein Feuer angezündet worden, denn es roch schwach nach Rauch.

Ich erzählte Sykes von meiner Idee. »Ich denke, wir sollten die Angelegenheit selbst regeln. Mr. Moony will seine Pfandgegenstände zurück. Er wird kaum die Publicity wünschen, von der Peinlichkeit ganz zu schweigen, dass er von einer Frau ausgeraubt wurde, die abstreitet, mehr getan zu haben, als die Beutel zu nehmen und wegzulaufen.«

Er schüttelte energisch den Kopf. »Nein, Mrs. Shackleton, wir dürfen sie nicht davonkommen lassen. Sie hat eine Straftat begangen.«

»Überstürzen wir nichts. Wir brauchen Zeit zum Nachdenken. Vorrang hat, dass wir Mr. Moony seine Sachen zurückgeben. Dann kann er zum ersten Mal seit dem Raubüberfall wieder ruhig schlafen. Lassen wir ihn entscheiden, ob er Anzeige erstatten will.«

»Bei allem gebührenden Respekt, so darf es nicht gehandhabt werden. Die Frau ist durch und durch eine Diebin. Und wenn wir sie jetzt nicht dingfest machen, wird sie morgen fort sein.«

»Ich werde wissen, wo ich sie finde.«

Sykes knirschte mit den Zähnen.

Ich ging wieder hinein. »Du bist noch nicht aus dem Schneider, Meriel. Wir sprechen uns morgen.«

Als ich die Tür schloss und erneut nach draußen ging, roch ich wieder Rauch, aber mit einer säuerlichen Note. Sykes winkte mich ein Stück weiter den Weg entlang in Richtung Garten. Ich folgte ihm hinters Haus und hörte das Knacken von Feuer.

»Ist das der Captain?«, fragte Sykes.

»Ja.«

Der alte Mann stand neben einem lodernden Lagerfeuer, in dem Papiere, Jacken, Kartons und Mützen brannten. Eine starke Paraffinnote sagte mir, dass er es ernst meinte. Als wir näher kamen, warf er den restlichen Inhalt der Zigarrenkiste in die Flammen. Fotografien kräuselten sich an den Rändern und wurden schwarz.

»Sie hatten recht mit ihm«, sagte Sykes leise. »Er verbrennt die Beweise der Vergangenheit.«

»Und wir sind zu spät, um etwas dagegen zu tun.«

Obwohl ich Miss Fell gebeten hatte, ihn zu beschäftigen, während ich ein zweites Mal die Geheimnisse auf dem Dachboden in Augenschein genommen hatte, musste ihm sein sechster Sinn verraten haben, was vor sich ging. Er würde nicht mehr riskieren, dass jemand sie dort oben entdeckte.

Nach wie vor rätselte ich. Wenn er wirklich der Offiziersbursche war, der den Platz des Captains eingenommen hatte, wer war dann Lucy?

Ich trat ans Feuer. Rote Funken stoben gen Himmel, als der Captain mit einem Stock ein halb verbranntes Pergament weiter ins Feuer schob. Es flammte auf und wurde zu Asche.

»Was tun Sie, Captain?«

Er sah mich an. In Ermangelung eines Hutes, den er lüpfen konnte, tippte er sich höflich an die Stirn. »Verzeihen Sie, dass ich vorhin ein wenig schroff war, Mrs. Shackleton. Ich weiß, dass Sie nur Ihr Bestes tun. Es ist nur so, dass ich Ihre Hilfe nicht mehr brauche.«

»Haben Sie von Lucy gehört?«

»Nein.« Er wandte sich wieder seinem Feuer zu. »Aber ich werde am Montag zur angegebenen Zeit am angegebenen Ort sein. Ich weiß jetzt, was zu tun ist.«

Fünfunddreißig

Ich ließ Sykes zurück nach Leeds fahren, weil ich hoffte, dass er auf diese Weise still war. Als Fahranfänger meisterte er die Kunst des Fahrens und gleichzeitigen Redens bisher nicht. Eine Weile lang funktionierte es – bis wir die Abfahrt nach Pannal erreichten, wo ich am Morgen Miss Weston besucht hatte, der ich Pralinen und die Nachricht brachte, dass sie die Uhrkette ihres Onkels eventuell nie wiedersehen würde. Als ich eben einen Umweg in Erwägung zog, um die Pralinen zurückzufordern, fand Sykes die Sprache wieder. Und kehrte zu seinem Thema zurück.

»Meriel Jamieson ist eine Diebin, Mrs. Shackleton. Wir dürfen sie nicht davonkommen lassen.« Und in einem Tonfall und einer Haltung, die unendliche Geduld signalisierten, erklärte er, warum. »Dies ist nicht wie die Suche nach Vermissten, bei der wir es mit keinem Verbrechen zu tun haben. Miss Jamieson griff Mr. Moony an. Und ich falle nicht auf ihre Geschichte von der ungeplanten, aus dem Moment heraus begangenen Tat herein. Warum wäre sie dann als Mann verkleidet gewesen?«

»Es könnte dennoch ungeplant gewesen sein. Glauben Sie nicht, dass ich ihr Handeln verteidige. Aber Meriel wartet schon ihr Leben lang auf die Chance, jemandem ihre Fähigkeiten zu beweisen. Gestern Abend hatte sie die. Ein Theaterproduzent gibt ihr eine Stelle.«

Sykes stieß einige abfällige Laute aus.

Es wäre solch eine Verschwendung, sollte Meriel Jamieson nach all ihrer harten Arbeit im Gefängnis enden. »Sie spricht fünf Sprachen.«

Was keine überzeugende Verteidigung war. Blitzschnell schaltete Sykes und murmelte: »Und lügt zweifellos fließend in jeder von ihnen.«

»Sie spielt Geige und Cembalo. Sie lebt von der Hand in den Mund. Hätten Sie *Anna of the Five Towns* gesehen, würden Sie ihr Talent und was sie zu bieten hat zu schätzen wissen.«

Sykes wich weiträumig einem Kaninchen aus, das über die Straße hoppelte. Dieses aufregende Manöver hielt ihn für mehrere Minuten still.

»Ich weiß, dass sie Ihre Freundin ist …«

»Das sagten Sie bereits. Ist sie nicht. Ich mag die Frau nicht einmal. Ich kann nur den Gedanken nicht ertragen, dass sie im Gefängnis verkümmert.«

»Mit dem allergrößten Respekt, aber dann sind Sie in der falschen Branche. Suchen Sie sich eine Stelle beim Völkerbund als eine Art Friedensstifterin. Ich gehe dann wieder zurück als Wachmann bei meinem Stiefelfabrikanten.«

»Wenn Sie so erpicht sind, das Gesetz anzuwenden, hätten Sie bei der Polizei bleiben sollen. Und Sie haben den Stiefelfabrikanten gehasst.«

Inzwischen hingen wir hinter einem Heuwagen fest. Sykes verlangsamte auf Kriechtempo.

»Ich hasse es, Kriminelle davonkommen zu sehen.«

»Mr. Moony will seine Pfandsachen zurück. Er hat uns nicht gebeten, jemanden verhaften zu lassen. Meriel wird es so schnell nicht wieder tun.«

»Nicht so schnell, nein. Sie wird sich Zeit lassen. Menschen verändern sich nicht, es sei denn zum Schlechteren.«

Ein Heuballen auf dem Wagen schwankte bedenklich.

»Sie ist außerordentlich ehrgeizig. Hat sie es erst im Theater zu etwas gebracht, wird sie nicht mehr riskieren, mit dem Gesetz in Konflikt zu kommen. Bei ihrem Talent …«

»Bei ihrem Talent wird es als Nächstes die Bank of England sein. Ich hege nicht den geringsten Zweifel, dass sie schlechten Einfluss auf die junge Lucy Wolfendale hatte. Oder glauben Sie, es hätte einen Erpresserbrief gegeben, wenn nicht …«

Und so ging es weiter. Der Heuwagen bog ab. Wir hatten freie Fahrt bis Harewood. Am Horizont drohte eine dunkelrote Sonne, auf immer aus der Welt zu gleiten.

»Mr. Sykes, machen wir dies auf meine Weise. Wir geben die Sachen zurück und sehen dann weiter. Ich glaube nicht, dass Meriel irgendwen gewürgt hat. Ich denke, sie hatte wirklich vor, eine Pfandsache auszulösen und eine andere zu verpfänden. Entlocken wir Mr. Moony die Wahrheit. Hat sie Gewalt angewendet? Das würde er Ihnen gegenüber gestehen, nicht mir. Ich bin sicher, dass Sie es aus ihm herausbekommen.« Ich hielt das für eine gute Vorgehensweise. So hatte Sykes etwas zu untersuchen.

»Ob sie gewalttätig war oder nicht? Sie meinen …«, fragte Sykes.

»Ich habe mich in Harrogate um den Fall gekümmert. Und ich hatte Erfolg.«

Sykes bremste unvermittelt, um einem alten Pfarrer auszuweichen, der blind auf die Straße getreten war. In Gedanken ganz bei der morgigen Predigt und Kollekte trottete er weiter über die Straße, ohne uns eines Blickes zu würdigen. Dabei war es sehr knapp gewesen. Mein Herz schlug schneller. Und ich dachte an den armen Dylan Ashton, der bleich und verwundet im Krankenhaus lag.

»Nur zu«, sagte Sykes hörbar verbittert. »Dann übernehmen Sie das Fahren. Sie haben deutlich gemacht, dass Sie die Chefin sind.«

»Seien Sie nicht albern!«

Er stieg aus und ging zu Fuß weiter. So ein Idiot. Ich war drauf und dran, an ihm vorbeizurasen und ihn den Rest marschieren zu lassen. An die hundert Meter weit beobachtete ich ihn. Er sah ganz wie ein Bobby auf Streife aus. Ich fuhr los und holte ihn ein.

»Steigen Sie ein!«

Er tat es. Ich sorgte dafür, so schnell zu fahren, dass er nicht aus dem Wagen springen konnte, und sagte: »Mr. Sykes, würden Sie sich bitte nicht wie ein kleiner Junge benehmen.«

»Ich benehme mich wie ein Polizist, der das Gesetz kennt.«

»Sie sind kein Polizist mehr.«

»Meine Umstände mögen sich geändert haben, das Gesetz hat es nicht. Polizist oder nicht, was Recht ist, ist Recht.«

Ein schwarzes Pferd reckte seinen Kopf hinter einer Mauer vor und beäugte uns interessiert.

»In den letzten dreißig Sekunden haben Sie zweimal von Polizei gesprochen. Warum habe ich das Gefühl, dass Sie eine alte Schlacht kämpfen?«

Diese Bemerkung traf ins Schwarze. Er war still. Ich wusste nicht genau, welche Umstände sein Ausscheiden aus dem Polizeidienst herbeigeführt hatten, aber mir war klar, dass hier ein Prinzip auf dem Spiel stand und er sehr empfindlich wurde. Also nichts Neues.

Nach einer langen Weile sagte er: »Ich bin wieder eingestiegen, weil ich bis Leeds nicht reden möchte. Nicht, weil ich je Ihre Denkweise übernehmen würde.«

»Na schön. Sie haben Ihren Standpunkt deutlich gemacht.«

Manchmal war ich mir sicher, dass er der ideale Partner für mich war. Dann wieder wurde der Mann handschellenversessen. Ich bewunderte seine Leidenschaft für Recht und Gesetz. Seine Versessenheit, alles bestrafen zu wollen, fand ich hingegen schwer zu akzeptieren. Das Schlimmste daran war das Wissen, dass er recht hatte und ich viel zu nachsichtig mit Meriel Jamieson war. Andererseits war es für Frauen auf die unterschiedlichsten Weisen schwierig, Fuß zu fassen, sich irgendeine Form von Leben zu erkämpfen. Wer war ich, Meriel zurück in die Knie zu zwingen?

Da ich glaubte, dass Mr. Sykes diese Sichtweise nicht verstehen könnte, hielt ich den Mund.

Als wir eine Viertelstunde von seinem Haus entfernt waren, sagte er: »Ihre Freundin wird nicht ruhig abwarten, bis sie verhaftet wird. Sie wird inzwischen abgehauen sein.«

Natürlich hatte er recht.

»Hören Sie auf, sie meine Freundin zu nennen. Und sie wird nicht abhauen. Sie hofft auf eine schillernde Karriere am Theater. Ich habe ihr gesagt, dass ich weiß, wie ich sie finde, sollte sie Harrogate verlassen.«

»Mich wurmt es, dass sie ungeschoren davonkommen könnte.«

Ich war zu müde, um zu streiten.

Es war beinahe neun Uhr abends, als wir Woodhouse erreichten. Die Sonne war längst untergegangen. Einige Mädchen spielten noch draußen, schwangen ein Springtau unter der Straßenlaterne.

Ich hielt vor Sykes' Haus. »Es ist zu spät, noch zu Mr. Moony zu fahren. Ich werde ihn anrufen, wenn ich zu Hause bin, und die Sachen in meinem Safe einschließen. Dann mache ich einen Termin mit ihm.«

»Gut. Geben Sie mir Bescheid?«

»Ja, ich schicke Ihnen eine Nachricht.«

Armer Sykes. Er brauchte eine Arbeit. Ihm gefiel die Arbeit für mich, die Freiheit, die sie ihm bescherte. Das einzige Haar in der Suppe war ich. Auf dieser Heimfahrt waren wir fast einer Entzweiung nahegekommen, und der Tag war noch nicht zu Ende.

Eines der Mädchen verließ die Warteschlange fürs Seilspringen und kam zum Wagen gelaufen. »Dad!«

Sykes stieg aus dem Wagen. »Das ist Irene. Begrüße Mrs. Shackleton, Irene.«

Plötzlich wurde Irene schüchtern. Ich wusste, dass sie zwölf war, aber mit den hellbraunen Locken und ihren strahlenden Augen wirkte sie jünger. Als wolle sie die Aufmerksamkeit von sich ablenken, sagte sie: »Thomas hat was für Sie, Miss.« Sie lief ins Haus.

Sykes blieb auf dem Gehweg stehen. »Thomas ist mein Ältester. Er ist dreizehn, und auf unserem Ausflug nach Robin Hood's Bay hat er das erste Mal das Meer gesehen. Er verbindet es mit Ihnen – mit meiner Arbeit für Sie.«

Ein streberhaft wirkender Junge kam zögerlich aus dem Haus. Er hielt ein Päckchen unter dem Arm und war schlaksig, ganz Ellbogen und Knie. Sykes sagte stolz: »Der Möbelschreiner in Robin Hood's Bay hatte einen Narren an ihm gefressen. Thomas setzte sich in den Kopf, etwas für Sie anzufertigen.«

An den Fenstern erschienen Gesichter. Ein halbes Dutzend Kinder, manche in Nachthemden, kamen aus den Häusern, um das Automobil zu bewundern. Thomas drängte sich hindurch. Er überreichte mir das in braunes Papier gewickelte und sorgsam verschnürte Päckchen. »Ein Geschenk aus Robin Hood's Bay«, sagte er feierlich.

»Vielen Dank. Darf ich es jetzt gleich öffnen?«

»Ja.«

Ein Dutzend Kinder kam näher. Thomas stand sehr gerade da, die Schultern gestrafft.

Ich löste den Knoten. Meine Hand berührte glattes Holz, kühl anzufassen.

»Es ist englische Eiche«, sagte Thomas.

Es war ein helles Holzbrett, etwa dreiundzwanzig mal fünfzehn Zentimeter und knapp drei Zentimeter dick. In die obere linke Ecke hatte er eine winzige Fledermaus geschnitzt und dunkel getönt. In der unteren rechten Ecke war ein dunkelgrünes Efeublatt, das aussah, als hätte es der Wind dorthin geweht. In die Mitte des Brettes war ein Name geschnitten: *Pipistrelle Lodge* – Zwergfledermaus-Hütte.

Im ersten Moment wusste ich nichts damit anzufangen und sah Thomas an, wagte aber nicht zu fragen, was es bedeuten sollte. Dann begriff ich. »Du hast mein Haus getauft.«

»Ich sagte ihm, dass er Sie erst fragen sollte«, murmelte Sykes.

»Nein, es ist perfekt. Hab vielen lieben Dank, Thomas.«

Thomas nickte sehr verhalten, und etwas wie ein Lächeln, das er nicht zuließ, umspielte seine Lippen. »Ich war im Wald hinter Ihrem Haus, als es dunkel wurde. Die Zwergfledermäuse flattern da in Scharen.«

»Tun sie«, stimmte ich ihm zu. »Eine flog erst neulich Abend direkt ins offene Fenster. Ich musste sie fangen und wieder freilassen, bevor die Katze sie schnappte.«

Thomas vergaß sich und lachte. Alle Kinder lachten, obwohl die jüngeren gar nicht wussten, was uns so belustigte.

»Na, dann macht mal den Weg frei«, sagte Sykes. »Lasst die Dame weiterfahren.« Die Kinder gingen aus dem Weg, auch wenn ich wusste, dass sie mir nachlaufen würden, sobald ich losfuhr.

Ich sah zu Sykes, um mich zu verabschieden, doch er hatte sich bereits abgewandt und ging wortlos ins Haus.

Sechsunddreißig

Meine Haushälterin, Mrs. Sugden, ist in den Vierzigern. Sie trägt ihr langes, graumeliertes Haar in Zöpfen, die sie um ihren Kopf windet und vorn so tief ins Gesicht zieht, als sei ihr ihre hohe Stirn peinlich. Ihre Lesebrille mit dem Drahtgestell rutschte auf ihrem Nasenrücken. »Der Kessel ist an«, sagte sie. Das ist er immer.

Sie bewunderte das Namensschild des Hauses, das ich auf den Küchentisch legte. »Tja, das finde ich einfach großartig. Mr. Sykes hat in dem jungen Thomas einen sehr begabten Burschen. Ich lasse es von Ernest anbringen.«

Ernest war der runzelige alte Knabe, für den Mrs. Sugden nach draußen schoss und Dung einsammelte, sobald ein Pferdekarren unsere Straße passierte. Früher dachte ich, er hätte einen Schrebergarten, aber bei den Mengen, die eingesammelt wurden, kam mir der Verdacht, dass es noch einen anderen Verwendungszweck gab. Vielleicht war er insgeheim Alchimist und hatte einen Zauber entdeckt, mit dem er Pferdemist in Gold verwandeln konnte.

»Ich habe Sie heute Abend nicht zurückerwartet.«

»Das ist eine lange Geschichte. Wir haben die gestohlenen Sachen von Mr. Moony gefunden. Ich weiß, dass es spät ist, aber ich werde ihn jetzt anrufen und verabreden, morgen zu ihm zu fahren.«

Mrs. Sugden neigte fragend den Kopf zur Seite. »Das ging ja fix.«

»Ja.« Mir wurde auf einmal bewusst, wie erschöpft ich war.

»Sie sehen aus, als könnten Ihnen ein Bückling aus Robin Hood's Bay und ein Butterbrot nicht schaden.«

»Nein, vielleicht nicht.«

»Gut, ich kümmere mich darum.«

Ich nahm das Telefon auf und sprach einen Moment später mit Mr. Moony. So diskret wie möglich, um jeden zu narren, der womöglich mithörte, teilte ich ihm die Neuigkeit mit. Er war so still, dass ich glaubte, er hätte einen Herzinfarkt erlitten.

Schließlich sagte er: »Demnach darf ich glauben, Mrs. Shackleton, dass die Waren sicher sind?«

»Ja, und morgen früh bringe ich sie Ihnen. Es sei denn, Sie wünschen, dass ich bis Montag warte und zum Geschäft komme?«

»Je eher, desto besser. Morgen ist wunderbar.«

»Welche Zeit wäre Ihnen recht?«

Wir vereinbarten, dass ich Mr. Moony um neun Uhr morgens aufsuchen würde. Bis ich den Hörer auflegte, hatte Mrs. Sugden das Abendessen auf dem Tisch. Sie setzte sich mir gegenüber an den Küchentisch, während ich die Gräten aus dem Bückling entfernte. »Sie sagten, dass Sie heute im Grand Hotel in Harrogate übernachten würden«, bemerkte sie vorwurfsvoll.

Ich stöhnte. In meiner Eile, Mr. Moonys Waren zurückzubringen, hatte ich meine Hotelreservierung vollkommen vergessen. »Ich sollte lieber anrufen und stornieren.«

»Ihre Mutter hat angerufen. Ich erzählte ihr, dass Sie dort gebucht haben. Sie hat vor, morgen hinzufahren und sich zu Ihnen zu gesellen. Sie hat im Grand gebucht.«

»Haben Sie ihr nicht gesagt, dass ich arbeite?«

»Doch, ich glaube, das habe ich. Aber wie sie sagt, können Sie nicht immerzu arbeiten. Sie sagt, sie hätte schöne Erinnerungen an Harrogate. Außerdem gab es dort einen Mord, wissen Sie das?«

»Ja, ich weiß.«

»Sie wird sich um Sie sorgen. Es steht heute in der Abendzeitung.«

Sie blickte mich über den Rand ihrer Brille hinweg an, und ich wusste, dass sie keine Ruhe geben würde, ehe sie nicht wenigstens etwas von der Geschichte gehört hatte.

Vierzig Minuten später, nachdem ich alles erzählt hatte, schob ich den Küchenstuhl zurück und stand auf. »Nun, ich muss etwas tun. Ich habe einen Bericht zu schreiben.«

»Es ist beinahe elf Uhr.« Wäre Mrs. Sugden im Parlament, würde sie es sich zur Aufgabe machen, humane Arbeitszeiten durchzusetzen. Sie widmete jeden Abend ihren Steckenpferden Lesen, Stricken, Häkeln und Briefe an ihre Tochter und ihre sonstigen Verwandten schreiben.

»Sie haben recht. Aber ich notiere noch ein oder zwei Punkte, um meine Gedanken zu ordnen.«

Das Esszimmer diente gleichzeitig als mein Büro. Ich hatte einen neuen Aktenschrank aus Kirschholz, ein Karteikartensystem und einen Monatsplaner für meine Aufträge. Da ich bisher erst zwei richtige Fälle gehabt hatte, kam mir der Gedanke, dass es eventuell nie wieder einen Auftrag für Kate Shackleton, die Privatdetektivin, geben könnte. Das Geld würde mir nicht fehlen, aber die Arbeit und die Möglichkeit, neugierig zu sein, mich in das Leben anderer einzumischen und etwas zu bewirken. Vor ein paar Monaten noch hätte es mich nicht die Bohne interessiert, ob sich in nächster Zeit ein Fall aufgetan hätte. Jetzt war das anders. Es wäre eine Sache, sollte Mr. Sykes seinen Dienst bei mir aus Gewissensgründen quittieren, eine gänzlich andere indes, müsste ich ihn gehen lassen, weil es keine Arbeit gab.

Seine Kinder zu sehen hatte mich an die große Verantwortung erinnert, die damit einherging, jemanden einzustellen.

Als Erstes schrieb ich eine Rechnung. Der Scheck, den ich

am Freitagmorgen bekommen hatte, würde als Bezahlung ausreichen. Als Nächstes verfasste ich einen kurzen Bericht für Mr. Moony, nannte die Personen, die besucht wurden, und die Arrangements, die für den Fälligkeitstag vorgesehen waren. Die Beschreibung, wie die gestohlenen Gegenstände gefunden wurden, war ein wenig heikel, da ich weder Lucy Wolfendale noch Meriel Jamieson erwähnen wollte. Lucy wollte ich nicht belasten, ohne zuvor mit ihr gesprochen zu haben. Und auch wenn ich Sykes recht gab, dass Meriel sich für ihre Taten verantworten müsste, ertrug ich den Gedanken nicht, dass sie ins Gefängnis ging. Da ich so etwas bisher nie gemacht hatte, war ich unsicher, was der Versicherung und der Polizei mitgeteilt werden müsste. Es wäre hilfreich, mit meinem Vater zu sprechen, der Superintendent bei der West Riding Constabulary war. Allerdings konnte das nicht per Telefon erfolgen. Ach, wie viel einfacher war es doch, als ich für Mütter, Schwestern und verlassene Frauen vermisste Männer aufspürte!

Sookie, meine schwarze Katze, die ich rettete, als ich wegen des Braithwaite-Falles in Bridgestead war, musste in einem früheren Leben eine Schriftgelehrte gewesen sein. Sie beobachtete sehr streng, wie ich meinen Füllfederhalter in die Tinte tunkte, und ich hatte das Gefühl, dass sie, sollte mein Schriftbild nicht ihren Ansprüchen genügen, kurzerpfote das Tintenfass vom Tisch schleudern würde.

Es war fast Mitternacht, als das Telefon läutete. Mrs. Sugden war zu Bett gegangen. Ich erkannte die selbstbewusste Männerstimme nicht gleich.

»Mrs. Shackleton?«

»Ja.«

»Hier ist Inspector Charles. Entschuldigen Sie die späte Störung. Habe ich Sie geweckt?«

»Nein.«

»Ich wusste nicht, dass Sie vorhatten, heute nach Leeds zurückzufahren.«

»Hätte ich Sie informieren müssen?« Meine Worte klangen schärfer als beabsichtigt.

»Nein, natürlich nicht. Wir haben ja Ihre Adresse und Telefonnummer.«

Es war schlimm genug, dass meine Mutter immerfort wissen musste, wo ich gerade steckte, da bedurfte es nicht noch eines Police Inspectors, den dies ebenso brennend zu interessieren schien. »Kann ich Ihnen helfen, Inspector?«

Er zögerte. Wir alle wussten, dass Telefongespräche unsicher waren.

»Wäre möglich … Planen Sie, nach Harrogate zurückzukommen?«

»Wäre möglich«, antwortete ich im selben vorsichtigen Ton.

»Dann seien Sie bitte so freundlich, ins Prince of Wales Hotel zu kommen, gegen elf Uhr morgen Vormittag, falls es genehm ist.«

»Mittag wäre günstiger. Ich habe noch einen Termin morgen früh.«

»Sehr gut.«

»Können Sie mir einen Hinweis geben?«

Es entstand eine Pause. »Es geht um eine dritte Person, die wir bislang nicht antreffen konnten. Ich hoffe, Sie können dabei helfen.«

Also wollte er Lucy Wolfendale finden.

»Verstehe.«

»Bis morgen dann«, sagte er recht bestimmt. »Gute Nacht, Mrs. Shackleton.«

»Gute Nacht, Inspector.«

Siebenunddreißig

Bienen umschwirrten die Stockrosen in Moonys Garten in der Street Lane. Sykes und ich wanderten den Weg hinauf, und es herrschte nach wie vor eine komische Missstimmung zwischen uns. Er räusperte sich. Als ich an der Tür läutete, wechselten wir einen Blick. Er sah gleich wieder weg, wohlwissend, dass er mir das Reden überlassen musste.

Mr. Moony öffnete die Tür, wünschte uns lächelnd einen guten Morgen und beäugte den Aktenkoffer, den Sykes trug.

Wir folgten ihm in sein Arbeitszimmer. Die Vorhänge waren zurückgezogen, sodass Sonnenlicht durchs Fenster hereinfiel.

Mr. Moony wippte auf seinen Fußballen wie ein aufgeregtes Kind, als er zusah, wie Sykes den Aktenkoffer auf den Schreibtisch stellte. »Nur achtundvierzig Stunden, und Sie haben ...« Es verschlug ihm offenbar die Sprache, als Sykes die Riegel löste und den Deckel hochhob.

Mr. Moony starrte auf den Inhalt. »Erstaunlich. Was für eine Erleichterung!«

»Würden Sie diese Gegenstände bitte identifizieren, Mr. Moony?«, bat ich.

Er hörte mich nicht, stand da und betrachtete alles mit offenem Mund. »Ich dachte nicht ... Es ist ein Wunder.« Als er sich zu mir wandte, glänzten seine Augen feucht. »Meine Frau sagte, ich solle mich an Sie wenden. Sie hatte recht. Mrs. Shackleton, wie kann ich Ihnen jemals ...«

»Wir haben unsere Arbeit gemacht, Mr. Moony, und hatten ein wenig Glück.«

Langsam und mit zitternden Händen glich Mr. Moony den Inhalt mit seiner Liste ab. »Der Diamantring?«, fragte er schließlich. »Es ist alles da, außer Mrs. deVries' Ring.«

Sykes tat sein Bestes, ein triumphierendes Grinsen zu unterdrücken. Die Sachen zurückzugeben war der leichte Teil. Die Erklärung könnte ein wenig länger dauern.

»Der ist wieder bei seiner Besitzerin.« Plötzlich fiel mir ein, dass der Ring zwar wieder in Miss Fells Besitz war, Mr. Moony aber nicht das Geld erhalten hatte, für das er verpfändet wurde. »Sie werden die Umstände erfahren wollen«, sagte ich. »Haben Sie einen Safe für …«

»Ah, ja.« Er schien die Sachen ungern aus den Augen zu lassen, doch nachdem er sie noch einen Moment fasziniert betrachtet hatte, öffnete er einen Safe und schloss die kostbaren Waren darin ein. »Und gewiss möchten Sie einen Tee. Meine Frau würde Sie gern kennenlernen.«

Zu viert gingen wir ins Wohnzimmer. Mr. und Mrs. Moony setzten sich nebeneinander auf die Polstercouch. Sykes und ich nahmen gegenüber Platz. Auf dem niedrigen Tisch zwischen uns standen eine Teekanne, kleine, viereckige Porzellanteller und selbstgebackene Kekse.

Ich erzählte eine rührende Geschichte von »Mrs. deVries« und ihrer Täuschung mit dem falschen Namen. »Sie vertraute den Pfandschein einer jungen Freundin an, die ihn wiederum an eine andere weitergab, weil Letztere eine Uhrkette verpfänden wollte. Es war diese Person, eine junge Frau von bis dahin untadeligem Charakter, die für einen Moment der Versuchung erlag und Ihre Pfandgegenstände stahl, Mr. Moony.«

»Eine Frau?« Er verschluckte sich an seinem Haferkeks. Mrs. Moony klopfte ihm auf den Rücken und drängte ihn, einen Schluck Tee zu trinken.

»Eine Frau?«, wiederholte er.

Sykes blickte konzentriert auf das Teppichmuster.

Ich fuhr fort, wobei ich bemüht war, weder lahm noch zu fantasievoll zu klingen. »Sie verkleidete sich als Gentleman. Und sie hat Harrogate inzwischen verlassen.«

Das war zwar geraten, aber vermutlich wahr.

»Das herzlose Luder!« Mrs. Moonys Tasse bebte auf der Untertasse. »Mein armer Philip. Solch ein schockierendes Erlebnis.«

Mr. Moony brauchte noch eine zweite und eine dritte Erklärung, ehe er die Geschichte begriff.

»Und nun ist es Ihre Entscheidung, Mr. Moony, was getan werden soll. Sie haben Ihre Waren wieder, und der Betrag, den Sie an Miss Fell verliehen, wird Ihnen erstattet. Ich habe den Namen der Täterin nicht enthüllt.« Mr. Sykes blickte mich über seine Tasse hinweg an. Ich ignorierte ihn – oder versuchte es zumindest. »Diese junge Frau ist Ihrer Gnade ausgeliefert, sollten Sie Anzeige erstatten wollen.«

Nun konnte Sykes nicht mehr an sich halten. Er pflückte einen Krümel von seinem Hosenbein. »Sie hat eine Straftat begangen.«

Mr. Moony sah von mir zu Sykes und wieder zurück zu mir. »Käme die Geschichte in die Zeitungen, wenn ich zur Polizei ginge?«

»Ja, das würde sie«, antwortete ich voller Überzeugung.

Sykes wollte etwas sagen, als ich ihn mit einem strengen Blick bedachte.

»Das ist schrecklich viel zu verdauen, mein Lieber«, sagte Mrs. Moony leise zu ihrem Mann. Dann blickte sie zu mir. »Mein Mann hält es für besser, sich alles in Ruhe zu überlegen. Schließlich ist Sonntag. Ich bin sicher, dass er diese Angelegenheit später in der Kirche überdenken möchte, vielleicht bei der Abendmesse.«

Mr. Moony stimmte zu, dass er genau das im Sinn hätte.

Es schien mir ein guter Moment, um mich zu verabschieden. Dennoch hatte ich das Gefühl, dass noch etwas unerledigt war. Etwas musste noch gesagt werden, und ich war nicht sicher, was es war.

Mr. Moony neigte den Kopf zur Seite und sah Sykes an. »Sie wollten etwas sagen, Mr. Sykes.«

Sykes schaute zu mir. »Nein, nichts, Sir.«

Mr. Moony atmete geräuschvoll aus, was jedoch nicht als Seufzen bezeichnet werden konnte. »Ich bin sehr dankbar für Ihren Erfolg und Ihre schnelle Arbeit.«

Ich nahm den Umschlag aus meiner Tasche. »Hier ist ein kurzer Bericht, mitsamt der Abrechnung.« Ich legte ihn auf den Tisch. »Abgesehen von uns und der Polizei sind die einzigen Menschen, die von dem Raub wissen, drei Ihrer Kundinnen und die Herren, die Mr. Sykes aufsuchte. Ich bin sicher, dass sie aus persönlichen Gründen diskret sein werden.«

Mr. Moony nickte. »Ich danke Ihnen vielmals für alles, was Sie getan haben. Ich werde der Polizei und der Versicherung mitteilen, dass die Sachen wieder da sind.«

Eine Weile lang bewegte sich die Unterhaltung im Kreis. Der Wunsch nach Bestrafung der Täterin wurde gegen die schlechte Publicity abgewogen, die ein Prozess mit sich brächte.

In einem tapferen Versuch, das Thema zu wechseln, blickte ich durch das Fenster in den langgezogenen Garten voller Blumen und Gemüse. »Sie haben anscheinend einen fleißigen Gärtner.«

Mr. Moony lächelte. »Ich bin gern im Garten. Pflanzen sind eine erfrischende Abwechslung zu Schmuck. Sollte ich jemals in den Ruhestand gehen, werde ich mehr selbst übernehmen. Derzeit habe ich einen alten Knaben, der sich für mich die Hände schmutzig macht.«

»Ich baue Kürbisse an«, sagte Sykes mit einem neidischen

Blick auf die Reihen von Gemüse. »Ich habe gerade erst einen Schrebergarten übernommen.«

Mrs. Moony sagte: »Zeig Mr. Sykes deine Kürbisse, Lieber.«

Als die Herren sich entschuldigt hatten und nach draußen gegangen waren, sah Mrs. Moony mich an. »Sie wünschen keine Strafverfolgung gegen diese … diese Person«, konstatierte sie angewidert.

Mir wurde auf einmal sehr warm. War das so offensichtlich gewesen?

Sie fuhr fort: »Darf ich fragen, warum nicht?«

»Manchmal ist es besser, einen Schlussstrich zu ziehen. Es war eine furchtbare Erfahrung für Mr. Moony, und vor Gericht zu gehen würde bedeuten, alles noch einmal zu durchleben. Nach dem Wenigen, was ich von ihm weiß, glaube ich, es wäre demütigend für ihn, sollte diese Sache bekannt werden.«

»Gewiss kann man das Ganze mit einer gewissen Vertraulichkeit behandeln, ihn schützen.«

»So arbeitet unser Rechtssystem nicht, Mrs. Moony«, widersprach ich mit jener Überzeugung, wie sie mir allein Charles Dickens' Beschreibungen des Selbigen verliehen hatte. »Nimmt das Gesetz seinen vorgeschriebenen Gang, gibt es keinerlei Schutz, für niemanden. Es müsste ein Prozess stattfinden, gäbe Geschworene, und Reporter wären im Gerichtssaal.«

»Also geht es Ihnen nur um das Wohl meines Mannes?«, fragte sie frostig.

Sie war weit scharfsinniger, als ich erwartet hätte. Es gab keine andere Wahl, als offen zu sein. »Mr. Sykes stimmt mir nicht zu, obgleich er loyal genug ist, es nicht auszusprechen.«

Sie nickte, faltete die Hände auf ihrem Schoß und wartete, dass ich fortfuhr.

»Die Entscheidung liegt bei Mr. Moony. Aber wenn Sie fragen, warum ich so empfinde, wie ich empfinde, muss ich gestehen, dass ich diese Frau für ihre Tat verurteile. Es war ein abscheuliches Verbrechen, zugleich aber verstehe ich, was sie dazu veranlasste – schiere Verzweiflung.«

Irgendwie glaubte ich nicht, dass ein Verweis auf Meriel Jamiesons mögliche Theaterkarriere von Mrs. Moony gut aufgenommen würde.

»Bei Ihnen klingt es, als hätte sie ansonsten einen guten Charakter. Ich glaube, so wird es manchmal ausgedrückt, um eine Strafmilderung zu erreichen.«

Was auch Meriels Eigenschaften sein mochten, es wäre mir nie in den Sinn gekommen, dass ein guter Charakter zu ihnen zählte.

»Sie ist ein sehr freundliches und intelligentes Geschöpf mit einem wachen Blick für die menschliche Natur.«

»Dann scheint mir unverständlich, dass sie so tief sinken konnte.«

»Das ist es.« Hinter Mrs. Moony konnte ich Mr. Moony im Garten voller Stolz auf etwas zeigen sehen, was wahrscheinlich ein Riesenkürbis war. Sykes schaute durchs Fenster zu Mrs. Moony und mir. Er wusste genau, was ich tat. »Ich denke, es gibt Situationen, Mrs. Moony, in denen selbst jemand, der eine schlimme Tat begangen hat, eine zweite Chance verdient.«

»Tut es ihr leid?«

»Oh ja.«

Meriel Jamieson würde es sehr leidtun, sollte sie am Ende Werg zupfen und Postsäcke nähen müssen.

»Ich glaube nicht, dass Mr. Moony Anzeige erstatten will«, sagte Sykes finster, als er nach Woodhouse zurückfuhr. Er hatte behauptet, dass er mehr Fahrpraxis bräuchte.

»Aha?«, fragte ich so neutral, wie es bei zwei kurzen Silben möglich war.

Sykes war sehr sicher geworden, wenn es um das Fahren auf einer geraden, freien Strecke ging. »Ich verließ die Polizei, weil ich dort nicht hineinpasste. Wenn sie dort etwas falsch machten, sprach ich es aus. Ich schaute nicht wortlos zu.«

»Ja, ich weiß.«

»Sie sind der Boss, Sie zahlen meinen Lohn. Aber eines sollten Sie wissen, Mrs. Shackleton …« Er schwenkte Richtung Gehwegrand, als er um eine Kurve bog.

»Vorsicht. Achten Sie auf den Laternenpfahl.«

Sykes konzentrierte sich wieder auf das Lenken und sah zur Straße.

»Was hat Mr. Moony im Garten gesagt, das Sie auf die Idee bringt, er würde niemanden anzeigen?«

»Niemand hatte ihn gewürgt. Er war lediglich zu langsam. Als sie die Sachen schnappte, war er so konsterniert, dass er gar nichts tat.«

»Armer Mr. Moony.«

»Ihm ist sein Handeln, oder vielmehr seine Unfähigkeit zu handeln, peinlich.«

»Danke, dass Sie nicht versucht haben, ihn zu beeinflussen, als Sie mit ihm bei den Kürbissen waren.« Mir kam in den Sinn, welche große Rolle Scham in diesem Fall gespielt hatte. Miss Fells Scham wegen ihrer Armut. Mr. Moonys, weil er sich ausrauben ließ.

Sykes zuckte mit den Schultern. »Ich möchte nur sagen, dass ich nichts damit zu tun haben will, wenn Straftaten vertuscht werden.«

Ich seufzte. »Nein, sicher wollen Sie das nicht.«

Sykes fuhr so viel besser, dass es ihn selbst überraschte, sein Ziel erreicht zu haben, ohne groß darüber nachzudenken.

Er stieg aus. Ich wechselte auf den Fahrersitz und fuhr zu meinem Termin mit Inspector Charles.

Achtunddreißig

Inspector Charles hatte gesagt, er würde mich im Prince of Wales Hotel treffen, wo er eine Einsatzzentrale in zwei Zimmern im ersten Stock eingerichtet hatte.

Von meinem Platz in der Eingangshalle aus konnte ich die Treppe und den Aufzug sehen. Derselbe Police Sergeant, der Meriel und mich Freitagnacht begleitet hatte, stapfte langsam die Treppe herunter und unterdrückte ein Gähnen. Ein kleiner, untersetzter Arbeiter, bei dem es sich, wie ich annahm, um einen Mechaniker von Milner & Son's handeln musste, drückte den Knopf für den Aufzug und schien den Missmut des Fahrstuhlführers zu genießen.

Nun kam Inspector Charles die Treppe herunter. Er nickte mir kurz zu und bedeutete mir mit einem Fingerzeig, dass er gleich bei mir wäre. Er verschwand in der Telefonkabine des Hotels und schloss die Tür hinter sich.

Fünf Minuten später kehrte der Inspector zurück und entschuldigte sich, dass er mich warten ließ. Als wir die Treppe hinaufgingen, war mir sehr bewusst, wie dicht er neben mir ging, mit welcher Leichtigkeit er sich bewegte und wie konzentriert er wirkte. Wir schritten durch den Korridor, an dessen Wänden Ansichten des alten Harrogates zu Zeiten von Pferdekutschen hingen.

Eine Zimmertür stand ein Stück offen. Ich blickte in einen Raum mit zwei aufgebockten Tischen und einigen Stühlen. Mit dem Rücken zu mir saß ein Mann in Hemdsärmeln, der Karteikarten vor sich ausbreitete, als würde er Solitaire spielen.

Inspector Charles holte einen Schlüssel aus seiner Tasche und schloss die Tür zu einem anderen Zimmer auf. Dieses war kleiner und enthielt nur einen Schreibtisch und zwei Stühle.

Er zog mir einen Stuhl vor, bevor er sich setzte.

»Danke für Ihre schriftliche Aussage. Ich hatte diesen Belgier, Monsieur Geerts, in Untersuchungshaft genommen. Aber wir mussten ihn wieder freilassen.«

Diese Neuigkeit war mir unangenehm, denn ich war es gewesen, die auf den falschen Mann gedeutet hatte. »Es war trotzdem hilfreich, mit ihm zu reden«, sagte der Inspector rasch. »Ich hatte ohnehin Zweifel, dass er unser Mann ist, schon bevor ich sein Alibi überprüfte.«

»Ach ja?«

»Geerts hat nicht einen Kratzer an sich. Die Abendgarderobe, die er trug, ist in makellosem Zustand. Ich glaube, er wusste wirklich nicht, wie Mr. Milner getötet wurde oder dass die Reifen seines Wagens aufgeschlitzt wurden.«

»Und er hat ein Alibi?«

»Der junge Dylan Ashton war lange genug bei Bewusstsein, um Geerts Geschichte zu bestätigen. Sie verließen das Theater gemeinsam. Geerts war sehr aufgebracht, weil seine Frau vor seiner Nase mit einem anderen anbandelte. Er war in die Herrengarderobe gegangen, um sich zu fangen. Dort war der junge Ashton, dem es nicht gut ging. Geerts begleitete Ashton nach Hause und blieb eine Weile bei ihm. Er hatte einen Flachmann dabei und gab Ashton von seinem Whisky. Um kurz vor Mitternacht verließ er Ashtons Wohnung. Auf dem Heimweg grüßte er einen Mann, der seinen alten Schäferhund ausführte. Auch das wurde bestätigt.«

»Und Dylan Ashton?«

»Der war mit seinen Freunden zusammen gewesen, bis er mit Geerts ging.«

»Da wird Madame Geerts froh sein. Sie war gestern sehr aufgelöst. Und mich freut zu hören, dass Dylan Ashton auf dem Weg der Besserung ist.«

»Wir haben den rücksichtslosen Fahrer, der ihn anfuhr. Der Schuft ließ ihn am Straßenrand liegen, bekam Panik und eilte davon. Zum Glück hatte der hiesige Sergeant die Beschreibung des Wagens verteilt, die wir von einem anderen Radfahrer hatten. Ein Mechaniker sah das Fahrzeug, mit beschädigtem Kotflügel. Der Fahrer ist ein gedankenloser junger Bursche, der die ganze Nacht unterwegs gewesen war.«

Also stand Dylans Unfall in keinem Zusammenhang mit Milners Tod oder Lucys Verschwinden.

»Mrs. Shackleton, Sie wissen, dass wir bei der Polizei von Zeit zu Zeit um weibliche Unterstützung bitten.«

»Ja.«

»Natürlich wissen Sie das als Tochter von Superintendent Hood.«

Also hatte er seine Hausaufgaben gemacht. »Ich bin zu Beginn des Krieges selbst für kurze Zeit bei der freiwilligen weiblichen Polizei gewesen, bevor ich zum VAD ging.«

»Dann will ich direkt zur Sache kommen. Wir gehen einer Menge Anhaltspunkte nach, sprechen mit den Geschäftspartnern des Toten, den Kunden und so fort. Aber mich interessieren natürlich auch die Leute, die ihn zuletzt gesehen haben – Theaterbesucher und Darsteller –, und da gibt es eine junge Dame, mit der wir noch nicht geredet haben.«

»Lucy Wolfendale.«

Er nickte anerkennend. »Sie sind uns zwei Schritte voraus. Wie Sie es gestern bereits in der Tanzschule der Geerts waren, wo Sie nach Lucy Wolfendale und nach Alison Hart fragten.«

»Ja.« Ich entschied mich, von mir aus keine weiteren Informationen preiszugeben, und wartete.

»Sie fanden Miss Hart, nicht hingegen Miss Wolfendale. Warum haben Sie nach ihr gesucht?«

Das ist das Problem mit Polizisten. Sie haben das Recht, unbequeme Fragen zu stellen. Doch ich empfand ein wenig Mitleid mit Lucy und ihren hochtrabenden Ambitionen, weshalb es mir widerstrebte, sie in Schwierigkeiten zu bringen. Dennoch würde ich nicht für sie lügen.

»Lucys Großvater war in Sorge. Er bat mich nachzusehen, ob sie wirklich bei Alison war, wie sie gesagt hatte.«

»Fahren Sie fort.«

»Sie war es nicht, wie Sie wissen. Alison hatte bei Madame Geerts übernachtet.«

»Fahren Sie fort.«

Wie enervierend er mit seinem »Fahren Sie fort« sein konnte. »Ich fand Lucy nicht.«

Nachdenklich nagte er an seiner Unterlippe, bemerkte es und ließ es umgehend bleiben. »Warum hatte der Großvater gerade Sie darum gebeten?«

Ich merkte, dass ich rot wurde, was sehr ärgerlich war. »Weil er weiß, dass ich Privatdetektivin bin.« Und nun kam mir eine geniale Idee. Ich könnte eine verbotene romantische Verstrickung Lucys andeuten. »Captain Wolfendale wusste, dass ich diskret sein und Lucys Reputation schützen würde.«

»Also … denken Sie …?«

Jetzt tat er es schon wieder. In meiner Aufregung ob des Schmuckfundes hatte ich meine Drohung vergessen, zur Polizei zu gehen, sollte Lucy bis Samstagabend nicht gefunden sein. Ich bereute die Drohung nicht, trotzdem würde ich keine Einzelheiten über Lucys falsche Lösegeldforderung ausplaudern.

Mr. Charles presste die Hände auf den Tisch. »Ist Ihnen nicht der Gedanke gekommen, dass sie zu Schaden gekommen oder für selbigen verantwortlich sein könnte?«

War er nicht. Es schien mir absurd. Außerdem war ich zu sehr mit der Lösung meines Falles beschäftigt gewesen. Voller Selbstvertrauen antwortete ich: »Ich glaube nicht, dass sie ermordet wurde, falls es das ist, was Sie andeuten möchten. Oder dass sie Mr. Milner ermordet hat.«

»Wo ist sie dann?«

Meine Verärgerung wuchs. »Inspector, ich war von Freitagnachmittag bis Samstagabend in Harrogate. Captain Wolfendale bat mich, nach Lucy zu suchen, womit ich Stunden beschäftigt war. Dann besann er sich um. Sie baten mich heute her, um Ihnen zu helfen, und doch bin ich bisher lediglich verhört worden.«

Er sah mich an und neigte leicht den Kopf zur Seite, als wäre er wegen irgendetwas unentschlossen. Dann lächelte er. »Verzeihen Sie, Mrs. Shackleton. Ich bat Sie her, weil ich hoffe, dass Sie uns helfen könnten, sofern Sie gewillt sind.«

»Was möchten Sie, dass ich tue?« Ich wusste genau, was er wollte, und das wiederum wusste er.

»Da Sie anfingen, nach Miss Wolfendale zu suchen, wären Sie wohl so freundlich, es weiter zu tun? Ich glaube, Sie können dabei taktvoller vorgehen und mehr Erfolg haben als einige meiner Männer.«

»Na schön. Aber ich werde es auf meine Weise tun, um Lucys Reputation nicht zu beschädigen. Harrogate ist ein kleiner Ort.«

Seine Züge verhärteten sich. »Reputation?«, wiederholte er kühl. »Ein Mörder läuft frei herum, ein Mädchen wird seit Freitagabend vermisst, und Sie reden von Reputation, sorgen sich um Klatsch?«

»Wenn Sie meine Hilfe wünschen, vertrauen Sie bitte meinem Urteil.«

Sollte er seinen Sergeants und Constables befehlen, die Dinge auf seine Art zu tun, aber mich würde er nicht herumkommandieren.

Er seufzte. »Natürlich. Danke, dass Sie einwilligen. Wir haben eine Standardvergütung bei solchen Aufträgen. Ich könnte …«

Ich unterbrach ihn, weil ich nicht über Pfund, Shilling und Pence diskutieren wollte. »Ihre Standardvergütung wird akzeptabel sein.«

Mir war es sehr recht, die Suche nach Lucy fortzusetzen und zu beenden, was ich angefangen hatte. Das einzige Hindernis war die nahende Ankunft meiner Mutter. Die ich nicht erwähnte.

Der Inspector verstand es, eine Gesprächspause mit Erwartungen und Bedeutung zu füllen. Da war noch etwas, was er sagen wollte. Ich wartete. Er streckte die Finger, als wolle er Klavier spielen. Das brachte mich auf Geralds Theorie, dass die Druiden und antiken Dichter ein altes Erinnerungssystem für Geschichten hatten, bei dem ihre Fingerspitzen ins Spiel kamen.

Bedächtig sagte er: »Ich verhöre Sie nicht. Bitte denken Sie das nicht …«

»Aber?«

»Da ist noch eine andere Sache.« Er war ein wenig verlegen, was ihn eher brüsk werden ließ und seltsam liebenswert war. Er fuhr fort: »Madame Geerts ist momentan verständlicherweise sehr defensiv und emotional. Sie schien gleichermaßen entsetzt von Mr. Milners Ableben wie von der Verhaftung ihres Mannes. Es wäre hilfreich, von ihr oder aus anderer Quelle zu erfahren, ob noch weitere Damen … Es ist recht heikel.«

Seine Taktik schien zu sein, Zögern vorzutäuschen – vielleicht war sein Verhalten aber auch echt. »Bitten Sie mich, Madame Geerts zu fragen, welche anderen Mätressen Mr. Milner gehabt haben könnte?«

Nun sollte er es sein, der errötete. Was nicht geschah. »Ich schätze, das tue ich. Es gibt Ehemänner, die nicht so tolerant wären wie Monsieur Geerts.«

»Madame Geerts dürfte wohl kaum von anderen Frauen wissen. Doch ich habe einen anderen Vorschlag. Mr. Milner und seine Haushälterin standen auf keinem guten Fuße. Sie könnte eventuell helfen.«

»Gute Idee. Ich glaube nicht, dass man diesem Punkt nachgegangen ist, als die Haushälterin befragt wurde.«

»Überdies spielte Milner jeden Samstag Golf. Seine Golfpartner könnten von seinen amourösen Eskapaden wissen.«

Der Inspector lehnte sich entspannt auf seinem Stuhl zurück, als versuchte er, alles Sperrige zwischen uns zu beseitigen. »Ich gehe später selbst hinauf zum Golfclub. Derzeit wird dort allerdings nicht viel Golf gespielt. Der Platz wurde letzte Woche überflutet.«

»Ja, ich hörte davon.«

»Aber ich werde mit dem Sekretär und den Angestellten sprechen.« Er lächelte. »Spielen Sie Golf? Viele Damen tun es heutzutage.«

Ich schüttelte den Kopf. »Wir spielten Tennis in der Schule. Damit erschöpft sich auch schon mein Kontakt zu Ballsportarten.«

»Und ich spiele kein Tennis.« Er warf mir einen kurzen Blick aus seinen unergründlichen braunen Augen zu.

Es war ein Moment, in dem wir beide wussten, dass da eine unterschwellige Andeutung war, eine Spannung zwischen uns, die sich in die eine oder die andere Richtung entwickeln könnte. Er hielt meinen Blick ein klein wenig zu lange. Aber es war kein Auftakt zu mehr, nichts weiter als ein Flirren in der Luft zwischen uns.

»Ich vermute, es wäre eine angenehme Abwechslung für Sie, kämen Sie einmal nach Yorkshire ohne einen Mord als Anlass«, überspielte ich den Moment so schnell wie er selbst, wollte ihn jedoch zugleich in gewisser Weise hervorheben.

»Ja, das wäre es«, sagte er mit einem so durchdringenden

Blick, dass ich beinahe vergaß, weshalb ich hier war: um der Polizei bei ihren Ermittlungen zu helfen.

In diesem Moment gab es eine Art Einverständnis zwischen uns, die nichts mit einer Mordermittlung zu tun hatte.

Der Augenblick verging. Er nahm einen kleinen Schlüssel aus seiner Tasche und schloss die Schreibtischschublade auf. »Ich möchte Ihnen etwas zeigen.« Er holte eine Beweismitteltüte heraus und kippte sie aus. Ein Gegenstand glitt aus der Tüte auf den Schreibtisch. Es war ein Dolch mit Elfenbeingriff und scharfer Diamantprofilklinge, die länger war als das Heft. Als ich genauer hinsah, erkannte ich getrocknetes Blut auf der Klinge.

»Erkennen Sie den?«

Er kam mir bekannt vor, doch ich war mir nicht sicher. »Ist das die Mordwaffe?«

»Ja. Einer unserer Männer sagt, dass der Dolch höchstwahrscheinlich aus Zentralafrika stammt.«

»Es war dunkel, als ich die Leiche sah. Ich konnte den Griff eigentlich nicht sehr gut sehen.«

»Nein, vermutlich nicht.«

»Gibt es Fingerabdrücke?«

»Wir denken, dass der Täter Handschuhe getragen hat. Der einzige klare Abdruck ist von Mr. Milner. Es gab Spuren eines Kampfes, eine Abschürfung an Mr. Milners rechten Handknöcheln, als hätte er jemanden geschlagen.«

Langsam und widerwillig sagte ich: »Ich habe einen ähnlichen Dolch gesehen. Als Captain Wolfendale mich bat, nach Lucy zu suchen, schaute ich mich im Haus um. Er hat eine Waffensammlung, und einer seiner Dolche könnte der Zwilling von diesem sein.«

Der Inspector nickte. »Ich habe Erkundigungen über ihn eingeholt. Er und Milner dienten zur selben Zeit in Südafrika. Wir fanden eine ähnliche Waffe in Milners Haus.«

Also hatte Rodney gestern nicht übertrieben, als er wieder und wieder beteuerte, seinen Vater nicht ermordet zu haben. Doch soweit ich wusste, war er immer noch ein Verdächtiger.

»Mr. Milner und der Captain, sie kennen … kannten einander gut. Es ist möglich, dass Milner etwas gegen ihn in der Hand hatte.«

»Aha? Fahren Sie fort.« Der Inspector lehnte sich vor.

»Am Freitagnachmittag, als ich in Harrogate ankam, glaubte ich, Milner durchs Fenster beim Captain zu sehen, wie sie bei einem Brettspiel zusammensaßen.«

Der Inspector sah überrascht aus. »Das klingt doch nach einer ziemlich freundschaftlichen Beschäftigung. Wolfendale sagte, dass Milner regelmäßig zu Besuch war. Milner hatte unter ihm gedient und mochte den alten Knaben. Er brachte ihm Tabak mit.«

Selbstverständlich klang es nett. Und nachdem ich mich bei Geerts geirrt hatte, scheute ich mich, meinen Verdacht zu äußern, dass der Captain nicht der Captain war. Ohne Beweise würde dies zu weit hergeholt wirken.

»Bei Wolfendale würde sich ein genauerer Blick lohnen«, sagte ich schließlich. »Er hat etwas zu verbergen.«

»Er behauptet, dass er seine Wohnung kaum noch verlässt. Er war den ganzen Freitagabend zu Hause, wenn wir ihm glauben können.«

»Und glauben Sie ihm?«

»Ich halte mich für alles offen. Das Gesamtbild ist noch lange nicht in Sicht. Wir wissen durch unsere Erkundigungen, dass es eine Person gab, die Milner nahe genug an sich herangelassen hätte, um ihm ein Messer ins Herz zu rammen.«

»Lucy?«

»Ja.«

»Aber der Manschettenknopf …«

»Der könnte vom Mörder sein, aber auch schon seit einer Woche unbemerkt dort gelegen haben.«

Der Inspector sah mir in die Augen. »Wenn Sie nach Lucy Wolfendale suchen, Mrs. Shackleton, und herausfinden, wo sie ist oder auch nur sein könnte, informieren Sie mich bitte. Ich weiß, dass Sie es für unwahrscheinlich halten, womöglich für ausgeschlossen, aber sie könnte gefährlich sein. Kann ich mich darauf verlassen, dass Sie es tun?«

»Es klingt eher wie ein Befehl als eine Bitte, Inspector.«

Sein Blick war nun beunruhigend, prüfend, als würde er mich herausfordern.

»Falls sie hört, dass wir sie befragen wollen, könnte sie Angst bekommen und verschwinden.« Er steckte den Dolch in die Tüte zurück, legte diese wieder in die Schublade und schloss ab. »Wir haben weniger Männer an diesem Fall, als ich mir wünschen würde, doch wenn Sie Hilfe brauchen, melden Sie sich. Gehen Sie keine Risiken ein. Bitte.«

Es war das »Bitte«, mit dem er mich herumbekam, und sein Lächeln. Mir ging durch den Kopf, dass er ein ganzes Arsenal an Methoden hatte, das zu bekommen, was er wollte.

»Ich glaube nicht, dass Lucy irgendetwas mit dem Mord zu tun hat«, sagte ich mit mehr Gewissheit, als ich hatte. Doch nachdem ich auf Anhieb einen solch ausgeprägten Widerwillen gegen Lawrence Milner gehabt hatte, fand ich auf einmal, dass ich Mitleid mit ihm haben sollte. »Ich werde mein Bestes tun, Lucy zu finden.«

Dieselben Worte hatte ich vor etwas mehr als vierundzwanzig Stunden zu Captain Wolfendale gesagt, und was hatte ich vorzuweisen? Rein gar nichts.

Neununddreißig

Dylan war nicht wiedergekommen, obwohl er wissen musste, dass sie nichts mehr zu essen und zu trinken hatte. Doch Lucy weigerte sich aufzugeben. Er würde sich gleich am Morgen blicken lassen, dessen war sie sicher. Er würde sehen, dass sie nicht in der Kirche war, und herkommen.

Nun waren die Kirchenglocken schon lange verstummt. Ihr Knöchel schmerzte schlimmer denn je und war groß wie ein Ballon. Ihre Zunge fühlte sich geschwollen an. Ihr Kopf tat weh. Das Ganze war zu schrecklich von Dylan, gemein, feige.

Irgendwie musste sie auf den Turm gelangen und auf sich aufmerksam machen. Jemand musste die Straße entlanggehen und sehen, wie sie mit ihrem Petticoat winkte. Dies hier war ein Albtraum. Es durfte nicht wahr sein. Und dennoch war es das.

Mehr als einmal hatte sie geglaubt, ein Geräusch zu hören. Wie sich herausstellte, war es der Wind – oder der alte Turm, der ob ihrer Idiotie stöhnte.

Sie rutschte rückwärts auf dem Po die Treppe hinauf zum Wehrgang. Bei der Ankunft oben war sie so erschöpft, dass sie kaum in der Lage war aufzustehen. Sie lehnte sich an die Mauer, drückte sich hoch und stand auf einem Bein, um zur Straße zu sehen. Verlassen.

Sie musste sich ausruhen. An der Wand glitt sie wieder nach unten, den Rücken an den kühlen Steinen, und landete sanft auf ihrem Hinterteil, bevor sie eine möglichst bequeme Position einnahm.

Sie blickte zum Himmel, hoffte auf eine Eingebung. Winzige

Schäfchenwolken, wie von einem Kind gemalt, flogen rasch vorbei. Die Wolken waren ihre Träume, die sich davonmachten.

Ihren Petticoat auszuziehen, um ihn zur weißen Fahne zu machen, dauerte ewig. Sie weinte vor Frustration und Wut über die Dummheit des Ganzen. Hätte sie sich den Schlüssel doch nur mit einem Band um den Hals gehängt. Als der Unterrock ihre Waden erreichte und sie einen Knöchel heben musste, begann sie zu lachen. Das alles war so lächerlich, vollkommen lächerlich. Wie hatte sie es jemals für einen guten Plan halten können?

Abermals stemmte sie sich hoch und versuchte, den pochenden Knöchel nicht zu belasten. Ihr Bein tat weh. Ihr ganzer Körper schmerzte.

Und dort war er, noch ehe sie den weißen Petticoat geschwenkt hatte. Die Antwort auf ihre Gebete kam über die Wiese.

Sie verfluchte ihn, weil er sie die ganze Zeit hatte warten lassen. Hoffentlich hatte er eine gute Entschuldigung.

Als er näher kam, sah sie, dass es nicht Dylan war. Es war Dan Root. War er mal wieder auf einem seiner berühmten Spaziergänge? Wenn er nicht nach oben schaute, würde er sie nicht sehen.

Sie vergaß, dass sie angeblich entführt worden war und gegen ein Lösegeld festgehalten wurde, schwenkte ihren Unterrock und rief panisch: »Ich bin eingeschlossen. Ich habe den Schlüssel verloren!«

Er antwortete nicht, hob nur eine Hand zum Gruß, als er näher kam, und erreichte schließlich die Tür. Sie lauschte dem Poltern und Klopfen, als er mit dem Schloss kämpfte. Es wäre so beschämend, müsste ein Schlosser gerufen werden.

Der Lärm verstummte. Wieder kam Dan unten in Sicht, trat von der Tür zurück und reckte die Daumen. Lucy seufzte erleichtert. Gleich darauf waren leichtfüßige Schritte auf der Treppe zu hören.

»Hallo, Lucy.«

»Hallo, Dan.«

Ihr graute vor den Fragen. Er stellte keine, sondern reichte ihr seine Wasserflasche. Noch nie im Leben war sie so froh gewesen, ein vertrautes Gesicht zu sehen.

Sie nahm den Deckel von der Flasche und trank gierig.

Dan hockte sich neben sie und bedachte sie mit diesem verschlagenen Blick, den er auch benutzt hatte, als er den Geizkragen spielte. Er war der einzige andere Schauspieler, dessen Talent beinahe an ihres heranreichte. Was war los mit ihm, dass er sie so seltsam betrachtete? Sie musste furchtbar aussehen.

»Es ist ein Glück, dass du vorbeigekommen bist. Oder wusstest du, wo ich bin?«

»Es war nicht leicht, dich zu finden. Aber ich erinnerte mich, wo ihr zum Proben wart und wie du von dem Turm gesprochen hast.«

Sie leckte einen Wassertropfen von ihren Lippen und verschloss die Flasche wieder, gab sie ihm jedoch nicht zurück. »Wie gut. Dylan hat mich im Stich gelassen.«

»Er würde dich nie im Stich lassen. Er wurde angefahren, nicht weit von hier.«

Sie schlug eine Hand vor ihren Mund. »Nein! Armer Dylan. Ist er schwer verletzt?«

»Weiß ich noch nicht. Er liegt im Krankenhaus. Als ich hörte, wo er vom Fahrrad angefahren wurde, wusste ich, dass ich richtig getippt hatte. Was hast du mit deinem Knöchel gemacht?«

»Ich bin auf der Treppe gestolpert.« Sie begann zu frösteln. »Aber Dylan. Er wollte, dass ich aufgebe …«

»Warte!«, sagte Dan. Er sprang auf und verschwand die Treppe hinunter.

»Verlass mich nicht!«, rief sie. All ihre Courage war dahin.

Er kehrte mit einer ihrer Decken zurück. »Hier, wickle dir die um.«

»Bist du sicher, was das mit Dylan angeht? Woher weißt du das?«

»Ich sah einen der Gehilfen von Wood & Tophams. Er hatte es von seinem Manager gehört, der es von Mr. Croker wusste.« Dan steckte eine Hand in seine Innentasche und holte ein Geschirrtuch hervor, das er auseinanderwickelte. Darin war ein Sandwich. »Es ist Schmalzfleisch.«

»Du rettest mir das Leben.« Sie begann, das Sandwich zu verschlingen. »Ich sollte aufgeben, wo Dylan verletzt ist. Aber das werde ich nicht, nicht jetzt, nicht nach allem. Ich kann hier durchhalten bis morgen.«

»Lucy, ich muss dir etwas erzählen. Ich habe dir eine Menge zu erzählen.«

»Hast du? Ich möchte zuhören, Dan, aber mein Knöchel pocht. Meine Kehle ist trocken, und mir ist schwindlig. Außerdem hast du nicht gefragt, warum ich hier bin.«

»Ich weiß, warum.« Sein einer Mundwinkel zuckte ein bisschen. In der Rolle des Predigers hatte er dieses Zucken bewusst eingesetzt. Lucy imitierte ihn. Wenn sie es tat, regte sich ein Gefühl in ihrer Brust, das sie nicht benennen konnte, und ihr Atem stockte. Sie fragte sich, ob er genauso oft in den Spiegel sah wie sie.

»Woher wusstest du es?« Dylan sollte niemandem ihr Geheimnis verraten.

»Sagen wir, dass ich etwas gehört habe«, antwortete Dan. »Alles hat sich verändert.«

»Kannst du aufhören, in Rätseln zu sprechen, und mir einfach erzählen, was los ist?«

»Dein Knöchel muss verbunden werden. Bringen wir dich

zum Fluss. Kaltes Wasser wird helfen. Und zum Verbinden können wir deinen Petticoat nehmen.«

Das hatte er also vor. Er versuchte, sie nach Hause zu bringen, zum Aufgeben zu bewegen. Erst der Fluss, dann die Straße, dann der Gepäckträger seines Fahrrads und die Rückfahrt: Niederlage.

»Ich gehe nicht zurück. Wenn du wirklich weißt, warum ich hier bin, dann weißt du auch, dass ich in nur vierundzwanzig Stunden einiges Geld abholen …«

»Du musst nach Hause.« Er seufzte. »Es ist kompliziert.«

Seine Worte machten Lucy nervös. »Ist Großvater etwas passiert?« Ihr stand der Mund offen, und ihr Atem wurde stockend. »Was erzählst du mir nicht? Ich habe Dylan umgebracht. Und meine Nachricht hat einen Herzanfall bei Großvater ausgelöst.«

»Nein, ihm ist nichts passiert.« Er wandte den Blick von ihr ab und sah zur gegenüberliegenden Wand aus altem grauen Stein. Es schien, als würde er durch sie hindurch zu einem fernen Ort sehen.

»Was dann?«

»Ich sah den Captain das erste Mal in meinem eigenen Land, in Afrika.«

»Das hatte ich dich nicht gefragt. Und wie konntest du das?«, entgegnete Lucy scharf. »Das war vor Jahren. Und du bist kein Afrikaner.« Sie nahm noch einen Schluck Wasser. Dan begann, ihr Angst zu machen. Er war so gut aussehend, aber seltsam. Mädchen kamen zum Theater in der Hoffnung, ihn kennenzulernen, aber das tat keines von ihnen. Er ging nach der Vorstellung immer direkt nach Hause. An Sonntagen, wenn er seinen freien Tag hatte, ging er stundenlang allein spazieren. Dann begriff sie. So viele Männer, die im Krieg gekämpft hatten, waren verwundet, und das nicht immer äußerlich, mit einem verkürzten Bein oder einem fehlenden Arm – auch innerlich, an ihrem Verstand.

Das würde erklären, warum Dan Stunde um Stunde dasitzen und Uhren reparieren konnte. Es würde außerdem erklären, warum er so gut darin war, auf der Bühne jemand anderen zu spielen. Weil er nicht glücklich damit war, er selbst zu sein.

»Hör mir zu, Lucy. Ich habe dir etwas zu erzählen.«

Vierzig

Alison saß in ihrem Garten. Sie war nicht allein. Rodney Milner saß neben ihr und verscheuchte eine Wespe, die nahe bei Alisons Haar summte und sie zum Kreischen brachte. Er lächelte mir kurz zu, als er aufstand. »Ich hole noch einen Stuhl. Nehmen Sie meinen, Mrs. Shackleton.«

»Rette mich vor der Wespe!«, schrie Alison, die den Kopf einzog, als die Wespe zurückkehrte.

Ich wartete, bis Rodney außer Hörweite war. »Wie fühlen Sie sich, Alison?«

Anders als die elende, erschöpfte Gestalt von gestern, schien sie heute vor Gesundheit zu strotzen. »Mir tut alles weh«, jammerte sie. »Mutter denkt, dass ich müde von dem Stück bin.« Sie schaute rasch zum Haus, als rechnete sie damit, dass ihre Mutter durchs Fenster sah und von ihren Lippen ablas, was sie sagte.

»Irgendwelche ... Nachwirkungen von Ihrer Episode mit Madame Geerts?«

»Keine.« Sie seufzte vor Erleichterung. »Das heißt dann wohl ...«

»Es heißt, dass Sie dringend zu einem Arzt müssen.«

Die Wespe kam zurück. Alison schlug mit einem Taschentuch nach ihr. Als das Tier wegflog, strahlte sie mich an. »Ich habe es Rodney gesagt«, flüsterte sie hastig. »Er sagt, zum Teufel mit der Trauerzeit. Er will mich mit einer Sonderlizenz heiraten.«

Ich lächelte. »Na, sehen Sie. Was hat Kate, die Weissagerin, prophezeit?«

Sie erwiderte mein Lächeln und drückte meine Hand. »Ich habe es meiner Mutter noch nicht gesagt. Wir wollen bis nach Mr. Milners Beerdigung warten, aus Respekt. Aber ich bin froh, dass Sie gekommen sind. Es war so nett von Ihnen, dass Sie gestern bei den Geerts waren. Wenn ich überlege, was hätte passieren können ...«

»Versuchen Sie, nicht daran zu denken. Schreiben Sie mir, wenn Sie ein munteres Baby haben. Eine der Fotografie-Zeitschriften veranstaltet einen Wettbewerb für Aufnahmen von glücklichen Familien. Ich werde ein Familienporträt aufnehmen und es einreichen. Wie wäre das?«

Alison zog einen übertriebenen Schmollmund. »Ach, du meine Güte. Ich werde es furchtbar finden, wenn wir verlieren oder nur einen Trostpreis bekommen.«

Rodney kam mit zwei weiteren Gartenstühlen aus dem Haus. »Deine Mutter gesellt sich gleich zu uns.« Er sah fragend von Alison zu mir, als er die Segeltuchstühle aufklappte.

»Alison hat es mir erzählt«, sagte ich. »Ich wünsche Ihnen beiden viel Glück.«

»Danke.« Er stellte seinen Stuhl neben Alison und nahm ihre Hand.

»Aber jetzt brauche ich Ihre Hilfe. Sie müssen eine Ahnung haben, wo ich nach Lucy suchen könnte.«

»Oh Gott«, sagte Rodney und biss sich auf die Unterlippe. »Ich weiß nicht, wohin sie sein könnte. Was ist mit Meriel?«

»Ich habe so eine Ahnung, dass Meriel gestern Abend den Zug nach Manchester genommen hat.«

»Lucy ist unverwüstlich«, sagte Rodney. »Ich bin sicher, es geht ihr gut, wo sie auch sein mag.«

»Rodney, sie wurde nicht mehr gesehen, seit sie am Freitagabend das Haus der Geerts verließ. Heute ist Sonntag. Die Polizei möchte mit ihr reden. Jeder sonst ist befragt worden ...«

»Ich nicht«, sagte Alison.

»Das werden Sie noch.«

Prompt begann Alisons Kinn zu beben. Rodney beruhigte sie.

Unterdes wurde ich ungeduldig. Das ist das Lästige an Verliebten. Sie blicken schlicht nicht über ihren eigenen Kokon hinaus. »Würden Sie beide bitte für einen Moment nachdenken? Gibt es irgendeinen Ort, an dem sie sich verstecken könnte?«

»Verstecken?«, fragten beide im Chor.

»Ja. Ich wollte es Ihnen nicht sagen, und ich hoffe, Sie behalten es für sich.« Hier sah ich Alison an. »Es gibt einige Dinge, über die man lieber nicht redet.«

»Sie können sich auf uns verlassen«, sagte Alison, die wiederum Rodney ansah.

Er nickte. »Natürlich. Lucy ist unsere Freundin.«

»Ich habe Grund zu der Annahme …« Hör dich nur an, dachte ich. Du klingst schon wie ein Polizist. »Lucy hat ihrem Großvater eine Lösegeldforderung geschickt, verlangt Geld. Sie gibt vor, entführt zu sein.«

Plötzlich fing Rodney zu lachen an.

»Rodney!«, schalt Alison ihn, deren Ton einem Klaps auf die Finger entsprach.

»Ach, aber das ist typisch für sie«, sagte Rodney. »Ich kann es mir richtig gut vorstellen. Und der alte Knabe hat wahrscheinlich keinen Pfifferling. Wie viel verlangt sie?«

»Das ist unerheblich. Aber Dylan half ihr, doch er liegt nun im Krankenhaus. Deshalb ist es wichtig, dass ich sie finde. Haben Sie eine Idee, wo sie sich verstecken könnte?«

Alison sah Rodney an, forderte ihn stumm auf, für sie beide zu antworten. Er tat ihr den Gefallen.

»Als wir probten, als unsere Rollen unterwegs waren, gab es diese Stelle, nicht wahr, Alison?«

Alison wurde rot. »Meinst du …?«

»Ja.« Für einen Moment vergaßen sie mich und blickten einander an. Dann erzählte Rodney weiter: »Wir sollten dort Lucy und Dylan treffen, aber wir waren zu spät, und sie hatten nicht gewartet.«

»Wo war das?« Ich holte mein Notizbuch hervor.

Die Wespe kam zurück. Rodney nahm die Sonntagszeitung und schlug das Insekt weg. »Draußen an der Stonehook Road, ein ganzes Stück hinterm Park ist ein großes Stück freies Land, wo keine Besucher hingehen. Wir wollten uns nicht lächerlich machen, verstehen Sie?«

Alison betrachtete ihn verträumt. »Da ist ein Fluss, eine Wiese. Es sollte ein Gemeindepicknick werden, aus der Geschichte von *Anna of the Five Towns*. Wir hatten ein wunderbares Picknick«, sagte sie. »Lucy und Dylan haben es verpasst, weil sie allein losgezogen sind. Erzähl du es ihr, Rodney. Du kannst es besser beschreiben.«

»Sie gingen in einen alten Turm, eine verlassene Windmühle oder nur ein Zierbau, das weiß ich nicht. Sie taten so, als wäre es das Haus von Price and Company …«

»In dem Stück, wissen Sie«, ergänzte Alison. »Willie Price' Vater liegt mit der Miete im Rückstand.«

Rodney sagte: »Dylan hat mir erzählt, dass Lucy ganz begeistert von dem Turm war. Dylan hatte vorgehabt, Mr. Croker von dem Bau zu erzählen, damit sie herausfinden könnten, wem er gehörte, denn er witterte ein Geschäft.«

Alison lächelte. »Lucy sagte, dass er das nicht tun soll. Sie würde den Turm kaufen, wenn sie erst reich und berühmt sei.«

Oder ihn als Versteck benutzen. »Wo ist der Bau?«

»Kennen Sie die Stonehook Road?«, fragte Rodney.

Dort war Dylan von seinem Fahrrad gestürzt. Ich gab Rodney mein Notizbuch. »Würden Sie mir eine Karte zeichnen?«

»Da wird sie nicht sein«, sagte Alison. »Nicht in einer Million Jahren. Es ist furchtbar dort und stinkt. Das hat Dylan gesagt.«

»Fällt Ihnen sonst noch ein Ort ein, Alison?«, fragte ich.

Sie schüttelte den Kopf.

»Dann ist es einen Versuch wert.«

»Möchten Sie, dass ich mit Ihnen komme?«, fragte Rodney, blickte indes wenig enthusiastisch von seiner Zeichnung auf.

»Natürlich nicht. Bleiben Sie bei Alison. Sie beide haben schon viel zu viel durchgemacht.«

In diesem Moment kam Mrs. Hart herbeigeschlurft. »Mrs. Shackleton! Ich hoffe, Sie sind gekommen, um uns beim Sonntagsdinner Gesellschaft zu leisten.«

Ich sprang auf. »Nein, es ist nur ein kurzer Besuch, Mrs. Hart. War Ihr Kirchenbasar ein Erfolg?«

»Oh ja, das war er. Die gefallenen Frauen haben eine Menge, für das sie dankbar sein müssen.« Ihre Hand flog zu ihrem Mund, als sie ihren Fauxpas erkannte: in Gegenwart eines Herrn von gefallenen Frauen zu sprechen. Sie zog mich zur Seite, in den Schatten einer Laube. Unfähig zu widerstehen, rupfte sie die welke Blüte einer weißen Rose ab. »Armer Rodney. Ich bestand darauf, dass Alison ihn anrief und zum Sonntagsessen herbat. Sie sind herzlich eingeladen, auch zu bleiben, Mrs. Shackleton. Ein guter Braten bietet immer eine zusätzliche Scheibe.«

»Danke, aber meine Mutter kommt heute hierher und trifft mich im Hotel. Sonst wäre ich gerne geblieben.«

»Ein anderes Mal?«

Über die Schulter ihrer Mutter hinweg sah ich Alison, die mich mit riesigen Augen anstarrte, Stillschweigen forderte. Das ärgerte mich.

»Rodney, mein Lieber, wären Sie so freundlich, meinen Stuhl in den Schatten der Laube zu stellen? Diese Sonne ist einfach zu viel für mich.«

Mrs. Hart war eine Frau, die dringend einen Schwiegersohn brauchte. Und bei dem Eifer, mit dem Rodney ihrer Bitte nachkam, hatte sie einen gefunden.

Zuvor gab er mir allerdings mein Notizbuch zurück. Ich verabschiedete mich. Alison begleitete mich zur Pforte.

»Wenn Dylan aus dem Krankenhaus kommt, wird er gewiss seine Freunde brauchen«, sagte ich. »Vergessen Sie ihn nicht, ja?«

Alison lächelte. »Natürlich nicht. Ich denke, wir, die wir in *Anna of the Five Towns* spielten, werden immer ein besonderes Band haben.«

Gewiss werdet ihr das, dachte ich. Mord, Erpressung, Schwangerschaft, eine Verlobung, ein Erpressungsversuch.

»Und nur für den Fall, dass ich Lucy nicht in dem Turm finde ... Könnte sie sich sonst noch jemandem anvertraut haben?«

»Mir fällt niemand ein.« Alison schmollte. »Sie hat ja nicht mal mir ihren Lösegeldplan anvertraut. Ich hätte ihr gesagt, dass sie nicht albern sein soll.«

Alison schloss die Pforte. Als ich zu meinem Wagen ging, rief sie: »Da ist natürlich noch Dan Root. Er ist meistens abends mit ihr nach Hause gegangen. Aber ich glaube nicht, dass sie sich ihm anvertraut. Er ist ein komischer Bursche.«

Ich ging ein paar Schritte zurück zu ihr.

»Inwiefern komisch?«

»Na, zum Beispiel heute ist er sicher in irgendeiner Kirche oder Kapelle, aber keiner weiß, welche. Er hat sie alle ausprobiert, von All Saints in Harlow Hill bis zur Railway Gospel Mission Hall. Deshalb war er so gut in der Rolle des Predigers, wenn Sie mich fragen. Er hört sich haufenweise Predigten an.«

Als ich Rodneys perfekter Karte zur Stonehook Road folgte, dachte ich über Dan Root nach. Keine anglikanische Kirche mit ihren Flaggen und Bannern würde ihm zusagen. Die Kirchenlieder von Wesley dürften kaum den Geschmack eines Burenjungen treffen, eines jungen Mannes, der sich in seine Uhrmacherei und seine Familienbibel vergräbt. Wieder fragte ich mich, wie und warum er nach Harrogate gefunden hatte.

Einundvierzig

Rodneys Karte enthielt keinen Hinweis auf die Entfernung. Die Wegmarken waren ein verlassenes Cottage, ein Hügelkamm und ein Wäldchen. Ich sollte nach einem runden Turm Ausschau halten. In der Hoffnung, dass der kleine Hain, der vor mir auftauchte, die von Rodney gemeinte Baumgruppe war, verlangsamte ich das Tempo. Bald musste ich Schwung für einen Hügel sammeln. Rodney hatte nicht gesagt, wie sehr sich die Straße schlängelte. Es verwunderte nicht, dass Dylan auf seinem Fahrrad angefahren wurde. Dann folgten mehr Bäume, und tatsächlich erschien der Turm vor mir. Ich fuhr an den Straßenrand.

Jemand war über die Wiese gegangen, hatte das Gras und die Blumen zwischen Hecke und Turm in einer geraden Linie plattgedrückt. Der Duft von Gras und Klee ließ Gedanken an Lösegelder verrückt und melodramatisch erscheinen. Der Turm strahlte eine solch warnende Stille aus, dass dort gewiss niemand drin war.

Die schwere Tür öffnete sich knarzend. Es roch feucht und modrig. Der Gestank von Rattenurin und verrottender Vegetation stieg einem schwindelerregenden Parfüm gleich aus einer Grube unter den schadhaften Dielenbrettern auf. Hier war es gefährlich. Das Gemäuer sollte abgerissen oder zumindest verrammelt und verriegelt werden. Nur jemand Junges und Romantisches würde hierin einen Zauber erkennen.

Ich wollte nach Lucy rufen, doch irgendetwas hielt mich davon ab. Wenn ich sie überraschte, bliebe ihr keine Zeit, sich eine Lügengeschichte auszudenken.

Es dauerte ein wenig, bis sich meine Augen an die Dunkelheit gewöhnt hatten. Eine gerade Treppe, bei der eine Stufe fehlte, führte in den ersten Stock. Dort, in der Mitte des runden Raumes, lag eine alte Decke unordentlich zusammengerafft.

Am Fuß einer Wendeltreppe, über die es zur Turmspitze gehen musste, blieb ich stehen. Eine Stimme durchbrach die Stille. Eine Männerstimme. Ein oder zwei Stufen höher, und ich konnte die Worte verstehen. Sprach er mit sich selbst? Nein. Er musste mit Lucy reden, aber sie reagierte nicht. Panik machte meinen Brustkorb eng. Noch eine Stufe. Jetzt hörte ich seine Worte klar und deutlich. Aber er müsste mein Atmen hören, mein Herzklopfen und das Pochen in meinen Schläfen, das so laut wie eine Eisenbahn klang. Ich atmete einige Male tief ein. Keine Panik.

Von allen, die Verbündete von Lucy in ihrem kleinen Spiel sein könnten, hatte Dan Root es nicht mal in die Nähe der Listenspitze geschafft. Anfangs hatte er distanziert und eigenbrötlerisch gewirkt, als stünde er über den nichtigen Sorgen anderer Sterblicher. Bis ich entdeckte, dass er belauschte, was in der Wolfendale-Wohnung vor sich ging.

Bei so vielem im Dunkeln zu tappen bescherte mir das Gefühl, ein Maulwurf zu sein, der durch einen Erdtunnel kroch. Als ich jedoch nach oben blickte, drängte mich das Licht von der Turmspitze weiter.

Vorerst hörte ich zu.

Dan sagte: »Ich beschloss, ihn wegen dem, was er getan hatte, zu töten.« Sein Tonfall passte nicht zu seinen Worten. Er klang so beruhigend, so tröstlich, wie es eine Wärmflasche an einem kalten Tag war.

Lucy war still. Sprach er mit einer Leiche? Einem lebenden, atmenden Menschen konnte man nicht gefahrlos einen Mord gestehen.

Dan sagte schlicht: »Ich hasste ihn.«

Immer noch keine Reaktion.

Ich könnte mich wegschleichen. Ich könnte den Weg zurückeilen, den ich gekommen war, und Hilfe holen. Aber warum sollte ich Angst vor einem Mann haben, der mit mir auf einer Mauer gehockt und auf vollkommen alltägliche Weise mit mir gesprochen hatte, der mich sein Augenglas aufprobieren ließ und mit solcher Kunstfertigkeit und Sorgfalt, ja sogar Liebe Uhren reparierte?

Mir wurde bewusst, dass ich mit Dan Root tat, was er mit dem Captain getan hatte, ihn genauso gebannt belauschte. Hatte er es getan, weil er von Lucy besessen war? Nach der Vorstellung von *Anna of the Five Towns* hatte er Miss Fell nach Hause begleitet. Ein perfektes Alibi. Danach war er wieder umgekehrt und hatte Milner ermordet, weil der seine wahre Liebe belästigte und wollte. Und was jetzt?

Da war ein leises Geräusch. Es könnte das Wort »Hilfe« gewesen sein.

Sykes, wo sind Sie jetzt, fragte ich im Geiste. Wozu hatte man einen Assistenten, wenn er in dem Moment, in dem man ihn am dringendsten brauchte, rund zwanzig Meilen entfernt in seinem Schrebergarten war? Es nützte nichts, ich musste weiter.

»Hallo!«, rief ich, als ich die letzten Stufen zum Wehrgang erklomm. »Ist da jemand?«, fragte ich, um jedem Verdacht, ich könnte ein Mordgeständnis gehört haben, zuvorzukommen.

»Ich hoffe, die Aussicht ist es wert«, sagte ich unbekümmert, als ich oben auf den Gang trat.

Zunächst erschreckte mich Lucys Anblick so sehr, dass ich wie angewurzelt stehen blieb. Sie saß mit dem Gesicht zu mir an der Mauer, die Beine ausgestreckt. Sie wirkte erschöpft und zerzaust. Ihr Knöchel war auf den Umfang eines kleinen Baumstammes angeschwollen. Ihr Gesicht war heiß und gerötet von der Sonne, trotzdem hatte sie eine Decke um ihre Schultern gelegt.

Dan Root hockte in derselben Haltung da. Er befand sich links von mir, weshalb ich ihn nicht gleich gesehen hatte. Die Sonne spielte auf seinem breiten, hübschen Gesicht und ließ sein helles Haar schimmern.

»Kommen Sie zu uns, Mrs. Shackleton.« Er winkte mir zu. »Möchten Sie bei Lucy oder bei mir sitzen?«

»Lucy, was ist passiert? Sie sehen furchtbar aus.«

Sie funkelte mich erbost an. »Wer hat Sie hergebeten? Kann man nicht mal ein wenig Privatsphäre haben?«

»Charmant.« Ich wandte mich zu Dan. »Was ist los? Ich hörte Sie beide eben reden.« Ich blieb bei einem unbeschwerten Ton, da ich nicht verraten wollte, dass mich Dans Worte erschüttert hatten. Dass sie sich wie ein Mordgeständnis angehört hatten.

Dan zuckte mit den Schultern. »Erzähl du es ihr, Lucy.«

Lucy machte keine Anstalten zu sprechen.

Ich stellte mich vor sie und sagte in meiner Lehrerinnenstimme: »Sie schulden mir eine Erklärung. Ich war es, die Ihre Lügenbotschaft am Freitagabend Ihrem Großvater überbrachte.«

»Und sie weiß alles über deine Lösegeldforderung«, fügte Dan hinzu. »Dein Großvater bat sie, dich zu suchen.«

Immer noch funkelte Lucy mich böse an. »Warum müssen Sie Ihre Nase da reinstecken?«

Ich setzte mich zu ihr. »Weil das mein Beruf ist. Ich suche Leute, die vermisst werden.«

»Ich werde nicht vermisst.« Sie wandte sich Dan zu. »Und woher weißt du von meinen Briefen und wo ich zu finden war? Ich hatte dir nicht erzählt, was ich vorhabe.«

»Ich habe es erraten«, antwortete Dan wenig überzeugend.

Keiner von ihnen rührte sich von seinem Platz.

»Erzählen Sie ihr, wie Sie es wirklich herausgefunden haben, Dan. Ich vermute, Sie haben gelauscht, als sie und Dylan in der Wohnung über Ihnen dieses große Abenteuer planten.«

Dan zuckte wieder mit den Schultern und war offensichtlich nicht bereit, Lucy zu gestehen, dass er gelauscht hatte. Ich fragte mich, wie ich ihn je attraktiv finden konnte. Er sah mürrisch aus, wie ein kleiner Junge, der mit der Hand im Zuckertopf erwischt worden war. Und er würde sein hinterhältiges Tun nicht zugeben. Ich drehte mich zu Lucy.

»Inspector Charles von Scotland Yard möchte mit Ihnen sprechen, Lucy ...«

Lucy stöhnte. »Warum geht alles schief?«

»Und der Inspector weiß, dass ich hier bin«, ergänzte ich zu meinem eigenen Schutz.

Jetzt war es Dan, der mich mit einem bösen Blick bedachte. »Falls das eine Drohung sein soll, ich schlottere schon.«

»Es heißt, dass Sie lieber nichts Dummes versuchen sollten.«

»Ich hasse dieses Wort«, sagte Dan. »Dumm. Es wird viel zu oft von Lehrern und Leuten benutzt, die einen gerne kleinmachen. Erzähl Mrs. Shackleton, was ich gesagt habe, Lucy. Mir macht es nichts aus.«

»Ach, seid um Himmels willen still«, sagte Lucy. Sie sah aus wie die Überlebende eines Schiffsunglücks. »Ich glaube, ich habe mir den Knöchel gebrochen.« Sie leckte sich die Lippen. »Wahrscheinlich halte ich nicht bis Montag durch. Da wollte ich das Geld holen, damit er Zeit hat, zur Bank zu gehen oder herumzulaufen und andere anzubetteln.« Sie seufzte. »Haben Sie Süßigkeiten bei sich, Mrs. Shackleton?«

»Du wirfst ja ziemlich schnell das Handtuch«, sagte Dan. »So verdienst du dir keinen Orden.« Er stand auf.

Mir gefiel nicht, wie sich Dan Root zur Tür schlich. Es sah aus, als wolle er alle Versuche zu gehen unterbinden. Falls er einen Mord gestanden hatte, würde Lucy vielleicht auf ihr neues Leben verzichten müssen – oder überhaupt auf irgendein Leben. Und ich ebenso.

So selbstsicher, wie ich konnte, sagte ich: »Sie haben die Wahl, Lucy. Kommen Sie jetzt mit nach Hause. Dort können Sie sich säubern, und wir verbinden Ihren Knöchel.«

»Was ist die Alternative?«

»Dass Sie warten, bis die Polizei Sie findet.«

»Alles ist schiefgegangen«, heulte Lucy. »Und es war so ein guter Plan.«

»Mein Plan funktioniert auch nicht besonders gut.« Ich ergriff die Chance. »Zeit zu gehen.« Ich stand auf und streckte ihr meine Hände hin. »Stützen Sie sich auf den heilen Knöchel. Legen Sie den Arm über meine Schultern.«

Dan beobachtete uns einen Moment, während Lucy sich auf die Füße kämpfte. Dann kam er, hob sie hoch, als wäre sie ein Säugling, und trug sie die Treppe hinunter.

Ich eilte ihnen nach, weil ich auf einmal Angst bekam, dass ich allein und eingeschlossen in dem Turm zurückbleiben könnte.

Wir waren ein merkwürdiges Trio, das über die Wiese zur Hecke trottete. »Da ist irgendwo eine Lücke«, sagte Lucy. »Dann musst du mich nicht über das Gatter heben.«

»Ich weiß«, antwortete Dan. Er fand die Lücke und schritt geradewegs auf meinen Wagen zu. »Moment«, sagte ich. »Setzen Sie Lucy zuerst hinein. Dann können Sie hinten einsteigen, Dan.«

Doch Dan drehte sich weg. Bis ich den Motor anließ, hatte er sich bereits auf sein Fahrrad geschwungen und sauste den Hügel hinunter nach Harrogate.

Hatte er Milner ermordet? Ich blickte zu Lucy, die das Gesicht vor Schmerz verzog. Sie sah schrecklich aus und war doch immer noch schön.

Da war ein Fleck auf dem Miederteil ihres Kleids. Er sah aus wie Blut. »Lucy, was hatte Dan zu Ihnen gesagt, bevor ich kam?«

Zweiundvierzig

Mein Orientierungssinn hatte mich im Stich gelassen. Ich war auf der falschen Seite des Parks – The Stray – gelandet und hinter einer Familie, die ihren Chauffeur offenbar angewiesen hatte, nicht schneller als zwei Meilen die Stunde zu fahren.

Wenn man im Nachteil war, musste man so tun, als wisse man, was man tut. »Ich fahre Sie ins Krankenhaus, Lucy. Die sollen sich Ihren Knöchel ansehen.«

»Nein! Ich will einfach nach Hause! Sehen Sie mich doch an. Es wäre peinlich, ins Krankenhaus zu gehen.«

Sie hatte sich geweigert zu erzählen, worüber Dan zuvor geredet hatte. Ich hatte nicht mehr aus ihr herausbekommen, als dass er versucht hatte, sie aufzumuntern, damit sie sich mit bestimmten Dingen besser fühlte. Auf meine Frage, mit was für Dingen, hatte sie bloß geantwortet: »Ach, Mr. Milner und alles und dass ich wegwollte.«

Ich würde sie nach Hause bringen und es ihr und Dan Root überlassen, sich Inspector Charles gegenüber zu erklären.

Sie schwenkte einen Arm. »Da ging es nach links, Mrs. Shackleton! Sie hätte da links abbiegen müssen.«

»Schon gut, schreien Sie nicht. Ich wende an der nächsten Ecke.«

Wütend sah sie zu den Spaziergängern. »Sehen Sie sich an, wie die alles und jeden begaffen.«

»Das tun Leute an einem Sonntag.«

»Blöde Idioten. Früher habe ich Besuchern gern den Weg falsch beschrieben, wenn mich jemand fragte.«

»Warum?«

»Ich fand es amüsant. Die Leute kommen her, um einzukaufen und sich zu amüsieren. Tja, einige von ihnen dürfen *mich* amüsieren.«

»Ich dachte, die Gäste kommen wegen ihrer Gesundheit hierher.«

»Das sind nur die Alten, die immer wollen, dass alles ›wie vorher‹ ist.«

»Vor was?«

»Ach, Sie wissen schon.« Sie ließ ihre Stimme zittern und voller Bedauern klingen, um eine alte Frau nachzuahmen. »Hätten wir noch König Edward und nicht diesen Krieg gehabt, wäre alles gut.« In ihrer eigenen Stimme sagte sie: »Jetzt links. Jetzt!«

Dan war auf seinem Fahrrad schnell vorangekommen. Erst auf der Leeds Road überholte ich ihn. Ich hupte und winkte, als hätte ich nicht gehört, wie er in dem Turm einen Mord gestanden hatte. Was hatte er Lucy erzählt, das sie auf keinen Fall verraten wollte? Warum war er mit ihr oben auf dem Turm geblieben, anstatt ihr gleich nach unten zu helfen?

»Gut«, sagte Lucy. »Wir werden vor ihm da sein. Ich will nicht, dass er denkt, er müsste mich tragen, wenn alle Nachbarn glotzen.«

»Bedenkt man, welchen Ärger Sie verursacht haben, sind Sie ein klein wenig zu sehr von sich eingenommen, Lucy Wolfendale.«

Sie stieß ein wütendes Knurren aus. »Ich habe das Ganze gründlich satt. Alles ist misslungen.«

Ich ersparte mir die Bemerkung, dass das Wochenende auch für Lawrence Milner nicht nach Plan verlaufen war. Schweigend fuhren wir zurück zur St. Clement's Road.

Ich hielt den Wagen vor der Nummer 29 an.

Captain Wolfendale stand am Fenster, neben der Rüstung.

Eine Sekunde später war er fort. Die Haustür flog auf, und er kam die Stufen heruntergelaufen.

»Lucy!« Der Captain half ihr aus dem Wagen. »Was ist mit dir passiert?«

Er dankte mir überschwänglich, während er versuchte, Lucy die Stufen hinaufzuhelfen.

»Mir geht es gut. Mach nicht solch einen Aufstand, Großvater. Es reicht, wenn ich mich auf deinen Arm stütze.«

Der Captain schüttelte verzweifelt den Kopf, als er Lucy ins Haus führte. »Du siehst aus, als hättest du unter einer Hecke geschlafen. Wo warst du?« Er brachte sie in die Wohnung.

Langsam durchquerte sie das Zimmer, hielt sich an Möbeln und ihrem Großvater fest. Dann sank sie schwer in den Samtsessel.

Er holte einen Fußschemel für sie. »Leg das Bein lieber hoch.«

Sie lächelte süßlich. »Danke, Großvater. Ich habe eine furchtbare Zeit hinter mir. Und ich habe solchen Hunger.«

Der Captain sprang sofort. Er verschwand in der Küche.

Ich hockte mich auf die Armlehne des Ledersessels. Sobald er wiederkam, würde ich gehen. Wenig später erschien er mit einem Glas Wasser und einem Brotkanten mit Bratfett. Seine anfängliche Erleichterung, Lucy wohlbehalten wiederzusehen, war verpufft. Er runzelte die Stirn und war kurzatmig.

»Danke.« Lucy biss in das Brot. Mit vollem Mund sagte sie: »Mrs. Shackleton, Sie waren Krankenschwester.«

»Ja.« Dies war kein Moment für Dementi oder Vorbehalte.

»Ich weiß, dass ich ein bisschen unhöflich zu Ihnen war, aber könnten Sie mir vielleicht sagen, ob mein Knöchel gebrochen ist?«

»Es sieht wie eine Verstauchung aus.« Ich wandte mich zum Captain. »Haben Sie einen elastischen Verband?«

Die Freude und Erleichterung des Captains wurden nun

gänzlich durch Wut ersetzt. »Knöchel? Elastischer Verband?« Er führte etwas auf, was einem irren Morris-Tanz nahekam. »Zwei Lösegeldforderungen. Geschrieben von dir, um mich halb wahnsinnig vor Sorge zu machen. Was ist deine Erklärung?«

Lucy sprach mit mir. »Der Erste-Hilfe-Kasten ist auf dem Regal in der Diele.«

Der Mann war gealtert, seit ich ihn Freitagnacht zum ersten Mal gesehen hatte. Er hatte Lucy mit letzter Kraft ins Haus geholfen. Jetzt war seine Atmung schwer, und er konnte nicht stillhalten. »Hast du nichts zu sagen, Lucy?«

Sie starrte ihn an. »Ich schätze, du hast in deinem Leben nie etwas falsch gemacht. Ich schätze, du hast noch nie Geld für etwas gebraucht, was du verzweifelt gern wolltest.«

Der Captain sah sie mit offenem Mund an. Plötzlich schien er vor ihr zurückzuweichen wie vor einem Ungeheuer.

»Du hast es mir gesagt. Du hast mir immer gesagt, dass ich ein Erbe haben würde.«

Sie nahmen keine Notiz mehr von mir.

Als ich mit dem Verband zurückkam, war Lucy Bratenfett vom Brot aufs Kinn getropft. Sie wischte darüber, verteilte es aber nur auf ihrem Gesicht. »Ich hatte dich nett gefragt, Großvater. Ich bat um mein Erbe, aber nein. Du wolltest mir keinen Penny geben. Du hast mich hierzu gezwungen.«

Um ein Haar wäre ich gegangen. Sollten die beiden ruhig mit Klauen und Zähnen aufeinander losgehen; doch die Krankenschwester in mir konnte den Knöchel nicht unversorgt lassen.

Der Captain schaute zu, wie ich den Verband anlegte. Barsch sagte er: »Die Polizei will mit dir reden, Lucy. Es gab einen hässlichen Vorfall am Freitagabend nach dem Theater. Er betraf Mr. Milner.«

Lucy schluckte. »Ich habe denen nichts zu sagen. Mich schert nicht, dass Mr. Milner tot ist. Aber ich habe ihn nicht erstochen.«

Der Captain starrte mich an. Ich weigerte mich, ihn anzusehen. Leise fragte er: »Woher weißt du, dass er tot ist?«

Ihr Blick huschte vom Captain zu mir und zurück zu ihm. »Dan hat mir erzählt, dass er ermordet wurde, und es tut mir nicht leid. Ich fand ihn ekelhaft.«

Zunächst sagte niemand etwas. Falls die Seelen der Toten noch blieben, um die Auswirkungen ihres Dahinscheidens auf die Lebenden zu beobachten, dürfte es Milner sehr schlecht gehen. Sein Sohn, seine Haushälterin, das Mädchen, von dem er geträumt hatte, keiner trauerte um ihn.

Der Captain setzte sich auf die Armlehne neben Lucy. Seine Stimme war nur ein Flüstern. »Hat Mr. Root dir erzählt, dass Milner erstochen wurde?«

»Weiß ich nicht.« Sie biss von ihrem Brot ab, kaute und schluckte. »Na, muss er wohl, oder? Oder erschossen oder so?«

Diesmal schaute ich zum Captain, als er mich ansah. Er stand auf und ging in die Küche. Ich folgte ihm durch den dunklen Flur. Am Küchentisch hielt er für einen Moment inne, ehe er auf einen Stuhl sank. Ich setzte mich ihm gegenüber hin.

»Ich habe vorhin mit der Polizei gesprochen«, sagte er. »Sie waren hier, weil Milner und ich im Burenkrieg Kameraden waren.«

»Haben sie Ihnen von der Todesursache erzählt?«

Der Captain verneinte stumm.

Ich wartete, dass er mich fragte, ob Milner erstochen worden war. Er tat es nicht. Er wusste es auch, ohne dass ich es sagte.

Er faltete die Hände und betrachtete sie, als sähe er zum ersten Mal Hände. »Was geschieht jetzt?«

»Sie wird befragt werden.«

Meine Gedanken überschlugen sich. Entweder hatte Lucy Milner umgebracht, oder jemand hatte ihr erzählt, dass er erstochen wurde. Was möglich war. Dylan könnte es ihr gesagt haben, falls er sie gestern gesehen hatte, oder es könnte Dan gewesen sein. Die Polizei wollte diese Information zurückhalten, aber mit so etwas hatten sie selten Erfolg. Es bräuchte nichts weiter als eine morgendliche Putzkraft mit scharfem Gehör und losem Mundwerk, schon war es draußen.

Mir kam das Gespräch auf dem Turm wieder in den Sinn. Dan Root, der zu Lucy sagte: »Ich hasste ihn«, und: »Ich beschloss, ihn wegen dem, was er getan hatte, zu töten.«

»Was denken Sie?«, fragte der Captain.

»Als ich Lucy fand, war Mr. Root schon dort. Mich würde interessieren, was genau er zu ihr gesagt hat.«

»Wir können sie noch mal fragen«, schlug der Captain eifrig vor und wollte die Küche wieder verlassen.

»Nein. Wenn wir zurück ins Wohnzimmer gehen, hört Dan Root mit. Er hat eine Vorrichtung, die er benutzt, um alle Unterhaltungen von Ihnen zu belauschen.«

Der Captain erstarrte. Er sah mich verblüfft an und setzte sich wieder. »Dieser hinterhältige Schurke. Warum tut er das?«

»Captain, sagt Ihnen der Name Bindeman etwas?«

»Bindeman? Nein, ich glaube nicht.«

Es war der Name, den ich in Dan Roots Bibel gesehen hatte. Wer mit leichtem Gepäck reiste, würde gewöhnlich keine Bibel mitschleppen, die einer anderen Familie als der eigenen gehörte. »Ich denke, dass Dan Root nicht sein richtiger Name ist. Ich glaube, er ist Afrikaans. Versuchen Sie, sich zu erinnern. Gibt es jemanden namens Bindeman, der einen Groll gegen Sie oder Mr. Milner hegen könnte?«

Zuerst schüttelte der Captain den Kopf, doch dann veränderte sich seine Miene. »Ja! Jetzt fällt es mir wieder ein. Während des Burenkriegs sollten wir die Zivilisten in Lager treiben. Scheußlich, aber wir hatten keine Wahl. Sie versorgten den Feind mit Proviant, müssen Sie wissen. Wir mussten ihre Farmen niederbrennen. Da war jemand dieses Namens. Sie war Engländerin, mit einem Buren verheiratet. Von der aufsässigen Sorte. In gewisser Weise musste man sie bewundern. Die Buren kamen den ganzen Weg zum Lager. Wir verdächtigten die Frau, ihnen Essen zugesteckt zu haben – nicht, dass es viel zuzustecken gab. Und der Sabotage. Sie war darin verwickelt. Der Captain … Die Sache ist die, dass sie in Einzelhaft starb. Aber ich verstehe nicht, was …«

»Wer hatte im Lager das Kommando?«

»Der ranghöchste Offizier natürlich.«

»Sie?«

Er zögerte, bevor er antwortete: »Ja.«

Ich sah ihn streng an. Wenn ich recht hatte und er ein Hochstapler war, was hatte es ihn all diese Jahre kosten müssen, jeden Tag aufzuwachen und sich zu fragen, ob er entlarvt würde.

»Hatte Mrs. Bindeman einen Sohn?«

»Sie hatte Kinder. Daran erinnere ich mich.«

»Einen Sohn?«

»Wissen Sie was? Ich glaube, ja. Zwei ihrer Kinder starben. Es tat mir leid für sie. Und da war ein Junge. Ich erinnere mich, weil er so was wie der Liebling der Lehrerin war. Sie nahm ihn mit nach Kapstadt, als das Lager geschlossen wurde.«

Ein Puzzleteil fügte sich an seinen Platz. Auch für den Captain. Seine Atmung wurde schneller. Er wischte sich mit der Hand über die Stirn.

»Sie haben es ergründet, Mrs. Shackleton. Root war zu gut, um wahr zu sein. Der ideale Mieter. Höflich, zahlt pünktlich die Miete, begleitet Lucy von den Proben nach Hause. Und die ganze Zeit …«

Die ganze Zeit was?, fragte ich mich. Was könnte Milner diesem jungen Mann angetan haben? Noch mehr wunderte mich, dass sich Dan Root so lange Zeit gelassen haben sollte, wenn er mit der Absicht nach Harrogate gekommen war, Milner oder dem Captain etwas anzutun.

»Erzählen Sie mir lieber alles, Captain. Bisher habe ich nicht mal die halbe Geschichte von Ihnen gehört. Eine Menge musste ich mir selbst zusammenreimen.«

»Was wollen Sie andeuten? Ich war vollkommen offen, Madame.« Seine Stimme klang kein bisschen überzeugend. Er wusste, dass das Spiel vorbei war.

Ich wollte erfahren, was ihn mit Milner verband. Und ich wollte meine Theorie prüfen, dass der Mann, der mir mit zitternden Händen gegenübersaß, nicht der war, der zu sein er behauptete.

»Wer kam zuerst nach Harrogate?«, fragte ich in leichtem Plauderton. »Sie oder Mr. Milner?«

»Ich.«

»Milner & Son's. Solch eine Firma erfordert Kapital. Woher hatte er das Geld, um sein Geschäft zu gründen?«

Der Captain zog sein Taschentuch hervor und schnäuzte sich. Er hatte eindeutig nicht vor zu antworten.

»Lassen Sie mich eine andere Frage stellen, Captain?«

»In Ordnung. Aber nur, weil Sie Lucy zurückgebracht haben.« Er bemühte sich, eine tapfere Miene aufzusetzen, dennoch zweifelte ich nicht daran, dass er mich aus dem Haus geworfen hätte, hätte er sich sicher genug gefühlt.

»Ist Mr. Milner nach Harrogate gekommen, weil er wusste, dass Sie hier waren?«

»Wenn Sie es unbedingt wissen wollen, ja.«

Ich stieß meine nächste Frage in einem Kommandoton aus: »Army-Nummer?«

Er ratterte seine Nummer herunter.

»Ich danke Ihnen, Sergeant Lampton.« Es war kein kompletter Schuss ins Blaue, aber er saß. Der Captain würde niemals blass werden, während aus diesen runden, rötlichen Wangen etwas Farbe wich.

»Worauf wollen Sie hinaus?«

»Dass Sie den Captain gespielt und dieses Haus mitsamt seinem Erbe übernommen haben.«

Er schien abzuwägen, was ich gesagt hatte, und sah mir in die Augen. »Das werden Sie nicht beweisen können.«

»Vielleicht, vielleicht auch nicht.«

»Sie sind klüger, als gut für Sie ist.« Er senkte den Kopf. »Nur eine andere Person wusste es.«

»Zwei Leute wussten es: Mr. Milner, der Sie erpresste, und Dan Root, von dem ich vermute, dass er sehr verwirrt war, als er herkam, um den Captain zu finden, und Sie antraf.«

Für einen Moment schloss er die Augen und biss sich auf die Unterlippe. Dies musste der Moment sein, vor dem er sich gefürchtet hatte, seit er das Erbe eines anderen antrat, dessen Leben einnahm. »Wie haben Sie es herausgefunden?«, fragte er leise.

»Sie haben selbst eine Menge Hinweise gegeben.«

Er schüttelte den Kopf. »Nein. Habe ich nie.«

Als sonntagnachmittägliche Unterhaltung an einem Küchentisch nahm sich dieses Gespräch recht bizarr aus. »Als Sie mir vom Krieg und Ihrer Rolle darin erzählten, sagten Sie: ›Das ist alles so lange her. Ich war damals ein anderer.‹ Der waren Sie tatsächlich. Ein anderer Mann. Und Ihre Fotografien bestätigten es mir. Ich habe noch nie verstanden, warum manche Männer einen sehr auffälligen Adamsapfel haben und andere so gut wie gar keinen. Es ist nur eine von vielen kleinen Variationen der Natur. Ich sah eine Fotografie von Miss Wolfendales Neffen als jungem Mann. Sein Hals war so glatt wie der eines Mädchens.«

Seine Hand wanderte zu seinem Hals. »Das bedeutet gar nichts.« Dennoch sah er unsicher aus, als würde ihm ein wenig übel.

»Der junge Rowland Wolfendale hatte ein längliches Gesicht, wie seine Tante. Miss Fell besitzt eine Fotografie. Sie haben – oder hatten bis zu dem Lagerfeuer gestern – eine Fotografie von Ihnen beiden zusammen, mit Ihren Mützen und Abzeichen. Seite an Seite war sehr klar, wer der Captain und wer der Sergeant war.«

Er befeuchtete seine Lippen, und für einen Moment sah es aus, als wollte er widersprechen. Als er es nicht tat, fuhr ich fort: »Zwei Uniformen in Ihrem Zimmer oben, eine mit Captains-Abzeichen, die andere mit Sergeant-Streifen. Zwei Ausfertigungen von Entlassungspapieren. Ich konnte nichts über den Offiziersburschen in Erfahrung bringen, doch Wolfendale war nicht verheiratet. Und laut Army-Gerüchten war er ein Schürzenjäger.«

Er gab einen verbitterten Laut von sich, der ein Lachen sein konnte. »Oh ja, der war er.«

»Im Gegensatz zu Ihnen. Sie gaben zu, dass Sie im Umgang mit Frauen und Mädchen hilflos wären. Zudem würden nicht viele Offiziere zugeben, dass ihr Bursche das Victoria Cross verdient hätte. Aber Sie *waren* ja besagter Offiziersbursche, Mr. Lampton. Oder ist es Ihnen lieber, wenn ich Sie weiterhin mit Captain anspreche?«

Er stand hastig auf und hielt sich an der Stuhllehne fest. »Ich muss die Haustür abschließen. Wenn es Root war, der Milner umbrachte, könnte ich der Nächste sein. Wenn dies hier eine Art Rachefeldzug ist ...«

Ich ging mit ihm aus der Küche und in die Diele.

»Captain, was hatte Milner Mrs. Bindeman angetan, dass ihr Sohn ihn ermorden wollte?«

»Nichts, was mir einfiele.«

»Als Dan lauschte, hätte er da erfahren, dass Milner Sie erpresste, Ihnen alles abnahm, was Sie unrechtmäßigerweise geerbt hatten?«

Er zögerte. »Sie können nichts beweisen.«

»Nein. Dafür haben Sie gesorgt, indem Sie alle Ihre Papiere und Fotografien zerstörten. Aber Sie und Lucy könnten in Gefahr sein. Bitte, sagen Sie mir die Wahrheit.«

Ein Schauer durchfuhr ihn. Genau wie am Tag zuvor, schien er kurz vor einem Anfall. Ich wollte ihn mit einer Hand stützen, doch er schüttelte sie ab. »Wenn Sie recht haben und er alles mithörte, was zwischen mir und Milner war, würde er wissen, dass Milner nach Harrogate gekommen war, um mich auszubluten. Und nachdem er jeden Penny genommen hatte, wollte er Lucy.«

»Und was ist Lucy für Sie? Ist Sie wirklich Ihre Enkelin, Mr. Lampton?«

Nach einer endlosen Pause sagte er seufzend: »Sie ist nichts für mich und alles. Sie ist Captain Wolfendales natürliche Tochter, von einer Lehrerin, Miss Marshall, geboren auf der Überfahrt von Kapstadt.«

Und noch ein Puzzleteil fügte sich ein. »Ist es dieselbe Lehrerin, von der Sie sprachen, die sich des jungen Bindeman angenommen hatte – oder Dan Root?«

»Sie muss für ihn der Ausgangspunkt gewesen sein, um mich zu finden.« Es war weniger die Angst in seinen Augen, die mich verwunderte, als ein anderes Gefühl, das ich dort sah. Als wären alle Rachegötter auf einmal über ihn hergefallen und hätten ihm eine Nachricht hinterlassen, die er nicht recht verstand. Schließlich sagte er: »Der junge Dan Bindeman war verwaist. Sein Vater wurde im Krieg getötet, seine Mutter starb in einem Strafkäfig. In den sie gesteckt wurde von … von Captain Wolfendale. Die Lehrerin hatte vor, den Jungen zu adoptieren. Die arme Närrin. Sie dachte, Wolfendale würde sie heiraten.«

Demnach war Dan Root beinahe so etwas wie ein Bruder für Lucy. War er aus Liebe nach Harrogate gekommen oder aus Hass? Oder war es beides gewesen?

Dreiundvierzig

Ich ging die Stufen von der Hausnummer 29 in der St. Clement's Road hinunter, bereit, meine Pflicht gegenüber Inspector Charles zu erfüllen und ihm mitzuteilen, dass Miss Wolfendale zu Hause war und befragt werden konnte.

Danach würde ich alle Gedanken an Verbrechen und Ermittlungen von mir schieben und ins Hotel fliehen, um meine Mutter zu treffen.

Wozu es nicht kommen sollte. Zumindest noch nicht.

Draußen saß Dan Root hinter dem Lenker meines Jowetts.

Mit einer Selbstverständlichkeit, als wäre es alltäglich für ihn, in anderer Leute Automobile zu springen, sagte er: »Ich würde sehr gern eine Ausfahrt machen.«

Sollte dies der Eröffnungszug eines Verehrers sein, oder wollte er nur verhindern, dass ich Inspector Charles von Lucy erzählte?

»Vielleicht ein anderes Mal.«

Er rutschte auf den Beifahrersitz. »Nehmen Sie mich mit zur Polizei?«

»Warum?«

»Weil ich denke, dass Sie dorthin wollen. Und würden Sie nicht den Ruhm genießen, Milners Mörder zu liefern? Immerhin fanden Sie die Leiche. Es würde dem Ganzen eine hübsche Symmetrie verleihen.«

Wenn er es so formulierte, war dem schwer zu widerstehen. Dennoch zögerte ich. Was für einen Trick versuchte er hier?

»Kommen Sie, Mrs. Shackleton. Ich bin sicher, dass Sie mich gestehen hörten, als Sie bei dem Turm ankamen.«

»Nein«, erwiderte ich zu schnell.

Er lächelte charmant, hob beide Hände und wendete übertrieben die Taschen, um mir zu zeigen, dass er keine Waffe bei sich hatte. »Sie haben doch keine Angst vor mir, oder?«

»Selbstverständlich nicht«, log ich. »Rücken Sie ein Stück.« Ich stieg in meinen Wagen, neben jemanden, der entweder eiskalt oder komplett wahnsinnig war. Nur was von beidem?

»Wen nehme ich mit? Dan Root oder Dan Bindeman?«

»Sie sind schlau, Mrs. Shackleton, oder neugierig.«

»Sowohl als auch, würde ich sagen. Wie Sie.«

»Root war der Name, den Miss Marshall mir gab. Sie war die Lehrerin, die mich adoptierte. Sie dachte, dass ich in England Wurzeln schlagen würde.«

»Und glauben Sie, dass Sie es jemals werden?«

»Nicht mehr. Nicht, nachdem ich Lawrence Milner umgebracht habe.«

Alles war so normal für einen Sonntagnachmittag. Eine Kinderfrau schob einen Kinderwagen in Richtung des kleinen Parks. Ein junges Paar mit einem Kind und einem Hund schlenderte Arm in Arm vorbei.

»Wie haben Sie nach Harrogate gefunden, Dan?«, fragte ich in einem ruhigen Plauderton, als ich den Motor anließ und die St. Clement's Road entlangfuhr.

»Es war nicht ganz einfach. Ich erfuhr von Miss Marshall, dass der Captain in London war, und dann, dass er nach Harrogate gezogen war. Ich musste recht lange suchen, Fragen stellen und mir Geschichten ausdenken, um Informationen zu bekommen.«

»Warum sind Sie hergekommen?«

»Ich wollte den Captain töten, um meine Mutter zu rächen. Als Junge hatte ich mir geschworen, dass ich mich an sein Gesicht erinnern würde und dass er sterben würde für das, was er getan hatte. Natürlich war er schon tot, und Lampton hatte seine Rolle eingenommen.« Er holte eine Zigarette hervor. Eine Hand zum Schutz vor dem Wind gewölbt, strich er ein paar Zündhölzer an und konnte die Zigarette beim zweiten Versuch anstecken. »Stellen Sie mir nicht zu viele Fragen. Sie sollten mir wenigstens eine angenehme Fahrt gönnen. Es sind ja nicht Sie, der ich gestehe.«

Dan zog seine Uhr hervor, um kurz draufzuschauen. Ich fragte mich, ob er eine Zeit festgelegt hatte, eine Stunde für sein Mordgeständnis. Er schob die Uhr zurück in seine Westentasche, lehnte sich entspannt zurück und blickte sich um, als wolle er die letzten Momente Freiheit auskosten.

Wie es das Schicksal wollte, landeten wir auf der Leeds Road hinter einer Blaskapelle der Boys Brigade, die *Look for the Silver Lining* spielte.

»Ich könnte abbiegen und einen Umweg fahren«, überlegte ich laut.

»Nein, ist schon gut.« Dan paffte seine Zigarette und klang beinahe fröhlich. »Dies ist eine wichtige Reise für mich. Meine letzte als freier Mann. Mir gefällt die Vorstellung, dass es ein besonderer Anlass ist, mit Musikbegleitung und in angenehmer Gesellschaft.«

Die Blaskapelle marschierte auf die West Park und weiter zum The Stray. Ich parkte an der Ecke, gegenüber vom Prince of Wales Hotel.

Dan stieg langsam aus, als würde er sich auf einmal umbesinnen. Er holte tief Luft und straffte die Schultern.

Die Kapelle wurde von zwei Spendensammlern begleitet, einer vorn, der andere hinten. Dan schob eine Hand in seine Tasche und holte eine Münze hervor. Klimpernd fiel sie in den Sammelkasten. Ich wollte etwas sagen, doch mir fehlten die Worte.

Er sagte: »Es ist nicht nötig, dass Sie mich weiter begleiten. Danke fürs Mitnehmen. Ich hätte es bedauert zu hängen, ohne jemals in einem Automobil gefahren zu sein.«

Ernst schüttelte er mir die Hand, bevor er die Straße überquerte, wobei er fast schon sein Leben gelassen hätte, denn einer dieser Coventry Premiers mit acht Pferdestärken überholte gerade ein Fuhrwerk.

Ich wartete, dann folgte ich ihm in sicherem Abstand.

Im Hotel sprach Dan hocherhobenen Hauptes mit dem Portier, ehe er die Treppe hinauf und den Korridor mit den Bildern vom alten Harrogate entlangging. Er sah mich nicht, als er die Tür öffnete und den Raum mit den aufgebockten Tischen betrat.

Ich ging auf demselben Korridor ein Stück weiter, blickte zu den alten Wagenschuppenszenen an den Wänden und fragte mich, was uns bewegte, immer wieder zurückzublicken, als würden uns unsichtbare Fäden mit der Vergangenheit verbinden. Einer Vergangenheit, die nie ganz war, was sie hätte sein sollen, weshalb wir es gern noch einmal versuchen würden.

Ich klopfte an die Tür des Inspectors. Keine Antwort.

Es wäre nicht gut, Dan zu folgen.

An der Rezeption fragte ich, wann der Inspector zurückerwartet wurde. Niemand wusste es. Also blieb mir keine andere Wahl, als zu warten.

Ich setzte mich auf ein kleines Sofa in der Eingangshalle, wobei ich mich auf einer Seite hielt, sodass es aussah, als rechnete ich mit Gesellschaft. Gewöhnlich hätte es mir nichts ausgemacht, hier zu sitzen und zuzuschauen, wie die Welt vorüberzog, und Mutmaßungen über Passanten anzustellen. Nun aber war mir schwer ums Herz, und mich bedrückten Gefühle, die ich nicht ganz erklären konnte. Ja, ich hatte gehört, wie Dan gegenüber Lucy gestand, dass er getötet hatte. Aber es schien nicht zu passen. Über Jahre hatte er Rachepläne gehegt. Und jetzt gab er zu, dass er absichtlich in die Stadt zurückgekehrt war – nachdem er eine alte Dame nach Hause gebracht hatte –, Milner auflauerte und ihn kaltblütig ermordete. Was hatte ihn plötzlich handeln lassen, nachdem er es so lange aufgeschoben hatte?

»Hier bist du!«

Ein Wirbelwind blies durch die Eingangshalle. Ihr rundes, lächelndes Gesicht war von einem Florentinerhut mit Bändern gekrönt. Sie trug ein Seidenkreppkleid mit tiefer Taille, dessen Oberteil und Rocksaum mit leuchtend bunten Schnörkeln und Sternen bestickt waren. Meine Mutter.

»Ich hätte mir denken können, dass du hier bist.« Sie setzte sich neben mich und senkte die Stimme zu einem triumphierenden Bühnenflüstern. »In dem Moment, in dem ich hörte, dass die Polizei Zimmer im Prince of Wales genommen hat, dachte ich mir, dass ich meine Kate dort finde. Hast du gesehen, wie reizend alle da draußen aussehen? Warum bist du in einem beigefarbenen Kostüm … und diesen Schuhen?«

»Hallo, Mutter.«

»Tu nicht so erfreut, mich zu sehen! Hast du schon gegessen?«

»Noch nicht.«

»Liebes, es ist beinahe zwei Uhr. Zurück zum Grand mit uns, auf der Stelle. Sie servieren noch Mittagessen. Dein Vater wartet.«

»Ich kann nicht. Ich arbeite.«

»Was soll das heißen, du arbeitest?«

»Schhh.«

Ein Mann und eine Frau auf dem Weg zum Fahrstuhl blickten sich verärgert zu uns um. Es gab nur eine Sorte Arbeit, der eine Frau allein in einer Hotelhalle nachgehen konnte.

Zum Glück schlenderte in diesem Moment Inspector Charles

durch die Eingangstüren und sah uns. Er kam direkt auf mich zu und lüpfte seinen Hut. »Mrs. Shackleton.«

»Mr. Charles. Mutter, dies ist Inspector Charles von Scotland Yard. Meine Mutter, Mrs. Hood.«

»Marcus Charles, stets zu Diensten. Ich bin entzückt, Sie kennenzulernen.«

Es war exakt die Reaktion, die meine Mutter liebte. Sie schenkte ihm ihr gewinnendes Lächeln. »Manchmal Lady Virginia. Wir sind hier schließlich in Harrogate. Hier darf man den Titel ruhig führen, denke ich.«

Ich unterdrückte ein Stöhnen.

»Meine Tochter hat übertrieben demokratische Ansichten. Aber wirklich, Kate, ein Titel wird uns eine weit bessere Behandlung im Heilbad sichern, glaub mir.«

»Mutter, ich muss jetzt mit Inspector Charles sprechen. Sag Dad bitte, dass ich komme, wenn ich kann. Sonst rufe ich an und sehe ihn nächstes Wochenende.«

»Und was ist mit ...«

»Wir sehen uns heute Abend. Versprochen.«

Inspector Charles erfasste die Situation sehr schnell. Er gab einem seiner Männer ein Zeichen, der sofort bei uns war. »McDonald wird Sie zurück zu Ihrem Hotel begleiten, Lady Virginia.«

»Danke, aber ich habe einen Wagen, der draußen wartet.«

»Wären Sie dann so freundlich, mir zu gestatten, Sie und Ihre Tochter heute Abend in Ihrem Hotel zum Essen einzuladen?«

Mutter blickte von ihm zu mir und zurück. »Das wäre wunderbar. Ist Ihnen neun Uhr recht?«

»Ja.«

»Ich freue mich darauf.« Sie beugte sich zu mir, um mich auf die Wange zu küssen, und verschwand.

Der Inspector setzte sich neben mich auf das Sofa. »Haben Sie Neuigkeiten für mich?«

»Lucy Wolfendale ist jetzt zu Hause. Sie hat einen geschwollenen Knöchel, ist aber ansonsten unversehrt und kann befragt werden.«

»Vielen Dank.«

»Und noch eines. Dan Root, der in der Wohnung unter den Wolfendales wohnt und drei Rollen in *Anna of the Five Towns* spielte …«

»Ein vielseitiger Bursche.«

»Ja, ein außerordentlich guter Laiendarsteller. Er ist jetzt bei Ihren Officers und gesteht den Mord an Lawrence Milner.«

»Wie bitte?! Aber meine Männer hatten bereits mit ihm gesprochen.« Er schüttelte den Kopf und sah mich staunend an. »Sie haben es mal wieder geschafft. Besitzen Sie eine Art sechsten Sinn?«

Er wirkte fast begeistert. Ich fühlte mich sehr elend. »Für mich ergibt das überhaupt keinen Sinn.«

Der Inspector wippte förmlich auf seinen Zehenspitzen, so dringend wollte er zu Dan. »Macht es Ihnen etwas aus, noch ein wenig länger zu warten, Mrs. Shackleton? Ich würde gern von Ihnen hören, wie Sie den Burschen geködert haben.«

Ich sah ihm nach, als er nach oben lief, und fragte mich, wer wen geködert hatte, Dan mich oder ich Dan. Ich entschied mich für Ersteres.

Vierundvierzig

Zwanzig Minuten lang hockte ich auf meinem Sofa in der Eingangshalle des Prince of Wales Hotels und gab vor, die Sonntagszeitung zu lesen, während ich beobachtete, wer in den ersten Stock ging und von dort kam.

Als der Inspector die Treppe herunterschritt, sah er mich an. Ich faltete die Zeitung ordentlich zusammen, während er durch die Halle kam. Der Mann in dem Sessel unweit von mir legte sein Buch hin, spitzte die Ohren und schaute sich um. Die Polizei-Aktivitäten hatten einige Neugier geweckt.

Der Inspector verriet nichts, weder mit seinem Blick noch mit einem Wort. »Wollen wir gehen?«, fragte er freundlich. Als wir das Hotel verließen, sah er mich besorgt an. »Ich hätte Sie bei der nächsten Befragung gerne dabei. Falls Sie sich dem gewachsen fühlen.«

Mein ganzer Körper fühlte sich wie ausgedörrt an. Meine Augen juckten, mein Mund war trocken, meine Haut kribbelte, und mir war ein wenig übel. Der Tag kam mir unwirklich vor. Ein Karussell von Ungewissheiten. »Sie haben einen Wagen, glaube ich«, sagte er.

»Ja.«

»Ich möchte immer noch mit Lucy Wolfendale sprechen«, erklärte er leise. »Fühlen Sie sich imstande zu fahren? Es wäre nett, nicht in einem Polizeiwagen bei der Nummer 29 St. Clement's Road vorzufahren.«

Wir gingen zu meinem Wagen. Er stieg auf der Beifahrerseite ein, ohne einen Mucks zu Dan Roots Geständnis zu sagen.

»Geht es Ihnen gut?«, fragte er, weil ich den Motor nicht anließ.

»Nein. Ich habe eben den Vormittag mit einem Mann verbracht, den ich hierher zu Ihnen fuhr, damit er einen Mord gesteht. Und Sie sagen keinen Ton. Ich muss es wissen.«

Er seufzte. »Dan Root hat eine Menge Informationen über den Mord, erzählt eine glaubwürdige Geschichte und hat ein unanfechtbares Motiv, wenn er sich zwischen einen Lüstling und eine junge Dame stellte, die ihm teuer ist.«

»Aber?«

»Er war es nicht. Ich hatte den Eindruck, er wäre es gern gewesen. Ein Motiv genügt üblicherweise, doch er hatte zwei. Er sagt, dass er Lucy mochte und Milner warnte, sich von ihr fernzuhalten, und ihn dann erstach. Er sagt, Milner wäre Soldat in dem Burenlager gewesen, in dem seine Mutter starb, und das hätte er ihm nachgetragen.«

»Ist das nicht ausreichend?«

»Root hat im Großen Krieg gekämpft. Er ist so britisch, wie ich es bin, auch wenn es ihm nicht gefallen mag. Er hat eine Stunde lang die Zeit meiner Männer vergeudet.«

»Wie können Sie so sicher sein?«

»Er behauptete, ein Küchenmesser benutzt zu haben, und wusste nichts von dem geparkten Wagen oder dessen Beschädigung. Ich habe dem Sergeant gesagt, er solle ihn noch eine halbe Stunde schmoren lassen und dann nach Hause schicken. Ich werde mich später um ihn kümmern. Mein Interesse ist momentan, mit Miss Lucy Wolfendale zu reden.«

»Verdächtigen Sie sie?«

»Ich möchte mit ihr sprechen, sonst nichts.«

Ich ließ den Wagen an, traute mir das Fahren aber auf einmal nicht mehr recht zu. In meinem Kopf herrschte ein enormer Druck. Ich holte einige Male tief Luft und fuhr dann los.

Wir schwiegen, und meine Gedanken bewegten sich im Kreis. Wenn Dan Root nicht schuldig war und Lucy schützte, mussten sie auf dem Turm darüber gesprochen haben, dass sie Milner umgebracht hatte. Dan könnte sein Verständnis geäußert haben, indem er sagte, dass er ihn selbst einmal zu töten plante. Vor lauter Grübeln verpasste ich beinahe die Abbiegung zur St. Clement's Road. Gerne wäre ich weitergefahren, weg von diesem Chaos. Ich blinkte nach rechts und bog ab.

Inzwischen war ich diese Straße gründlich leid, erst recht den Anblick der schäbigen Nummer 29. Ich konnte es nicht erwarten, dieses Haus nie wiederzusehen.

Die Haustür stand offen. Ich klopfte und betrat die Wohnung der Wolfendales. Miss Fell saß im Sessel des Captains. Sie hielt einen Finger an ihre Lippen und kam uns entgegen.

»Lucy schläft. Der Captain ist ausgegangen. Er sagte, es könnte länger dauern.«

»Miss Fell, dies ist Inspector Charles von Scotland Yard. Er muss mit Lucy sprechen. Ich weiß, dass es ein Jammer ist, sie zu wecken …«

»Scotland Yard?« Miss Fell riss die Augen weit auf.

»Vielleicht könnten wir uns kurz unterhalten, Miss Fell, während Mrs. Shackleton versucht, Miss Wolfendale zu wecken.«

Er führte Miss Fell in die Diele. Ich setzte mich in den Sessel gegenüber von Lucy. Sie lag wie Dornröschen da, die wartete, dass ein Prinz sie weckte. Noch immer trug sie das Kleid von Freitagabend und roch ein bisschen streng, weil sie das ganze Wochenende in ihrer Kleidung geschlafen hatte. Es war ihr gelungen, den Knöchel hochgelegt zu lassen. Auf dem niedrigen Tisch neben ihr lag ein unappetitlich aussehendes Marmeladenbrot.

Die Uhr auf dem Kaminsims tickte laut. Sie schlug halb drei.

Lucy öffnete die Augen. »Sie können das Brombeermarmeladenbrot essen, wenn Sie wollen. Ich schlafe nicht. Tanta Ada hat nur solch einen Aufstand gemacht, dass ich sie zum Schweigen bringen musste.«

»Was haben Sie da?«

Auf ihrem Bauch lag ein dicker Umschlag.

»Großvater hat es mir gegeben. Es ist ein Haufen Geld. Gezählt habe ich es noch nicht. Hätte er es an meinem einundzwanzigsten Geburtstag getan, wie ich ihn gebeten hatte, wäre mir eine Menge Ärger erspart geblieben.«

»Woher hat er es? Wie viel ist es?«

»Es ist sehr viel. Hübsche große Fünf-Pfund-Scheine. Er sagte, dass es von Mr. Milner ist. Aber wie kann das sein, wenn Milner tot ist?« Sie schob den Umschlag hinter das Polsterkissen. »Warum will der Polizist mit mir reden?«

»Was denken Sie?«

»Wegen Milner, schätze ich. Denkt er, ich habe ihn erstochen?«

Darauf musste ich nicht antworten.

Der Inspector kam herein und stellte sich vor.

Lucys Verhalten änderte sich schlagartig. Sie setzte sich steif auf. »Ich war es nicht«, sagte sie sofort. »Er war ein schrecklicher Mann, und ich habe ihn gehasst, aber ich habe ihn nicht ermordet. Warum sollte ich? Ich will zur Schauspielschule gehen. Ich habe einen Plan, und zu dem gehörte nicht, irgendjemanden zu heiraten oder zu ermorden.« Sie schwang die Beine auf den Boden und drehte sich zu ihm, wobei sie vor Schmerz stöhnte.

Er bedeutete mir, in Wolfendales großem Ledersessel zu bleiben, und trug einen Lehnstuhl herbei, den er zwischen Lucy und mich stellte.

»Was ist mit Ihrem Knöchel passiert, Miss Wolfendale?«

»Ich bin gestürzt.« Sie nickte zu mir. »Oh, ich vermute, sie hat

Ihnen von meiner kleinen Eskapade erzählt. Ich weiß, dass ich es nicht hätte tun sollen.«

Der Inspector blieb auf Lucy konzentriert. »Welche Eskapade?«

Verwundert und dankbar sah sie zu mir. »Haben Sie es nicht erzählt?«

»Nein. Vielleicht sollten Sie es tun. Und Sie sollten Ihr Bein wieder hochlegen.«

Etwas an Lucy weckte meinen Beschützerinstinkt. Natürlich fragte sich der Inspector nun, was ich ihm sonst nicht erzählt hatte.

Er bewies enormen Langmut, als er Lucy ihre Geschichte entlockte. Er fragte sie nach dem Stück und der letzten Vorstellung am Freitagabend. »Laufen Theaterstücke nicht gewöhnlich an einem Samstag?«, fragte er geradeheraus.

»Tun sie. Aber das Opera House ist ein professionelles Theater, und auch wenn sie Laientheater dort spielen lassen, hatten sie am Samstag eine Varieté-Show. Deshalb mussten wir am Freitagabend raus und unsere ganzen Requisiten und Kostüme und alles mitnehmen.«

»Was für Requisiten hatten Sie mitgebracht?«

»Ich hatte mir Tante Adas Nähkasten geliehen. Meine Figur, Anna, geht ohne Nadel und Faden zu einem Nähabend, und ihre Freundin gibt ihr, was sie braucht. Alison Hart spielte meine Freundin. Na ja, Alisons Mutter sagte, sie würde sich um nichts in der Welt von ihrem Nähkasten trennen, also musste ich einen mitbringen.«

»Erzählen Sie mir von Freitagabend, nach der Vorstellung.«

Mit ihrer Schilderung malte sie ein Bild der Party, das ich wiedererkannte – wie die Darsteller Meriel bewundert hatten, wie sie und die anderen jungen Leute eine Clique bildeten, wie Dylan sich scheu in ihrer Nähe aufgehalten hatte, wie froh sie war, als ich Mr. Milner in eine Unterhaltung verwickelte und Madame Geerts ihn fortzog.

Sie verließ das Theater gegen Viertel nach elf mit Madame Geerts und Alison und ging mit ihnen zu Madame Geerts Haus. Rodney und sein Freund waren bei ihnen. Sie ging kurz mit ins Haus, ließ ihre Requisiten dort und gab dann vor, Rodney und seinen Freund einholen zu wollen. Stattdessen ging sie zum Hinterhof von Croker & Company, wo sie sich mit Dylan verabredet hatte. Als sie eine andere Stimme hörte und sie als die von Monsieur Geerts erkannte, versteckte sie sich im Toilettenhäuschen, bis er gegangen war. Dann holte Dylan sein Fahrrad aus dem Schuppen und fuhr sie zum Turm.

Der Inspector wollte noch eine Frage stellen, da unterbrach uns ein lautes Klopfen an der Haustür.

Ich stand auf. »Ich gehe schon.«

Vor der Tür stand ein kleiner, untersetzter Polizist in Zivil, der etwas außer Atem war. »Ist Inspector Charles hier? Ich muss ihn sprechen, dringend.«

Der Inspector hatte es gehört und kam in die Diele. Ich ließ ihn und den Constable reden und kehrte zu Lucy zurück.

»Er ist nett«, sagte sie. »Und ich glaube nicht, dass er denkt, ich hätte Mr. Milner umgebracht.«

»Nein.« Ich hatte keine Ahnung, was im Kopf des Inspectors vor sich ging.

»Er mag Sie«, sagte sie bestimmt und versuchte, sich durch den Verband an ihrem Knöchel zu kratzen. »Der Inspector mag Sie, Mrs. Shackleton. So was erkenne ich sofort.« Sie senkte die Stimme, als er zurück ins Zimmer kam. »Sie mögen ihn auch.«

Der Inspector sah auf einmal blass und grimmig aus. Er setzte sich nicht, sondern packte die Rückenlehne des Stuhls. »Ich habe den Constable nach oben geschickt, um Miss Fell etwas mitzuteilen, aber es ist etwas sehr Schlimmes, Lucy, und Sie müssen es als Erste erfahren.«

Lucy benetzte sich die Lippen mit der Zunge. »Ist es Dylan? Ist er gestorben? Er hat nur versucht, mir zu helfen …«

»Nicht Dylan. Ihr Großvater. Es gibt keine einfache Art, das zu sagen. Er ist tot.«

»Nein. Er war hier, er …« Ihre Augen wurden größer. Sie ballte die Fäuste.

»Er war eben in unserem Hauptquartier im Prince of Wales. Er hat den Mord an Mr. Milner gestanden …«

Sie starrte ihn mit offenem Mund an, als vermutete sie, dass es eine abscheuliche Täuschung sein könnte.

Inspector Charles fuhr fort: »Der detaillierten Aussage Ihres Großvaters nach haben wir allen Grund zu glauben, dass er Mr. Milner ermordet hat.«

Lucys Kopf sank nach vorn. Sie begann, krampfartig zu zittern, sodass ich fürchtete, sie könnte einen Anfall bekommen. Sehr langsam ging ich zu ihr, setzte mich auf die Lehne ihres Sessels und nahm sie in die Arme.

Nach einigen Momenten hörte sie auf zu zittern. Mit tränennassen Wangen blickte sie auf. »Aber Sie sagten, dass Großvater tot ist. Und jetzt sagen Sie, er ist ein Mörder.«

Er sah sie voller Mitgefühl an und erklärte sanft: »Er hatte einen Revolver bei sich. Nachdem er sein Geständnis unterschrieben hatte, richtete er diesen gegen sich selbst.«

Lucys Stimme war kaum mehr als ein Wispern. »Das würde er nicht. Er …«

»Er war sofort tot, schoss sich in die Schläfe. Es tut mir leid, Miss Wolfendale.«

Ich schloss die Augen und ermahnte mich, mich ja nicht zu übergeben. Als ich sie wieder öffnete, fiel mein Blick auf die Fotografie von Lucy, die der Captain auf den Beistelltisch gestellt hatte. Dort war ein deutlicher Daumenabdruck, wo er den Rahmen gehalten hatte, während er mein fotografisches Können und Lucys leuchtende Schönheit bewundert hatte.

Mich erschütterte der Gedanken, dass der Captain, als ich nach dem Theater und meiner Aussage auf der Wache hier gewesen war, Blut an seinen Händen gehabt hatte. Kühl hatte er mir das Telegramm von Sykes wegen Mrs. deVries und ihrer Adresse gegeben. Ohne mit der Wimper zu zucken, hatte er mich am nächsten Morgen um Hilfe bei der Suche nach Lucy gebeten. Und die ganze Zeit über hatte ich es mit einem kaltblütigen Mörder zu tun gehabt.

Miss Fell kam hereingelaufen. »Meine arme Lucy!« Sie rannte zu Lucy und schlang die Arme um sie. Lucy fing an zu schluchzen.

»Kommen Sie zurecht?«, fragte mich der Inspector.

»Ja.«

»Ich muss zurück ins Prince of Wales.«

»Natürlich.«

Ich folgte ihm in die Diele. Die Haustür stand offen, und beide Männer waren im Begriff zu gehen.

»Warten Sie!« Sie drehten sich zu mir um. Dies war nicht die Zeit dafür, aber ich musste es wissen. Denn irgendetwas stimmte nicht. Ich erinnerte mich an den Gesichtsausdruck des alten Mannes, als er Lucy ansah und begriff, dass sie wusste, wie Milner gestorben war. »Hat er es wirklich getan, oder war das noch ein falsches Geständnis?«

Der Inspector beäugte mich verwundert. Ein falsches Geständnis wäre ungewöhnlich. Zwei wären außerordentlich. Er nickte seinem Untergebenen zu. »Wir können Mrs. Shackleton trauen.«

Der Zivilbeamte räusperte sich. »Captain Wolfendale nannte die korrekten Einzelheiten, die Zeit, die Waffe, die aufgeschlitzten Reifen. Er sagte sogar, dass er einen Manschettenknopf verloren hatte und den zweiten dazu durch den Ausguss gespült hätte.«

Was mich überzeugen sollte. Meine nagenden Zweifel basierten auf fadenscheinigen Annahmen, die sich lächerlich anhörten, würde ich sie in Worte fassen. Der alte Mann war nicht mal imstande, den Gasstrumpf in seiner Diele zu wechseln. Könnte er so gründlich vorgehen, dass er beinahe mit einem Mord davonkam? Und warum dann gestehen?

Der Inspector wollte dringend los.

Ich wollte ihn aufhalten, um ihm zu sagen, dass etwas nicht stimmte. »Eine Frage nur noch. Was war sein Motiv?«

Nun entspannte sich der andere Mann ein wenig. Unwillkürlich fragte ich mich, ob ihm die Mordschilderung des Captains auch zu geordnet vorkam.

»Er wurde von dem Opfer erpresst, und das schon seit Jahren. Am Freitag war Mr. Milner nachmittags hier und verlangte, dass er ihm das Haus überschrieb. Das war der letzte Tropfen, der das Fass zum Überlaufen brachte.«

Ich glaubte es nicht. Milner wollte Lucy, kein verfallenes Haus, in dem eine Frau lebenslanges Wohnrecht hatte.

Inspector Charles stellte die nächste Frage für mich. »Womit wurde der Captain erpresst?«

»Mit etwas, was im Burenkrieg geschehen war, Sir. Anscheinend bekam der Captain einen Orden für seine Tapferkeit. Tatsächlich hätte der einem anderen für dessen Courage gebührt, und nach dem Krieg brachte der Captain einen Mann um. Tötete seinen eigenen Offiziersburschen. In seiner Aussage liest es sich sehr glaubwürdig, Sir.«

Es wäre noch glaubwürdiger, dachte ich, hätte er zugegeben, der Offiziersbursche zu sein, der den Captain tötete. Andererseits wäre Lucy dann obdachlos. Es gab keine gesetzliche Regelung, nach der dieses Haus an die uneheliche Tochter von Miss Wolfendales Neffen ginge. Das wäre ein Fall für ein Dickens-sches Kanzleigericht.

Einen Moment schwiegen wir alle drei. Der Detective Constable sah mich voller Respekt und Bewunderung an. »Sie sagten es bereits heute Morgen. Sie sagten, dass wir uns Captain Wolfendale näher ansehen sollten. Da hatten Sie recht.«

Und mit diesen Worten ging er.

Ich kehrte ins Wohnzimmer zurück. Lucy und die alte Miss Fell waren noch in ihrer schmerzvollen Umarmung gefangen.

Ich wagte kaum, etwas zu sagen, doch es gab eine Frage, die ich stellen musste.

»Lucy, als Dan bei Ihnen im Turm war, hat er da einen Mord gestanden?«

Sie blickte auf. Tränen glänzten auf ihrem Gesicht. »Nein. Warum sollte er?«

»Ich habe ihn gehört.«

Zunächst starrte sie mich an, dann schien es ihr wieder einzufallen. »Ach das, nein. Er sagte, dass er jemanden umbringen wollte, den er wahrhaftig und von Herzen hasste, und deshalb wüsste, wie ich mich fühlte.«

»Weshalb? Wie Sie sich weshalb fühlten?«

Wieder begann sie zu weinen. »Weil ich Mr. Milner getötet hatte. Ich sagte ihm, dass ich Mr. Milner umgebracht habe.«

Mein Mund war so trocken, dass mir das Sprechen Mühe machte. Meine Oberlippe klebte mir an den Zähnen. »Und haben Sie Mr. Milner tatsächlich getötet?«

»Nein!«

»Warum haben Sie dann gesagt, Sie hätten es?«

»Ach, ich weiß nicht. Ich wollte, dass Dan mir hilft. Ich wollte, dass er sich um mich kümmert und am Montag das Geld aus dem hohlen Baum holt.«

Plötzlich ergab es einen Sinn, dass Dan den Mord gestanden hatte. Ich hatte das Gefühl gehabt, Lucy beschützen zu müssen, und ihm ging es genauso, nur sehr viel ausgeprägter. »Also haben Sie ihm wirklich gesagt, dass Sie Mr. Milner umbrachten?«

»Ja. Ich dachte, wenn Dan auf meiner Seite ist, wird alles gut.«

Was ich als Nächstes tat, sah mir überhaupt nicht ähnlich. Ich stürzte auf sie zu, trat den Fußschemel unter ihrem Knöchel weg, sodass ihr Fuß auf dem Boden aufschlug und sie einen Schrei ausstieß. Dann packte ich ihre Schultern und schüttelte sie. »Und Ihr Großvater? Haben Sie ihm dasselbe erzählt? Dass Sie Milner umbrachten?«

»Nein!«

»Sind Sie sicher?« Ich schüttelte sie weiter. Sie heulte.

»Natürlich bin ich sicher. Ich schwöre es.«

Miss Fell zog an meinem Arm. »Aufhören! Lassen Sie das Kind in Ruhe. Sehen Sie denn nicht, wie unglücklich sie ist?«

»Haben Sie ihn ermordet, Lucy? Sie hatten guten Grund, ein Messer in Milners Herz zu rammen.«

Miss Fell fing an, an meiner Kleidung zu zerren, um mich wegzuziehen. Lucy erschlaffte in meinem Griff. Ich hatte aufgehört, sie zu schütteln, und hielt sie an den Armen, damit sie nicht zusammensackte. Nun ließ ich sie zurück in den Sessel fallen. Sie blickte voller Verachtung und Wut zu mir auf.

»Ich habe ihn nicht umgebracht. Großvater hat mich das auch gefragt. Er hat gesagt, ich müsste keine Angst haben, es zu sagen. Aber ich war es nicht. Ich habe ihm gesagt, dass ich es nicht war. Fragen Sie Alison. Sie war die ganze Zeit bei mir. Wir waren zusammen in der Garderobe, damit mich Milner nicht allein abfangen konnte.«

Sie sagte die Wahrheit. Sie sah viel zu erschöpft aus, um zu lügen. Ich drehte mich um und verließ das Zimmer. Nun war ich es, die zu zittern begann.

Fünfundvierzig

Leise zog ich die Haustür hinter mir zu und ging die Stufen hinunter, kein bisschen betrübt, die Nummer 29 St. Clement's Road hinter mir zu lassen.

Vor meinem geistigen Auge sah ich, was Freitagnacht geschehen sein mochte: der Captain, der Milner etwas zurief, als dieser zu seinem Automobil in der Cheltenham Parade ging. Was mochte er gesagt haben, als er den Dolch in Milners Herz versenkte? Hatte er Milner in einem langsamen Tanz in die Gasse und den Eingang geschoben, wo er ihn dann fallen ließ?

Meine Hände zitterten, als ich meine Wagentür öffnen wollte. Ich lehnte mich ein wenig vor und stützte mich ab, weil meine Beine nachgaben.

»Mrs. Shackleton!« Feste Hände umfassten meine Oberarme.

Ich drehte mich um und sah Dan Root.

Er ließ mich los. »Verzeihung, ich sah Sie von meinem Fenster aus und dachte, Sie würden ohnmächtig.«

Ich schüttelte ihn ab. »Ich neige nicht zur Ohnmacht, Mr. Root.«

»Wie dem auch sei, möchten Sie einen Moment mit hereinkommen?«

»Nein danke.«

»Ich habe Ihnen etwas zu erzählen.«

»Sie hatten bereits einiges zu erzählen. Es war ein Berg Lügen.«

»Nur der Teil mit dem Mord an Milner war unwahr.«

»Nur!« Alles in mir schrie ihn an, er solle seinen Unsinn für sich behalten. »Ich will nichts mehr von Ihnen hören.« Aber das stimmte nicht. Angesichts seiner Lauschgewohnheit könnte er mir durchaus etwas zu sagen haben, was half, dem Geständnis des Captains irgendeinen Sinn zu verleihen.

»Erlauben Sie wenigstens, dass ich Ihnen ein Glas Wasser und eine Entschuldigung anbiete. Kommen Sie und setzen Sie sich, nur kurz, bis Sie sich wohl genug fühlen, um zu fahren.«

Mir fehlte die Kraft, ihn abzuweisen, und ich sagte mir, dass dies hier Arbeit war. In seinem Geständnis hatte der Captain ausgesagt, was sich am Freitagnachmittag zwischen ihm und Milner abgespielt hatte. Der lauschende Dan könnte es entweder bestätigen oder verneinen. Falls der Captain die Wahrheit gesagt hatte und Milner das Haus wollte, war vielleicht auch der Rest seiner Aussage wahr. Von Vorteil war, dass Dan meine Unterhaltung mit den beiden Polizisten in der Diele nicht gehört haben konnte.

Sein Arbeitstisch und die darauf befindlichen Uhren waren mit einem geflickten weißen Laken abgedeckt. Ansonsten war der Raum genauso, wie er gewesen war, als mir Dan zeigte, wie man ein Augenglas benutzte, und als ich zurückgekommen war, um hastig alles nach Hinweisen auf Lucys Aufenthaltsort zu durchsuchen – und die verräterische südafrikanische Bibel fand.

Der alte Schalltrichter und das Rohr lagen zusammengesteckt beim Kamin. »Also haben Sie die Nachricht vom Geständnis und Suizid des Captains gehört?«

Er hatte immerhin den Anstand, rot zu werden. »Setzen Sie sich.«

Er zeigte auf den einzigen Sessel: ein Metallgestell mit großen flachen Kissen, das sich zu einem schmalen Bett ausklappen ließ. Er drehte den Wasserhahn auf und befüllte ein Glas.

»Und haben Sie mich eben gehört, wie ich versuchte, die Wahrheit aus Lucy herauszuschütteln?«

Er reichte mir das Wasserglas. »Nein«, log er. »Ich war mit meinem Eintopf beschäftigt.«

Etwas köchelte auf dem Herd.

Er stellte die Gasflamme kleiner. »Ich habe mir dieses Ding gekauft. Dazu gehört eine Gasflasche. Ich gehe zu Mr. Preston, dem Metzger in der Lowther Arcade. Hammelnacken ergibt einen guten Eintopf, wenn man ihn mit Zwiebeln, Graupen, einer Karotte und einer Kartoffel kocht. Braucht nur noch Salz und Pfeffer.«

Meinetwegen durfte er seinen verlogenen Kopf in dem Eintopf versenken. Mit erheblicher Mühe beherrschte ich mich und sagte: »Ich interessiere mich nicht für Rezepte. Warum haben Sie ein Verbrechen gestanden, das Sie nicht begangen hatten?«

Er nahm eine Kelle auf. »Möchten Sie etwas Eintopf?«

»Würde ich etwas essen, müsste ich mich übergeben. Erzählen Sie es mir einfach. Warum haben Sie ein falsches Geständnis abgelegt?«

»Können Sie sich das nicht denken?« Widerwillig legte er die Kelle ab. »All diese Monate war ich zu feige, um zu handeln. Ich kam her, um meine Mutter zu rächen. Doch der Mann, den ich töten wollte, der wahre Captain Wolfendale, war seit zwanzig Jahren tot. Sie können sich nicht vorstellen, wie sich das anfühlte. Als würde man gegen eine Mauer laufen. Und als ich hörte, dass Milner tot war, wünschte ich mir, ich hätte ihn ermordet. Und als Lucy sagte, sie wäre es gewesen …«

Ich war wieder auf den Sessel gesunken.

»Bitte, Sie sehen ziemlich erledigt aus. Ein Happen Essen wird Ihnen guttun.«

»Bieten Sie das Lucy und Miss Fell an. Jetzt erzählen Sie mir. Warum wollten Sie für Lucy am Galgen hängen? Ich weiß, dass Sie ihr glaubten, als sie sagte, sie hätte Milner ermordet.«

Er zog sich einen Stuhl heran, setzte sich und lehnte sich zurück, sodass er auf den hinteren Stuhlbeinen balancierte, die Knie an der Tischkante. »Weil … weil es für mich ein Wunder war, Lucinda nach zwanzig Jahren zu finden. Sie wurde auf dem Schiff geboren, das mich nach England brachte. Ihre Mutter war die Lehrerin, die mich adoptierte, Miss Marshall. Miss Marshall hätte Lucinda behalten und mich auch, hätte sie es gekonnt. Aber so kam ich zu einem Uhrenreparateur in die Lehre, und Lucinda sollte bei ihrem Vater bleiben, damit Miss Marshall ihren anständigen Geistlichen heiraten konnte, den einzigen Mann, der sie nehmen wollte.

Ich erwartete nicht, dass Wolfendale Lucinda, oder Lucy, aufgenommen hatte. Ich dachte, sie könnte gestorben sein, so wie meine kleinen Schwestern im Lager starben, oder dass sie in ein Waisenhaus gesteckt wurde. Als ich sie sah, gleich vom ersten Moment an, als ich mich nach einem Zimmer hier erkundigte, liebte ich sie. Ich meine nicht auf die Art, wie Dylan sie anhimmelt oder wie Milner sie wollte. Ich liebte sie ganz einfach. Und dummerweise glaubte ich ihr, als sie behauptete, sie hätte Milner umgebracht.«

Er brachte den Stuhl in eine aufrechte Position. Auf dem Tisch waren ein einzelner Löffel und ein Teller gedeckt. Mir kam in den Sinn, dass ihn seine Einsamkeit wie ein Umhang umgab.

»Sie haben gelauscht, Dan, als Lucy mit ihrem Großvater redete. Hat sie ihm erzählt, dass sie Milner umgebracht hätte, so wie Ihnen?«

»Nein.«

Vielleicht musste sie das nicht, dachte ich. Vielleicht nahm der Captain es an, weil Lucy gewusst hatte, dass Milner erstochen worden war.

Dan hob den Löffel hoch und drehte ihn zwischen seinen Fingern. »Würden Sie mir etwas verraten?«

»Was?«

»Woher wusste die Polizei, dass mein Geständnis gelogen war?«

»Sie hatten einige Einzelheiten ausgelassen, wie die Art des Messers.«

»Ah«, sagte er. »Natürlich.« Als würde ihm auf einmal klar, was für ein Messer er hätte beschreiben sollen. »Welche anderen Einzelheiten?«

»Den Schaden an Milners Wagen.«

»Und der Captain.« Er blickte hinauf zur Zimmerdecke. »Kannte er die richtigen Details?«, fragte er fast ein wenig verbittert.

»Anscheinend ja.«

»Und indem er sich erschoss, kam er einem Kreuzverhör zuvor.«

»Wollen Sie andeuten, dass er es nicht war?«

Root zuckte mit den Schultern. »Er kann es nicht gewesen sein. Ich hörte ihn an dem Abend nicht ausgehen, nachdem ich Miss Fell nach Hause begleitet hatte.«

»Hörten Sie Meriel und mich nach Hause kommen?«

»Nein. Eventuell schlafe ich besser, als ich denke.«

Ich stand auf. »Danke für das Glas Wasser.«

Er brachte mich zur Tür und hinaus zu meinem Automobil. Ich drehte mich zu ihm. »Worüber hatten der Captain und Milner am Freitagnachmittag gesprochen?«

Er schüttelte den Kopf. »An dem Tag nicht viel. Über das Spiel, über Tabak.« Er lächelte reumütig. »Das Lauschen lohnte sich nicht.«

»Ich habe meine Vermutung, was Milner gegen den Captain in der Hand hatte. Aber erzählen Sie mir, was Sie denken?«

Er blickte hinauf zu dem Zimmer, in dem Lucy ihren verstauchten Knöchel und ihre großen Ambitionen pflegte. »Werden Sie es Lucinda nicht sagen? Es würde sie zerstören.«

»Es geht nicht darum, dass sie es erfährt. Ich möchte es wissen.«

»Versprochen?«

»Ich kann nichts versprechen, aber wenn ich es für mich behalten kann, werde ich es.« Er blieb stumm. »Na gut, Dan. Lassen Sie mich Ihnen erzählen, was ich mir zusammengereimt habe. Der echte Rowland Oliver Wolfendale, V. C., starb vor zwanzig Jahren, entweder eines natürlichen Todes oder, was wahrscheinlicher ist, eines unnatürlichen. Sein Offiziersbursche, Sergeant Harry Lampton, nahm seinen Platz ein, erbte dieses Haus und zog Wolfendales Tochter als seine Enkelin auf. Ist bis hierher alles korrekt?«

Dan sah mich an. »Da ist nichts, dem ich widersprechen würde.«

»Und Milner, der mit beiden Männern gedient hatte, kam nach Harrogate, um am Glück seines alten Kameraden teilzuhaben.«

»So könnte man es auch nennen.«

Nun waren alle drei tot, und hier war Dan, der gekommen war, um Rache zu üben. Stattdessen hatte er sich beigebracht, Eintopf zu kochen und sich ein gutes Lauschgerät zu bauen. Zuvor war ich wütend auf ihn gewesen. Jetzt empfand ich Mitleid.

»Gehen Sie nach oben zu ihr, Dan. Werfen Sie die verdammte Lauschapparatur weg. Reden Sie mit ihr. Sie sind jetzt die einzige Verbindung zwischen Lucy und ihrer Mutter. Eines Tages könnte sie darüber froh sein, genau wie ihre Mutter. Sie muss sich täglich fragen, was mit ihrer Tochter passiert ist und mit Ihnen.«

»Glauben Sie?«

»Ich weiß es.«

Sechsundvierzig

Heitere Musik wehte mir entgegen, als ich in die Eingangshalle des Grand Hotels trat. Das Orchester spielte eine Melodie, die meine Mutter sich immer erbat, »*Have you seen me dance the polka? Have you seen my coat tails fly?*«

Ich blickte in den Palm-Court-Saal, wo der Nachmittagstee seinen herrschaftlichen Kurs nahm, Tassen leise klirrten und höfliches Geplauder die Musik unterlegte.

Meine Mutter saß mit zwei anderen Damen an einem kleinen runden Tisch unter einer riesigen Zimmerpalme. Sie sah mich und winkte mich zu sich. Ich wusste genau, was sie zu den anderen sagen würde. *Meine Tochter Kate, eine Kriegswitwe … Ich würde so gern sehen, wie sie wieder heiratet.*

Ich konnte mich jetzt keinem Smalltalk stellen, daher winkte ich munter, zeigte nach oben und machte kehrt.

Am Fuß der Treppe kam ein Page auf mich zu. »Mrs. Shackleton?«

»Ja.«

»Lady Virginia hat arrangiert, dass Sie in eine Suite ziehen. Darf ich sie Ihnen zeigen?«

Ich dankte ihm, und wir gingen die Treppe hinauf. Mit einer Hand auf dem blankpolierten Geländer versuchte ich, mich von der Detektivin in die nicht allzu pflichtbewusste Tochter zu verwandeln.

Es war typisch für meine Mutter, mir eine bessere Unterkunft zu beschaffen. Mein Vater hatte immer darauf bestanden, dass wir von seinem Gehalt als Superintendent lebten. Zu seiner Stellung gehörte, dass er ein Haus der Constabulary mietete, in dem ich eine glückliche Kindheit verlebte. Es bedeutete allerdings auch, dass meine Mutter, sobald sie sich frei fühlte, keine Zeit verschwendete, um ihr eigenes geerbtes Geld für den nächstbesten Luxus hinauszuwerfen.

Die Suite war entsprechend prächtig. Wir hatten einen Salon, von dem zu beiden Seiten je ein Schlafzimmer abging. Ich streifte meine Schuhe ab und sah nach, welches Schlafzimmer mir zugeteilt war. Mutter hatte selbstverständlich das größere. Ihr Fuchspelz, eine Stola und das Kleid, das ich vorhin an ihr gesehen hatte, lagen auf dem Bett. Der Nachmittagstee hatte natürlich einen Garderobenwechsel verlangt.

Vermutlich war Mutter froh, dass ich nicht in dem knittrigen Kostüm, das ich am Morgen getragen hatte, in den Teesaal gekommen war. Ich sah aus dem Fenster zu den Valley Gardens. Menschliche Punkte bewegten sich langsam auf dem Gelände des Royal Bath Hospital and Convalescent Home.

Ihre Stimme erschreckte mich. »Arme Dinger«, sagte meine Mutter munter. »Wir haben Blick auf zwei Gebäude für Rekonvaleszente und das Haus für Unheilbare. Da schätzt man das Leben in seiner ganzen Pracht. Sollte ich jemals unheilbar krank sein, musst du mich hierherbringen.« Sie setzte sich auf das chintzbezogene Sofa und klopfte auf den Platz neben sich.

Ich setzte mich zu ihr. »Wie konntest du in der Hochsaison diese Suite ergattern?«

»Ach, über eine alte Freundin. Sie und ihr Mann kamen zum Golfen. Ich weiß, dass es andere Plätze in der Gegend gibt, aber sie entschieden in Anbetracht der Überflutung, nach Lossiemouth zu fahren. Doch das ist egal. Bevor er wegfuhr, erzählte mir dein Vater, dass dieser schreckliche Mord aufgeklärt ist.«

»Es gab ein Geständnis, gefolgt von einem Selbstmord.«

Mutter erschauderte. »Wie entsetzlich! Kein Wunder, dass du

so abgespannt aussiehst. Nun, mein Plan ist folgender: Ich bestelle Tee nach oben. Du bist zu erschöpft, um nach unten zu gehen. Nach dem Tee nimmst du ein Bad, und dann legst du dich hin.« Sie tätschelte meine Hand.

»Keinen Tee für mich. Ein Glas Gin wäre aber nett.«

»So gut wie erledigt. Was möchtest du zu dem Gin?«

Zehn Minuten später lag ich in einem warmen Bad, erschlagen genug, um unter Wasser zu gleiten. Ich konzentrierte mich auf die Emailleoberfläche der Wanne und die schimmernden Messingarmaturen, während ich versuchte, einen freien Kopf zu bekommen. Es glückte mir jeweils nur für Sekunden.

Lucy hatte Milner nicht ermordet. Sie war beileibe kein Genie, aber sie hätte gewusst, dass sie sich normal benehmen und nach Hause gehen müsste, um keinen Verdacht zu erregen, statt in ihrem Turm zu verschwinden und Lösegeld zu fordern.

Es war vollkommen plausibel, dass »der Captain«, Lucys »Großvater«, letztlich überschnappte. Erpressung konnte nur auf eine von drei Arten enden: Anzeige, weitere Zahlungen oder Tod. Mein Dilemma war, ob ich Inspector Charles erzählen sollte, was ich über den Hintergrund von Milner, den echten Wolfendale und Lampton, der dessen Identität angenommen hatte, wusste. Der Mann, den ich für den Captain gehalten hatte, hatte sich in meinen Augen ein wenig rehabilitiert, weil er für das Kind eines anderen gesorgt und sein Bestes getan hatte. Wenn ich enthüllte, was ich wusste, und es Ermittlungen gäbe, Army-Berichte geöffnet würden, verlören Lucy und Miss Fell ihr Zuhause. Rodney Milner würde sich an seinen Vater nicht bloß als unangenehmen Rüpel erinnern, sondern als Erpresser. Wenn all dies herauskam, könnte Rodneys und Alisons Leben in Harrogate unerträglich werden.

Bis mein Badewasser abkühlte und ich den Stöpsel zog, wusste ich, dass ich nichts erzählen würde.

Als ich ins Schlafzimmer kam und ins Bett stieg, entdeckte ich dort Wärmflaschen.

Meine Mutter lächelte. »Ja, es ist August, aber du hattest einen Schock.« Sie hatte auch heißes Wasser bringen lassen, das sie nun zu gleichen Teilen mit Gin mischte. »Trink das.«

»Du hast meine Sachen aufgehängt. Danke.«

Mein Abendkleid hing an der Kleiderschranktür. Ich hatte mein Delphos-Kleid in meinen Koffer gesteckt, weil es sich gut transportieren ließ. Ein Pariser Modell aus plissierter Seide in wunderbaren Türkis-, Lila- und Orangetönen. Meine Tante hatte es mir geschenkt, als ich es bei ihr bewunderte.

Bemüht, nicht zu kritisch zu klingen, sagte meine Mutter: »Berta hat dieses Kleid 1908 in Paris gekauft. Damit ist es vierzehn Jahre alt.«

»Was niemand weiß, oder? Ich fühle mich immer wohl darin. Es gibt mir das Gefühl, in Paris zu sein.«

Sie stopfte die Bettdecke um mich fest, wie sie es getan hatte, als ich noch ein Kind war. »Aber heute Abend wirst du in Harrogate sein und mit unserem charmanten Police Inspector zu Abend essen. Das ist so viel befriedigender, als auf längst verlorene Zeiten in Paris zurückzublicken.«

Sie schloss die Vorhänge und ging leise aus dem Zimmer.

Ich wusste ihre Fürsorge zu schätzen, zumal ich damit gerechnet hatte, wie üblich verhört und mit Einkaufsplänen traktiert zu werden. Sie dürfte auch schon an Lawrence Milners Beerdigung gedacht haben, was ich anziehen sollte und ob es dort einen interessanten Trauergast für mich gäbe. Dieser Gedanke ließ mich schmunzeln. Zweifellos würden zwischen den Heilwassern und dem Ausprobieren der elektrothermischen und chromopathischen Bäder die obligatorischen Einkaufsbummel stattfinden. Ich versuchte mir vorzustellen, was meine Mutter in den nächsten Tagen alles unterbringen wollte.

Die Tür ging wieder auf. »Bevor du einschläfst, ich habe mit Emmatt & Son vereinbart, dass sie eine Auswahl an Abendroben und Tagesgarderobe herbringen. Sie kommen morgen gegen halb zwölf.«

Sanft schloss sie die Tür.

Trotz der Einmischung meiner Mutter erschien Lawrence Milners totes Antlitz vor meinen Augen, bevor ich einschlief, gefolgt von dem des Captains, wie ich ihn zuletzt gesehen hatte, die rosigen Wangen bleich, die Augen ängstlich, die Stirn gerunzelt. Er versuchte, mir etwas zu sagen.

Gern wäre ich so sicher wie der Inspector und der Constable, dass der Captain tatsächlich Milner ermordet hatte. Vielleicht könnte ich mich an den Gedanken gewöhnen.

Siebenundvierzig

Nach dem Schlafen fühlte ich mich erfrischt, hungrig und bereit für Gesellschaft. Ich war in meiner geliebten Delphos-Robe, doch meine Mutter hatte sich geweigert, sich anzuziehen. »Richte Mr. Charles meine Entschuldigung aus. Es war ein langer Tag für mich, und wenn wir morgen vor sieben aufstehen müssen, um das Heilwasser zu trinken, brauche ich meine Ruhe.« Da sie bereits in Nachthemd und Morgenmantel war, wäre jeder Widerspruch zwecklos. »Hab einen wunderbaren Abend, Liebes. Ich werde nicht auf dich warten.«

Um fünf Minuten vor neun klopfte ein Hotelpage an die Tür unserer Suite, um mir mitzuteilen, dass Mr. Charles in der Eingangshalle auf Mrs. Hood und Mrs. Shackleton wartete.

Was ich an meiner Delphos-Tunika liebe, ist dieses Gefühl, in einem Hauch von Magie zu schweben, so wie sie um mich herumschwang, als ich die Treppe hinunterging.

Der Inspector stand auf, als ich die Eingangshalle betrat, und betrachtete mich für einen Moment mit großen Augen. »Mrs. Shackleton, Sie sehen wundervoll aus.«

»Vielen Dank, Mr. Charles. Meine Mutter lässt sich entschuldigen. Sie hat Kopfschmerzen und beschlossen, früh ins Bett zu gehen.«

Falls er erriet, dass es sich um diplomatische Kopfschmerzen handelte, ließ er es sich nicht anmerken. »Ein anderes Mal vielleicht?« Sein Blick war angemessen, aber nicht zu bedauernd. »Wollen wir zum Abendessen gehen, oder hätten Sie vorher gern einen Aperitif?«

»Gehen wir gleich in den Speisesaal.«

Unser Tisch war am Fenster, in einiger Entfernung zum Streichquartett und abgeschirmt von einer Zimmerpalme. Der Kellner gab uns die Speisekarten. Ich sah zu Mr. Charles, als er den Wein bestellte. Der Abendanzug betonte einen Zug an ihm, der mir bei unserer ersten Begegnung nur flüchtig aufgefallen war. Etwas an ihm bewirkte, dass ich mir seiner Nähe sehr intensiv bewusst war, seiner Bewegungen, dieser Ahnung von etwas Starkem, das gebändigt wurde, und das nicht nur physisch, sondern auch auf andere Weise, mental, emotional. Es war ein seltener Zug.

Wir wählten beide Hummercremesuppe. Als Hauptgericht entschied ich mich für Reh, er sich für Hasenpfeffer. Der Weinkellner blieb nach dem Einschenken und wartete auf das Urteil. Als er fort war, fragte der Inspector in einem besorgten, aber professionellen Tonfall: »Wie fühlen Sie sich nach allem? Es war eine rechte Tortur für Sie.« Er sah mich mit solch ernster Sorge und Aufmerksamkeit an, dass es verstörend hätte wirken können, wäre da nicht diese eindeutige Freundlichkeit gewesen. Mir würde jedenfalls nicht gefallen, von ihm verhört zu werden.

»Es war ein Schock, von dem Geständnis des Captains zu erfahren und dass er sich erschossen hat. Erschütternd.« Ich erzählte ihm nicht, dass ich auch für Lucy Wolfendales Erschütterung gesorgt hatte.

»Tut mir leid, dass ich so schnell wegmusste. Waren Sie noch länger bei Miss Wolfendale und der alten Dame?«

»Nein, sie hatten ja einander. Und Mr. Root kam mir galant zu Hilfe.«

Mr. Charles lachte auf einmal. »Gut für ihn«, sagte er reumütig. »Es verleitet mich beinahe, ihn nicht energisch zu rügen, weil er uns mit seinem falschen Geständnis in die Irre führte.«

»Werden Sie ihn deshalb anklagen?«

Er schüttelte den Kopf. »Ich bestellte ihn ein und verpasste ihm einen Rüffel. Er war angemessen beschämt.«

»Ich vermute, Ihnen war schnell klar, dass er nicht die Wahrheit sagte.«

»Es ist bekannt, dass Mörder bisweilen unzutreffende Geständnisse ablegen – mit logischen Brüchen und dergleichen –, nur um von ihrer Fährte abzulenken. Aber gewöhnlich kommt so etwas in Kriminalromanen vor, nicht im Leben.«

»Er wollte Lucy Wolfendale beschützen, weil er sie für die Mörderin hielt.«

»Das Mädchen weckt starke Emotionen«, sagte er verwundert.

»Sie kennen sie nur in einem Zustand, als hätte man sie unter einer Hecke vorgezerrt, mit geschwollenem Knöchel und verschmutztem Gesicht. Zurechtgemacht sieht sie spektakulär aus. Und Scotland Yard sollte lieber auf der Hut sein. Sie wird im Herbst nach London kommen, um Schauspiel zu studieren.«

Übertrieben verzweifelt vergrub er das Gesicht in den Händen. »Da haben meine Jungs etwas, worauf sie sich freuen können.« Dann sah er mich wieder so ernst an, dass mein Herz einen Schlag ausließ. Sollte ich zurechtgewiesen werden, weil ich nicht gesagt hatte, was Lucy vorhatte? »Ich verüble Ihnen nicht, dass Sie sie gedeckt haben«, sagte er freundlich. »Sie ist jung, ehrgeizig und dumm. Und es brauchte einiges, sie aus ihrem Bau zu räuchern …«

»Aber?«

»Sie hätten mir erzählen sollen, was sie im Schilde führte. Wie sich herausstellte, gab es keinen Zusammenhang zwischen ihrem Verschwinden und dem Mord, den es aber hätte geben können.«

»Vermutlich haben Sie recht. Aber ich war ziemlich sicher, dass das eine nichts mit dem anderen zu tun hatte.«

Er lehnte sich über den Tisch und ergriff meine Hand. Die Ereignisse der letzten drei Tage hatten Emotionen entfacht. Es war ein wenig wie während des Krieges, als wir in einer konstanten Anspannung lebten. »Sollten wir je wieder zusammenarbeiten, versprechen Sie mir, dass Sie nichts zurückhalten werden.«

Ich vermied es, ein solches Versprechen zu geben. »Das klingt wie ein Stellenangebot beim Scotland Yard. Mir ist nicht bewusst, dass ich mich beworben hätte.«

Er lächelte. »Na schön, ich gebe auf. Vorerst.«

Nachdem er meine Hand losgelassen hatte, fühlte ich seine Berührung immer noch.

Bei der Suppe verwarfen wir das Thema Mord und einigten uns auf das Du. Ich erfuhr, dass Marcus Charles vierzig Jahre alt war und verwitwet. Er war mit einundzwanzig, nach einem Jahr als Streifenpolizist, zum CID gekommen.

Meine Bemerkung überraschte mich. Sie musste die ganze Zeit in meinem Hinterkopf gelauert haben. Ich dachte daran, wie ich Meriel mit dem Diebstahl beim Pfandleiher davonkommen ließ – ein Vorgehen, das meine berufliche Beziehung zu dem treuen Jim Sykes gefährdete.

»Hast du jemals«, fragte ich auf, wie ich hoffte, beiläufige Art, »ein Auge zugedrückt, wenn eine Straftat begangen wurde?«

»Sofern es sich um ein geringfügiges Vergehen handelt, kann man Rücksicht üben. Ansonsten haben wir keine Wahl in solchen Angelegenheiten.«

»Sagen wir, bei einem Diebstahl oder Ähnlichem?«, sagte ich und bereute sogleich die Wahl meines Beispiels. Es hätte mich nicht im Mindesten überrascht, sollte er gehört haben, dass ich in Harrogate war, um in Mr. Moonys Pfandleihenraub zu ermitteln.

Es entstand eine Pause, als der Kellner unsere Suppenteller abräumte.

»Es ist mein Beruf, das Gesetz zu vertreten, und das tue ich.«

Ich hatte das Gefühl, dass er ungern die Richtung einschlagen wollte, in die ich zielte. Der Kellner brachte unsere Hauptgerichte und servierte Kartoffeln, Karotten und Kohl.

Ich goss etwas Bratensoße auf mein Wild. »Hast du nicht manchmal Mitleid mit den Straftätern? Verstehst, was sie zu ihrer Tat trieb?« Ich hielt ihm die Sauciere hin.

»Oh doch, natürlich. Da kommen alle erdenklichen Gefühle ins Spiel. Schock, wie bei diesem Verbrechen in Harrogate – besonders angesichts der friedlichen Kulisse, Wut und, ja, Mitleid. Der Captain war ein gebrechlicher alter Mann.«

So unbeschwert, wie es mir irgend möglich war, fragte ich: »Dann überzeugt dich sein Geständnis?« Ich blickte zu Marcus' Händen, seinen Manschetten, den Manschettenknöpfen, die aus Gold waren und ein winziges Prägemuster in einer Ecke hatten. Dabei musste ich an den anderen Manschettenknopf denken, der im Rinnstein gelegen hatte. Plötzlich kam mir der Gedanke, dass es nicht die Sorte Manschettenknopf gewesen war, die man bei einem alten Mann erwarten würde. Und sollte er ein Verweis auf ein Handgemenge gewesen sein, wäre zweifellos klar gewesen, wer dabei den Kürzeren gezogen hätte. Milner war jünger, schwerer, besser in Form.

»Ich hege keinerlei Zweifel am Geständnis des Captains. Er konnte sich das alles nicht ausgedacht haben.«

Ich entsann mich, dass sowohl Meriel als auch der Captain am Samstagmorgen bei Rodney gewesen waren, um zu kondolieren. Meriel zuerst. »Miss Jamieson hätte Rodney gegenüber einige Details zum Fund der Leiche fallen lassen können, und über den Wagen, als sie am Samstag bei ihm war. Ich weiß, dass sie es nicht sollte, aber möglich wäre es. Und dann kam der Captain. Wir können nicht wissen, ob Rodney ihm nicht Einzelheiten erzählt hat.«

Wieder ergriff er meine Hand. »Kate, Kate, mach dir keine Sorgen. Du hattest recht, als du sagtest, dass ich auf den Captain achten soll. Glaub mir, er ist unser Mann. Es war sein Messer. Er beschrieb es. Können wir jetzt das Thema wechseln?« Es war, als würde er sagen: »Keine Sorge, es gibt keinen wahnsinnigen Mörder, der frei in Harrogate herumläuft.«

Das Streichquartett stimmte einen Walzer an. Unsere Teller waren abgeräumt, und ich hatte über meine Leidenschaft fürs Fotografieren gesprochen. Marcus hatte mir anvertraut, dass er gern zeichnete, wenn er die Zeit dazu fand. Es war überdies nützlich, wenn es galt, an einem Tatort rasche Skizzen von dem zu machen, was ihm auffiel. Es auf Papier zu bannen half ihm zu verstehen, was er sah. Ich erfuhr, dass er in Nordlondon lebte, in Hampstead Heath spazieren ging und dort frühmorgens im See schwamm, was ihm beim Nachdenken half, wenn er mit einem besonders schwierigen Fall beschäftigt war.

Beim Dessert beschworen wir eine romantische Fantasie von einem gemeinsamen Schwimmen in Bälde herauf. Es wäre ein schöner Tag im September oder Anfang Oktober, an dem es einen Schönwettereinbruch gab, und wir würden ein Picknick mitnehmen und eine Decke ausbreiten wie zwei gänzlich sorgenfreie Menschen.

»Hättest du gern einen Brandy?«, fragte er, als wir den Speisesaal verließen.

»Gute Idee.«

Die Eingangshalle war sehr voll. Ein oder zwei Leute schauten in unsere Richtung, als wir am Ausgang des Speisesaals standen und nach einem freien Platz suchten. War es, weil wir ein umwerfendes Paar abgaben oder weil die Gäste den Police Inspector erkannten? Wir wandten uns ab.

»Ich habe eine bessere Idee«, murmelte ich. »Meine Mutter

reist nie ohne Brandy. Möchtest du mit nach oben in unsere Suite kommen?« Ich sagte es ruhig, ohne das Zittern in meinem Innern zu verraten.

»Nichts täte ich lieber«, antwortete er leise.

Stumm gingen wir nebeneinander die Treppe hinauf. Was ich vorhatte, worauf ich hoffte, barg einen Anflug von Wahnsinn. Dies könnte den Zauber brechen, den mein vermisster Ehemann immer noch auf mich ausübte. Marcus berührte ganz sachte meine Hand, als wir durch den Korridor gingen. An der Tür kramte ich in meiner Tasche nach dem Schlüssel.

Er wirkte jungenhaft, beinahe zögernd, als er in den Salon der Suite trat. »Werden wir deine Mutter nicht wecken?«

»Nur, wenn du sehr viel Lärm machst. Dort ist ihr Zimmer.« Ich zeigte zur Tür rechts vom Salon.

»Und deines?«, fragte er sanft.

Wir vergaßen den Brandy. Er war am nächsten Morgen noch unangetastet, als Marcus gegangen war und mir einen kleinen dicken Umschlag auf den Nachttisch gelegt hatte.

Der kurze Brief, sofern man ihn so nennen konnte, war auf Hotelpapier verfasst. Er enthielt keine Koseworte, doch von denen hatte er mir in den frühen Morgenstunden genügend zugeflüstert, sodass es nicht schlimm war. Danach hatten wir tief und fest geschlafen, oder ich zumindest in seinen Armen, wo ich mich sicher fühlte vor den Bildern von Milners starren Augen und dem noch Entsetzlicheren, das ich nicht gesehen hatte: dem Captain, der sich das Gehirn wegpustete.

Der Umschlag war so dick, weil er einen Orden enthielt – Captain Wolfendales (des echten Captain Wolfendales) Victoria Cross. Marcus' Nachricht war so formuliert, dass sie nicht kompromittierend wäre, sollte sie in falsche Hände geraten. Dort stand:

Liebe Mrs. Shackleton,
vielen Dank für Ihre Unterstützung. Ich bin zwiegespalten, ob ich Ihnen dieses V.C. überlassen darf. Rechtmäßig sollte es an Captain Wolfendales nächste Angehörige gehen. Doch nach dem Unterzeichnen seines Geständnisses hatte der Captain gegenüber Sergeant Walmsley geäußert, dieser Orden müsse Mrs. Kate Shackleton ausgehändigt werden, da nur sie allein wisse, wem sie ihn geben solle.
Ich gab Ihnen den Orden gestern Abend nicht, weil es mir der falsche Moment schien. Falls Sie die Bürde der Verantwortung scheuen, geben Sie ihn bitte bei der Polizei von Harrogate ab.
Sollten Sie geneigt sein, meine Einladung zu einem Besuch bei Scotland Yard anzunehmen, wird es mir ein Vergnügen sein, Sie dort herumzuführen. Ich könnte Ihnen überdies eine sehr gute Unterkunft in Hampstead empfehlen.
Mit freundlicher Hochachtung
Marcus Charles

Ich las den Brief einmal, zweimal, dreimal und wog den Orden in meiner Hand.

Meine Mutter bewegte sich im Zimmer nebenan. Wir hatten einen vergnüglichen Tag geplant, dem sich nichts in den Weg stellen würde. Ich legte den Brief und den Orden hinten in die Schublade und schob sie zu, dass es knallte.

Captain Wolfendale, Sergeant Lampton, wer immer Sie sind und in welcher Hölle Sie auch sein mögen, ich will es nicht wissen. Lassen Sie mich in Frieden.

Achtundvierzig

Meine Mutter ist kein Mensch, der sich sklavisch an Anweisungen hält. Eine Ausnahme schien sie indes zu machen, was die Heilwasserbehandlungen in Harrogate anging. Es war sieben Uhr morgens. Ich war übernächtigt, gleichermaßen aufgekratzt wie erschöpft und immer noch irritiert ob der zweifelhaften Ehre, für das Victoria Cross des Captains verantwortlich zu sein.

In allem, was ich tat, war ich ungeschickt. Ich fand die Ferse meines Strumpfes nicht; ein Strumpfband war verschwunden. Während ich mich in meinem Schlafzimmer ankleidete, oder es versuchte, saß meine Mutter im Salon und las mir laut aus einem Fremdenführer vor.

»Das heiße Schwefelwasser sollte zügig getrunken werden, weil sonst das schwefelige Wasserstoff-Blablabla entweicht. Was ist schwefeliger Wasserstoff, Kate?«

»Weiß ich nicht.«

»Ah, warte, hör dir das an. ›Am besten trinkt man alle Eisen- oder eisenhaltigen Wasser durch ein Glasrohr.‹ Was von beidem trinken wir denn? Ich verstehe nicht mal, was der Unterschied sein soll.«

»Weiß ich nicht.«

»Mal sehen. Ach, das ist alles so kompliziert. Hast du gewusst, dass die Heilwässer nicht schmecken?«

Ich schnürte meine neuen Harrogate-Wanderschuhe. »Ich dachte mir, dass sie nicht angenehm sind.«

Als ich in den Salon kam, starrte meine Mutter auf meine Füße. »Was ist das denn?«

»Ich brauchte ein Paar bequeme Schuhe.«

»Warum?«

»Ich ziehe später andere an.«

Meine Mutter sah zu den beiden Kognakschwenkern und zog eine Augenbraue hoch. »Du hast mir noch nicht erzählt, wie es gestern Abend mit dem netten Inspector war.«

»Sein Name ist Marcus Charles.«

»Was für ein schöner Name! Er klingt wie ein römischer Senator.«

»Wir haben uns glänzend verstanden.«

»Wie wunderbar!« Meine Mutter schraubte den Deckel von der Brandyflasche. »Ich finde, wenn wir schon Wasser trinken wollen, das sich ziemlich eklig anhört, aber gesund sein soll, müssen wir uns zumindest stärken. Bisher haben wir nur die Behauptungen dieser Mediziner, dass dieses Wasser etwas taugt, und die würden alles sagen, was ihnen Geld einbringt. Hingegen wissen wir, dass Brandy sehr wirksam ist.« Sie schenkte zwei kleine Schlucke Brandy ein. »Auf Marcus Charles.« Wir stießen an. »Ich bin so froh, dass ihr euch verstanden habt. Und ist er, ist er in Ordnung? Ich meine, wenn ein Mann in dieses Alter kommt … wie alt ist er, vierzig?«

»Ja.«

»Und er mit vierzig noch zu haben ist, könnte es bedeuten, dass er in gewissen Dingen wunderlich ist.«

»Er ist zu haben, und mir fiel nichts Wunderliches auf.« Inspector Marcus Charles war alles andere als wunderlich. Vielmehr schien er die personifizierte Vollkommenheit zu sein.

Um weitere Fragen abzuwehren, trank ich den Brandy, stand auf und reichte meiner Mutter die Hand.

Guter Dinge legte sie sich ihren Pelz gegen die morgendliche Frische um, und wir machten uns auf den Weg zum Royal Baths Pump Room.

Erst später, als ich ein Wärme-Licht-Bad nahm, schaltete mein Verstand ab, und alle Gedanken wichen einer eigenartigen Kombination von Unbehagen und Wohlgefühl. Vielleicht legte man sich so eine zweite Haut zu: in langen Momenten, in denen nichts zählte außer dem eigenen physischen Ich. Doch als ich aus dem Bad kam und mich wieder anzog, kehrten die Gedanken zurück. Wie die Polizei wünschte auch ich mir nur, dass der Fall abgeschlossen war. Fragen, die ich auf Abstand halten wollte, drängten sich wieder in den Vordergrund, verlangten nach Antworten. Was hatte Lampton, oder der Captain, wie ich ihn zu nennen gewohnt war, mir mitzuteilen versucht? Er könnte auf einen Angehörigen angespielt haben, von dem er wollte, dass ich ihn ausfindig machte, um ihm den Orden zu geben, der dem Offiziersburschen des Captains gebührt hätte.

Diese Idee verwarf ich sogleich als unwahrscheinlich. All sein Handeln hatte darauf abgezielt, Stillschweigen zu wahren, Geheimnisse zu schützen. Das Geständnis hatte die Polizei überzeugt, einschließlich meines hochgeschätzten Marcus Charles.

Während ich meine bequemen Schuhe schnürte, machte etwas in meinem Kopf *klick*. Der Offiziersbursche, Lampton, hätte das Victoria Cross gleich bekommen sollen. Es gelangte in seine Hände, als er seinen Captain umbrachte, zusammen mit der Identität und dem Erbe des Captains. Mit anderen Worten, er bekam den Orden, weil er einen Mord beging.

Ich band meine Schuhe mit einer Doppelschleife.

Derselbe Mann, Lampton, hatte vorgegeben, der Captain zu sein, ein falsches Mordgeständnis abgelegt und sich das Leben genommen. Er glaubte nicht, dass Lucy die Mörderin war, sonst hätte er den Orden bei seinen übrigen Sachen gelassen, damit er an sie gehen würde. Er glaubte, nur ich allein könnte herausfinden, wer das Victoria Cross wirklich bekommen sollte. Wer Milner tatsächlich getötet hatte.

Aber warum? Ich begriff nicht, was er sich gedacht hatte. Ich hatte ihn überlistet, und nun forderte er mich heraus.

Als wir in unsere Suite zurückkehrten, empfing uns ein intensiver Rosenduft. Eine riesige Vase mit roten und weißen Blüten stand auf dem Beistelltisch neben dem Sofa. In dem Strauß steckte eine kleine Karte mit der schlichten Aufschrift: *Für K von M.*

»Nun«, sagte meine Mutter, inhalierte den Duft und seufzte. »Du hast Eindruck auf Mr. Marcus Charles gemacht. Wann siehst du ihn wieder?«

»Er hat mich nach London eingeladen und versprochen, mir Scotland Yard zu zeigen.«

»Ich hoffe, er interessiert sich um deinetwillen für dich und nicht nur für deine … ich weiß nicht, Fingerabdrucktechnik.«

»Ich habe keine Fingerabdrucktechnik.« Ich öffnete einen Umschlag, den man mir an der Rezeption gegeben hatte.

Meine Mutter fragte: »Ist der auch von ihm?«

»Nein, er ist von Alison, einer der Darstellerinnen in *Anna of the Five Towns.*«

Liebe Mrs. Shackleton,
ich dachte, Sie würden gern erfahren, dass Mr. Milners Beerdigung am Freitag um 9.30 Uhr in der Christ Church, High Harrogate sein wird, mit anschließendem Trauerempfang im Queen Hotel. Rodney hofft hochachtungsvoll, Sie dort zu sehen.
Ihre
Alison Hart

Schön für Alison. Sie verschwendete keine Zeit, sich in die neuen Haushaltspflichten einzugewöhnen. Nach dem Begräbnis wäre es nur noch ein kleiner Schritt bis zu einer Sonderlizenz und einer Heirat.

Ich beschloss, zu der Beerdigung zu gehen und Mr. Milner die letzte Ehre zu erweisen. Und ich sagte mir, dass ich keine Nachforschungen anstellte.

Doch wenn ich nicht irrte, war Lawrence Milners Mörder immer noch frei, ging seiner Beschäftigung nach und erschien vielleicht auf Milners Beisetzung.

Ich gab meiner Mutter die Nachricht von Alison. »Ich werde noch bis zum Wochenende in Harrogate bleiben.«

Sie strahlte. »Das ist großartig! Zufällig habe ich vorgesorgt und Emmatts gebeten, auch einige passende Stücke für eine Beerdigung bei sommerlichen Temperaturen mitzubringen.«

Um halb zwölf nahmen wir unser Plätze ein, um zwei unglückseligen jungen Verkaufsgehilfinnen von Emmatt & Son zuzuschauen, die uns ihre Waren vorführten. Dies war etwas, was ich selbst niemals arrangiert hätte. Meine Mutter hingegen dürfte inständig gehofft haben, dass eine ihrer langjährigen Bekanntschaften sah, wie die Leute zu unserer Suite gingen. Es endete damit, dass ich ein weitärmliges Kleid mit Schalkragen und tiefer Taille sowie einen schlichten Hut wählte, die sich für Mr. Milners Begräbnis eigneten. Und es war nicht das Einzige, was ich kaufte. Als die Verkaufsgehilfinnen gegangen waren, war meine Mutter entzückt.

»Nun hast du einige schöne Stücke für deine Reise nach London. Aber geh nicht zu Scotland Yard, Liebes. Ich war schon dort. Es ist ein sehr staubiger Ort. Die Reinigungskräfte würden sich keine zwei Minuten halten, hätte dort eine Frau das Sagen. Nun zu Schuhen …«

Wir kamen überein, dass ein Tag Heilwasserbehandlung ausreichte. Die geistige Entspannung, die sie bescherte, hielt noch für ein paar Stunden an. Erst als ich bei Applebys saß, wo ich Schuhe anprobierte, kehrten meine Gedanken zu der Frage zurück, wer wirklich Lawrence Milner ermordet hatte. Während ich hin und her ging, um die Passform zu prüfen, hatte ich das unerklärliche Gefühl, dass sich irgendwo in der Inszenierung von *Anna of the Five Towns* ein Hinweis auf den Mörder finden würde. Aber was wäre das für ein Hinweis?

Ein Teil von mir wollte es gar nicht wissen. Und da es einen Zusammenhang zwischen Schuhen und dem Abschweifen zu Hinweisen und Möglichkeiten zu geben schien, erwog ich ernsthaft, fürderhin barfuß zu laufen.

Im Geiste ging ich das Stück noch einmal durch. Ich dachte an jede Figur, jeden Schauspieler, jede Szene. Und dann erinnerte ich mich, dass einige Szenen aus dem Stück gestrichen worden waren. Madame Geerts hatte es gesagt, als wir uns im Zug begegneten. Mr. Wheatley hatte Meriels Talent bewundert, zu wissen, was bleiben musste und was herausgeschnitten werden konnte. Und jemand – ich überlegte angestrengt, wer und wann – hatte erwähnt, dass die Szene, in der sich Mr. Price, Willies verzweifelter Vater, aufhängte, ausgelassen wurde, sodass man nicht sah, wie er vom Seil geschnitten wurde, sondern nur davon berichtet wurde. Wenn er aber bei den Proben noch von seinem Strick geschnitten wurde, musste ein Messer bei den Requisiten gewesen sein.

Neunundvierzig

Ich saß in einer hinteren Bank auf der Kanzelseite in der Kirche und blickte mich durch meinen Schleier diskret um, als die Trauergäste eintrafen. Mr. Croker war unter den Geschäftsleuten und schnippte eine Staubfluse von seinem Zylinder. Mit den Mützen in den Händen kamen Mechaniker und Owen, der Arbeiter, aus Milners Automobilhaus und setzten sich zusammen in eine Bank. Mrs. Gould, die Haushälterin der Milners, die in einem schwarzen Filzhut und einem Serschemantel viel zu warm gekleidet war, wurde von einem rotgesichtigen Mann und einer jungen Frau in einem eleganten dunklen Kostüm begleitet.

Die Geerts, vornehm und gepflegt, bewegten sich mit anmutigen Tänzerschritten den Seitengang hinunter und sahen weder nach rechts noch nach links. Ungefähr in der Mitte glitten sie in eine Bank.

Miss Fell erschien hocherhobenen Hauptes und mit ihrem Messbuch in den Händen. Neben Mr. Root wirkte sie noch winziger als sonst. Er ging extra langsam, damit sie mit ihm Schritt halten konnte.

Der Überraschungsgast war Meriel Jamieson, die in einem fließenden schwarzen Kleid, Vollschleier und ellbogenlangen Spitzenhandschuhen kam. Sie entdeckte einen Platz neben mir und setzte sich, als der Organist zu spielen begann.

»Verdammter Zugführer. Hat in Todmorden länger gehalten, um auf irgendeinen Farmer zu warten. Wir hatten einen Deutschen im Abteil. Er sah das Bahnhofsschild an und murmelte entsetzt: ›Todmorden? Tod und Morden?‹ Na, ich musste mich zusammenreißen, um nicht zu sagen: ›Fahren Sie lieber nach Harrogate, falls es das ist, worauf Sie aus sind.‹«

In feierlicher Prozession betraten die Sargträger die Kirche. Rodney folgte dem Sarg mit gesenktem Kopf, Mrs. Hart und Alison hinter ihm. Die Leute drehten sich um, und das nicht nur aus Respekt vor dem Toten, sondern überrascht von den Lebenden. Dies war Rodneys öffentliches Bekenntnis zu Alison, und ich bewunderte ihn dafür.

Der faltige Pfarrer hielt einen würdigen Trauergottesdienst ab, rühmte den Unternehmer als eine Stütze der Stadt, einen liebenden Vater, der in der Blüte seines Lebens dahingerafft wurde, um zu Jesus und seiner verstorbenen Frau zu kommen.

»Die Glückliche«, flüsterte Meriel.

Nach der Trauerfeier blieben Meriel und ich zurück, als alle gen Friedhof zogen.

Am Kirchenportal sagte ich zu Meriel: »Ich hätte nicht erwartet, dich hier zu sehen, Meriel.«

»Ich hätte auch nicht gedacht, dass ich noch mal herkomme. Aber Rodney war solch ein guter Kerl in dem Stück, und Mr. Milner hat uns sehr unterstützt. Ich hatte das Gefühl, mein Beileid bekunden zu müssen.«

»Und was ist der andere Grund?« Da ich Meriel kannte, war ich sicher, dass hierbei etwas für sie herausspringen müsste.

»Ach, Kate, ich wünschte, du würdest mich nicht so durchschauen! Ich soll *Ein Puppenheim* inszenieren. Sowohl Mr. Wheatley als auch ich glauben, dass Lucy die ideale Nora wäre. Und ich dachte, sie wäre hier.«

Draußen im Sonnenschein sangen laute Vögel für die Trauergäste an diesem strahlenden Tag. Wir schlossen uns Dan Root und Miss Fell an.

»Wo ist Lucy?«, fragte Meriel, als wir vier eine etwas unsichere Gruppe von Außenseitern bildeten – auf seltsame Art Repräsentanten des geständigen Mörders.

»Sie hat sich den Knöchel verstaucht«, sagte Miss Fell ein wenig gereizt.

»Dann besuche ich sie«, verkündete Meriel.

Miss Fell warf ihr einen misstrauischen Blick zu.

Wir hielten uns am Rand der Gruppe um das Grab. Durch eine Lücke zwischen den Trauergästen beobachtete ich, wie Alison sich eine Träne abtupfte. Die Haushälterin schnäuzte sich.

Da wir ganz hinten standen, wurde uns nicht angeboten, Erde auf den Sarg zu streuen.

»Meriel.« Sie versteifte sich, als sie sich zu mir umdrehte. Vielleicht rechnete sie nach wie vor damit, für den Raub zur Rechenschaft gezogen zu werden.

»Was?«

Wir gingen ein wenig auf Abstand zu den anderen. »Als du am Samstagmorgen bei Rodney warst, um zu kondolieren, hast du ihm da Einzelheiten darüber erzählt, wie wir die Leiche fanden?«

»Kann sein«, antwortete sie zurückhaltend. »Warum willst du das wissen?«

»Bitte, es ist wichtig.«

»Ich habe ihm erzählt, dass wir beide seinen Vater fanden. Natürlich hat er mich gefragt. Ich weiß, dass die Polizei gesagt hatte, wir dürfen nichts sagen, aber meiner Meinung nach sollte er es wissen.«

Womit eine meiner Fragen geklärt war. Meriel hatte Rodney von dem Dolch, den Reifen und dem Manschettenknopf erzählt. Rodneys nächster Besucher an jenem Tag war der Captain gewesen, der alte Kamerad seines Vaters. Was wäre natürlicher, als ihm die Informationen weiterzugeben? Informationen, die ein Geständnis glaubwürdig machten.

»Entschuldige mich.« Meriel bewegte sich grazil durch die

Menge auf Rodney zu und schüttelte ihm die Hand. Der arme Junge sah überrascht und dankbar aus. Ich vermutete, dass ich dasselbe tun sollte, und ging zu ihm. Meriel versuchte, Alison ebenfalls die Hand zu schütteln, doch die ignorierte sie und wandte sich zu mir.

»Lassen Sie Meriel Jamieson bitte nicht zum Empfang kommen«, sagte sie leise. »Es ist zu schlimm.«

»Was?«

»Sie will nur Geld. Und ich bin froh, dass Lucy nicht hier ist. Es wäre so unangenehm.«

Alison und ich traten beiseite, als Mrs. Hart und Mrs. Gould Rodney flankierten, seine beiden Schutzengel.

Alison blickte wütend zu Meriel. »Ich kann ihr nicht vergeben. Anscheinend war sie letzten Samstag da, erzählte Rodney jede scheußliche Einzelheit über den Mord und erbettelte sich dann zwanzig Guineen von ihm. Und in seiner Verzweiflung ließ der arme Junge den Safe unverschlossen, worauf der Captain, der als Nächster kam, ihn ausraubte und sich ein ganzes Bündel Scheine aus dem Safe nahm, als Rodney nicht im Zimmer war.«

»Hat Rodney es der Polizei gesagt?«

»Das will er nicht. Ehrlich, Mrs. Shackleton, ich werde einiges zu tun haben, wenn ich auf ihn aufpasse.« Wir schüttelten uns die Hände, denn ein anderer Trauergast kam auf Alison zu.

Ihre Sorge, dass Meriel mit zum Queen Hotel kommen würde, erwies sich als unbegründet, denn Meriel hakte sich bei Miss Fell ein, und sie gingen zum Friedhofstor.

Dan Root schloss sich mir an. Wir warteten am Tor und reichten Rodney die Hand. Ich hätte Rodney gern gefragt, ob er dem Captain erzählte, was er zuvor von Meriel erfahren hatte. Aber dies war nicht der richtige Zeitpunkt. Außerdem war ich mir ziemlich sicher, dass ich die Antwort bereits kannte.

Dan und ich beobachteten, wie Rodney, Alison und Mrs.

Hart im Trauerwagen wegfuhren. Andere machten sich zu Fuß auf den Weg ins nahe Queen Hotel.

Meine einzige Schwierigkeit bei der Befragung von Dan war, dass er, genauso wie ich, Zweifel am Geständnis des Captains hatte. Er könnte erraten, worauf ich hinauswollte. Aber das Risiko musste ich eingehen.

Er bot mir eine Eröffnung, indem er sagte: »Ich dachte, dass ich Harrogate verlassen würde, aber ich habe beschlossen, noch eine Weile zu bleiben und zumindest für kurze Zeit ein großer Bruder für Lucy zu sein, sofern sie mich lässt.«

»Freut mich, das zu hören. Aber das müssen Sie vielleicht in Manchester tun, wenn Meriel ihren Willen durchsetzt.«

»Aha?« Er sah leicht gekränkt aus. »Lucy sagte, dass sie die Dachwohnung für mich aufräumen würde, damit ich nach oben ziehen kann.«

»Schön.« Es galt jetzt oder nie. Hinter uns war ein Geräusch zu hören, und ich drehte mich um. Die Totengräber waren schon bei der Arbeit und schaufelten das Grab zu. »Dan, da ist etwas, was ich Sie fragen wollte. Es geht um das Stück.«

Er stöhnte. »Was?«

»Nur eine Kleinigkeit. Es gab einige Szenen, die Meriel ausprobiert und dann verworfen hat.«

»Sie schnitt ein paar Szenen heraus, ja.«

»Die Szene, in der Sie Mr. Price spielten, als er Selbstmord beging, war, glaube ich, eine davon.«

Unwillkürlich musste er lachen. »Erinnern Sie mich bitte nicht daran! Sie meinen die, in der ich mich aufhänge?«

»Und in der Ihr Sohn Willie Sie findet, zu spät.«

»Ja. Da haben Dylan und ich energisch protestiert. Das ganze Theater hätte sich kaputtgelacht. Dem stimmte sogar Meriel zu. Sie sagte, es wäre ein bisschen zu sehr Lear und Cordelia. Er sollte mich in seinen Armen wiegen!«

»Gab es eine Requisite, um Sie vom Strick zu schneiden?«

Er blieb stehen. Ein Schmetterling landete auf dem Tor, erkannte seinen Fehler und flog im Sonnenschein davon. Sehr leise sagte Dan: »Da gab es eine Requisite, ja. Wir alle brachten unterschiedliche mit. Und nicht alle wurden benutzt. Hinterher nahmen wir sie wieder mit nach Hause, wenn sie nicht gebraucht wurden.«

»Wer brachte das Messer mit, um Sie vom Strick zu schneiden?«

Eine Nachzüglerin kam vom Friedhof, und wir traten einige Schritte auseinander, um sie durchzulassen.

»Ich erinnere mich nicht, wer das war.« Er holte eine Zigarette hervor.

»War diese Requisite ein afrikanischer Dolch?«

Ohne mich anzusehen, steckte er seine Zigarette an. »Ich weiß nicht mehr, was es war. Wie gesagt, wir haben ihn nie benutzt.«

Also war ein Messer unter den Requisiten gewesen, die nach der Vorstellung aus den Garderoben geholt wurden. Dan log. Es war der afrikanische Dolch, den Marcus mir gezeigt hatte, entwendet aus der Dachwohnung in Nummer 29 St. Clement's Road. Vier Leute hatten einen Grund, dieses Messer zu sehen und es in der Hand zu halten. Lucy, die es mitbrachte, Meriel als Regisseurin, Dan als der, der vom Strick geschnitten werden sollte, und Dylan Ashton.

Fünfzig

Eine leichte frische Brise raschelte im Laub der Bäume, als ich den Friedhof verließ und zu meinem Wagen ging. Es gab eine Person, die ich bisher nur verdächtigte, Lucy zu helfen und sie zu decken, die ich jedoch nicht als Mörder in Betracht gezogen hatte. Ich fuhr zurück durch die nunmehr vertrauten Straßen und parkte nahe der Polizeiwache, von wo es nur ein kurzer Weg zu Croker & Company war.

Auf dem Weg durch die Princes Street beachtete ich meine Umgebung nicht, denn ich hoffte verzweifelt, dass ich mich bezüglich Dylan Ashton irrte. Er schien ein solch abwegiger Kandidat, bescheiden, ein wenig schwächlich und mit einem Alibi. Monsieur Geerts hatte sich nach der Party seiner angenommen und ihn nach Hause gebracht. Aber warum musste ein junger Mann nach Hause gebracht werden? Es wurde Zeit, dass ich mir den jungen Mr. Ashton genauer ansah. Ich würde damit beginnen, sein Zimmer über dem Maklerbüro zu durchsuchen, und hoffe, dass Mr. Croker beim Trauerempfang war.

Ich war nicht sicher, was ich finden würde. Ein Manschettenknopf passend zu dem im Rinnstein wäre wohl zu viel verlangt. Doch als ich mir den Manschettenknopf vom Tatort ins Gedächtnis rief, war ich sicher, dass ich recht hatte: Er konnte nicht vom Captain sein. Für einen Mann, der wahrscheinlich seit Jahrzehnten nicht mehr für sich eingekauft hatte, war er zu modern. Marcus hatte versäumt, ihn mitzubringen und Lucy zu zeigen. Vielleicht war mein Inspector-Freund nicht ganz so aufmerksam, was Details betraf, wie er sein sollte.

In der Tür von Croker & Company hing eine Notiz: *Freitagmorgen geschlossen – Trauerfeier.* Ich zählte die Geschäfte ab, bevor ich in die Gasse dahinter ging, und zählte dort erneut.

Eine hochnäsige Katze beobachtete mich vom Dach des benachbarten Toilettenhäuschens aus. Welche Entschuldigung könnte ich anbringen, sollte man mich dabei ertappen, wie ich am helllichten Tage das Grundstück betrat? »Ich dachte, ich hätte einen Einbrecher gesehen, Euer Ehren.«

Wieder mal holte ich mein verlässliches Taschenmesser hervor. Der Erfinder von Schiebefenstern war ein Segen für alle Privatdetektive. Der Riegel ließ sich leicht zurückschieben. Vorsichtig schloss ich das Fenster hinter mir.

Ich betrat das schäbige Hinterzimmer des Büros von Croker & Company mit Spülbecken, Schränken, einem mit Wachstuch bedeckten kleinen Tisch und zerkratzten Aktenschränken.

Die Tür zur oberen Wohnung war geschlossen, aber nicht verriegelt. Ich stieg die Treppe hinauf und bemerkte, dass die dritte Stufe knarrte.

Dylan Ashtons Zimmer wies die relative Ordnung von jemandem auf, der nicht genug besaß, um ein Chaos zu verursachen. Es gab einen Waschtisch, einen Stuhl neben dem Bett, aber keinen Kleiderschrank. Auf einem Haken hinter der Tür hing der Anzug, den Dylan nach der Vorstellung getragen hatte, und die Hosenbeine waren unten mit Schlamm bespritzt. Das abgewetzte Jackett war unter dem rechten Arm kunstvoll geflickt. Ein kleiner Fleck neben einem Knopfloch könnte von allem Möglichen rühren. Aber wenn es Blut war, könnte es untersucht und erkannt werden. Ein Paar gute schwarze Schuhe stand unter dem Bett. Es wies noch Lehmspuren von Dylans nächtlichem Ausflug mit Lucy zum Turm auf, wofür sie die Wiese überquert hatten.

Der grüne Dochtgarnüberwurf war hastig über das Bettzeug

gezogen worden. Einige weiße Baumwollfäden lagen auf dem Überwurf, zusammen mit einem teuren weißen Seidenstrickschal, den sich ein Maklergehilfe eher nicht leisten könnte. Ich erinnerte mich an eine Geste aus dem Stück, als Rodney, der den Geschäftsmann Henry Mynors spielte, sich lässig den Schal über die Schulter warf. Wenn ich nicht irrte, hatte Dylan sich ebenjenen Schal gegriffen. Er könnte ihn genommen haben, als er Requisiten zusammenpackte, entweder weil er ihn gern haben wollte oder weil er damit etwas verbergen könnte, wie zum Beispiel einen Blutfleck auf seinem Jackett.

Auf dem Waschtisch waren ein Aschenbecher, ein Stück Tabak in einem Glas und eine hübsch bemalte Keramikschale mit Kragenknöpfen und einem Paar billiger Emaillemanschettenknöpfe. Da kein Rasierzeug und keine Haarbürste zu sehen waren, vermutete ich, dass Mr. Croker hier gewesen war, um sie Dylan ins Krankenhaus zu bringen.

Im Waschtischschrank war nichts Aufregendes: Unterhemden und Schreibutensilien, zwei Hemden, fünf Kragen, einer von ihnen ein Frack-Hemdkragen.

Auf dem Flur befand sich ein Schrank mit einem Besen, Handfeger und Schaufel, einem Mopp und Putzlumpen. Der Stärkegeruch veranlasste mich, einen der Lumpen aufzuheben, der sich als Hemdsärmel entpuppte. Ich zog alle Putzlumpen hervor. Ein Frackhemd war zu Fetzen gerissen worden. Das Bruststück war entweder schon verbraucht worden oder nie dabei gewesen. Warum? Die offensichtliche Antwort war, dass es blutbespritzt gewesen war. Die Glocke an der Ladentür erklang, und ich hielt inne.

Erstarrt lauschte ich, unsicher, ob ich nach oben oder nach unten laufen sollte. Ich blieb, wo ich war. Durch ein Fenster unten hereinzugelangen war eine Sache. Doch durch ein Fenster oben nach draußen zu steigen und am Regenrohr nach unten zu rutschen, noch dazu bei Tage, war etwas gänzlich anderes. Langsam ging ich nach unten, Stufe für Stufe. Das Telefon klingelte. Mr. Croker ging ran. Wie erbärmlich von ihm, zurück zur Arbeit zu eilen und den Trauerempfang zu verpassen.

Sein Telefonat gab mir die Chance, auf demselben Weg zu fliehen, den ich gekommen war. Ich eilte die Treppe hinunter, zum Hinterzimmer und auf das Fenster zu. Als ich es eben aufschieben wollte, sagte Mr. Croker: »Vielen Dank«, und legte den Hörer auf. Schande über den Mann, dass er kein Talent zu ausgiebiger Konversation besaß.

Und schon war er wieder auf den Beinen und kam ins Hinterzimmer. Ich hetzte durch den Raum und stellte mich hinter die Tür, als er hereinkam. Er schritt auf den Aktenschrank zu. Während er sich über die Ordner beugte, huschte ich um die Tür herum und zur Eingangstür. Ich öffnete sie und verschwand. Die Glocke bimmelte wieder, doch ich war schon fort, bevor Mr. Croker nach vorn kam.

Einundfünfzig

Im Krankenhaus führte man mich ins Büro der Oberschwester, einem hellen Raum, der nach Süden ging. Die Oberschwester begrüßte mich warmherzig. »Ja, die Schwester erwähnte Sie, Mrs. Shackleton. Sie sind die Dame, die Mr. Ashton identifizierte.«

Sie saß mir gegenüber an einem Schreibtisch, auf dem eine Vase mit weißen Rosen und eine gerahmte Fotografie standen.

»Wie geht es ihm, Oberschwester?«

»Besser, als zu erwarten war. So ist die Jugend. Außer der Handgelenksfraktur und den Prellungen hat er sich ein paar Knochen im linken Fuß gebrochen. Und er war schlimm mit dem Kopf aufgeschlagen. Wir können nicht sicher sein, ob diese Verletzungen nicht künftige Leiden nach sich ziehen, doch von der Gehirnerschütterung hat er sich schnell erholt.«

»Ich frage mich, ob ich ihn sehen darf, bevor ich Harrogate verlasse.«

»Ja, unbedingt. Vielleicht können Sie helfen.«

Ich wappnete mich für eine Bitte, zum Unterhalt des Krankenhauses beizutragen, doch die kam nicht.

»Die Sache ist die, Mrs. Shackleton, Mr. Ashton braucht Zeit, um zu genesen. Wir können ihn hierbehalten falls nötig, denn ich kann ihn unmöglich entlassen, wenn das bedeutet, dass er in ein Zimmer über seinem Büro geht.«

»Ich glaube, seine Familie lebt in Staffordshire.«

Sie runzelte die Stirn. »Das wäre eine zu weite Reise. Leute hier am Ort haben angeboten, ihn bei sich aufzunehmen, damit er sich erholen kann, doch er lehnt es strikt ab. Er besteht darauf, in sein eigenes Zimmer zurückzukehren, was jedoch nicht in Betracht kommt.« Sie holte eine Aktenmappe aus ihrer Schublade und sah nach den Namen. »Hier ist es. Mr. und Mrs. Geerts haben angeboten, ihn aufzunehmen. Mrs. Gould rief ebenfalls an. Sie ist Haushälterin bei den Milners. Was für ein furchtbares Verbrechen das war. Mrs. Gould glaubt, es täte Mr. Rodney Milner gut, noch einen jungen Menschen im Haus zu haben. Es würde ihn vom tragischen Tod seines Vaters ablenken. Sollte man nicht erwarten, dass Mr. Ashton in dieser Situation einwilligt? Ich hoffe, Sie können ihn überzeugen.«

»Das ist schwierig«, wich ich aus. Meine Gedanken überschlugen sich. Widerstrebte es Dylan aus Schüchternheit, die Gastfreundschaft anzunehmen, um unbequemen Fragen auszuweichen, oder weil er dringend in sein Zimmer zurückkehren musste, um sich zu vergewissern, dass es dort keine Beweise gab, die ihn mit dem Mord in Verbindung brachten? Immerhin hatte er nicht viel Zeit gehabt, seine Spuren zu verwischen.

Die Oberschwester stand auf, sichtlich zufrieden, dass sie ihren Standpunkt deutlich gemacht hatte. »Ich lasse Mr. Ashton in unser kleines Privatzimmer bringen. Und ich hoffe, dass Sie mehr Erfolg bei ihm haben werden als ich.« Sie warf mir einen bedeutungsschwangeren Blick zu, als erwartete sie, dass ich nach einer fünfminütigen Unterredung eine Schubkarre verlangen und ihn ihr abnehmen würde.

Dylan saß in Pyjama und Morgenmantel vom Krankenhaus in einem Rollstuhl, ein Bein höhergelegt. Er blickte auf, als ich das Zimmer betrat. Sein Gesicht war blass, sein Kopf verbunden und der Arm in einer Schlinge. Ein Flackern in seinen Augen verriet mir, dass er gehofft hatte, die Schritte auf dem Korridor wären Lucys.

»Sie waren wahrlich in einer Schlacht, Dylan.«

»Ja.«

»Wie fühlen Sie sich?«

»Ein bisschen Kopfweh, aber ich glaube, das kommt von dem zu strammen Verband. Ich habe es der Schwester gesagt, doch die wissen ja immer alles besser.« Er lächelte matt.

»Erinnern Sie sich, was passiert ist, wohin Sie wollten?«

Er wurde rot. »Ich bin bei Lucy gewesen. Geht es ihr gut?«

»Ja.«

Er schob einen Finger unter den Verband, um sich an der Schläfe zu kratzen. »Ich erinnere mich nicht an den Unfall. Die Schwester hat erzählt, dass mich jemand angefahren hat und weitergefahren ist. Und dass ein anderer Radfahrer angehalten und geholfen hat.«

»Die Oberschwester erzählt, dass Sie die Angebote von den Geerts und Mrs. Gould ablehnen, sich um Sie zu kümmern.«

»Ich will nur zurück in mein Zimmer«, sagte er trotzig und weigerte sich, mich anzusehen.

»Dann ist es nicht, weil es Ihnen unangenehm wäre, in Mr. Milners Haus zu sein?«

Nun war er auf der Hut. Er blickte vorsichtig zu mir und gleich wieder weg, um sehr interessiert die Wandfarbe zu begutachten. »Ich will keinem verpflichtet sein. Ich kann selbst für mich sorgen.«

»Nein, können Sie nicht. Darum geht es ja gerade. Dreizehn Stufen hinauf zu Ihrem Zimmer, wo der fleckige Anzug in der Tür hängt und Rodneys Seidenschal auf dem Bett liegt.«

Er starrte mich an und öffnete den Mund ein wenig, ähnlich einem verängstigten, in die Ecke getriebenen Tier. Dann presste er die Lippen zusammen. Aber er hatte sich verraten. Ich sagte: »Es muss eine ziemliche Hetze gewesen sein, nach der Vorstellung die Requisiten zusammenzupacken. Nicht, dass Sie viel zu packen gehabt hätten, und eigentlich sollte Lucy den Dolch mitnehmen, den Sie in der Szene benutzt hätten, in der Sie als Willie Price Ihren Vater, Mr. Price, erhängt am Dachbalken finden. Aber Sie nahmen den Dolch, nicht wahr, Dylan?«

»Ich kann mich nicht erinnern, was ich mitnahm. Ich muss versehentlich Rodneys Schal eingesteckt haben.«

»Oder um die Flecken auf Ihrem Hemd zu verbergen. Sie hatten keine Zeit, sich zu säubern, da Monsieur Geerts darauf bestand, Sie nach Hause zu begleiten – vermutlich, um sich über seine Frau zu beklagen.«

Hier war er ein wenig zu schnell. »Monsieur Geerts war die ganze Zeit über bei mir.«

»Er fand Sie allein in der Herrengarderobe, wo Sie sich übergaben. Wovon war Ihnen übel?«

»Irgendetwas war mir nicht bekommen, denke ich.«

»War es etwas Mörderisches?«

Meine Worte trafen ins Schwarze. Sofern es überhaupt möglich war, wurde sein blasses Gesicht noch bleicher. Er war von zarter Statur, zierlich beinahe, ein halb fertiges Geschöpf und zutiefst verwundbar. Er antwortete mir nicht. Zwar benetzte er seine Lippen und schluckte, sagte jedoch nichts.

»Sie fragen sich, was aus Ihrem Manschettenknopf geworden ist. Die Polizei fand einen, in dem Rinnstein neben Milners Automobil. Mit dem Arm in der Schlinge und dem gebrochenen Fuß dürfte es schwer werden, herumzulaufen und Beweise zu vernichten. Und es ist zu spät.«

»Ich will nur, dass alles wieder normal ist, sonst nichts.«

»Aber das wird es nie wieder sein. Der kleine Fleck auf Ihrem guten Anzug fällt kaum auf. Ich habe darum gebeten, dass er untersucht wird, und denke, er wird sich als Blut erweisen.« Er packte die Armlehne des Rollstuhls fest, sagte aber nichts. »Ihr Hemd war auch beschmutzt, nicht wahr? Sie hatten nur ein Frackhemd und zwei passende Kragen. Einer von ihnen ist noch in dem Schrank unterm Waschtisch. Den Brusteinsatz des Hemds haben Sie verbrannt, weil er blutig war, und sicherheitshalber warfen Sie auch den Kragen ins Feuer. Den Rest des Hemds zerrissen Sie und steckten ihn in den Lumpenbeutel für die Putzfrau. Sie wird es komisch finden, denn gestärkter Stoff eignet sich schlecht zum Staubwischen.«

»Es war schlammverschmutzt. Das Hemd war von Schlamm verschmutzt, nachdem ich Lucy zum Turm gebracht hatte.«

»Schlamm wäscht sich heraus. Deshalb hätten Sie kein gutes Hemd weggeworfen. Und die Polizei hat den Manschettenknopf, der bei Mr. Milners Wagen gefunden wurde. Jemand wird ihn als Ihren wiedererkennen.«

Er bewegte den Rollstuhl zur anderen Seite des Zimmers und stieß die Tür auf. Einen Moment lang dachte ich, er würde fliehen, doch er überprüfte nur, ob niemand lauschte.

Langsam rollte er wieder zurück. »Lucys Großvater hat Milner umgebracht. Die Schwester hat mir erzählt, dass er gestanden hat. Jeder weiß es.«

»Doch wir wissen es besser, oder, Dylan? Sehen Sie, Sie und Mr. Geerts sind die beiden Menschen, die niemanden hatten, der sich für sie verbürgte. Er ist jetzt aus dem Schneider. Sie sind es nicht. Ganz und gar nicht.«

»Aber Captain Wolfendale …«

»Der Captain wusste, dass alles bei ihm lag. Er hatte seine eigenen Gründe, sein Leben beenden zu wollen.«

Und mit ein Grund war ich, dachte ich. Ich war diejenige, die ihn demaskierte. Ich war die, die ihm von Dan Root erzählte. Ich war es, die ihn wissen ließ, dass sein Geheimnis nicht mehr sicher war.

Das hier war kein Cricket, dennoch spielte ich einen Flachball. »Hat die Polizei schon Ihre Fingerabdrücke genommen?«

»Nein.«

»Oh, das werden sie. Sie müssen wissen, dass das Geständnis des Captains noch mit einem kleinen Fragezeichen versehen ist. Denn die Abdrücke auf dem Dolch sind nicht seine.«

Endlich gab er auf. Er ließ den verbundenen Kopf in die Hand sinken.

Er stöhnte, sprach aber nicht, also blieb ich beharrlich. »Sie verließen das Theater durch den Bühneneingang, wo das Ein- und Ausladen in Gang war. Sie ermordeten Mr. Milner, und dann gingen Sie durch denselben Eingang wieder nach drinnen und zur Garderobe. Sie dachten, dass Ihr Fehlen auffiele, sollten Sie weglaufen, obwohl ich annehme, dass Sie es wollten. Sie nahmen den weißen Seidenschal, der Rodney gehörte, als Sie zurück in die Garderobe gingen, weil Sie das Blut auf Ihrem Hemd bemerkten. Wahrscheinlich finden sich auch an dem Schal Blutspuren. Heutzutage sind die wissenschaftlichen Mitarbeiter der Polizei sehr gut.«

Seine Lippen bebten. Er sah unglücklich aus, und als er schließlich sprach, war es ein Flüstern.

»Sie können nichts davon beweisen.«

»Ach nein? Fingerabdrücke, Blutspuren, das zerrissene Hemd. Und jemand wird diesen Manschettenknopf erkennen. Es war sehr praktisch, dass Sie gebeten wurden, Monsieur Geerts ein Alibi zu liefern. Damit hatten Sie auch eines, wenngleich es nicht wasserdicht ist.«

Nichts von dem, was ich ihm präsentierte, würde vor Gericht standhalten, sollte er einen guten Anwalt haben. Um die Wahrheit zu bekommen, musste ich ihn zu einem Geständnis bringen. Es war riskant. Lucy war die letzte Waffe in meinem Arsenal.

»Sie töteten Milner mit dem Dolch des Captains. Lucy hatte ihn eigens deshalb mitgebracht.«

»Nein! Nicht Lucy. Sagen Sie nicht Lucy. Sie hatte den Dolch vollkommen vergessen. Ich hatte ihn als Requisite bekommen, als ich vor Wochen bei ihr zu Hause war.«

»Dann erzählen Sie es mir lieber. Wenn Sie mir sagen, was genau geschehen ist, kann ich vielleicht helfen.«

Seine Miene hellte sich minimal auf, wie bei einem Mann, dem gesagt worden war, er hätte noch Wochen zu leben, und dessen Prognose auf mehrere Monate geändert wurde.

»Sie meinen, dass es Notwehr war? Denn das war es, ehrlich.«

»Dann erzählen Sie es mir.«

Nach einer längeren Weile, während der er auf seinen bandagierten Fuß gestarrt hatte, sagte er: »Mr. Milner verließ die Bar. Ich wartete an der Tür auf Lucy und Alison. Mr. Milner sagte: ›Bleiben Sie nicht, Junge.‹ Er sagte: ›Ich bringe Lucy nach Hause. Ich hole den Wagen.‹ Er ging in dieser Art weiter, wie er immer …«

Ich konnte mir sehr gut vorstellen, wie Milner davongeschritten war. Wie ein Mann, dem die Welt gehörte und der es gewohnt war, seinen Willen durchzusetzen. »Fahren Sie fort.«

»Lucy hatte mich um Hilfe gebeten. Ich wusste, wenn Mr. Milner es sich in den Kopf gesetzt hatte, würde er bekommen, was er wollte. Lucy verließ sich auf mich. Ich dachte, wenn ich etwas mit seinem Automobil mache, es kaputt mache, müsste er sich darum kümmern, und wir könnten uns wegschleichen. Ich hatte das Messer in meiner Tasche – es war das einzige Requisit, das ich mitzunehmen hatte, das und meine Bibel aus der Sonntagsschule. Ich wusste, dass er in der Cheltenham Parade parkte, also ging ich hinten hinaus. Aber ich kenne mich mit Wagen nicht aus, wusste nicht, wie man sie so beschädigt, dass sie nicht mehr fahren. Also habe ich mir die Reifen vorgenommen.«

»Und?«

»Es ist nicht so einfach, wie man denkt, einen Reifen zu zerschneiden. Ich war noch dabei, als er wie ein Wahnsinniger auf mich zugerannt kam, sich auf mich stürzte und mir das Messer entriss. Ich hatte Angst, lief die Seitengasse hinauf, um von ihm wegzukommen. Wir kämpften. Er zog mich in einen Hauseingang, ich glaube, damit man uns nicht sah und mir keiner zu Hilfe kam. Er versuchte, mir das Gesicht zu zerschneiden. Das wollte er, hier.« Er zeigte auf eine Stelle unter seinem Kinn, die ich für einen Rasierschnitt hielt, als ich am Samstagmorgen mit ihm gesprochen hatte.

»Fahren Sie fort.«

»Ich dachte, er würde mir die Kehle aufschlitzen. Weil er größer ist als ich, muss ich ihn, als ich mich wegdrehte und mich zu befreien versuchte, dazu gebracht haben, dass er das Messer in seine Richtung drehte. Er wurde ganz still und sackte zu Boden. Dann lag er da, in dem Eingang, das Messer in seiner Brust. Ich beugte mich zu ihm. Da war ein Rinnsal Blut. Ich wusste, dass er tot war.«

»Was taten Sie?«

»Ich ging zurück ins Theater, in die Garderobe. Ich wusste nicht, ob ich Blut an mir hatte oder nicht. Ich nahm Rodneys weißen Schal, als er eben den Korridor herunterkam. Die Mädchen waren in ihrer Umkleide. Ich konnte sie reden hören. Rodney sagte etwas wie: ›Ich wusste, dass du ein Auge auf diesen Schal geworfen hast. Du kannst ihn haben, wenn du willst.‹ Dann rannte ich in den Waschraum. Ich übergab mich. Mr. Geerts kam herein. Er dachte, dass mir übel wäre.«

Ich sah ihn an. Drei Leute hatten gestanden, Mr. Milner ermordet zu haben. Dan Root, der Captain und jetzt der brave, von Liebeskummer gepeinigte Dylan Ashton.

Eine Krankenschwester blickte ins Zimmer. »Die Oberschwester lässt fragen, ob Sie beide Tee wünschen?«

»Ja, gerne.« Ich wollte keinen Tee, aber es würde mir mehr Zeit mit Dylan und zum Nachdenken geben.

»Weiß sie es?«, fragte Dylan.

»Meinen Sie die Oberschwester?«

»Lucy. Weiß sie, dass ich Mr. Milner umgebracht habe?« Er weinte wie ein kleiner Junge. »Ich habe nur versucht, Lucy zu helfen. Ich wollte ihn nie töten. Aber es ist trotzdem Mord, oder nicht? Ich wollte sagen, was ich getan hatte, aber ich ließ mich von Mr. Geerts nach Hause begleiten. Als Lucy kam, um sich zum Turm bringen zu lassen, tat ich es einfach, als wäre ich eine Maschine ohne eigenen Verstand.«

»Lucy weiß nichts. Keiner weiß es.«

»Auch nicht die Polizei?«

»Nein.«

Dylan fiel die Kinnlade herunter. Er sah wie ein sich windender Dorsch aus, der am Boden eines Bootes nach Luft rang.

Mein Mitleid stellte sich nicht tröpfchenweise, sondern in einer Sturzflut ein. Dylan Ashton würde für immer mit alldem leben müssen.

Als ich das Krankenhausgelände verließ, sagte ich im Geiste ein Mantra auf. Ich muss mir ein dickeres Fell zulegen. Ich brauche eine *zweite Haut*.

Aber nicht heute.

Zweiundfünfzig

Es war früher Abend, als ich zu meinem Haus in Headingley zurückkehrte. Ich parkte meinen Wagen in dem umgebauten Stall, der zu dem großen Haus gleich die Straße hinauf gehörte. Für einen Moment blieb ich in der Garage sitzen, weil ich nicht von der Nachbarin gesehen werden wollte, die mich in ein Gespräch über den Löwenzahn im Garten des Professors verwickeln würde.

Als die Luft rein war, ging ich die wenigen Meter zu meinem Zuhause. An der Wand links neben der Tür war das neue Namensschild aus englischer Eiche angebracht: *Pipistrelle Lodge*.

Mrs. Sugden saß in die *Evening News* vertieft am Küchentisch. Nachdem wir uns begrüßt hatten, fragte ich: »Wer hat das Schild von dem jungen Thomas Sykes aufgehängt?«

»Mr. Sykes war heute Vormittag da und fragte nach Ihnen. Er sagte, da könnte er es ebenso gut gleich anbringen.«

»Ah, und welchen Eindruck machte er?«

»Ganz der Alte«, sagte sie kryptisch und legte sorgfältig die Zeitung zusammen.

Also hatte er beschlossen, sich nicht beleidigt davonzuschleichen, weil ich Meriel Jamieson nicht anzeigte und sie in heißem Öl sieden ließ.

Bei einer Tasse Tee ging ich die Post durch. Ein Schreiben war eine vertrauliche, handschriftlich verfasste Nachricht vom Geschäftsführer von Marshall & Snelgrove. Er bat um Hilfe beim Aufspüren eines Ladendiebes oder mehrerer Ladendiebe, die sein Geschäft eine beträchtliche Menge Geld kosteten. Mr. Moony hatte mich empfohlen.

Ich reichte den Brief an Mrs. Sugden weiter. »Was halten Sie hiervon?«

Sie rückte ihre Brille zurecht und las, zweimal. »Diese Schufte. Es macht mich krank, dass diese Schurken mit solchen Missetaten davonkommen, während ehrliche Menschen alles auf Heller und Pfennig bezahlen.«

Am nächsten Morgen besprach ich den Brief mit Mr. Sykes. Er war durchaus bereit, die Aufgabe zu übernehmen, verwies indes auf das Offensichtliche.

»Es wird kein Problem, wenn ich mich bei Mobiliar und Herrenausstattung aufhalte. In den Abteilungen für Damenbekleidung und Kurzwaren würde ich allerdings sehr auffallen.«

Mrs. Sugden war draußen und leerte die Teekanne im Garten aus. Ich blickte Sykes an, er sah mich an und nickte.

Als Mrs. Sugden wieder bei uns war, fragte ich sie: »Wie würde es Ihnen gefallen, mit Mr. Sykes zusammen nach Ladendieben Ausschau zu halten – für kurze Zeit eine Ladendetektivin zu sein?«

Prompt wuchs sie um Zentimeter. Ihre Schultern bewegten sich deutlich nach hinten. »Das wäre mir sehr recht.«

Ich zog ihr einen Stuhl vor. »Mr. Sykes wird den Einsatz leiten.«

»Nun, die Sache ist die, Mrs. Sugden …« Er gab seine Theorien zum Besten, wie die Arbeit anzugehen war. »Und wenn Sie jemanden auf frischer Tat ertappen, wird er oder sie immer heulend ein Märchen präsentieren, das Ihnen das Herz bricht. Fallen Sie nicht darauf rein. Das sind Kriminelle. Wir werden in dem Kaufhaus sein, um das Gesetz zu vertreten. Es gibt kein Pardon.«

»Absolut nicht«, sagte Mrs. Sugden im Brustton der Überzeugung. »Ein Dieb ist ein Dieb, ein Schurke ist ein Schurke.«

Sie schmiedeten ihre Pläne. Ich schaute und hörte zu, beneidete sie um ihre Selbstgewissheit.

Als sie gegangen waren, öffnete ich die unterste Schublade meines neuen Aktenschrankes. Mrs. Sugden war so umsichtig gewesen, die braunen Ordner in alphabetische Ordnung zu bringen. Ich hielt das Victoria Cross, das Captain Wolfendale verliehen worden war, in meiner Hand. Sollte Lucy Wolfendale jemals danach fragen, würde sie es bekommen. Vorerst würde ich es ablegen, unter O.

O für Orden. Ein Orden fürs Morden.

Danksagung

Mein Dank geht an George Cairncross, dessen Familienarchiv und Fotos mich zu dieser Geschichte inspirierten. Die Figuren haben keinerlei Ähnlichkeit mit deinen Verwandten, George. Dank an Jean Coates für ihre nette Gesellschaft in Harrogate, Jan Coates fürs Abtippen der Notizen, Sylvia Gill fürs Zuhören, Ann Hazan für ihre Geschichte von der Reise nach Südafrika und Stephen Wright, der mich durch die Kunst der Uhrenreparatur führte.

Die Medaillen von Cairncross South Africa waren nicht zu besichtigen, als ich das Cape of Good Hope Museum in Kapstadt besuchte, aber ein reicher Fundus an anderem Material aus einem früheren Leben. Gleiches gilt für Tagebücher, Fotos und Andenken in den Royal Armouries in Leeds, wo Stuart Invinson genau die Papiere heraussuchte, die ich brauchte. In der Harrogate Library trug Samantha Findlay alles Hintergrundmaterial zusammen, das nicht wegen Renovierungsarbeiten eingelagert war. Margaret Power war ebenfalls dort und beantwortete einige meiner Fragen. Nicht jede Straße oder jede Wegmarke von Harrogate, die in dieser Geschichte genannt wird, lässt sich auf einer Karte finden.

Dank an eine sehr besondere Lektorin, Emma Beswetherick, für all die treffenden Hinweise und die Geduld, an Lucy Icke und die Mitarbeiter bei Piatkus, die mich unglaublich unterstützten, und an meine Agentin Judith Murdoch für ihre fortgesetzte Ermutigung.